Das Buch
Zu Beginn der fünfziger Jahre besucht der alternde Rennfahrer Clerfayt seinen ehemaligen Beifahrer in einem Sanatorium, in dem er seit längerer Zeit wegen Lungentuberkulose behandelt wird. Dort lernt Clerfayt die schwerkranke Lilian kennen. Sie verachtet die seit Jahren gleiche Routine, die Langeweile und die strengen Regeln des Sanatoriums und nutzt die Gelegenheit, um mit Clerfayt zu flüchten. Die beiden haben eines gemeinsam: die Tatsache, dass sie keine sichere Zukunft haben. Clerfayt lebt sein Leben immer nur bis zum nächsten Rennen, entgeht immer wieder dem nahen Tod, und Lilians Dasein ist ständig bedroht von einen neuen Ausbruch der Tuberkulose. Zwischen Paris, Rom und Monte Carlo erleben die beiden eine Liebe, die nur von kurzer Dauer sein kann.

Der Autor
Erich Maria Remarque, 1898 in Osnabrück geboren, besuchte das katholische Lehrerseminar. 1916 als Soldat eingezogen, wurde er nach dem Krieg zunächst Aushilfslehrer, später Gelegenheitsarbeiter, schließlich Redakteur in Hannover und Berlin. 1932 verließ Remarque Deutschland und lebte zunächst im Tessin/Schweiz. Seine Bücher *Im Westen nichts Neues* und *Der Weg zurück* wurden 1933 von den Nazis verbrannt, er selber wurde 1938 ausgebürgert. Ab 1939 lebte Remarque in den USA und erlangte 1947 die amerikanische Staatsbürgerschaft. 1970 starb er in seiner Wahlheimat Tessin.

Der Herausgeber
Thomas F. Schneider, Leiter des Erich Maria Remarque-Friedenszentrums an der Universität Osnabrück, veröffentlichte zahlreiche Bücher zur Kriegs- und Antikriegsliteratur im 20. Jahrhundert, zur Exilliteratur und zu Erich Maria Remarque.
Das Gesamtwerk von Erich Maria Remarque liegt im Verlag Kiepenheuer & Witsch vor: www.kiwi-verlag.de

DER HIMMEL KENNT KEINE GÜNSTLINGE

Roman

VON

ERICH MARIA REMARQUE

★

In der Fassung der Erstausgabe
mit Anhang und einem Nachwort
herausgegeben von Thomas F. Schneider

KIEPENHEUER & WITSCH

MIX
Papier | Fördert gute Waldnutzung
FSC® C083411
FSC
www.fsc.org

2. Auflage 2023

Umschlaggestaltung: Rudolf Linn, Köln
Frontispiz: Erich Maria Remarque
vor dem zerstörten Reichstag in Berlin, 1959.

Gesetzt aus der Bodoni
Satz: Buch-Werkstatt GmbH, Bad Aibling
Druck und Bindung: CPI books GmbH, Leck
ISBN 978-3-462-05236-7

Für Paulette Goddard Remarque

Der Verfasser mußte sich einige Freiheiten mit der Technik und dem Ablauf der Automobilrennen erlauben. Er hofft, daß die Rennfanatiker dafür Verständnis haben werden.

I

Clerfayt hielt den Wagen an einer Tankstation, vor der der Schnee weggeschaufelt war, und hupte. Krähen lärmten um die Telefonmasten, und in der kleinen Werkstatt hinter der Tankstelle hämmerte jemand auf Blech. Das Hämmern hörte auf, und ein Junge von sechzehn Jahren kam heraus, der einen roten Sweater und eine Stahlbrille trug.

»Füll den Tank auf«, sagte Clerfayt und stieg aus.

»Mit Super?«

»Ja. Kann man irgendwo noch etwas zu essen kriegen?«

Der Junge deutete mit dem Daumen über die Straße. »Drüben. Die Spezialität war heute mittag Berner Platte. Soll ich die Ketten abnehmen?«

»Warum?«

»Die Straße ist weiter oben noch vereister als hier.«

»Den ganzen Pass rauf?«

»Über den Pass können Sie nicht fahren. Der ist seit gestern wieder geschlossen. Mit einem so niedrigen Sportwagen kommen Sie da schon gar nicht rüber.«

»Nein?« sagte Clerfayt. »Du machst mich neugierig.«

»Sie mich auch«, erwiderte der Junge.

Die Wirtsstube war ungelüftet und roch nach altem Bier und langem Winter. Clerfayt bestellte Bündner Fleisch,

Brot, Käse und eine Karaffe Aigle. Er ließ sich das Essen von dem Mädchen auf die Terrasse bringen. Es war nicht sehr kalt draußen. Der Himmel war mächtig und enzianblau.

»Soll ich die Kutsche mit dem Schlauch abspritzen?« fragte der Junge von der Tankstelle her. »Sie kann es verdammt gebrauchen.«

»Nein. Mach nur die Windschutzscheibe sauber.«

Der Wagen war lange nicht gewaschen worden und zeigte es. Ein Sturzregen hinter Aix hatte den roten Staub der Küste von St. Raphaël auf Kühlerhaube und Kotflügeln in ein Batikmuster verwandelt; dazu waren die Kalkspritzer aus den Pfützen der Straßen Mittelfrankreichs gekommen und der Dreck, den die Hinterräder zahlloser Lastwagen auf die Karosserie geschleudert hatten, wenn sie überholt wurden. Weshalb bin ich nur hierher gefahren? dachte Clerfayt. Zum Skilaufen ist es ohnehin fast zu spät. Und Mitleid? Mitleid ist ein schlechter Reisebegleiter – und ein noch schlechteres Reiseziel. Warum fahre ich nicht nach München? Oder nach Mailand? Aber was soll ich in München tun? Oder in Mailand? Oder irgendwo anders? Ich bin müde, dachte er. Müde des Bleibens und müde des Abschieds. Oder bin ich nur müde des Entscheidens? Aber was habe ich schon zu entscheiden? Er trank den Wein aus und ging in die Wirtsstube zurück.

Das Mädchen wusch Gläser hinter der Theke. Der ausgestopfte Kopf einer Gemse starrte aus gläsernen Augen über sie und Clerfayt hinweg auf die Reklame einer Züricher Brauerei an der Wand gegenüber. Clerfayt holte eine flache, mit Leder bezogene Flasche aus der Tasche. »Können Sie mir die mit Kognak füllen?«

»Courvoisier, Rémy-Martin, Martell?«

»Martell.«

Das Mädchen begann, den Kognak glasweise einzumessen. Eine Katze kam herein und strich um Clerfayts Beine. Er ließ sich noch zwei Pakete Zigaretten und Streichhölzer geben und bezahlte seine Rechnung.

»Sind das Kilometer?« fragte draußen der Junge im roten Sweater und zeigte auf den Geschwindigkeitsmesser.

»Nein, Meilen.«

Der Junge stieß einen Pfiff aus. »Was machen Sie denn hier in den Alpen? Warum sind Sie mit einer solchen Karre nicht auf der Autostrada?«

Clerfayt sah ihn an. Blinkende Brillengläser, eine aufgeworfene Nase, Pickel, abstehende Ohren – ein Wesen, das die Melancholie der Kindheit gerade gegen alle Fehler halben Erwachsenseins eingetauscht hatte. »Man tut nicht immer, was richtig ist, mein Sohn«, sagte er. »Selbst, wenn man es weiß. Darin kann manchmal der Charme des Lebens liegen. Kapiert?«

»Nein«, erwiderte der Junge und schnupfte. »Aber die SOS-Telefone finden Sie auf dem ganzen Pass. Anruf genügt, wenn Sie steckenbleiben. Wir holen Sie. Hier ist unsere Nummer.«

»Habt ihr keine Bernhardiner mehr mit Schnapsfläschchen um den Hals?«

»Nein. Der Kognak ist zu teuer, und die Hunde wurden zu schlau. Sie tranken den Schnaps selbst. Dafür haben wir jetzt Ochsen. Gesunde Ochsen zum Abschleppen.«

Der Junge hielt mit blinkenden Brillengläsern Clerfayts Blick stand. »Du hast mir heute noch gefehlt«, sagte der schließlich. »Ein Alpenschlauberger auf zwölfhundert Meter Höhe! Heißt du vielleicht auch noch Pestalozzi oder Lavater?«

»Nein. Göring.«

»Was?«

»Göring.« Der Junge zeigte ein Gebiss, in dem ein Vorderzahn fehlte. »Aber Hubert mit Vornamen.«

»Verwandt mit dem –«

»Nein«, unterbrach Hubert. »Wir sind Basler Görings. Wenn ich zu den andern gehörte, brauchte ich hier nicht Benzin zu zapfen. Dann kriegten wir eine dicke Pension.«

Clerfayt schwieg einen Augenblick. »Ein sonderbarer Tag«, sagte er dann. »Wer hätte das erwartet? Alles Gute, mein Sohn, für dein weiteres Leben. Du warst eine Überraschung.«

»Sie nicht. Sie sind Rennfahrer, nicht wahr?«

»Warum?«

Hubert Göring zeigte auf eine fast abgewaschene Nummer unter dem Dreck auf der Kühlerhaube.

»Ein Detektiv bist du auch noch?« Clerfayt stieg in den Wagen. »Vielleicht sollte man dich doch lieber bald einsperren, um die Menschheit vor einem neuen Unglück zu bewahren. Wenn du erst Ministerpräsident bist, ist es zu spät.«

Er ließ den Motor an. »Sie haben vergessen zu bezahlen«, erklärte Hubert. »Zweiundvierzig Fränkli.«

Clerfayt gab ihm das Geld. »Fränkli!« sagte er. »Das beruhigt mich wieder, Hubert. Ein Land, in dem das Geld einen Kosenamen hat, wird nie eine Diktatur.«

Eine Stunde später saß der Wagen fest. Ein paar Schneebretter waren am Hang abgebrochen und hatten die Strecke verschüttet. Clerfayt hätte umdrehen und wieder hinunterfahren können; aber er hatte keine Lust, dem Fischblick Hubert Görings so rasch wieder zu begegnen. Außerdem kehrte er nicht gerne um. So blieb er geduldig in seinem Wagen sitzen, rauchte Zigaretten, trank Kognak, horchte auf das Geschrei der Krähen und wartete auf Gott.

Gott erschien nach einiger Zeit in Gestalt eines kleinen Schneepfluges. Clerfayt teilte den Rest seines Kognaks mit dem Führer. Dann fuhr der Mann vor und begann mit seiner Maschine den Schnee aufzuwirbeln und zur Seite zu werfen. Es sah aus, als zersäge er einen riesigen, weißen, gefallenen Baum zu einem strahlenden Zirkel von Spänen, die in der schrägen Sonne alle Farben des Regenbogens zeigten.

Zweihundert Meter weiter war die Straße wieder frei. Der Schneepflug wich zur Seite, und der Wagen Clerfayts glitt an ihm vorbei. Der Führer winkte ihm nach. Er trug, ebenso wie Hubert, einen roten Sweater und eine Brille. Clerfayt hatte sich deshalb mit ihm in keine andere Unterhaltung eingelassen als in die sichere über Schnee und Schnaps; ein zweiter Göring am selben Tage wäre etwas zuviel gewesen.

Hubert hatte geschwindelt; der Pass war oben nicht gesperrt. Der Wagen zog jetzt rasch der Höhe zu, und plötzlich lag tief unten das Tal vor Clerfayt, blau und weich in der frühen Dämmerung, und darin verstreut, wie in einer Spielzeugschachtel, das Dorf mit weißen Dächern, einem schiefen Kirchturm, Eisplätzen, ein paar Hotels, und den ersten

Lichtern in den Häusern. Er hielt den Wagen einen Augenblick an und sah hinunter. Dann fuhr er langsam die Kurven hinab. Irgendwo da unten in einem Sanatorium mußte Hollmann hausen, sein Beifahrer, der vor einem Jahr krank geworden war. Der Arzt hatte Tuberkulose festgestellt, und Hollmann hatte darüber gelacht – so etwas gab es doch nicht mehr im Zeitalter der Antibiotika und der Wunderpilze, und wenn es das noch gab, dann bekam man eine Handvoll Tabletten, eine Anzahl Spritzen und war wieder gesund. Aber die Wundermittel waren nicht ganz so glorreich und unfehlbar gewesen wie man sie gepriesen hatte, besonders nicht bei Menschen, die im Kriege aufgewachsen waren und wenig zu essen gehabt hatten. Bei der Tausendmeilenfahrt in Italien hatte Hollmann kurz vor Rom eine Blutung bekommen, und Clerfayt hatte ihn beim Depot absetzen müssen. Der Arzt hatte darauf bestanden, ihn für ein paar Monate in die Berge zu schicken. Hollmann hatte getobt und sich schließlich gefügt; doch aus den paar Monaten war jetzt fast ein Jahr geworden.

Der Motor begann plötzlich zu spucken. Die Kerzen, dachte Clerfayt; wieder einmal! Das kam davon, wenn man beim Fahren nicht ans Fahren dachte! Er ließ den Wagen das letzte Stück der Steigung ausgekuppelt hinabrollen, bis er auf der ebenen Straße hielt, und öffnete die Motorhaube.

Es waren, wie immer, die Kerzen des zweiten und vierten Zylinders, die verölt waren. Er schraubte sie heraus, putzte sie, setzte sie aufs neue ein und ließ die Maschine wieder an. Der Motor funktionierte jetzt, und Clerfayt schob mit der Hand den Gashebel ein paar Mal hin und her, um das überflüssige Öl aus den Zylindern zu entfernen. Als er sich aufrichtete, sah er, daß die Pferde eines Schlittens, der von der anderen Seite kam, durch das plötzliche Heulen des Motors scheu geworden waren. Sie stiegen auf und rissen den Schlitten quer auf den Wagen zu. Er lief ihnen entgegen, griff das linke Pferd am Kopfgeschirr und ließ sich schleppen.

Nach ein paar Sprüngen blieben die Tiere stehen. Sie zitterten, und der Dampf ihres Atems wehte um ihre Köpfe. Ihre erschreckten, irren Augen wirkten, als gehörten sie vorzeitlichen Kreaturen. Clerfayt ließ die Riemen vorsichtig los. Die Pferde blieben stehen, schnaubend und mit den Schellen klirrend. Er sah, daß es keine gewöhnlichen Schlittengäule waren.

Ein großer Mann, der eine randlose Kappe aus schwarzem Pelz trug, stand im Schlitten auf und redete beruhigend auf die Tiere ein. Neben ihm saß eine junge Frau, die sich an den Lehnen ihres Sitzes festhielt. Sie hatte ein braunes Gesicht und sehr helle Augen.

»Es tut mir leid, daß ich Sie erschreckt habe«, sagte Clerfayt. »Ich habe nicht daran gedacht, daß Pferde hier nicht an Autos gewöhnt sind.«

Der Mann beschäftigte sich noch eine Weile weiter mit den Tieren; dann ließ er die Zügel locker und wandte sich halb um. »Nicht an Autos, die solchen Lärm machen«, erklärte er abweisend. »Immerhin, ich hätte den Schlitten schon halten können. Vielen Dank, daß Sie uns retten wollten.«

Clerfayt blickte auf. Er sah in ein hochmütiges Gesicht, in dem eine Spur von Spott glimmte, als mache der Mann sich höflich darüber lustig, daß er unnötig den Helden hatte spielen wollen. Es war lange her, daß ihm jemand auf den ersten Blick derart missfallen hatte. »Ich wollte nicht Sie retten«, erwiderte er trocken. »Nur meinen Wagen vor Ihren Schlittenkufen.«

»Ich hoffe, Sie haben sich dabei nicht unnötig beschmutzt.«

Der Mann wandte sich wieder den Pferden zu. Clerfayt sah die Frau an. Wohl deshalb, dachte er. Will selbst der Held bleiben. »Nein, ich habe mich nicht beschmutzt«, erwiderte er langsam. »Dazu gehört schon etwas mehr.«

Das Sanatorium Bella Vista lag auf einer kleinen Anhöhe über dem Dorfe. Clerfayt parkte den Wagen auf einem flachen Platz neben dem Eingang, auf dem ein paar Schlitten standen. Er stellte den Motor ab und legte eine Decke über die Haube, um ihn warm zu halten. »Clerfayt!« rief jemand vom Eingang her.

Er drehte sich um und sah zu seinem Erstaunen Hollmann auf sich zugelaufen kommen. Er hatte geglaubt, er läge zu Bett.

»Clerfayt!« rief Hollmann. »Bist du es wirklich?«

»So wirklich, wie man es sein kann. Und du! Du läufst herum? Ich dachte, du lägest im Bett.«

Hollmann lachte. »Das ist hier altmodisch.« Er klopfte Clerfayt auf den Rücken und starrte auf den Wagen. »Ich glaubte, von unten Giuseppes Gebrüll zu hören, und dachte schon, es wäre eine Halluzination. Dann sah ich euch die Steigung heraufkommen. So eine Überraschung! Wo kommst du her?«

»Aus Monte Carlo.«

»So etwas!« Hollmann konnte sich nicht beruhigen. »Und mit Giuseppe, dem alten Löwen! Ich dachte schon, ihr hättet mich vergessen!«

Er tätschelte die Karosserie des Wagens. Er hatte ein halbes Dutzend Rennen in ihm mitgefahren. Er hatte in ihm auch seine erste schwere Blutung gehabt.

»Es ist doch noch Giuseppe, was? Nicht schon ein jüngerer Bruder?«

»Es ist Giuseppe. Aber er fährt keine Rennen mehr. Ich habe ihn von der Fabrik gekauft. Er ist jetzt im Ruhestand.«

»So wie ich.«

Clerfayt sah auf. »Du bist nicht im Ruhestand. Du bist auf Urlaub.«

»Ein Jahr! Das ist kein Urlaub mehr. Aber komm herein! Wir müssen das Wiedersehn feiern! Was trinkst du jetzt? Immer noch Wodka?«

Clerfayt nickte. »Gibt es bei euch denn Wodka?«

»Für Gäste gibt es hier alles. Dies ist ein modernes Sanatorium.«

»Das scheint so. Es sieht aus wie ein Hotel.«

»Das gehört zur Behandlung. Moderne Therapie. Wir sind Kurgäste; nicht mehr Patienten. Die Worte Krankheit und Tod sind tabu. Man ignoriert sie. Angewandte Psychologie. Sehr praktisch für die Moral; aber man stirbt trotzdem. Was hast du in Monte Carlo gemacht? Das Rallye mitgefahren?«

»Ja. Liest du keine Sportnachrichten mehr?«

Hollmann war einen Moment verlegen. »Anfangs habe ich es getan. Dann nicht mehr. Idiotisch, was?«

»Nein, vernünftig. Lies sie, wenn du wieder fährst.«

»Ja«, sagte Hollmann. »Wenn ich wieder fahre. Und wenn ich in der Lotterie das Große Los gewinne. Mit wem hast du das Rallye gefahren?«

»Mit Torriani.«

Sie gingen dem Eingang zu. Die Hänge waren rot von der untergehenden Sonne. Skiläufer schossen wie schwarze Kommas durch den Glanz. »Schön hier«, sagte Clerfayt.

»Ja, ein schönes Gefängnis.«

Clerfayt erwiderte nichts. Er kannte andere Gefängnisse. »Fährst du jetzt immer mit Torriani?« fragte Hollmann.

»Nein. Mal mit dem einen, mal mit dem anderen. Ich warte auf dich.«

Es war nicht wahr. Clerfayt fuhr seit einem halben Jahr die Sportwagen-Rennen mit Torriani. Aber da Hollmann keine Sportnachrichten mehr las, war es eine bequeme Lüge.

Sie wirkte auf Hollmann wie Wein. Ein feiner Streifen von Schweißtropfen bildete sich plötzlich auf seiner Stirn. »Hast du etwas im Rallye gemacht?« fragte er.

»Nichts. Wir waren zu spät.«

»Von wo seid ihr gefahren?«

»Von Wien. Es war eine Kateridee. Jede Sowjetpatrouille hat uns aufgehalten. Glaubten alle, wir wollten Stalin entführen oder hätten Dynamit geladen. Ich wollte auch gar nicht gewinnen, – nur den neuen Wagen ausprobieren. Straßen haben die da in der Russischen Zone! Wie aus der Eiszeit!«

Hollmann lachte. »Das war Giuseppes Rache! Wo bist du vorher gefahren?«

Clerfayt hob die Hand. »Laß uns etwas trinken. Und tu mir einen Gefallen: Laß uns die ersten Tage hier meinetwegen über alles reden, nur nicht über Rennen und Automobile!«

»Aber Clerfayt! Worüber sonst?«

»Nur für ein paar Tage.«

»Was ist los? Ist etwas passiert?«

»Nichts. Ich bin müde. Möchte mich ausruhen und einmal ein paar Tage nichts von diesem verdammten Unfug hören, Menschen auf zu schnellen Maschinen herumrasen zu lassen. Das verstehst du doch.«

»Natürlich«, sagte Hollmann. »Aber was ist los? Was ist passiert?«

»Nichts«, erwiderte Clerfayt ungeduldig. »Ich bin nur abergläubisch, wie jeder andere. Mein Kontrakt läuft ab und ist noch nicht erneuert. Ich will nichts berufen. Das ist alles.«

»Clerfayt«, sagte Hollmann, »wer ist gestürzt?«

»Ferrer. In einem albernen, kleinen Mistrennen an der Küste.«

»Tot?«

»Noch nicht. Aber man hat ihm ein Bein amputiert. Und das verrückte Weib, das mit ihm herumgezogen ist, die falsche Baronin, weigert sich, ihn zu sehen. Sie sitzt im Spielsaal und heult. Sie will keinen Krüppel. Komm jetzt und gib mir einen Schnaps. Mein letzter Kognak ist im Rachen eines Schneepflugführers verschwunden, der vernünftiger ist als wir; sein Wagen fährt nicht über fünf Kilometer die Stunde.«

Sie saßen in der Halle an einem kleinen Tisch neben dem Fenster. Clerfayt sah sich um. »Sind das alles Kranke?«

»Nein. Auch Gesunde, die die Kranken besuchen.«

»Natürlich! Und die mit den blassen Gesichtern sind die Kranken?«

Hollmann lachte. »Das sind die Gesunden. Sie sind blaß, weil sie erst vor kurzem heraufgekommen sind. Die andern, die braun wie Sportsleute sind, sind die Kranken, die schon lange hier sind.«

Ein Mädchen brachte ein Glas Orangensaft für Hollmann und eine kleine Karaffe Wodka für Clerfayt. »Wie lange willst du bleiben?« fragte Hollmann.

»Ein paar Tage. Wo kann ich wohnen?«

»Am besten im Palace Hotel. Da ist eine gute Bar.«

Clerfayt blickte auf den Orangensaft. »Woher weißt du das?«

»Wir gehen dahin, wenn wir hier mal ausreißen.«

»Ausreißen?«

»Ja, manchmal nachts, wenn wir uns als Gesunde fühlen wollen. Es ist verboten, aber wenn der Cafard einen erwischt, ist es besser, als eine erfolglose Diskussion mit Gott darüber zu führen, warum man krank sei.« Hollmann holte eine flache Flasche aus der Brusttasche und goß einen Schluck in sein Glas. »Gin«, sagte er. »Hilft auch.«

»Dürft ihr nicht trinken?« fragte Clerfayt.

»Es ist nicht ganz verboten; aber so ist es einfacher.« Hollmann schob die Flasche zurück in die Tasche. »Man wird ziemlich kindisch hier oben.«

Ein Schlitten hielt vor dem Eingang. Clerfayt sah, daß es derselbe war, dem er auf der Straße begegnet war. Der

Mann mit der schwarzen Pelzkappe stieg aus. »Weißt du, wer das ist?« fragte Clerfayt.

»Die Frau?«

»Nein, der Mann.«

»Ein Russe. Er heißt Boris Wolkow.«

»Weißrusse?«

»Ja. Aber zur Abwechslung kein früherer Großfürst und nicht arm. Sein Vater soll zur rechten Zeit ein Konto in London eröffnet haben und zur falschen Zeit in Moskau gewesen sein; er wurde erschossen. Die Frau und der Sohn kamen heraus. Die Frau soll nußgroße Smaragde in ihr Korsett eingenäht gehabt haben. 1917 trug man noch Korsetts.«

Clerfayt lachte. »Du bist ja ein wahres Detektivbüro! Woher weißt du das alles?«

»Hier weiß man bald alles über einander«, erwiderte Hollmann mit einer Spur von Bitterkeit. »In zwei Wochen, wenn der Sportbetrieb vorbei ist, ist dies Dorf nichts anderes mehr als ein kleines Klatschnest für den Rest des Jahres.«

Eine Gruppe schwarzgekleideter kleiner Leute drängte sich hinter ihnen vorbei. Sie unterhielten sich lebhaft auf spanisch. »Für ein kleines Dorf scheint ihr ziemlich international zu sein«, sagte Clerfayt.

»Das sind wir. Der Tod ist immer noch nicht chauvinistisch.«

»Dessen bin ich nicht mehr so ganz sicher.« Clerfayt blickte zur Tür. »Ist das da die Frau des Russen?«

Hollmann sah sich um. »Nein.«

Der Russe und die Frau kamen herein. »Sind die beiden etwa auch krank?« fragte Clerfayt.

»Ja. Sie sehen nicht so aus, was?«

»Nein.«

»Das ist oft so. Eine Zeitlang sieht man aus wie das blühende Leben. Dann nicht mehr; aber dann läuft man auch nicht mehr herum.«

Der Russe und die Frau blieben neben der Tür stehen. Der Mann redete eindringlich auf die Frau ein. Sie hörte ihm zu, schüttelte dann heftig den Kopf und ging rasch nach hinten in die Halle. Der Mann sah ihr nach und wartete einen Augenblick; dann ging er nach draußen und stieg in den Schlitten.

»Sie scheinen Streit zu haben«, sagte Clerfayt, nicht ohne Genugtuung.

»So etwas passiert alle Augenblicke. Jeder wird hier nach einiger Zeit etwas verrückt. Gefangenenlager-Psychose. Die Proportionen verschieben sich; Kleinigkeiten werden wichtig, und Wichtiges wird nebensächlich.«

Clerfayt sah Hollmann aufmerksam an. »Bei dir auch?«

»Bei mir auch. Man kann nicht immer auf denselben Punkt starren.«

»Wohnen die beiden auch hier?«

»Die Frau; der Mann wohnt außerhalb.«

Clerfayt stand auf. »Ich fahre jetzt ins Hotel. Wo können wir zusammen zu Abend essen?«

»Hier. Wir haben ein Esszimmer, in dem Gäste erlaubt sind.«

»Gut. Wann?«

»Um sieben. Ich muß um neun zu Bett. Wie in der Schule.«

»Wie beim Militär«, sagte Clerfayt. »Oder vor einem Rennen. Erinnerst du dich noch, wie unser Rennleiter uns in Mailand wie Hühner ins Hotel scheuchte?«

Hollmanns Gesicht hellte sich auf. »Gabrielli? Ist er noch da?«

»Natürlich. Was kann ihm schon passieren? Rennleiter sterben im Bett – so wie Generäle.«

Die Frau, die mit dem Russen hereingekommen war, kam zurück. Sie wurde am Ausgang von einer grauhaarigen Frau aufgehalten, die leise und scharf etwas zu ihr sagte. Sie erwiderte nichts und drehte sich um. Unschlüssig blieb sie stehen, dann sah sie Hollmann und kam zu ihm herüber. »Das Krokodil will mich nicht mehr herauslassen«, flüsterte sie. »Es behauptet, ich hätte nicht ausfahren dürfen. Es müsse mich dem Dalai Lama melden, wenn ich es noch einmal versuche –«

Sie hielt inne. »Dies ist Clerfayt, Lillian«, sagte Hollmann. »Ich habe Ihnen von ihm erzählt. Er ist überraschend gekommen.«

Die Frau nickte. Sie schien Clerfayt nicht wiederzuerkennen und wandte sich aufs neue Hollmann zu. »Sie behauptet, ich müsse ins Bett«, sagte sie ärgerlich. »Nur, weil ich vor ein paar Tagen etwas Fieber gehabt habe. Aber ich lasse mich nicht einsperren. Nicht heute abend! Bleiben Sie auf?«

»Ja. Wir essen in der Vorhölle.«

»Ich komme auch.«

Sie nickte Clerfayt und Hollmann zu und ging zurück. »Das alles muß dir tibetanisch vorkommen«, sagte Hollmann. »Die Vorhölle heißt hier der Raum, in dem Gäste zugelassen werden. Der Dalai Lama ist natürlich der Professor, das Krokodil die Oberschwester –«

»Und die Frau?«

»Sie heißt Lillian Dunkerque, Belgierin mit einer russischen Mutter. Die Eltern sind tot.«

»Warum ist sie wegen solcher Lappalien so aufgeregt?«

Hollmann hob die Schultern. Er wirkte plötzlich müde. »Ich habe dir schon gesagt, daß alle hier etwas verrückt werden. Besonders, wenn jemand gestorben ist.«

»Ist jemand gestorben?«

»Ja, eine Freundin von ihr. Gestern, hier im Sanatorium. Es geht einen nichts an, aber irgendetwas stirbt doch immer mit. Etwas Hoffnung wahrscheinlich.«

»Ja«, sagte Clerfayt. »Aber das ist überall so.«

Hollmann nickte. »Sie fangen hier an zu sterben, wenn es Frühling wird. Mehr als im Winter. Merkwürdig, was?«

II

Die oberen Stockwerke des Sanatoriums sahen nicht mehr aus wie ein Hotel; sie waren ein Krankenhaus. Lillian Dunkerque blieb vor dem Zimmer stehen, in dem Agnes Somerville gestorben war. Sie hörte Stimmen und Lärm und öffnete die Tür.

Der Sarg war nicht mehr da. Die Fenster standen offen, und zwei Putzfrauen waren dabei, das Zimmer zu scheuern. Wasser planschte am Boden, es roch nach Lysol und Seife, die Möbel waren umgekehrt, und das elektrische Licht stach grell in jeden Winkel des Raumes.

Lillian glaubte einen Augenblick in ein falsches Zimmer gekommen zu sein. Dann sah sie, hoch auf einen Schrank geworfen, den kleinen Plüschbären, der die Maskotte der Toten gewesen war. »Hat man sie schon abgeholt?« fragte sie.

Eine der Putzfrauen richtete sich auf. »Sie ist auf Nummer sieben gebracht worden. Wir müssen hier saubermachen. Morgen früh kommt schon eine Neue.«

»Danke.«

Lillian schloß die Tür. Sie kannte Nummer sieben; es war ein kleines Zimmer neben dem Gepäckaufzug. Die Toten wurden dahin gebracht, weil sie von da leicht nachts mit dem Aufzug nach unten zu schaffen waren. Wie Koffer, dachte Lillian. Und hinter ihnen wusch man mit Seife und Lysol ihre letzten Spuren fort.

In Zimmer sieben brannte kein Licht. Es waren auch keine Kerzen mehr da. Der Sarg war bereits geschlossen. Man hatte den Deckel über das schmale Gesicht und das leuchtende, rote Haar gestülpt und ihn zugeschraubt. Alles war vorbereitet zum Transport. Die Blumen waren vom Sarg genommen worden; sie lagen in einem Stück Wachstuch auf einem Tisch nebenan. Das Wachstuch hatte Ringe mit Schnüren, so daß man die Blumen mit einem Griff transportieren konnte. Die Kränze lagen daneben, übereinandergeschichtet, wie Hüte in einem Hutgeschäft. Die Vorhänge waren nicht zugezogen, und die Fenster standen offen. Es war sehr kalt im Zimmer. Der Mond schien hinein.

Lillian war gekommen, um die Tote noch einmal zu sehen. Es war zu spät. Niemand würde das blasse Gesicht und das leuchtende Haar, das einmal Agnes Somerville gewesen war, jemals wieder sehen. Man würde den Sarg diese Nacht heimlich hinunterbringen und ihn auf einem Schlitten zum Krematorium transportieren. Dort würde er unter dem plötzlichen Ansturm des Feuers zu brennen beginnen, das rote Haar würde noch einmal knistern und Funken sprühen, der starre Körper würde sich in den Flammen noch einmal aufbäumen, als wäre er wieder lebendig geworden – und dann würde alles zusammensinken zu Asche und Nichts und ein bißchen fahler Erinnerung.

Lillian blickte auf den Sarg. Wenn sie noch lebte! dachte sie plötzlich. Konnte es nicht sein, daß sie noch einmal zu sich gekommen war in diesem unerbittlichen Kasten? Gab es das nicht manchmal? Wer wußte denn, wie oft das geschah? Man kannte nur die wenigen Fälle, in denen Scheintote gerettet worden waren, aber wer wußte, wie viele schweigend erstickt waren, die man nie gefunden hatte? Konnte es nicht sein, daß Agnes Somerville jetzt, gerade jetzt, in der engen Dunkelheit der raschelnden Seide zu schreien versuchte, mit vertrockneter Kehle, ohne einen Laut hervorbringen zu können?

Ich bin verrückt, dachte Lillian; was denke ich da? Ich hätte nicht hierhergehen sollen! Warum habe ich es getan? Aus Sentimentalität? Aus Verwirrung? Oder aus dieser entsetzlichen Neugier heraus, noch einmal in ein totes Gesicht zu starren wie in einen Abgrund, dem man vielleicht doch noch eine Antwort entreißen kann? Licht, dachte sie, ich muß Licht machen!

Sie ging zur Tür zurück; aber plötzlich blieb sie stehen und lauschte. Sie glaubte ein Knistern gehört zu haben, sehr leise, aber deutlich, als kratzten Nägel auf Seide. Rasch drehte sie den Schalter an. Das scharfe Licht der ungeschützten Lampe an der Decke trieb die Nacht, den Mond und das Entsetzen zurück. Ich höre Gespenster, dachte sie. Es war mein eigenes Kleid. Es waren meine eigenen Nägel. Es war nicht ein müder, letzter Rest von Leben, der sich noch einmal geregt hat.

Sie starrte wieder auf den Sarg, der jetzt im grellen Licht stand. Nein – dieser schwarze, polierte Kasten mit den Bronzegriffen enthielt kein Leben mehr. Im Gegenteil – in ihm war die finsterste Drohung eingeschlossen, die die Menschheit kannte. Es war nicht mehr Agnes Somerville, ihre Freundin, die in ihrem goldenen Kleide regungslos, mit gestocktem Blut und zerfallenden Lungen in ihm lag – es war auch nicht mehr das wächserne Abbild eines Menschen, in dem die eingeschlossenen Säfte langsam begannen, es zu zerstören, – nein, in diesem Kasten lauerte nur noch das absolute Nichts, der Schatten ohne Schatten, das unbegreifliche Nichts mit dem ewigen Hunger nach dem anderen Nichts, das in allem Leben wohnte und wuchs, das mit einem geboren wurde und das auch in ihr, Lillian Dunkerque, war und schweigend wuchs und Tag um Tag ihres Lebens fraß, bis nur es allein noch da sein würde, und man seine Hülle ebenso wie diese hier in eine schwarze Kiste packen würde zu Abfall und Zerfall.

Sie griff hinter sich nach der Türklinke. Im Augenblick, als sie sie berührte, drehte sich die Klinke scharf in ihrer Hand. Sie unterdrückte einen Schrei. Die Tür öffnete sich. Vor Lillian stand ein überraschter Hausknecht und starrte sie an. »Was ist los?« stotterte er. »Wo kommen Sie her?« Er blickte an ihr vorbei ins Zimmer, in dem die Vorhänge im Zugwind flatterten. »Es war doch abgeschlossen! Wie sind Sie hereingekommen? Wo ist der Schlüssel?«

»Es war nicht abgeschlossen.«

»Dann muß jemand –« Der Hausknecht sah auf die Tür. »Da steckt er ja!« Er wischte sich über das Gesicht. »Wissen Sie, einen Moment dachte ich –«

»Was?«

Er deutete auf den Sarg. »Ich dachte, Sie wären es und –«

»Ich bin es ja«, flüsterte Lillian.

»Was?«

»Nichts.«

Der Mann trat einen Schritt in das Zimmer. »Sie verstehen mich nicht. Ich dachte, Sie wären die Tote. So was! Dabei habe ich doch schon allerhand mitgemacht!« Er lachte. »Das nennt man einen Schreck in der Nachtstunde! Was machen Sie denn hier! Nummer achtzehn ist doch schon zugeschraubt.«

»Wer?«

»Nummer achtzehn. Ich weiß den Namen nicht. Ist ja auch nicht nötig. Wenn's soweit ist, nützt der schönste Name nichts mehr.« Der Hausknecht drehte das Licht ab und schloß die Tür. »Freuen Sie sich, daß Sie es nicht sind, Fräulein«, sagte er gutmütig.

Lillian kramte Geld aus ihrer Tasche hervor. »Hier ist etwas für den Schreck, den ich Ihnen bereitet habe.«

Der Hausknecht salutierte und rieb sich die Bartstoppeln. »Herzlichen Dank! Ich werde es mit meinem Kollegen Josef teilen. Nach einem so traurigen Geschäft schmeckt ein Bier mit Korn immer besonders gut. Nehmen Sie es sich nicht zu sehr zu Herzen, Fräulein. Einmal müssen wir alle dran glauben.«

»Ja«, erwiderte Lillian. »Das ist ein Trost. Ein wirklich wunderbarer Trost ist das, nicht wahr?«

Sie stand in ihrem Zimmer. Die Zentralheizung summte. Alle Lichter brannten. Ich bin verrückt, dachte sie. Ich habe Angst vor der Nacht. Ich habe Angst vor mir selbst. Was soll ich tun? Ich kann ein Schlafmittel nehmen und das Licht brennen lassen. Ich kann Boris anrufen und mit ihm sprechen. Sie hob die Hand nach dem Telefon, aber sie nahm den Hörer nicht ab. Sie wußte, was er ihr sagen würde. Sie wußte auch, daß er recht haben würde; aber was nützte es, wenn man wußte, daß man recht hatte? Der

Mensch hatte sein bißchen Vernunft, um zu erkennen, daß er nach ihr allein nicht leben konnte. Man lebte von Gefühlen, – und bei denen half Recht nicht.

Sie hockte sich in einen Sessel am Fenster. Ich bin vierundzwanzig Jahre alt, dachte sie, ebenso alt wie Agnes. Vier Jahre bin ich hier oben. Davor war fast sechs Jahre lang Krieg. Was kenne ich vom Leben? Zerstörung, die Flucht aus Belgien, Tränen, Angst, den Tod meiner Eltern, Hunger, und dann die Krankheit durch den Hunger und die Flucht. Davor war ich ein Kind. Ich erinnere mich kaum noch daran, wie Städte im Frieden nachts einmal ausgesehen haben müssen. Die tausend Lichter und die strahlende Welt der Straßen – was weiß ich noch davon? Ich kenne nur noch Verdunkelungen und den Bombenregen aus dem lichtlosen Dunkel, und dann Okkupationen und Furcht und Verstecken und Kälte. Glück? Wie war dieses endlose Wort, das einst in Träumen so geglänzt hatte, zusammengeschrumpft! Ein Zimmer ohne Heizung war bereits Glück gewesen, ein Brot, ein Keller, ein Platz, der nicht beschossen wurde. Dann war das Sanatorium gekommen. Sie starrte aus dem Fenster. Unten stand ein Schlitten neben dem Eingang für Lieferanten und Dienstboten. Vielleicht war es schon der Schlitten für Agnes Somerville. Vor einem Jahr war sie lachend mit Pelzen und Blumen am Haupteingang des Sanatoriums angekommen; jetzt verließ sie das Haus heimlich durch den Dienstboteneingang, als hätte sie ihre Rechnung nicht bezahlt. Vor sechs Wochen hatte sie mit Lillian noch Pläne gemacht für die Abreise. Die Abreise, das Phantom, die Fata Morgana, die nie kam.

Das Telefon klingelte. Sie zögerte, dann hob sie es ab. »Ja, Boris.« Sie lauschte. »Ja, Boris. Ja, ich bin vernünftig, – ja, ich weiß, daß viel mehr Menschen an Herzschlag und Krebs sterben – ich habe die Statistiken gelesen, Boris, ja, – ich weiß, daß es uns nur so scheint, weil wir hier oben so eng zusammen hausen, – ja, viele werden geheilt, ja, ja, – die neuen Mittel, ja, Boris, ich bin vernünftig, bestimmt, – nein, komm nicht, – ja, ich liebe dich, Boris, natürlich –«

Sie legte den Hörer auf. »Vernünftig«, flüsterte sie und starrte in den Spiegel, aus dem ihr Gesicht zurückstarrte, fremd, mit fremden Augen – »vernünftig!« Mein Gott, dachte sie, ich bin viel zu lange vernünftig gewesen! Wozu? Um Nummer zwanzig oder dreißig in Zimmer sieben neben dem Gepäckaufzug zu werden? Etwas in einem schwarzen Kasten, vor dem einem graute?

Sie sah auf die Uhr. Es war kurz vor neun. Die Nacht lag dunkel und endlos vor ihr, voll mit Panik und Langeweile, dieser entsetzlichen Mischung, die das Kennzeichen der Sanatorien war, – der Panik vor der Krankheit und der Langeweile des reglementierten Daseins, die zusammen unerträglich wurden, weil der Kontrast zu nichts anderem führte als zu einem intensiven Gefühl völliger Hilflosigkeit.

Lillian stand auf. Nur jetzt nicht allein bleiben! Es mußten noch ein paar Leute unten sein, – Hollmann zumindest und sein Besuch.

Im Speisezimmer saßen außer Hollman und Clerfayt noch drei Südamerikaner, zwei Männer und eine ziemlich dicke, kleine Frau. Alle drei waren schwarzgekleidet; alle drei schwiegen. Sie hockten wie kleine, schwarze Hügel in der Mitte des Raumes unter der hellen Lampe.

»Sie kommen aus Bogotá«, sagte Hollmann. »Man hat ihnen telegrafiert. Die Tochter des Mannes mit der Hornbrille lag im Sterben. Aber seit sie hier sind, geht es dem Mädchen plötzlich besser. Jetzt wissen sie nicht, was sie tun sollen – zurückfliegen oder hierbleiben.«

»Warum bleibt die Mutter nicht hier, und die andern fliegen zurück?«

»Die dicke Frau ist nicht die Mutter. Sie ist die Stiefmutter; sie hat das Geld, von dem Manuela hier lebt. Keiner will eigentlich hier bleiben; auch nicht der Vater. Sie hatten drüben Manuela fast vergessen. Sie schickten regelmäßig den Scheck und lebten in Bogotá, und Manuela lebte hier – seit fünf Jahren – und schrieb monatlich einen Brief. Der Vater und die Stiefmutter haben längst Kinder, die Manuela nicht kennt. Alles war gut, – bis sie so lästig wurde zu sterben. Da mußte man natürlich kommen, der Reputation wegen. Die Frau wollte den Mann nicht allein fliegen lassen. Sie ist älter als er und eifersüchtig, und sie weiß, daß sie zu dick ist. Zur Verstärkung nahm sie deshalb ihren Bruder mit. Man hatte in Bogotá ohnehin schon darüber geredet, daß sie Manuela aus dem Hause gedrängt habe; jetzt will sie zeigen, daß sie sie liebt. Es ist also nicht nur eine Sache der Eifersucht, sondern auch eine des Prestiges. Wenn sie allein zurückflöge, würde das Gerede wieder beginnen. So sitzen sie da und warten.«

»Und Manuela?«

»Der Vater und die Stiefmutter liebten sie heiß, als sie ankamen, weil sie ja jede Stunde sterben sollte. Die arme

Manuela, die nie Liebe gekannt hatte, war dadurch so beglückt, daß sie begann sich zu erholen. Jetzt sind die Eltern bereits ungeduldig. Außerdem werden sie jeden Tag dicker, weil sie nervösen Hunger haben und sich mit dem berühmten Konfekt des Ortes voll stopfen. In einer Woche werden sie Manuela hassen, weil sie nicht schnell genug stirbt.«

»Oder sie werden sich an das Dorf gewöhnen, das Konfektgeschäft kaufen und sich hier niederlassen«, sagte Clerfayt.

Hollmann lachte. »Du hast eine makabre Phantasie.«

»Im Gegenteil. Nur makabre Erfahrungen. Aber woher weißt du all das?«

»Ich habe dir doch schon gesagt, daß es hier keine Geheimnisse gibt. Schwester Cornelia Wehrli spricht Spanisch und ist die Vertraute der Stiefmutter.«

Die drei schwarzen Gestalten standen auf. Sie hatten kein Wort miteinander gesprochen. Mit feierlicher Würde schritten sie hintereinander zur Tür.

Sie stießen fast mit Lillian Dunkerque zusammen, die so rasch hereinkam, daß die dicke Frau erschrak und mit einem hohen Vogelschrei zur Seite wich. Lillian ging eilig an den Tisch zu Hollmann und Clerfayt und sah sich dann nach der Frau um. »Was schreit sie denn?« flüsterte sie. »Ich bin doch kein Gespenst! Oder doch? Schon?« Sie suchte nach ihrem Spiegel. »Ich scheine heute abend jeden Menschen zu erschrecken.«

»Wen sonst?« fragte Hollmann.

»Den Hausknecht.«

»Was? Josef?«

»Nein, den andern, der Josef hilft. Sie wissen schon –«

Hollmann nickte. »Uns erschrecken Sie nicht, Lillian.«

Sie steckte den Spiegel weg. »War das Krokodil schon hier?«

»Nein. Es muß aber jeden Augenblick kommen und uns rauswerfen. Es ist pünktlich wie ein preußischer Feldwebel.«

»Josef ist an der Tür heute nacht. Ich habe mich erkundigt. Wir können raus. Kommen Sie mit?«

»Wohin? In die Palace Bar?«

»Wohin sonst?«

»In der Palace Bar ist nichts los«, sagte Clerfayt. »Ich komme gerade daher.«

Hollmann lachte. »Für uns ist immer genug los. Selbst wenn kein Mensch da ist. Alles außerhalb des Sanatoriums ist für uns bereits aufregend. Man wird hier bescheiden.«

»Wir können jetzt durchschlüpfen«, sagte Lillian Dunkerque. »Außer Josef paßt niemand auf. Der andere Hausknecht ist noch beschäftigt.«

Hollmann hob die Schultern. »Ich habe etwas Temperatur, Lillian. Plötzlich, heute abend – weiß der Teufel, warum! Vielleicht, weil ich den schmutzigen Sportwagen Clerfayts wieder gesehen habe.«

Eine Putzfrau kam herein und begann, die Stühle auf die Tische zu stellen, um aufzuwischen. »Wir sind auch schon mit Fieber ausgerissen«, sagte Lillian.

Hollmann sah sie verlegen an. »Ich weiß. Aber heute nicht, Lillian.«

»Auch wegen des schmutzigen Sportwagens?«

»Vielleicht. Wie ist es mit Boris? Will er nicht mit?«

»Boris glaubt, ich schliefe. Ich habe ihn schon heute nachmittag gezwungen, mit mir auszufahren. Er würde es nicht noch einmal tun.«

Die Putzfrau zog die Vorhänge auf. Gewaltig und feindlich stand die Landschaft auf einmal vor dem Fenster, – die mondbeschienenen Hänge, der schwarze Wald, der Schnee. Die drei Menschen wirkten verloren dagegen. Die Putzfrau begann, die Lichter an den Wänden auszulöschen. Mit jedem gelöschten Licht schien die Landschaft einen Schritt weiter gegen die Menschen im Zimmer vorzurücken. »Da ist das Krokodil«, sagte Hollmann.

Die Oberschwester stand in der Tür. Sie lächelte mit starkem Gebiss und kalten Augen. »Die Nachtschwärmer, wie immer! Feierabend, meine Herrschaften!« Sie sagte nichts darüber, daß Lillian Dunkerque noch auf war. »Feierabend«, wiederholte sie. »Zu Bett! Zu Bett! Morgen ist auch noch ein Tag!«

Lillian stand auf. »Sind Sie dessen so sicher?«

»Ganz sicher«, erwiderte die Oberschwester mit deprimierender Fröhlichkeit. »Für Sie liegt ein Schlafmittel auf Ihrem Nachttisch, Miss Dunkerque. Sie werden ruhen wie in Morpheus' Armen!«

»Wie in Morpheus' Armen!« wiederholte Hollmann mit Abscheu, als sie gegangen war. »Das Krokodil ist die Königin der Klischees. Heute abend war sie noch gnädig. Warum müssen diese Polizistinnen der Gesundheit jeden Menschen, wenn er in ein Hospital kommt, mit dieser entsetzlich geduldigen Überlegenheit behandeln, als wäre er ein Kind oder ein Kretin?«

»Es ist die Rache für ihren Beruf«, erwiderte Lillian böse. »Wenn Kellner und Krankenschwestern das nicht hätten, stürben sie an Minderwertigkeitskomplexen.«

Sie standen in der Halle vor dem Aufzug. »Wohin gehen Sie jetzt?« fragte Lillian Clerfayt.

Er sah sie an. »Zur Palace Bar.«

»Nehmen Sie mich mit?«

Er zögerte einen Augenblick. Er hatte gewisse Erfahrungen mit überspannten Russinnen. Auch mit Halbrussinnen. Aber dann erinnerte er sich an die Szene mit dem Schlitten und an das hochmütige Gesicht Wolkows. »Warum nicht?« sagte er.

Sie lächelte ein hilfloses Lächeln. »Ist es nicht trostlos? Man bittet um ein bißchen Freiheit wie ein Trunkenbold einen abweisenden Barmixer um ein letztes Glas. Ist das nicht erbärmlich?«

Clerfayt schüttelte den Kopf. »Ich habe das oft genug selbst getan.«

Sie sah ihn zum ersten Male voll an. »Sie?« fragte sie. »Warum Sie?«

»Jeder hat Gründe. Sogar ein Stein. Wo soll ich Sie abholen? Oder wollen Sie gleich mitkommen?«

»Nein. Sie müssen durch den Haupteingang hinausgehen. Das Krokodil paßt dort auf. Gehen Sie dann die erste Serpentine herunter, nehmen Sie dort einen Schlitten, und fahren Sie rechts hinter das Sanatorium zum Eingang für Lieferanten und Dienstboten. Ich komme da heraus.«

»Gut.«

Lillian stieg in den Aufzug. Hollmann wandte sich zu Clerfayt. »Es macht dir doch nichts, daß ich heute abend nicht mitkomme?«

»Natürlich nicht. Ich fahre ja morgen noch nicht weg.«

Hollmann blickte ihn forschend an. »Und Lillian? Wärst du lieber allein geblieben?«

»Auf keinen Fall. Wer will schon allein bleiben?«

Clerfayt ging durch die leere Halle hinaus. Nur ein kleines Licht brannte noch neben der Tür. Durch die großen Fenster fiel das Mondlicht in breiten Rhomben auf den Fußboden. Neben der Tür stand das Krokodil. »Gute Nacht«, sagte Clerfayt.

»Good night«, erwiderte sie, und er konnte sich nicht vorstellen, warum sie auf einmal Englisch sprach.

Er ging die Serpentinen hinunter, bis er einen Schlitten fand. »Können Sie das Verdeck schließen?« fragte er den Kutscher.

»Heute nacht? Es ist doch nicht mehr so kalt!«

Clerfayt wollte Lillian nicht in einen offenen Schlitten setzen, aber er hatte auch keine Lust zu Argumenten. »Für Sie nicht, für mich schon. Ich komme aus Afrika«, erwiderte er. »Können Sie also den Schlitten schließen?«

»Das ist was anderes.« Der Kutscher kletterte umständlich von seinem Bock und klappte das Verdeck hoch. »Geht es so?«

»Ja. Fahren Sie jetzt bitte zum Sanatorium Bella Vista zurück; – zum Hintereingang.«

Lillian Dunkerque wartete bereits. Sie hatte einen dünnen, schwarzen Pelz aus Breitschwanz um sich gezogen.

Clerfayt hätte sich nicht gewundert, wenn sie in einem Abendkleid ohne Mantel gekommen wäre. »Es hat alles geklappt«, flüsterte sie. »Ich habe Josefs Schlüssel. Er bekommt eine Flasche Kirsch dafür.«

Clerfayt half ihr in den Schlitten. »Wo ist Ihr Wagen?« fragte sie.

»Er wird gewaschen.«

Sie lehnte sich in das Dunkel des Verdecks zurück, als der Schlitten wendete und am Haupteingang des Sanatoriums vorbeifuhr. »Haben Sie den Wagen heute abend Hollmanns wegen nicht heraufgebracht?« fragte sie nach einer Weile.

Er sah sie an. »Warum Hollmanns wegen?«

»Damit er ihn nicht sieht. Um ihn zu schonen.«

Es stimmte. Clerfayt hatte gemerkt, daß der Anblick Giuseppes Hollmann zu sehr aufgeregt hatte. »Nein«, erwiderte er. »Der Wagen mußte nur dringend gewaschen werden.«

Er holte ein Päckchen Zigaretten heraus. »Geben Sie mir auch eine«, sagte Lillian.

»Dürfen Sie rauchen?«

»Natürlich«, erwiderte sie so schroff, daß er sofort spürte, es sei nicht wahr.

»Ich habe nur Gauloises. Schwarzen, schweren Tabak der Fremdenlegion.«

»Ich kenne sie. Wir haben sie während der Okkupation geraucht.«

»In Paris?«

»In einem Keller in Paris.«

Er gab ihr Feuer. »Woher sind Sie heute gekommen?« fragte sie. »Aus Monte Carlo?«

»Nein, aus Vienne.«

»Vienne? In Österreich?«

»Vienne bei Lyon. Sie kennen es sicher nicht. Es ist ein verschlafenes Städtchen, dessen einziger Ruhm darin besteht, eines der besten Restaurants Frankreichs zu besitzen – das Hotel de la Pyramide.«

»Sind Sie über Paris gekommen?«

»Das wäre ein zu großer Umweg gewesen. Paris liegt viel weiter im Norden.«

»Wie sind Sie gefahren?«

Clerfayt wunderte sich, warum sie das so genau wissen wollte. »Die übliche Route«, sagte er. »Über Belfort und Basel. Ich hatte noch etwas in Basel zu tun.«

Lillian schwieg eine Weile. »Wie war es?« fragte sie dann.

»Was? Die Fahrt? Langweilig. Grauer Himmel und flaches Land, bis man an die Alpen kommt.«

Er hörte sie im Dunkeln atmen. Dann sah er im vorübergleitenden Licht eines Ladens mit Uhren ihr Gesicht. Es hatte einen merkwürdigen Ausdruck von Erstaunen, Spott und Schmerz. »Langweilig?« sagte sie. »Flaches Land? Mein Gott, was ich darum geben würde, einmal keine Berge mehr sehen zu müssen.«

Er begriff plötzlich, warum sie ihn so eingehend gefragt hatte. Für die Kranken hier oben waren die Berge Mauern, die ihre Freiheit beschränkten. Sie gaben ihnen den leichten Atem und die Hoffnung; aber sie konnten sie nicht verlassen. Ihre Welt war auf dieses Hochtal beschränkt, und deshalb war jede Nachricht von unten eine Nachricht aus dem verlorenen Paradies.

»Wie lange sind Sie schon hier?« fragte er.

»Vier Jahre.«

»Und wann können Sie wieder hinunter?«

»Fragen Sie den Dalai Lama«, erwiderte Lillian bitter. »Er verspricht es alle paar Monate – so wie bankrotte Regierungen einen Vierjahresplan nach dem anderen versprechen.«

Der Schlitten hielt an der Einfahrt zur Hauptstraße. Eine Gruppe Touristen in Skianzügen zog lärmend an ihm vorbei. Eine sehr blonde Frau in einem blauen Pullover legte ihre Arme um den Hals des Pferdes. Das Pferd schnaubte. »Come, Daisy, darling«, rief einer der Touristen. Lillian warf heftig ihre Zigarette in den Schnee. »Die Leute da zahlen eine Menge Geld, um hier heraufzukommen, – und wir würden alles geben, um wieder hinunterzukommen, – ist das nicht zum Totlachen?«

»Nein«, erwiderte Clerfayt ruhig.

Der Schlitten zog wieder an. »Geben Sie mir noch eine Zigarette«, sagte Lillian.

Clerfayt hielt ihr das Paket hin. »Sie verstehen das alles sicher nicht«, murmelte sie. »Daß man sich hier wie in einem Gefangenenlager fühlen kann. Nicht wie in einem Gefängnis; da weiß man wenigstens, wann man herauskommt. Wie in einem Lager, wo es kein Urteil gibt.«

»Ich verstehe es«, sagte Clerfayt. »Ich war selbst in einem.«

»Sie? In einem Sanatorium?«

»In einem Gefangenenlager. Im Kriege. Aber bei uns war es gerade umgekehrt.« Er lächelte. »Wir waren im flachen Moor eingesperrt, und die Schweizer Berge waren für uns der Traum der Freiheit. Wir konnten sie vom Lager aus sehen. Einer von uns, der aus dieser Gegend hier kam, machte uns fast verrückt mit seinen Erzählungen. Hätte man uns damals die Entlassung angeboten, wenn wir uns dafür verpflichtet hätten, einige Jahre in diesen Bergen zu leben, ich glaube, viele hätten das angenommen. Auch zum Totlachen, wie?«

»Nein. Hätten Sie es auch angenommen?«

»Ich hatte einen Plan zu fliehen.«

»Wer hätte den nicht? Sind Sie geflohen?«

»Ja.«

Lillian beugte sich vor. »Sind Sie entkommen? Oder wieder gefangen worden?«

»Entkommen. Ich wäre sonst nicht hier. Es gab nichts dazwischen.«

»Und der andere Mann?« fragte sie nach einer Weile. »Der, der immer von den Bergen hier erzählte?«

»Er starb an Typhus im Lager. Eine Woche bevor es befreit wurde.«

Der Schlitten hielt vor dem Hotel. Clerfayt sah, daß Lillian keine Überschuhe trug. Er hob sie heraus, trug sie über den Schnee und setzte sie vor dem Eingang nieder. »Ein Paar Seidenschuhe gerettet«, sagte er. »Wollen Sie wirklich in die Bar?«

»Ja. Ich brauche etwas zu trinken.«

In der Bar stampften Skiläufer in schweren Schuhen auf der Tanzfläche herum. Der Kellner schob einen Tisch in einer Ecke zurecht. »Wodka?« fragte er Clerfayt.

»Nein. Etwas Heißes. Glühwein oder Grog.« Clerfayt sah Lillian an. »Was von beiden?«

»Wodka. Haben Sie den nicht vorher auch getrunken?«

»Ja. Aber vor dem Essen. Einigen wir uns auf etwas, was die Franzosen den lieben Gott in Samthosen nennen. Einen Bordeaux.«

Er sah, daß sie ihn mißtrauisch musterte. Wahrscheinlich glaubte sie, er wolle sie als Kranke behandeln und sie schonen. »Ich beschwindele Sie nicht«, sagte er. »Ich würde den Wein auch bestellen, wenn ich jetzt allein hier wäre. Wodka können wir morgen vor dem Essen trinken, soviel Sie wollen. Wir werden eine Flasche ins Sanatorium schmuggeln.«

»Gut. Dann lassen Sie uns den Wein trinken, den Sie gestern abend unten in Frankreich gehabt haben – im Hotel de la Pyramide in Vienne.«

Clerfayt war überrascht, daß sie die Namen behalten hatte. Man muß achtgeben bei ihr, dachte er; wer sich Namen so gut merkt, merkt sich auch anderes. »Es war ein Bordeaux«, sagte er, »ein Lafite Rothschild.«

Es war nicht wahr. Er hatte in Vienne einen leichten Wein der Region getrunken, der nicht ausgeführt wurde; aber es war unnötig, das zu erklären. »Bringen Sie uns einen Château Lafite 1937, wenn Sie ihn haben«, sagte er dem Kellner. »Und wärmen Sie ihn nicht mit einer heißen Serviette an. Bringen Sie ihn lieber so, wie er im Keller liegt.«

»Wir haben ihn chambré, mein Herr.«

»Welch ein Glück!«

Der Kellner ging zur Bar und kam zurück. »Sie werden am Telefon verlangt, Herr Clerfayt.«

»Von wem?«

»Das weiß ich nicht, mein Herr. Soll ich fragen?«

»Das Sanatorium!« sagte Lillian nervös. »Das Krokodil!«

»Das werden wir gleich herausfinden.« Clerfayt stand auf. »Wo ist die Kabine?«

»Draußen, rechts neben der Tür zur Bar.«

»Bringen Sie inzwischen den Wein. Machen Sie die Flasche auf, und lassen Sie ihn atmen.«

»War es das Krokodil?« fragte Lillian, als er zurückkam.

»Nein. Es war ein Anruf aus Monte Carlo.« Clerfayt zögerte einen Moment, aber als er ihr Gesicht aufleuchten sah, dachte er, es könne ihr nicht schaden zu hören, daß auch anderswo Menschen stürben. »Aus dem Hospital in Monte Carlo«, sagte er. »Ein Bekannter von mir ist gestorben.«

»Müssen Sie zurück?«

»Nein. Es ist da nichts weiter zu tun. Ich glaube sogar, daß es ein Glück für ihn war.«

»Ein Glück?«

»Ja. Er ist beim Rennen gestürzt und wäre ein Krüppel geblieben.«

Lillian starrte ihn an. Sie glaubte, nicht richtig gehört zu haben. Was redete dieser gesunde Eindringling da für barbarischen Unsinn? »Denken Sie nicht, daß auch Krüppel manchmal noch gerne leben?« fragte sie sehr leise und plötzlich voll Hass.

Clerfayt antwortete nicht gleich. Die harte, metallische, verzweifelte Stimme der Frau, die ihn angerufen hatte, war noch in seinen Ohren: Was soll ich machen? Ferrer hat nichts hinterlassen! Kein Geld? Kommen Sie! Helfen Sie mir! Ich sitze fest! Sie sind schuld! Ihr alle seid schuld! Ihr mit euren verfluchten Rennen!

Er schüttelte es ab. »Es kommt darauf an«, sagte er zu Lillian. »Dieser Mann war sinnlos in eine Frau verliebt, die ihn mit jedem Mechaniker betrog. Und er war ein begeisterter Rennfahrer, der aber nie über den Durchschnitt hinausgekommen wäre. Alles, was er vom Leben wollte, waren Siege in großen Rennen und die Frau. Er starb, bevor er über beides die Wahrheit herausfand, – und er starb auch, ohne zu wissen, daß die Frau ihn nicht mehr sehen wollte, weil er amputiert war. Das meine ich mit Glück.«

»Vielleicht hätte er trotzdem noch gerne gelebt!«

»Das weiß ich nicht«, erwiderte Clerfayt, plötzlich irritiert. »Aber ich habe Menschen elender sterben sehen. Sie nicht auch?«

»Ja«, sagte Lillian hartnäckig. »Aber alle hätten gern noch gelebt.«

Clerfayt schwieg. Was rede ich da nur? dachte er. Und wozu? Aber rede ich nicht, um mich selbst von etwas zu überzeugen, was ich nicht glaube? Diese harte, kalte, metallische Stimme von Ferrers Freundin am Telefon!

»Niemand entkommt«, sagte er schließlich ungeduldig. »Und niemand weiß, wann und wie es ihn trifft. Wer kann da schachern um Zeit? Was ist denn ein langes Leben? Eine lange Vergangenheit. Und die Zukunft reicht immer nur bis zum nächsten Atemzug. Oder bis zum nächsten Rennen. Darüber hinaus weiß man nichts.« Er hob sein Glas. »Wollen wir darauf trinken?«

»Worauf?«

»Auf nichts. Auf ein bißchen Courage vielleicht.«

»Ich bin der Courage müde«, sagte Lillian. »Und des Trostes auch. Erzählen Sie mir lieber, wie es unten aussieht. Auf der anderen Seite der Berge.«

»Trostlos. Nichts als Regen. Seit Wochen.«

Sie stellte ihr Glas langsam auf den Tisch zurück. »Regen!« Sie sagte es, als sagte sie: Leben. »Hier hat es seit Oktober nicht mehr geregnet. Nur geschneit. Ich habe schon fast vergessen, wie Regen aussieht –«

Es schneite, als sie herauskamen. Clerfayt pfiff einen Kutscher heran.

Sie fuhren die Serpentinen hinauf. Die Glocken des Pferdegeschirrs läuteten. Die Straße war still in der wirbelnden Dunkelheit. Nach einer Weile hörten sie vom Berg her ein zweites Geschirr läuten. Der Kutscher hielt an einer Ausweichstelle neben einer Laterne, um dem anderen, der von oben kam, Platz zu machen. Das Pferd stampfte und prustete. Der zweite Schlitten glitt im Schneegestöber fast lautlos an ihnen vorüber. Es war ein niedriger Transportschlitten, auf dem eine lange Kiste stand, die in schwarzes Wachstuch gehüllt war. Man sah neben der Kiste eine Zeltbahn, unter der Blumen hervorlugten, und eine zweite, die über einen Stapel Kränze geworfen war.

Der Kutscher bekreuzigte sich und trieb das Pferd wieder an. Schweigend fuhren sie die letzten Kurven hinauf und hielten vor dem Seiteneingang des Sanatoriums. Eine elektrische Birne unter einem Porzellanschirm warf einen Kreis gelben Lichtes auf den Schnee. Darin lagen ein paar abgerissene grüne Blätter. Lillian stieg aus. »Es hilft alles nichts«, sagte sie mit einem mühsamen Lächeln. »Man kann es eine Weile vergessen, – aber man kann ihm nicht entgehen.«

Sie öffnete die Tür. »Danke«, murmelte sie. »Und verzeihen Sie – ich war keine gute Gesellschaft. Aber ich konnte nicht allein sein heute abend.«

»Ich auch nicht.«

»Sie? Warum Sie nicht?«

»Aus demselben Grund wie Sie. Ich habe es Ihnen erzählt. Das Telefon aus Monte Carlo.«

»Aber Sie sagten doch, das sei ein Glück.«

»Es gibt verschiedene Arten von Glück. Und man sagt manches.« Clerfayt griff in die Tasche seines Mantels. »Hier ist der Kirsch, den Sie dem Hausknecht versprochen haben. Und hier die Flasche Wodka für Sie. Gute Nacht.«

III

Als Clerfayt erwachte, sah er einen verhangenen Himmel und hörte den Wind an den Fenstern rütteln.

»Föhn«, sagte der Kellner. »Der warme Wind, der müde macht. Man fühlt ihn immer schon vorher in den Knochen. Die Bruchstellen schmerzen.«

»Sind Sie Skiläufer?«

»Nein. Bei mir sind es Kriegsverwundungen.«

»Als Schweizer?«

»Ich bin Österreicher«, sagte der Kellner. »Mit dem Skilaufen ist es bei mir aus. Ich habe nur noch einen Fuß. Aber Sie glauben nicht, wie der, der mir fehlt, bei diesem Wetter weh tut.«

»Wie ist der Schnee?«

»Unter uns gesagt: klebrig wie Honig. Nach dem Hotel-Bulletin: gut, Pulverschnee in den höheren Lagen.«

Clerfayt beschloß, das Skilaufen zu verschieben. Er war ohnehin noch müde; der Kellner schien recht zu haben mit dem Wind. Er hatte auch Kopfschmerzen. Der Kognak gestern nacht, dachte er. Warum hatte er weitergetrunken, nachdem er das sonderbare Mädchen mit seiner Mischung aus Weltschmerz und Lebensgier zum Sanatorium gebracht hatte? Merkwürdige Menschen hier oben – Menschen ohne Haut. Ich war auch einmal so ähnlich, dachte er. Vor tausend Jahren. Habe mich gründlich geändert. Mußte es. Aber was war geblieben? Was, außer etwas Zynismus, Ironie und falscher Überlegenheit? Und was kam noch? Wie lange konnte er noch Rennen fahren? War er nicht schon überfällig? Und was kam dann? Was erwartete ihn noch? Ein Posten als Autovertreter in irgendeiner Provinzstadt, – und das langsam herandämmernde Alter mit den endlosen Abenden, den schwindenden Kräften, der Erinnerung, die schmerzte, der Resignation, die zermürbte, der Schablone und dem Phantom eines Daseins, das sich in schalen Wiederholungen erschöpfte?

Der Weltschmerz steckt an, dachte er und stand auf. Mitte des Lebens, ohne Ziel und ohne Halt. Er zog seinen Mantel an und entdeckte darin einen schwarzen Samthandschuh. Er hatte ihn gestern auf dem Tisch gefunden, als er allein in die Bar zurückgekommen war. Lillian Dunkerque mußte ihn vergessen haben. Er steckte ihn in die Tasche, um ihn später im Sanatorium abzugeben.

Er war eine Stunde durch den Schnee gegangen, als er, abseits der Straße, in der Nähe des Waldes, ein kleines, quadratisches Gebäude entdeckte, das eine runde Kuppel hatte, aus der schwarzer Rauch quoll. Er blieb stehen. Eine ekelhafte Erinnerung stieg in ihm auf an etwas, das er hatte vergessen wollen und für das er einige Jahre sinnlosen Lebens verschwendet hatte, um es zu vergessen. »Was ist denn das da?« fragte er einen jungen Burschen, der vor einem Laden Schnee wegschaufelte.

»Da drüben? Das Krematorium, mein Herr.«

Clerfayt schluckte. Er hatte sich also nicht geirrt.

»Hier?« sagte er. »Wozu habt ihr denn hier ein Krematorium?«

»Für die Hospitäler natürlich. Die Toten.«

»Dazu brauchen Sie ein Krematorium? Sterben denn so viele?«

Der Bursche lehnte sich auf seine Schaufel. »Jetzt nicht mehr so viele, mein Herr. Aber früher – vor dem Kriege, vor dem ersten Kriege, meine ich, und auch nachher, – da gab es hier viele Tote. Wir haben hier lange Winter, und im Winter kann man die Erde schwer aufhacken. Alles ist tief zu Stein gefroren. Ein Krematorium ist da viel praktischer. Wir haben unseres hier schon fast dreißig Jahre.«

»Dreißig Jahre? Dann hattet ihr es also schon, bevor Krematorien wirklich modern wurden, was? Lange vor dem Massenbetrieb.«

Der Bursche verstand nicht, was Clerfayt meinte. »Wir waren hier immer die ersten für etwas Praktisches, mein Herr. Es ist auch billiger. Die Leute wollen jetzt nicht mehr so viel Geld ausgeben für den Leichentransport. Früher war das anders. Da ließen viele Familien ihre Toten in versiegelten Zinksärgen in die Heimat kommen. Das waren schönere Zeiten als heute!«

»Das glaube ich.«

»Und ob! Sie müssen einmal meinen Vater davon erzählen hören! Er hat die ganze Welt so gesehen!«

»Wie?«

»Als Leichenbegleiter«, sagte der Bursche, erstaunt über soviel Unkenntnis. »Die Leute hatten damals noch Pietät, mein Herr. Sie ließen ihre Toten nicht allein reisen. Besonders nicht nach Übersee. Mein Vater kennt zum

Beispiel Südamerika wie seine Tasche. Die Leute dort waren reich und wollten ihre Toten immer herübergebracht haben. Das war, bevor die Flugzeuge populär wurden. Der Transport geschah mit der Bahn und auf Dampfern, würdig, wie es sich gehört. Das dauerte natürlich Wochen. Das Essen, mein Herr, das es da gab für den Leichenbegleiter! Mein Vater hat die Menüs gesammelt und einbinden lassen. Auf einer Reise – mit einer vornehmen chilenischen Dame – hat er einmal über dreißig Pfund zugenommen. Alles war frei, auch das Bier, und außerdem gab es ein schönes Geschenk, wenn der Sarg abgeliefert wurde. Dann« – der Bursche blickte unfreundlich zu dem kleinen, quadratischen Gebäude hinüber, aus dem der Rauch nur noch leicht wehte – »dann kam das Krematorium. Anfangs war es nur für Leute ohne Religion, aber jetzt ist es sehr modern geworden.«

»Das ist es«, bestätigte Clerfayt. »Nicht nur hier.«

Der Bursche nickte. »Die Leute haben keinen Respekt mehr vor dem Tode, sagte mein Vater. Die beiden Weltkriege haben das verursacht; es sind zu viele Menschen umgekommen. Immer gleich Millionen. Das hat seinen Beruf ruiniert, sagt mein Vater. Jetzt lassen selbst die Angehörigen in Übersee ihre Toten einäschern, und die Urne mit der Asche wird per Flugzeug nach Südamerika geschickt.«

»Ohne Begleiter?«

»Ohne Begleiter, mein Herr.«

Der Rauch aus dem Krematorium hatte aufgehört. Clerfayt holte ein Paket Zigaretten hervor und hielt es dem redseligen Burschen hin. »Sie hätten die Zigarren sehen sollen, die mein Vater mitgebracht hat«, sagte der, während er eine Zigarette herausnahm und sie betrachtete. »Havannas, mein Herr, das Feinste der Welt. Kisten voll! Sie waren ihm zu schade zum Rauchen; er hat sie immer an die Hotels hier verkauft.«

»Was macht Ihr Vater jetzt?«

»Jetzt haben wir das Blumengeschäft hier.« Der Bursche zeigte auf den Laden, vor dem sie standen. »Wenn Sie irgendetwas brauchen, mein Herr, wir sind billiger als die Räuber im Dorf. Und wir haben manchmal herrliche Sachen. Gerade heute morgen ist eine frische Sendung gekommen. Brauchen Sie nichts?«

Clerfayt dachte nach. Blumen? Warum nicht? Er konnte sie der rebellischen jungen Belgierin mit der russischen Mutter ins Sanatorium schicken. Es würde sie aufheitern. Und wenn ihr Freund, der hochmütige Russe, es erfahren würde, um so besser. Er trat in den Laden.

Eine dünne Klingel schrillte. Hinter einem Vorhang kam ein Mann hervor, der eine Kreuzung zwischen einem Kellner und einem Küster sein konnte. Er trug einen dunklen Anzug und war überraschend klein. Clerfayt sah ihn neugierig an. Er hatte ihn sich muskulöser vorgestellt; aber dann fiel ihm ein, daß der Mann die Särge ja nicht selbst hatte schleppen müssen.

Der Laden sah kümmerlich aus, und die Blumen waren durchschnittlich bis auf einige, die sehr schön waren und gar nicht hineinpassten. Clerfayt sah eine Vase mit weißem Flieder und einen langen Zweig flacher, weißer Orchideen. »Taufrisch!« sagte der kleine Mann. »Heute erst angekommen. Diese Orchidee ist ein Staatsexemplar. Hält sich mindestens drei Wochen. Es ist eine seltene Art.«

»Sind Sie Orchideenkenner?«

»Ja, mein Herr. Ich habe viele Sorten gesehen. Auch im Ausland.«

In Südamerika, dachte Clerfayt. Vielleicht hat er dort nach Ablieferung der Särge ab und zu noch eine kleine Dschungelexpedition mitgemacht, um später staunenden Kindern und Kindeskindern davon erzählen zu können. »Packen Sie es ein«, sagte er und zog den schwarzen Samthandschuh Lillians aus der Tasche. »Legen Sie dies dazu. Haben Sie einen Briefumschlag und eine Karte?«

Er ging zurück zum Dorf. Unterwegs schien ihm, als wittere er immer noch den widerlich süßlichen Rauch des Krematoriums. Er wußte, daß es unmöglich war; der Föhn hatte den Rauch zwar heruntergedrückt, aber er war jetzt viel zu weit entfernt, um noch etwas riechen zu können. Es war nur die Erinnerung an Öfen, die Tag und Nacht gebrannt hatten, – Öfen, nicht weit von dem Lager, in dem er gefangen gehalten worden war. Öfen, die er vergessen wollte.

Er trat in eine Kneipe. »Einen doppelten Kirsch.«

»Nehmen Sie einen Pflümli«, sagte der Wirt. »Wir haben einen ganz hervorragenden. Kirsch wird zuviel gepanscht.«

»Pflaumenschnaps nicht?«

»Er ist weniger bekannt und wird nicht exportiert. Versuchen Sie ihn einmal.«

»Gut. Geben Sie mir einen doppelten.«

Der Wirt schenkte das Glas bis zum Rande voll. Clerfayt trank es leer. »Sie haben einen guten Zug«, erklärte der Wirt. »Aber schmecken Sie auf diese Weise auch etwas?«

»Ich wollte nichts schmecken; ich wollte einen Geschmack vertreiben. Geben Sie mir noch einen; diesmal werde ich ihn schmecken.«

»Doppelt?«

»Doppelt.«

»Dann nehme ich auch einen«, sagte der Wirt. »Trinken ist eine ansteckende Krankheit.«

»Auch bei Wirten?«

»Ich bin nur halb Wirt; halb bin ich Maler. In meiner freien Zeit. Ein Kurgast hat es mir beigebracht.«

»Gut«, sagte Clerfayt. »Dann wollen wir auf die Kunst trinken. Das ist eine der wenigen Sachen, auf die man heute noch mit einiger Sicherheit trinken kann. Landschaften schießen nicht. Salut!«

Er ging zur Garage, um nach Giuseppe zu sehen. Der Wagen stand in dem großen, dämmerigen Raum ziemlich weit hinten, mit dem Kühler zur Wand.

Clerfayt blieb am Eingang stehen. Er sah im Halbdunkel jemand am Steuer sitzen. »Spielen Ihre Lehrlinge hier Rennfahrer?« fragte er den Besitzer der Garage, der mit ihm gekommen war.

»Das ist kein Lehrling. Er sagt, er wäre ein Freund von Ihnen.«

Clerfayt sah schärfer hin und erkannte Hollmann. »Stimmt das nicht?« fragte der Besitzer.

»Doch, es stimmt. Wie lange ist er schon hier?«

»Noch nicht lange. Fünf Minuten.«

»Ist er das erste Mal hier?«

»Nein; er war heute morgen schon einmal da, – aber nur für einen Augenblick.«

Hollmann saß mit dem Rücken zu Clerfayt am Steuer Giuseppes. Es war ohne Zweifel, daß er in seiner Phantasie ein Rennen fuhr. Man hörte das leise Klickern der Gänge beim Schalten. Clerfayt überlegte einen Augenblick, dann winkte er dem Garagisten und ging hinaus. »Verraten Sie nicht, daß ich ihn gesehen habe«, sagte er.

Der Mann nickte ohne Neugier.

»Lassen Sie ihn mit dem Wagen machen, was er will. Hier –« Clerfayt zog den Autoschlüssel aus der Tasche. »Geben sie ihm den Schlüssel, wenn er danach fragt. Wenn er nicht fragt, stecken Sie ihn in die Zündung, wenn er fortgegangen ist. Für das nächste Mal. Natürlich, ohne die Zündung einzuschalten. Sie verstehen?«

»Ich soll ihn machen lassen, was er will? Auch mit dem Schlüssel?«

»Auch mit dem Wagen«, sagte Clerfayt.

Er traf Hollmann beim Mittagessen im Sanatorium. Hollmann sah müde aus. »Föhn«, sagte er. »Jeder fühlt sich bei dem Wetter scheußlich. Man schläft schlecht; schwer, mit verrückten Träumen. Und du?«

»Normaler Katzenjammer. Zuviel getrunken.«

»Mit Lillian?«

»Nachher. Hier oben merkt man es nicht, während man trinkt, – dafür aber am nächsten Morgen.«

Clerfayt sah sich im Speisesaal um. Es waren nicht viele Leute da. Die Südamerikaner saßen in ihrer Ecke. Lillian fehlte. »Bei diesem Wetter bleiben die meisten im Bett«, sagte Hollmann.

»Warst du schon draußen?«

»Nein. Hast du von Ferrer gehört?«

»Er ist tot.«

Sie schwiegen eine Weile. Es war nichts dazu zu sagen. »Was machst du heute nachmittag?« fragte Hollmann schließlich.

»Schlafen und herumlaufen. Kümmere dich nicht um mich. Ich bin froh, an einem Platz zu sein, wo es außer Giuseppe fast kein Auto gibt.«

Die Tür öffnete sich. Boris Wolkow sah herein und nickte Hollmann zu. Clerfayt ignorierte er. Er kam nicht in das Zimmer, sondern schloß die Tür sofort wieder. »Er sucht Lillian«, sagte Hollmann. »Weiß der Himmel, wo sie ist! Sie sollte in ihrem Zimmer sein.«

Clerfayt stand auf. »Ich gehe schlafen. Die Luft hier macht müde, du hast recht. Kannst du heute abend aufbleiben? Hier, zum Essen?«

»Natürlich. Ich habe heute kein Fieber; und das von gestern abend habe ich nicht aufs Krankenblatt geschrieben. Die Krankenschwester traut mir so weit, daß ich meine Temperatur selbst nehmen darf. Auch eine Leistung, was? – Wie ich Thermometer hasse!«

»Also bis acht.«

»Sieben. Aber willst du nicht einmal irgendwo anders essen? Dies hier muß dich doch langweilen.«

»Sei nicht albern. Ich habe in meinem Leben viel zu

wenig Gelegenheit zu einer guten, soliden Vorkriegslangeweile gehabt. So was ist heute das seltene, große Abenteuer unserer Zeit geworden, vorbehalten nur noch den Schweizern und sonst niemand mehr in Europa. Selbst nicht den Schweden; deren Währung ging immerhin mit zum Teufel, während die Menschheit von allen Seiten gerettet wurde. Soll ich dir etwas aus dem Dorf hereinschmuggeln?«

»Nein. Ich habe alles da. Heute abend ist Budenzauber hier bei einer Italienerin, Maria Savini. Heimlich natürlich.«

»Gehst du hin?«

Hollmann schüttelt den Kopf. »Ich habe keine Lust. Diese Art von Budenzauber wird immer gemacht, wenn einer abgereist ist. Abgereist heißt gestorben. Man trinkt und redet sich dann neue Courage an.«

»Also eine Art von Leichenschmaus?«

»Ja, so ähnlich.« Hollmann gähnte. »Zeit für die vorgeschriebene Siesta. Liegekur ohne Sprechen. Für mich auch. Bis heute abend, Clerfayt.«

Der Husten hatte aufgehört. Lillian Dunkerque legte sich erschöpft zurück. Das Morgenopfer war gebracht; der Tag war bezahlt. Der vorhergehende Abend auch. Sie wartete darauf, abgeholt zu werden. Die wöchentliche Röntgendurchleuchtung war fällig. Sie kannte das Ritual bis zum Erbrechen; trotzdem regte es sie jedes Mal auf. Sie hasste die Intimität des Röntgenraumes. Sie hasste es, mit nacktem Oberkörper dazustehen und die Blicke des Assistenzarztes auf sich zu fühlen. Der Dalai Lama störte sie nicht. Für ihn war sie ein Fall – für den Assistenzarzt war sie eine Frau. Es irritierte sie nicht so sehr, daß sie nackt war; es irritierte sie, daß sie mehr als nackt war, wenn sie an den Schirm trat. Sie war dann nackt unter der Haut, nackt bis auf die Knochen und die sich bewegenden und pulsenden Organe. Sie war für die blinkenden Augengläser im rötlichen Dunkel nackter, als sie sich selbst je gesehen hatte und je sehen konnte.

Eine Zeitlang war sie mit Agnes Somerville zusammen zum Durchleuchten gekommen. Sie hatte dann gesehen, wie Agnes sich plötzlich aus einem schönen, jungen Menschen in ein lebendes Skelett verwandelt hatte, in dem wie fahle Tiere die Lunge und der Magen hockten und sich dehnten, als fräßen sie das Leben. Sie hatte gesehen, wie das Skelett sich bewegte, zur Seite, nach vorn, wie es Atem holte und sprach, und sie wußte, daß es bei ihr genauso aussehen mußte. Es war ihr wie eine sonderbare Obszönität erschienen, daß der Assistenzarzt sie so sehen konnte, während sie seinen Atem im Dunkel hörte.

Die Schwester kam. »Wer ist vor mir?« fragte Lillian.

»Fräulein Savini.«

Lillian zog ihren Morgenrock an und folgte der Schwester zum Aufzug. Sie sah durch das Fenster den grauen Tag. »Ist es kalt?« fragte sie.

»Nein. Vier Grad.«

Der Frühling wird bald da sein, dachte sie. Der kranke Wind, der Föhn, das nasse, klatschende Wetter, die schwere Luft, das halbe Ersticken morgens. Maria Savini kam aus dem Röntgenkabinett. Sie schüttelte ihr schwarzes Haar zurecht. »Wie war es?« fragte Lillian.

»Er sagt nichts. Ist schlechter Laune. Wie gefällt dir mein neuer Morgenrock?«

»Wunderbare Seide.«

»Wirklich? Von Lisio aus Florenz.« Maria verzog ihr verbrauchtes Gesicht und lachte. »Was bleibt uns übrig? Wenn wir abends nicht raus dürfen, müssen wir hier mit unsern Dressinggowns prunken. Kommst du heute abend zu mir rüber?«

»Ich weiß noch nicht.«

»Fräulein Dunkerque, der Professor wartet«, mahnte die Schwester aus der Tür.

»Komm!« sagte Maria. »Die andern kommen auch! Ich habe neue Platten aus Amerika. Phantastisch!«

Lillian trat in das halbdunkle Kabinett. »Endlich!« sagte der Dalai Lama. »Ich wollte, Sie wären einmal pünktlich!«

»Es tut mir leid.«

»Schon gut! Die Fieberkarte.«

Die Schwester reichte sie ihm. Er studierte sie und flüsterte mit dem Assistenzarzt. Lillian versuchte zu verstehen, was er sagte. Es gelang ihr nicht. »Licht aus!« sagte der Dalai Lama schließlich. »Bitte nach rechts – nach links – noch einmal –«

Der phosphoreszierende Widerschein des Schirms spiegelte sich auf seinem kahlen Kopf und in der Brille des Assistenzarztes. Lillian wurde es jedes Mal etwas schlecht, wenn sie so atmen und nicht atmen mußte, – es war wie kurz vor einer Ohnmacht.

Die Untersuchung dauerte länger als gewöhnlich. »Zeigen Sie mir noch einmal das Krankenblatt«, sagte der Dalai Lama.

Die Schwester knipste das Licht an. Lillian stand neben dem Schirm und wartete. »Sie hatten zwei Rippenfellentzündungen?« fragte der Dalai Lama. »Eine durch Ihre eigene Unvorsichtigkeit?«

Lillian antwortete nicht sofort. Wozu fragte er? Es stand ja im Krankenblatt. Oder hatte das Krokodil geklatscht, und er wollte jetzt alte Sachen wieder aufwärmen, um ihr neuen Krach zu machen? »Stimmt es, Fräulein Dunkerque?« wiederholte der Professor.

»Ja.«

»Sie hatten Glück. Fast keine Verwachsungen. Woher aber zum Teufel –«

Der Dalai Lama blickte auf. »Sie können ins Zimmer nebenan gehen. Bitte, machen Sie sich zurecht zum Auffüllen des Pneumos.«

Lillian folgte der Schwester. »Was ist es?« flüsterte sie. »Flüssigkeit?«

Die Schwester schüttelte den Kopf. »Vielleicht die Temperaturschwankungen –«

»Aber das hat doch nichts mit meinen Lungen zu tun! Es ist nur die Aufregung! Miss Somervilles Abreise! Der Föhn! Ich bin doch negativ! Ich bin doch nicht positiv! Oder doch?«

»Nein, nein. Kommen Sie, legen Sie sich hin! Sie müssen fertig sein, wenn der Professor kommt.«

Die Schwester rückte die Maschine heran. Es nützt nichts, dachte Lillian. Für Wochen habe ich nun alles getan, was sie wollten, und anstatt besser ist es sicher wieder schlechter geworden. Daß ich gestern ausgerissen bin, kann nicht der Grund sein; ich habe ja heute kein

Fieber, – vielleicht hätte ich sogar welches gehabt, wäre ich im Sanatorium geblieben, das weiß man nie. Was will er jetzt mit mir machen? Wird er in mir herumbohren und mich punktieren, oder wird er mich nur wieder auffüllen wie einen müden Ballon?

Der Professor kam herein. »Ich habe kein Fieber«, sagte Lillian rasch. »Es ist nur etwas Aufregung. Schon seit einer Woche habe ich kein Fieber mehr, und vorher hatte ich es auch nur, wenn ich aufgeregt war. Es ist nicht organisch –«

Der Dalai Lama setzte sich neben sie und fühlte nach einem Punkt für die Spritze. »Bleiben Sie für die nächsten Tage im Zimmer.«

»Ich kann nicht immer im Bett bleiben. Davon bekomme ich ja gerade das Fieber. Es macht mich verrückt.«

»Sie brauchen nur im Zimmer zu bleiben. Heute im Bett, Jod, Schwester; hier.«

Lillian betrachtete den braunen Jodfleck, während sie sich in ihrem Zimmer umzog. Dann holte sie die Flasche Wodka unter ihrer Wäsche hervor und goß ein Glas ein, während sie nach dem Korridor horchte. Die Schwester mußte jeden Augenblick mit ihrem Abendessen kommen, und sie wollte heute nicht beim Trinken erwischt werden.

Ich bin noch nicht zu dünn, dachte sie und stellte sich vor den Spiegel. Ich habe ein halbes Pfund zugenommen. Eine große Leistung. Sie trank sich ironisch zu und versteckte die Flasche wieder. Von draußen hörte sie jetzt den Wagen mit ihrem Essen. Sie griff nach einem Kleid.

»Ziehen Sie sich an?« fragte die Schwester. »Sie dürfen doch nicht hinaus.«

»Ich ziehe mich an, weil ich mich dann besser fühle.«

Die Schwester schüttelte den Kopf. »Warum legen Sie sich nicht zu Bett? Ich wollte, ich bekäme einmal mein Essen im Bett serviert.«

»Legen Sie sich in den Schnee, bis Sie Lungenentzündung haben«, sagte Lillian. »Dann bekommen Sie es im Bett serviert.«

»Nicht ich. Ich würde mich höchstens erkälten und einen kleinen Schnupfen bekommen. Hier ist ein Paket für Sie. Es sieht aus wie Blumen.«

Boris, dachte Lillian und nahm den weißen Karton. »Wollen Sie es nicht aufmachen?« fragte die Schwester neugierig.

»Später.«

Lillian stocherte eine Weile in ihrem Essen herum, dann ließ sie es wegräumen. Die Schwester machte inzwischen ihr Bett. »Wollen sie nicht Ihr Radio anstellen?« fragte sie. »Es ist doch unterhaltend!«

»Wenn Sie es hören wollen, stellen Sie es an!«

Die Schwester begann an den Knöpfen zu drehen. Zürich kam mit einem Vortrag über Conrad Ferdinand Meyer und Lausanne mit Nachrichten. Sie drehte weiter, und auf einmal war Paris da. Ein Pianist spielte Debussy. Lillian ging zum Fenster und wartete darauf, daß die Schwester fertig würde und das Zimmer verließe. Sie starrte in den abendlichen Nebel und hörte die Musik aus Paris, und sie war ihr unerträglich.

»Kennen Sie Paris?« fragte die Schwester.

»Ja.«

»Ich nicht. Es muß wunderbar sein!«

»Es war kalt und dunkel und trostlos und von den Deutschen okkupiert, als ich da war.«

Die Schwester lachte. »Das ist doch längst vorbei. Schon ein paar Jahre. Jetzt ist alles sicher wieder wie vor dem Kriege. Möchten Sie nicht wieder hin?«

»Nein«, erwiderte Lillian hart. »Wer will schon nach Paris im Winter? Sind Sie fertig?«

»Ja, ja, gleich. Wozu haben Sie es so eilig? Es ist ja doch nichts weiter zu tun hier.«

Die Schwester ging endlich. Lillian stellte das Radio ab. Ja, dachte sie, hier war nichts weiter zu tun. Man konnte nur warten. Warten, worauf? Darauf, daß das Leben immer wieder nur aus Warten bestand?

Sie öffnete den weißen Karton mit der blauen Seidenschleife. Boris hat sich damit abgefunden, hier oben zu bleiben, dachte sie, – oder wenigstens das war es, was er sagte. Aber ich?

Sie schlug das Seidenpapier auseinander, das die Blumen umhüllte, und ließ den Karton im gleichen Augenblick fallen, als hätte er eine Schlange enthalten.

Sie starrte auf die Orchideen am Boden. Sie kannte die Blumen. Zufall, dachte sie, ein ekelhafter Zufall, es sind andere, nicht dieselben, andere, ähnliche! Aber sie wußte zur gleichen Zeit, daß solche Zufälle nicht vorkamen, und Orchideen dieser Art gab es nicht auf Vorrat im Dorf. Sie hatte selbst danach gesucht und sie nicht gefunden und sie dann aus Zürich kommen lassen. Sie zählte die Blüten. Die Zahl stimmte. Dann sah sie, daß an der untersten Blüte ein Blatt fehlte, und sie erinnerte sich, das bemerkt zu haben, als das Paket aus Zürich angekommen war. Es war kein Zweifel mehr möglich – die Blumen, die auf dem Teppich vor ihr lagen, waren dieselben, die sie auf den Sarg Agnes Somervilles gelegt hatte.

Ich werde hysterisch, dachte sie. Dies alles muß sich erklären lassen; es sind keine Geisterblumen, die sich manifestiert haben, jemand muß sich einen scheußlichen Spaß mit mir gemacht haben, aber warum? Und wie? Wie kamen diese Orchideen wieder hierher? Und was sollte dieser Handschuh daneben, der wie eine tote, schwarz gewordene Hand aussah, die drohend durch den Boden griff, als wäre er das Symbol einer Geistermafia?

Sie ging um den Zweig herum, als wäre er wirklich eine Schlange. Die Blüten schienen keine Blüten mehr zu sein; die Berührung mit dem Tode hatte sie unheimlich gemacht, und das Weiß war weißer als alles, was sie je gesehen hatte. Rasch öffnete sie die Tür zu ihrem Balkon, faßte vorsichtig das Seidenpapier und mit ihm den Zweig und warf beides über den Balkon nach draußen. Den Karton warf sie hinterher.

Sie horchte einen Augenblick in den Nebel. Ferne Stimmen und Geläute von Schlitten kamen hindurch. Sie ging zurück und sah den Handschuh auf dem Boden. Sie erkannte ihn jetzt und erinnerte sich, ihn getragen zu haben, als sie mit Clerfayt in der Palace Bar gewesen war. Clerfayt, dachte sie, was hatte er damit zu tun? Sie mußte es erfahren! Sofort!

Es dauerte eine Weile, bevor er zum Telefon kam.

»Haben Sie mir meinen Handschuh zurückgeschickt?« fragte sie.

»Ja. Sie hatten ihn in der Bar vergessen.«

»Sind die Blumen auch von Ihnen? Die Orchideen?«

»Ja. Haben Sie meine Karte nicht bekommen?«

»Ihre Karte?«

»Haben Sie sie nicht gefunden?«

»Nein!« Lillian schluckte. »Noch nicht. Woher haben Sie die Blumen?«

»Aus einem Blumengeschäft«, erwiderte Clerfayt erstaunt. »Warum?«

»Hier im Dorf?«

»Ja, aber warum? Sind sie gestohlen?«

»Nein. Oder vielleicht doch. Ich weiß es nicht –« Lillian schwieg.

»Soll ich hinaufkommen?« fragte Clerfayt.

»Ja.«

»Wann?«

»In einer Stunde; dann ist es hier still.«

»Gut, in einer Stunde. Am Dienstboteneingang?«

»Ja.«

Lillian legte aufatmend den Hörer zurück. Gott sei Dank, dachte sie, da war jemand, dem man nichts zu erklären brauchte. Jemand, dem man gleichgültig war und der sich nicht um einen sorgte wie Boris.

Clerfayt stand an der Seitentür. »Können Sie keine Orchideen leiden?« fragte er und zeigte auf den Schnee. Die Blumen und der Karton lagen noch da.

»Woher haben Sie sie?« fragte Lillian.

»Aus einem kleinen Blumengeschäft unten – etwas außerhalb des Dorfes. Warum? Sind sie verhext?«

»Diese Blumen, – dieselben Blumen«, sagte Lillian mit Mühe, »habe ich gestern auf den Sarg meiner Freundin gelegt. Ich habe sie noch gesehen, bevor der Sarg abgeholt wurde. Das Sanatorium behält keine Blumen zurück. Alles ist abgeholt worden. Ich habe den Hausknecht soeben gefragt. Alles ist zum Krematorium geschickt worden. Ich weiß nicht, wie –«

»Zum Krematorium?« fragte Clerfayt.

»Ja.«

»Guter Gott! Das Geschäft, in dem ich die Blumen gekauft habe, liegt nicht weit vom Krematorium. Es ist ein schäbiger Laden, und ich habe mich schon gewundert, woher die Blumen kamen. Das erklärt es!«

»Was?«

»Irgendein Angestellter des Krematoriums muß sie, anstatt sie mit zu verbrennen, weggenommen und an den Laden verkauft haben.«

Sie starrte ihn an. »Ist so etwas denn möglich?«

»Warum nicht? Blumen sind Blumen und unterscheiden sich im allgemeinen wenig. Die Möglichkeit, daß es entdeckt wird, ist gering. Daß einmal eine seltene Orchidee in dieselben Hände zurückkommen könnte, die sie geschickt haben, ist ein so unwahrscheinlicher Zufall, daß niemand damit zu rechnen braucht.«

Clerfayt nahm Lillians Arm. »Was wollen wir tun? Einen Schock bekommen oder über den unverwüstlichen Geschäftsgeist der Menschheit lachen? Ich schlage vor, wir lachen, – täten wir das nicht ab und zu heutzutage, dann könnten wir in unserem großartigen Jahrhundert noch ertrinken in Tränen.«

Lillian sah auf die Blumen. »Ekelhaft«, flüsterte sie. »Von einer Toten zu stehlen.«

»Nicht mehr und nicht weniger ekelhaft als vieles andere«, erwiderte Clerfayt. »Ich hätte auch nie gedacht, daß ich einmal Leichen nach Zigaretten und Brot durchsuchen würde, und habe es doch getan. Im Kriege. Es ist anfangs scheußlich; aber man gewöhnt sich daran, besonders wenn man sehr hungrig ist und lange nicht geraucht hat. Kommen Sie, wir gehen etwas trinken.«

Sie blickte immer noch auf die Blumen. »Sollen sie da liegen bleiben?«

»Natürlich. Sie haben nichts mehr mit Ihnen, nichts mit der Toten und nichts mit mir zu tun. Ich schicke Ihnen morgen neue. Aus einem anderen Geschäft.«

Clerfayt öffnete den Schlag des Schlittens. Dabei sah er das Gesicht des Kutschers, dessen Augen ruhig, aber interessiert auf den Orchideen ruhten, und er wußte, daß der Mann, wenn er Lillian und ihn zum Hotel gebracht hatte, hierher zurückkehren und sie auflesen würde. Was dann mit ihnen geschehen würde, wußte nur Gott. Einen Augenblick dachte Clerfayt daran, sie zu zertreten – aber wozu sollte er selbst Gott spielen? Es bekam einem nie besonders.

Der Schlitten hielt. Vor dem Eingang zum Hotel lagen Bretter über dem feuchten Schnee. Lillian stieg aus. Sie erschien Clerfayt plötzlich in einer sonderbaren Weise exotisch, als sie so schmal, etwas vorgebeugt, ihren dünnen Mantel über der Brust eng zusammenhaltend, in ihren Abendschuhen zwischen den trampelnden Sportsleuten hindurchging, umweht in all der krachenden Gesundheit von der dunklen Faszination ihrer Krankheit.

Er folgte ihr. Worin lasse ich mich da ein? dachte er. Und mit wem? Immerhin, es war etwas anderes als Lydia Morelli, mit der er vor einer Stunde ein Telefongespräch aus Rom gehabt hatte. Lydia Morelli, die jeden Trick kannte und keinen vergaß.

Er holte Lillian an der Tür ein. »Heute abend«, sagte er, »wollen wir einmal über nichts anderes reden als über die oberflächlichsten Dinge der Welt.«

Eine Stunde später war die Bar gepackt voll. Lillian blickte zur Tür. »Da kommt Boris«, sagte sie. »Ich hätte es mir denken sollen.«

Clerfayt hatte den Russen bereits gesehen. Wolkow schob sich langsam durch die Leute, die wie Trauben an der Theke hingen. Er ignorierte Clerfayt. »Dein Schlitten wartet draußen, Lillian«, sagte er.

»Schick den Schlitten weg, Boris«, erwiderte sie. »Ich brauche ihn nicht. Das ist Herr Clerfayt. Du bist ihm schon einmal begegnet.«

Clerfayt erhob sich, um eine Spur zu nachlässig. »Wirklich?« sagte Wolkow. »Oh, in der Tat! Bitte, verzeihen Sie.« Er sah knapp an Clerfayt vorbei. »In dem Sportwagen, der die Pferde scheu machte, nicht wahr?«

Clerfayt spürte den versteckten Hohn. Er antwortete nicht und blieb stehen. »Du hast wahrscheinlich vergessen, daß morgen noch einmal Röntgenaufnahmen gemacht werden sollen«, sagte Wolkow zu Lillian.

»Ich habe es nicht vergessen, Boris.«

»Du mußt ausgeruht sein und geschlafen haben.«

»Ich weiß das. Ich habe noch Zeit dazu.«

Sie sprach langsam, wie man zu einem Kind spricht, das einen nicht versteht. Clerfayt sah, daß es die einzige Möglichkeit für sie war, ihren Ärger darüber zu bemeistern, kontrolliert zu werden. Der Russe tat ihm fast leid; er war in einer hoffnungslosen Situation. »Wollen Sie sich nicht setzen?« fragte er ihn, nicht ganz uneigennützig.

»Danke«, erwiderte Wolkow kalt, als antwortete er einem Kellner, der ihn gefragt hätte, ob er etwas bestellen wolle. Ebenso wie Clerfayt vorher, hatte auch er den Hohn verspürt.

»Ich muß noch auf jemand warten«, sagte er zu Lillian. »Wenn du inzwischen den Schlitten –«

»Nein, Boris! Ich will noch bleiben.«

Clerfayt hatte jetzt genug. »Ich habe Miss Dunkerque hierherbegleitet«, sagte er ruhig. »Und ich glaube fähig zu sein, sie wieder zurückzubringen.«

Wolkow sah ihn rasch an. Sein Gesicht veränderte sich. Er lächelte. »Ich fürchte, Sie missverstehen mich. Aber es wäre zwecklos, das zu erklären.«

Er verbeugte sich vor Lillian, und es schien einen Augenblick, als zerfiele die hochmütige Maske; dann faßte er sich und ging zur Bar.

Clerfayt setzte sich. Er war nicht mit sich zufrieden. Was tue ich da? dachte er. Ich bin doch nicht mehr zwanzig Jahre alt! »Warum gehen Sie nicht zurück mit ihm?« fragte er mißmutig.

»Wollen Sie mich loswerden?«

Er sah sie an. Sie schien hilflos zu sein, aber er wußte, daß Hilflosigkeit das Gefährlichste war, was es bei einer

Frau gab – denn keine Frau war wirklich hilflos. »Natürlich nicht«, sagte er. »Bleiben wir also!«

Sie blickte zur Bar hinüber. »Er geht nicht«, flüsterte sie. »Er bewacht mich. Er glaubt, daß ich nachgeben werde.«

Clerfayt nahm die Flasche und füllte die Gläser. »Gut. Lassen wir es also darauf ankommen, wer zuerst müde wird.«

»Sie verstehen ihn nicht«, erwiderte Lillian scharf. »Er ist nicht eifersüchtig.«

»Nein?«

»Nein. Er ist unglücklich und krank und sorgt sich um mich. Es ist leicht, überlegen zu sein, wenn man gesund ist.«

Clerfayt stellte die Flasche zurück. Diese loyale, kleine Bestie! Kaum war sie gerettet, da hackte sie nach der rettenden Hand. »Möglich«, sagte er gleichmütig. »Aber ist es ein Verbrechen, gesund zu sein?«

Sie wandte sich ihm zu. »Natürlich nicht«, murmelte sie. »Ich weiß nicht, was ich rede. Es ist besser, ich gehe.«

Sie griff nach ihrer Tasche, aber sie stand nicht auf. Clerfayt hatte von ihr für heute auch genug, aber er hätte sie um nichts in der Welt gehen lassen, solange Wolkow noch an der Bar stand und auf sie wartete – so alt war er nun doch noch nicht, dachte er. »Sie brauchen mit mir nicht besonders vorsichtig zu sein«, sagte er. »Ich bin nicht sehr empfindlich.«

»Hier ist jeder empfindlich.«

»Ich bin nicht von hier.«

»Ja.« Lillian lächelte plötzlich. »Das ist es wohl!«

»Was?«

»Das, was uns irritiert. Verstehen Sie das nicht? Sogar Hollmann, Ihren Freund.«

»Das ist möglich«, erwiderte Clerfayt überrascht. »Ich hätte wahrscheinlich nicht kommen sollen. Irritiere ich Wolkow auch?«

»Haben Sie das nicht bemerkt?«

»Möglich. Warum gibt er sich aber dann soviel Mühe, es mich merken zu lassen?«

»Er geht«, sagte Lillian.

Clerfayt sah es. »Und Sie?« fragte er. »Sollten Sie nicht auch besser im Sanatorium sein?«

»Wer weiß das? Der Dalai Lama? Ich? Das Krokodil? Gott?« Sie nahm ihr Glas. »Und wer ist verantwortlich? Wer? Ich? Gott? Und wer für wen? Kommen Sie, wir wollen tanzen?«

Clerfayt blieb sitzen. Sie starrte ihn an. »Haben Sie auch Angst für mich? Meinen Sie auch, ich sollte –«

»Ich meine gar nichts«, erwiderte Clerfayt. »Ich kann nur nicht tanzen; aber wenn Sie wollen, können wir es versuchen.«

Sie gingen zur Tanzfläche. »Agnes Somerville hat immer alles getan, was ihr vom Dalai Lama vorgeschrieben wurde«, sagte Lillian, als der Lärm der stampfenden Touristen sich um sie schloß. »Alles –«

IV

Das Sanatorium war still. Die Kranken machten Liegekur. Sie lagen schweigend auf ihren Betten und Liegestühlen, hingebreitet wie Opfer, in denen die müde Luft einen lautlosen Kampf mit dem Feind führte; der im warmen Dunkel der Lungen versteckt fraß. Lillian Dunkerque hockte in hellblauen Hosen auf ihrem Balkon. Die Nacht war weit weg und vergessen. Das war immer hier oben so – wenn der Morgen erreicht war, fiel die Panik der Nacht zusammen wie ein Schatten am Horizont, und man konnte sie kaum noch begreifen. Lillian dehnte sich im Licht des späten Vormittags. Es war ein weicher, schimmernder Vorhang, der das Gestern verdeckte und das Morgen unwirklich machte. Vor ihr im Schnee, der nachts auf den Balkon geweht war, steckte die Flasche Wodka, die Clerfayt ihr gegeben hatte.

Das Telefon klingelte. Sie hob den Hörer ab. »Ja, Boris, – nein, natürlich nicht, – wohin kämen wir, wenn wir das täten? – Laß uns nicht darüber reden, – natürlich kannst du heraufkommen, – ja, ich bin allein, wer sollte schon hier sein – ?«

Sie ging auf den Balkon zurück. Einen Augenblick überlegte sie, ob sie die Flasche Wodka verstecken sollte; aber dann holte sie ein Glas und öffnete sie. Der Wodka war sehr kalt und sehr gut. »Guten Morgen, Boris«, sagte sie, als sie die Tür hörte. »Ich trinke Wodka. Willst du auch einen? Dann bring ein Glas.«

Sie streckte sich auf dem Liegestuhl aus und wartete. Wolkow kam auf den Balkon, ein Glas in der Hand. Lillian atmete auf; Gottlob, keine Predigt, dachte sie. Er schenkte sich ein Glas ein. Sie hielt ihm ihres hin. Er goß es voll. »Warum, Duscha?« fragte er. »Röntgenpanik?«

Sie schüttelte den Kopf.

»Fieber?«

»Auch nicht. Eher Untertemperatur.«

»Hat der Dalai Lama schon etwas zu deinen Aufnahmen gesagt?«

»Nein. Was soll er schon sagen? Ich will es auch gar nicht wissen.«

»Gut«, erwiderte Wolkow. »Darauf wollen wir trinken.«

Er trank seinen Wodka auf einen Schluck aus und stellte die Flasche fort. »Gib mir noch ein Glas«, sagte Lillian.

»So viele du willst.«

Sie beobachtete ihn. Sie wußte, daß er es hasste, wenn sie trank; aber sie wußte auch, daß er jetzt nicht versuchen würde, ihr auszureden, noch weiter zu trinken. Er war zu klug dazu; er kannte ihre Stimmungen. »Noch eins?« fragte er stattdessen. »Die Gläser sind klein.«

»Nein.« Sie stellte das Glas neben sich, ohne getrunken zu haben. »Boris«, sagte sie und zog die Beine auf den Sessel. »Wir verstehen uns zu gut.«

»Wirklich?«

»Ja. Du verstehst mich zu sehr und ich dich, und das ist unser Elend.«

Wolkow lachte. »Besonders bei Föhnwetter.«

»Nicht nur bei Föhnwetter.«

»Oder wenn Fremde angekommen sind.«

»Siehst du«, sagte Lillian. »Du weißt bereits den Grund. Du kannst alles erklären. Ich nichts. Du weißt alles im voraus über mich. Wie müde das macht! Ist das auch der Föhn?«

»Der Föhn und das Frühjahr.«

Lillian schloß die Augen. Sie spürte die drängende, unruhige Luft. »Warum bist du nicht eifersüchtig?« fragte sie.

»Ich bin es ja. Immer.«

Sie öffnete die Augen. »Auf wen? Auf Clerfayt?«

Er schüttelte den Kopf.

»Das dachte ich mir. Worauf dann?«

Wolkow antwortete nicht. Wozu fragte sie? Und was wußte sie schon davon? Eifersucht begann nicht mit einem Menschen und endete nicht damit. Sie begann mit der Luft, die der geliebte Mensch atmete, und endete nie. Nicht einmal mit dem Tode des anderen.

»Worauf, Boris?« fragte Lillian. »Doch auf Clerfayt?«

»Ich weiß es nicht. Vielleicht auf das, was mit ihm heraufkommt.«

»Was kommt schon herauf?« Lillian streckte sich und schloß aufs neue die Augen. »Du brauchst nicht eifersüchtig zu sein. Clerfayt fährt in ein paar Tagen wieder hinunter und wird uns vergessen und wir ihn.«

Sie lag eine Zeitlang still auf ihrem Liegestuhl. Wolkow saß hinter ihr und las. Die Sonne rückte vor und erreichte mit der Kante ihres sich verschiebenden Lichtvierecks ihre Augen, die sich unter den Lidern sofort mit warmem, orangefarbenem und goldenem Licht füllten. »Manchmal möchte ich etwas ganz Unsinniges tun, Boris«, sagte sie. »Etwas, das den gläsernen Ring hier zerschlägt. Mich fallenlassen – irgendwohin.«

»Das möchte jeder.«

»Du auch?«

»Ich auch.«

»Warum tun wir es dann nicht?«

»Es würde nichts ändern. Wir würden den Ring nur noch stärker spüren. Oder ihn zerschlagen, uns zerschneiden an seinen Spitzen und verbluten.«

»Du auch?«

Boris sah auf die schmale Gestalt vor sich. Wie wenig sie von ihm wußte, obschon sie glaubte, ihn zu verstehen! »Ich habe ihn akzeptiert«, sagte er und wußte, daß es nicht wahr war. »Es ist einfacher, Duscha. Bevor man sich mit zwecklosem Hass dagegen verbraucht, soll man versuchen, ob man nicht damit leben kann.«

Lillian fühlte eine Welle von Müdigkeit kommen. Da waren die Gespräche wieder, in denen man sich wie in Spinnweben verfing. Es stimmte alles, doch was half das?

»Akzeptieren ist resignieren«, murmelte sie nach einer Weile. »Dazu bin ich noch nicht alt genug.«

Warum geht es nicht? dachte sie. Und warum beleidige ich ihn, obschon ich es nicht will? Wozu werfe ich ihm vor, daß er länger hier ist als ich und daß er das Glück hat, anders darüber zu denken als ich? Warum irritiert es mich, daß er so ist wie ein Mann in einem Gefängnis, der Gott dankt, daß man ihn nicht getötet hat – und ich wie einer, der Gott hasst, weil er nicht frei ist?

»Höre nicht auf mich, Boris«, sagte sie. »Ich rede nur so daher. Es ist der Mittag und der Wodka und der Föhn. Und vielleicht ist es doch auch Röntgenpanik – ich will sie nur nicht zugeben. Keine Nachricht hier oben ist schlechte Nachricht.«

Die Glocken der Kirche im Dorf begannen zu läuten. Wolkow stand auf und ließ den Vorhang gegen die Sonne weiter herunter. »Eva Moser wird morgen entlassen«, sagte er. »Gesund.«

»Ich weiß. Sie ist schon zweimal entlassen worden.«

»Dieses Mal ist sie wirklich gesund. Das Krokodil hat es mir bestätigt.«

Lillian hörte durch das Verhallen der Glocken plötzlich den Ton Giuseppes. Der Wagen kam rasch die Serpentinen herauf und hielt. Sie wunderte sich, weshalb Clerfayt ihn heraufbrachte; es war das erste Mal seit seiner Ankunft. Wolkow stand auf und blickte über den Balkon hinab. »Hoffentlich will er mit dem Wagen nicht Skifahren«, sagte er spöttisch.

»Sicher nicht. Warum?«

»Er hat ihn am Abhang hinter den Tannen geparkt. Neben der Übungswiese für Anfänger; nicht vor dem Hotel.«

»Er wird schon wissen, warum. Weshalb kannst du ihn eigentlich nicht leiden?«

»Das weiß der Teufel! Vielleicht, weil ich einmal so ähnlich war wie er.«

»Du!« erwiderte Lillian schläfrig. »Das muß aber lange her sein.«

»Ja«, bestätigte Wolkow bitter. »Das ist sehr lange her.«

Eine halbe Stunde später hörte Lillian den Wagen Clerfayts abfahren. Boris war vorher gegangen. Sie lag noch eine Weile, die Augen geschlossen, und blickte auf die schwankende Helligkeit unter ihren Lidern. Dann stand sie auf und ging nach unten.

Zu ihrem Erstaunen sah sie Clerfayt auf einer Bank vor dem Sanatorium sitzen. »Ich glaubte, Sie wären vorhin nach unten gefahren«, sagte sie und setzte sich neben ihn. »Habe ich bereits Halluzinationen?«

»Nein.« Er blinzelte in das starke Licht. »Das war Hollmann.«

»Hollmann?«

»Ja. Ich habe ihn ins Dorf geschickt, eine Flasche Wodka zu kaufen.«

»Mit dem Wagen?«

»Ja«, sagte Clerfayt. »Mit dem Wagen. Es war höchste Zeit, daß er endlich mal in die Karre kletterte.«

Man hörte den Motor wieder. Clerfayt stand auf und horchte. »Nun wollen wir einmal sehen, was er macht, – ob er brav und fromm gleich wieder heraufkommt, oder ob er mit Giuseppe absaust.«

»Absaust? Wohin?«

»Wohin er will. Benzin ist genug im Tank. Damit kann er fast bis Zürich kommen.«

»Was?« sagte Lillian. »Was sagen Sie da?«

Clerfayt horchte wieder. »Er kommt nicht zurück. Er fährt die Dorfstraße entlang auf den See und die Chaussee zu. Sehen Sie, da ist er schon, – hinter dem Palace Hotel. Gott sei Dank?«

Lillian war aufgesprungen. »Gott sei Dank? Sind Sie

verrückt? Sie schicken ihn los in einem offenen Sportwagen? Nach Zürich, wenn er will? Wissen Sie nicht, daß er krank ist?«

»Gerade deshalb. Er hat schon geglaubt, er hätte verlernt zu fahren.«

»Und wenn er sich eine Erkältung holt?«

Clerfayt lachte. »Er ist warm angezogen. Und Rennfahrern geht es mit Wagen so wie Frauen mit Abendkleidern – wenn sie ihnen Spaß machen, erkälten sie sich nie darin.«

Lillian starrte ihn an. »Und wenn er sich trotzdem eine Erkältung holt! Wissen Sie, was das hier oben bedeutet? Wasser in den Lungen, Verwachsungen, schwere Rückfälle. Man kann sich hier den Tod an einer Erkältung holen!«

Clerfayt betrachtete sie. Sie gefiel ihm so bedeutend besser als am Abend vorher. »Das sollten Sie sich merken, wenn Sie abends, statt im Bett zu bleiben, in die Palace Bar ausreißen«, sagte er. »In einem dünnen Kleid und seidenen Schuhen.«

»Das hat nichts mit Hollmann zu tun!«

»Sicher nicht. Aber ich glaube an die Therapie des Verbotenen. Bis jetzt dachte ich, Sie auch!«

Lillian war einen Augenblick verwirrt. »Nicht für andere«, sagte sie dann.

»Gut. Die meisten Menschen glauben daran immer nur für andere.« Clerfayt blickte zum See hinunter. »Da ist er! Sehen Sie ihn? Hören Sie nur, wie er die Kurven nimmt! Er hat das Schalten noch nicht verlernt. Heute abend wird er ein anderer Mensch sein.«

»Wo? In Zürich?«

»Überall. Auch hier.«

»Er wird heute abend mit Fieber im Bett liegen.«

»Das glaube ich nicht. Und wenn schon! Besser ein bißchen Fieber, als daß er mit hängenden Ohren um den Wagen herumschleicht und glaubt, er sei ein Krüppel.«

Lillian wandte sich scharf um. Krüppel, dachte sie. Weil er krank ist? Was erlaubt sich dieser ahnungslose, gesunde Rohling neben ihr? Hielt er sie vielleicht auch für einen Krüppel? Ihr fiel der Abend in der Palace Bar ein, als er mit Monte Carlo telefoniert hatte. Hatte er da nicht auch von einem Krüppel geredet? »Ein bißchen Fieber kann hier rasch zu einer tödlichen Lungenentzündung werden«, sagte sie feindselig. »Aber das kümmert Sie wohl nicht! Sie können dann ja sagen, es sei auch ein Glück für Hollmann gewesen, gestorben zu sein, nachdem er noch einmal in einem Sportwagen gesessen und geglaubt habe, ein großer Rennfahrer zu werden.«

Sie bereute es sofort. Sie verstand nicht, warum sie plötzlich in einem solchen Aufruhr war. »Sie haben ein gutes Gedächtnis«, sagte Clerfayt amüsiert. »Ich habe das schon früher bemerkt. Aber beruhigen Sie sich; der Wagen ist nicht so schnell, wie er sich anhört. Mit Ketten auf den Reifen kann man nicht gerade ein Renntempo fahren.«

Er legte einen Arm um ihre Schultern. Sie schwieg und rührte sich nicht. Sie sah, wie Giuseppe klein und schwarz hinter dem Walde am See hervorkam. Kompakt wie eine dröhnende Hummel schoß er durch den weißen Glanz, der in der Sonne über dem Schnee hing. Sie hörte die Schläge des Motors und das Echo, das die Berge sich zuwarfen. Der Wagen hielt auf die Straße zu, die über den Pass auf die andere Seite führte, und auf einmal wußte sie, daß das es war, was sie so erregte. Sie sah, wie der Wagen hinter einer Kurve verschwand. Nur noch der Motor war jetzt da, eine rasende, rufende Trommel, die zu einem unbekannten Aufbruch rief und die sie tiefer spürte wie nur als Lärm.

»Hoffentlich reißt er nicht wirklich aus«, sagte Clerfayt.

Lillian antwortete nicht sofort. Ihre Lippen waren trokken. »Warum soll er ausreißen?« sagte sie dann mühsam. »Er ist doch fast geheilt. Warum soll er da alles riskieren?«

»Manchmal riskiert man es gerade dann.«

»Würden Sie es an seiner Stelle riskieren?«

»Das weiß ich nicht.«

Lillian holte Atem. »Würden Sie es tun, wenn sie wüßten, daß Sie nie wieder gesund würden?« fragte sie.

»Anstatt hierzubleiben?« »Anstatt hier ein paar Monate länger zu vegetieren.«

Clerfayt lächelte. Er kannte andere Arten von Vegetieren. »Es kommt darauf an, was man darunter versteht«, sagte er.

»Vorsichtig zu leben«, erwiderte Lillian rasch.

Er lachte. »Danach müssen Sie nicht gerade einen Rennfahrer fragen.«

»Würden Sie es tun?«

»Ich habe keine Ahnung. So etwas weiß man nie vorher. Vielleicht ja, um noch einmal an mich zu reißen, was Leben heißt, ohne Rücksicht auf Zeit – aber vielleicht würde ich auch nach der Uhr leben und um jeden Tag geizen und jede Stunde. Das weiß man nie. Ich habe da merkwürdige Überraschungen erlebt.«

Lillian zog ihre Schulter unter Clerfayts Arm weg. »Müssen Sie das nicht vor jedem Rennen mit sich abmachen?«

»So etwas sieht dramatischer aus, als es ist. Ich fahre nicht aus Romantik. Ich fahre für Geld, und weil ich nichts anderes kann, – nicht aus Abenteuerlust. Abenteuer habe ich in unserer verdammten Zeit genug gehabt, ohne es zu wollen. Sie wahrscheinlich auch.«

»Ja«, erwiderte Lillian. »Aber nicht die richtigen.«

Sie hörten plötzlich den Motor wieder. »Er kommt zurück«, sagte Clerfayt.

»Ja«, wiederholte sie und holte tief Atem. »Er kommt zurück. Sind Sie enttäuscht?«

»Nein. Ich wollte nur, daß er den Wagen einmal fährt. Das letzte Mal, als er darin saß, hatte er seinen ersten Blutsturz.«

Lillian sah Giuseppe auf der Chaussee heranschießen. Sie konnte es plötzlich nicht ertragen, Hollmanns strahlendes Gesicht sehen zu müssen. »Ich muß hinein«, sagte sie hastig. »Das Krokodil sucht mich bereits!« Sie wendete sich zum Eingang. »Und wann fahren Sie über den Pass?« fragte sie.

»Wann Sie wollen«, erwiderte Clerfayt.

Es war Sonntag, und Sonntage im Sanatorium waren immer schwerer zu ertragen als die Wochentage. Sie hatten eine trügerische Ruhe ohne die Routine der Wochentage. Die Ärzte kamen nur in die Zimmer, wenn es notwendig war, so daß man glauben konnte, man sei gesund. Dadurch aber waren die Kranken sonntags um so unruhiger, und die Schwester mußte oft genug abends Bettlägerige in Zimmern aufsammeln, in die sie nicht gehörten.

Lillian kam trotz des Verbots zum Abendessen herunter; das Krokodil kontrollierte gewöhnlich sonntags nicht. Sie hatte zwei Gläser Wodka getrunken, um sich vor der Melancholie der Dämmerung zu retten; aber es war ihr nicht gelungen. Dann hatte sie ihr bestes Kleid angezogen, – Kleider halfen manchmal mehr als jeder moralische Trost – aber diesmal hatte auch das nicht genutzt. Der Cafard, der plötzliche Weltschmerz, der Hader mit Gott, den jeder hier oben kannte und der ohne ersichtlichen Grund kam und ging, war geblieben. Er hatte sie angeflogen wie ein dunkler Schmetterling.

Erst als sie in das Esszimmer trat, wußte sie, woher er kam. Das Zimmer war fast voll, und an einem Tisch in der Mitte saß Eva Moser, umringt von einem halben Dutzend ihrer Freunde, vor sich einen Kuchen, eine Flasche Champagner und Geschenke in buntem Papier. Es war ihr letzter Abend. Am nächsten Nachmittag sollte sie abfahren.

Lillian wollte zuerst umkehren; dann sah sie Hollmann. Er saß allein neben einem Tisch mit den drei schwarzgekleideten Südamerikanern, die auf den Tod Manuelas warteten, und winkte ihr zu.

»Ich habe Giuseppe heute gefahren«, sagte er. »Haben Sie es gesehen?«

»Ja. Hat jemand sonst Sie noch gesehen?«

»Wer?«

»Das Krokodil? Oder der Dalai Lama?«

»Niemand. Der Wagen war an der Übungswiese geparkt. Da kann man ihn nicht sehen. Und wenn schon! Ich bin glücklich. Ich glaubte schon, ich könne die verdammte Karre nicht mehr fahren.«

»Jeder scheint heute abend glücklich zu sein«, erwiderte Lillian bitter. »Sehen Sie sich das da an!«

Sie zeigte auf den Tisch, an dem Eva Moser mit erhitztem, dicklichem Gesicht saß, umringt von ihren teilnehmenden und neidischen Freunden. Sie saß da wie jemand, der das Große Los gezogen hat und plötzlich nicht weiß, wie er zu all der überraschenden Teilnahme kommt.

»Und Sie?« fragte Lillian Hollmann. »Haben Sie Ihre Temperatur gemessen?«

Hollmann lachte. »Das hat Zeit bis morgen. Heute will ich nicht daran denken.«

»Glauben Sie nicht, daß Sie Fieber haben?«

»Es ist mir egal. Und ich glaube es nicht.«

Wozu frage ich ihn das, dachte Lillian. Bin ich auf ihn neidisch, so wie alle auf Eva Moser? »Kommt Clerfayt heute abend nicht?« fragte sie.

»Nein. Er hat heute nachmittag überraschend Besuch bekommen. Wozu soll er auch immer heraufkommen? Es muß langweilig sein für ihn.«

»Warum fährt er dann nicht weg?« fragte Lillian ärgerlich.

»Er fährt; aber erst in ein paar Tagen. Mittwoch oder Donnerstag.«

»Diese Woche?«

»Ja. Ich nehme an, er wird mit seinem Besuch hinunterfahren.«

Lillian antwortete nicht; sie wußte nicht genau, ob Hollmann ihr das absichtlich erzählte, und da sie es nicht wußte, nahm sie an, es sei Absicht, und fragte deshalb nicht weiter. »Haben Sie etwas zu trinken bei sich?« fragte sie.

»Nicht einen Tropfen. Ich habe den Rest meines Gins heute nachmittag Charles Ney geschenkt.«

»Haben Sie nicht eine Flasche Wodka geholt, heute Mittag?«

»Die habe ich Dolores Palmer gegeben.«

»Warum? Wollen Sie plötzlich Modellpatient werden?«

»Ungefähr das«, erwiderte Hollmann etwas verlegen.

»Heute mittag waren Sie alles andere.«

»Gerade deswegen«, sagte Hollmann. »Ich will wieder fahren.«

Lillian schob ihren Teller zurück. »Und mit wem reiße ich dann von nun an abends aus?«

»Da sind doch genug. Und Clerfayt ist ja auch noch hier.«

»Ja. Und nachher?«

»Kommt Boris heute abend nicht?«

»Nein, er kommt nicht. Und mit Boris kann man nicht ausreißen. Ich habe ihm gesagt, ich hätte Kopfschmerzen.«

»Haben Sie welche?«

»Ja.« Lillian stand auf. »Ich werde sogar das Krokodil heute abend glücklich machen, damit alle glücklich sind. Ich werde schlafen gehen. In Morpheus' Armen. Gute Nacht, Hollmann.«

»Ist irgend etwas los, Lillian?«

»Nichts als das Übliche. Langeweile. Ein Zeichen von gutem Befinden, würde der Dalai Lama sagen. Wenn es einem wirklich schlechtgeht, soll es angeblich keine Panik mehr geben. Man soll zu schwach dazu sein. Wie gütig Gott ist, was?«

Die Nachtschwester hatte ihre Abendrunde beendet. Lillian saß auf ihrem Bett und versuchte zu lesen. Nach einer Weile schob sie das Buch beiseite. Wieder lag die Nacht vor ihr, das Warten auf den Schlaf, der Schlaf und dann das jähe Aufschrecken aus dem Schlaf und der gewichtslose Moment, wo man nichts wiedererkannte, nicht das Zimmer und nicht sich selbst, wo man im sausenden Dunkel hing und nichts als Angst war, neblige Todesangst, endlose Sekunden lang – bis das Fenster langsam wieder vertraut wurde und kein Schattenkreuz im unbekannten Chaos mehr war, sondern Fenster wieder, und das Zimmer Zimmer, und das Knäuel aus Ur-Furcht und lautlosem Schrei wieder sie, für kurze Zeit auf Erden Lillian Dunkerque genannt.

Es klopfte. Charles Ney stand draußen in einem roten Schlafrock und Pantoffeln. »Alles ist klar«, flüsterte er. »Komm rüber zu Dolores! Abschiedsfeier für Eva Moser.«

»Wozu? Warum geht sie nicht? Wozu muß sie noch Abschied feiern?«

»Wir wollen eine Abschiedsfeier. Nicht sie.«

»Ihr habt doch schon eine im Esszimmer gehabt.«

»Nur um die Schwester zu täuschen. Komm, sei keine Trauerweide!«

»Ich habe keine Lust.«

Charles Ney kniete an ihrem Bett nieder. »Komm, Lillian, Geheimnis aus Mond, Silber und rauchigem Feuer! Wenn du hier bleibst, wirst du dich ärgern, allein zu sein, –

wenn du drüben bist, wirst du dich ärgern, hingekommen zu sein. Es ist also dasselbe – komm deshalb!« Er horchte zum Korridor und öffnete die Tür. Man hörte das Stapfen von Krücken. Eine hagere ältere Frau hinkte vorbei. »Alle kommen! Da ist Streptomycin-Lilly bereits. Und da kommt Schirmer mit André.«

Ein Graubart in einem Krankenstuhl wurde von einem jungen Mann im Charlestonschritt vorbeigefahren. »Du siehst, selbst Tote stehen auf, um Fräulein Moser ein Ave Caesar, morituri te salutant darzubringen«, erklärte Charles Ney. »Vergiß dein russisches Erbe auf einen Abend, und besinne dich auf deinen heiteren wallonischen Vater. Zieh dich an und komm!«

»Ich ziehe mich nicht an. Ich komme in Pyjamas!«

»Komm in Pyjamas, aber komm!«

Dolores Palmer wohnte ein Stockwerk tiefer als Lillian. Sie lebte dort seit drei Jahren in einem Appartement, das aus einem Schlafzimmer, einem Wohnzimmer und einem Bad bestand. Sie bezahlte die höchste Miete des Sanatoriums und nutzte die Rücksicht, die man darauf nahm, bedenkenlos aus.

»Wir haben zwei Flaschen Wodka für dich im Badezimmer«, sagte sie zu Lillian. »Wo willst du sitzen? Neben der Debütantin, die ins gesunde Leben wandert, oder unter den hektischen Zurückbleibenden? Such dir einen Platz.«

Lillian sah sich um. Es war ein Bild, das sie kannte: Die Lampen waren mit Tüchern verhängt, der Graubart bediente das Grammophon, dessen Lautsprecher mit hineingestopfter Wäsche gedämpft war, und Streptomycin-Lilly saß auf dem Boden in einer Ecke, weil ihr Gleichgewichtssinn durch die Droge unsicher geworden war und sie leicht umfiel. Die andern hockten herum in der halben, etwas künstlichen Bohèmestimmung überalterter Kinder, die heimlich zu lange aufbleiben. Dolores Palmer trug ein chinesisches Kostüm, ein langes, unten geschlitztes Kleid. Sie war von einer tragischen Schönheit, die sie selbst nicht empfand. Ihre Liebhaber gingen daran irre wie Reisende an einer Fata Morgana. Während sie sich in Extravaganzen erschöpften, wollte Dolores eigentlich nichts weiter als ein einfaches Leben führen, Kleinbürgerlichkeit mit allem Luxus. Große Gefühle langweilten sie, aber sie inspirierte sie und mußte mit ihnen kämpfen.

Eva Moser saß neben dem Fenster und schaute hinaus. Ihre glückliche Stimmung war umgeschlagen. »Sie heult«, sagte Maria Savini zu Lillian. »Was sagst du dazu?«

»Warum?«

»Frag sie selbst; du wirst es nicht glauben. Sie hält dies für ihr Zuhause.«

»Es ist mein Zuhause«, sagte Eva Moser. »Hier bin ich glücklich gewesen. Hier habe ich Freunde. Unten kenne ich niemand.«

Alle schwiegen einen Augenblick. »Sie können ja hierbleiben«, sagte Charles Ney dann. »Niemand hindert Sie.«

»Doch! Mein Vater. Es ist zu teuer, wenn ich hierbleibe. Er will, daß ich einen Beruf lerne. Was für einen Beruf? Ich kann doch nichts! Und das bißchen, was ich gekonnt habe, habe ich hier verlernt.«

»Hier verlernt man alles«, erklärte Streptomycin-Lilly

friedlich aus ihrer Ecke heraus. »Wer ein paar Jahre hier ist, taugt nicht mehr für unten.«

Lilly war seit Jahren das Versuchskaninchen des Dalai Lama für neue Kuren. Er probierte im Augenblick Streptomycin an ihr aus. Sie vertrug es nicht gut, aber selbst wenn der Dalai Lama es aufgeben sollte und sie entlassen würde, konnte ihr nichts Ähnliches wie Eva Moser passieren. Sie war als einziger Patient des Sanatoriums im Ort geboren und konnte leicht überall eine Stellung finden. Sie war eine vorzügliche Köchin.

»Was soll ich werden?« jammerte Eva Moser jetzt in voller Panik. »Sekretärin? Wer nimmt mich schon? Ich kann nur schlecht Schreibmaschine schreiben. Viele Leute haben auch Angst vor Sekretärinnen, die aus einem Sanatorium kommen.«

»Werden Sie Sekretärin bei einem Lungenkranken«, krächzte der Graubart.

Lillian betrachtete Eva, als wäre sie ein prähistorisches Tier, das plötzlich aus einem Bodenspalt gekrochen war. Sie hatte auch früher schon Patienten gesehen, die entlassen worden waren und behauptet hatten, lieber bleiben zu wollen, – doch das war nur höfliche Rücksichtnahme auf die Zurückbleibenden gewesen, um das merkwürdige Gefühl der Desertion, das die Entlassung begleitete, zu mildern. Aber Eva Moser war ein anderer Fall; sie meinte, was sie sagte. Sie war ehrlich verzweifelt. Sie hatte sich an das Sanatorium gewöhnt. Sie hatte Angst vor dem Leben unten.

Dolores Palmer schob Lillian ein Glas Wodka zu. »Diese Person!« sagte sie und blickte angeekelt auf Eva. »Keine Manieren! Wie sie sich benimmt! Geradezu obszön, wie?«

»Ich gehe«, erklärte Lillian. »Ich kann das nicht aushalten.«

»Geh nicht!« sagte Charles Ney und beugte sich zu ihr. »Schönes, flackerndes Licht im Ungewissen, bleibe noch! Die Nacht ist voll Schatten und Platitüden, und wir brauchen dich und Dolores als Galionsfiguren vor unseren zerfetzten Segeln, um nicht von den entsetzlichen Plattfüßen Eva Mosers zerstampft zu werden. Sing etwas, Lillian!«

»Auch das noch? Was? Ein Wiegenlied für Kinder, die nie geboren werden?«

»Eva wird Kinder haben! Viele, – keine Sorge! Nein, sing das Lied von den Wolken, die nicht wiederkommen, und von dem Schnee, der das Herz begräbt. Das Lied von den Verbannten der Berge. Sing es für uns! Nicht für die Küchenmeduse Eva. Wir brauchen den dunklen Wein der Selbstverherrlichung heute nacht, glaube es mir. Hemmungslose Sentimentalität ist noch besser als Tränen.«

»Charles hat irgendwo eine halbe Flasche Kognak erwischt«, stellte Dolores sachlich fest und ging auf ihren hohen Beinen zum Grammophon. »Spiel die neuen amerikanischen Platten, Schirmer!«

»Dieses Monster«, seufzte Charles Ney hinter ihr her. »Sie sieht aus wie alle Poesie der Welt und hat ein Gehirn wie eine Statistik. Ich liebe sie, wie man den Dschungel liebt, und sie antwortet wie ein Gemüsegarten. Was macht man da?«

»Man leidet und ist glücklich.«

Lillian erhob sich. Im gleichen Augenblick öffnete sich die Tür, und das Krokodil stand im Rahmen. »Das habe ich mir doch gedacht! Zigaretten! Alkohol auf dem Zimmer! Eine Orgie! Sogar Sie dabei, Fräulein Ruesch!« zischte sie zu Streptomycin-Lilly hinüber. »Auf Krücken hereingeschlichen! Und Herr Schirmer, Sie auch! Sie sollten im Bett sein!«

»Ich sollte längst tot sein«, erwiderte der Graubart fröhlich. »Theoretisch bin ich es auch.« Er stellte das Grammophon ab, zog die seidene Unterwäsche aus dem Lautsprecher und schwenkte sie in der Luft. »Ich lebe von geborgtem Leben! Dafür gelten andere Gesetze als für das, worin man geboren ist.«

»So? Und was für welche, wenn ich fragen darf?«

»Keine andern als die, soviel davon zu haben wie möglich. Wie man das erzielt, ist jedermanns eigene Sache.«

»Ich muß Sie ersuchen, sofort zu Bett zu gehen. Wer hat Sie hierhergefahren?«

»Meine Vernunft.«

Der Graubart kletterte in seinen Wagen. André zögerte, ihn fortzuschieben. Lillian trat vor. »Ich bringe Sie zurück.« Sie schob den Wagen zur Tür.

»Sie also!« sagte das Krokodil. »Das hätte ich mir denken können!«

Lillian schob den Wagen auf den Korridor. Charles Ney und die andern folgten. Sie kicherten wie ertappte Kinder. »Einen Augenblick!« sagte Schirmer und drehte den Wagen noch einmal zur Tür. Das Krokodil stand hoheitsvoll davor. »Von dem, was Sie im Leben versäumt haben«, erklärte Schirmer, »könnten drei Kranke ein glückliches Dasein führen. Eine gesegnete Nacht mit einem gußeisernen Gewissen!«

Er drehte den Wagen zum Korridor. Charles Ney schob ihn weiter. »Wozu so viel moralische Erregung, Schirmer?« fragte er. »Das brave Tier tut doch nur seine Pflicht.«

»Ich weiß. Sie tut sie nur so verdammt überheblich. Aber ich werde sie schon noch überleben! Ich habe ihre Vorgängerin erlebt – sie war nur vierundvierzig und starb plötzlich in vier Wochen an Krebs, – ich werde auch dieses Biest – wie alt ist das Krokodil eigentlich? Doch sicher über sechzig! Oder fast siebzig! Ich werde auch sie überleben!«

»Ein schönes Ziel! Edle Menschen sind wir!« grinste Charles.

»Nein«, erwiderte der Graubart mit grimmiger Genugtuung. »Wir sind zum Tode verurteilt. Aber nicht nur wir allein. Die andern auch! Alle! Alle! Wir wissen es nur. Die andern nicht.«

Eva Moser kam eine halbe Stunde später in Lillians Zimmer. »Ist mein Bett hier?« fragte sie.

»Ihr Bett?«

»Ja. Mein Zimmer ist ausgeräumt. Auch meine Kleider sind fort. Ich muß doch noch irgendwo schlafen. Wo mögen meine Sachen sein?«

Es war einer der üblichen Scherze, wenn jemand aus dem Sanatorium entlassen wurde, in der letzten Nacht seine Sachen zu verstecken. Eva Moser war verzweifelt. »Ich hatte schon alles bügeln lassen. Wenn sie es nun schmutzig machen! Ich muß auf mein Geld achten, jetzt, wo ich hinuntergehe.«

»Sorgt Ihr Vater unten nicht für Sie?«

»Er will mich loswerden. Ich glaube, er will wieder heiraten.«

Lillian hatte plötzlich das Gefühl, das Mädchen keine Minute länger mehr ertragen zu können. »Gehen Sie zum Fahrstuhl«, sagte sie. »Verstecken Sie sich, bis Charles Ney herauskommt. Er kommt zu mir. Gehen Sie dann in sein Zimmer; er wird es nicht abgeschlossen haben. Rufen Sie mich von dort an. Sagen Sie, daß Sie seinen Smoking in heißes Wasser werfen und seine Wäsche mit Tinte begießen werden, wenn Ihr Bett und Ihre Sachen nicht sofort zurückgebracht werden. Verstanden?«

»Ja, aber –«

»Man hat sie nur versteckt. Ich weiß nicht, wer. Aber ich würde erstaunt sein, wenn Charles Ney nichts davon wüsste.«

Lillian hob das Telefon ab. »Charles?«

Sie winkte Eva Moser zu gehen. »Charles«, sagte sie, »kannst du einen Augenblick bei mir vorbeikommen? Ja? Gut.«

Er kam ein paar Minuten später. »Was ist mit dem Krokodil passiert?« fragte Lillian.

»Alles in Ordnung. Dolores macht das meisterhaft. So etwas an Verstellung! Sie hat einfach die Wahrheit gesagt, – daß wir unsere Verzweiflung darüber, hier bleiben zu müssen, betäuben wollten. Glänzende Idee. Ich glaube, das Krokodil hatte fast eine Träne im Auge, als es ging.«

Das Telefon klingelte. Eva Mosers Stimme war so laut, daß Charles sie verstehen konnte. »Sie ist in deinem Badezimmer«, sagte Lillian. »Sie hat heißes Wasser eingelassen. In der linken Hand hält sie deinen neuen Abendanzug, in der rechten deine türkisfarbene Füllfedertinte. Versuche nicht, sie zu überraschen. Im Moment, wo du die Tür öffnest, handelt sie. Hier, sprich mit ihr.«

Sie gab ihm den Hörer und ging zum Fenster. Das Palace Hotel im Dorf war noch erleuchtet. In zwei bis drei Wochen würde auch das vorbei sein. Die Touristen würden davonfliegen wie Zugvögel, und das lange, eintönige Jahr würde sich durch Frühjahr, Sommer und Herbst weiter bis zum nächsten Winter schleppen.

Das Telefon klinkte hinter ihr. »Dieses Luder!« sagte Charles Ney mißtrauisch. »In ihrem eigenen Kopf ist das nicht gewachsen! Weshalb hast du mich hierhergerufen?«

»Ich wollte wissen, was das Krokodil gesagt hat.«

»Du bist sonst nicht so eilig!« Charles grinste. »Wir werden morgen noch darüber reden. Jetzt muß ich meinen Abendanzug retten! Die Tölpelin ist fähig, ihn zu kochen! Gute Nacht. Es war ein großartiger Abend!«

Er schloß die Tür hinter sich. Lillian hörte seine Pantoffeln eilig über den Korridor schlappen. Sein Abendanzug, dachte sie, das Symbol seiner Hoffnung auf Gesundheit, auf Freiheit, auf Nächte in Städten unten, seine Maskotte, so wie es für sie ihre eigenen beiden Abendkleider waren, die nutzlos hier oben waren, die sie aber nicht aufgab, als hinge ihr Leben davon ab. Wenn sie sie aufgab, gab sie die Hoffnung auf. Sie ging wieder zum Fenster und sah auf die Lichter unten. Ein großartiger Abend! Sie kannte viele solcher trostlosen, großartigen Abende!

Sie zog die Vorhänge zu. Da war die Panik wieder! Sie suchte nach den versteckten Schlaftabletten. Einen Augenblick glaubte sie, draußen Clerfayts Motor zu hören.

Sie sah auf die Uhr. Er hätte sie retten können vor der langen Nacht; aber sie konnte ihn nicht anrufen. Hatte Hollmann nicht gesagt, er habe Besuch? Von wem? Von irgendeinem gesunden Frauenzimmer aus Paris oder Mailand oder Monte Carlo! Zum Teufel mit ihm, er fuhr ohnehin in ein paar Tagen ab! Sie schluckte die Tabletten. Ich sollte mich ergeben, dachte sie, ich sollte tun, was Boris sagt, ich sollte damit leben, ich sollte nicht dagegen kämpfen, ich sollte mich ergeben, aber wenn ich mich ergebe, bin ich verloren!

Sie setzte sich an ihren Tisch und holte Briefpapier hervor. »Geliebter«, schrieb sie. »Du mit dem undeutlichen Gesicht, Unbekannter, nie Gekommener, immer Erwarteter, fühlst Du nicht, daß die Zeit ausrinnt – ?« und dann hörte sie auf zu schreiben und stieß die Kassette, in der schon viele nie abgeschickte Briefe lagen, Briefe, für die sie keine Adresse wußte, vom Tisch und blickte auf das weiße Blatt vor sich und dachte: Weshalb weine ich? Davon wird es doch auch nicht anders – –

V

Der alte Mann lag so flach unter seiner Decke, als habe er keinen Körper mehr. Sein Kopf war abgezehrt, die Augen lagen sehr tief, aber sie hatten ein starkes Blau; die Adern standen dick unter der Haut, die wie zerknittertes Seidenpapier aussah. Er lag in einem schmalen Bett in einem schmalen Zimmer. Neben dem Bett stand auf dem Nachttisch ein Schachbrett.

Er hieß Richter. Er war achtzig Jahre alt und lebte seit zwanzig Jahren im Sanatorium. Anfangs hatte er in einem Doppelzimmer im ersten Stock gewohnt; dann in einem Einzelzimmer im zweiten Stock mit Balkon; anschließend in einem Zimmer ohne Balkon im dritten Stock – und jetzt, seit er kein Geld mehr hatte, lebte er in dieser schmalen Kammer. Er war das Renommierstück des Sanatoriums. Der Dalai Lama wies stets auf ihn, wenn er mutlose Patienten hatte; dafür erwies sich Richter dankbar. Er starb und starb nicht.

Lillian saß an seinem Bett. »Sehen Sie sich das an!« sagte Richter und zeigte auf das Schachbrett. »Der Mann spielt wie ein Nachtwächter. Dieser Zug mit dem Springer macht ihn doch in den nächsten zehn Zügen matt. Was ist nur jetzt mit Régnier los? Früher spielte er gut. Waren Sie schon hier während des Krieges?«

»Nein«, sagte Lillian.

»Er ist während des Krieges gekommen, 1944 glaube ich. Das war eine Erlösung! Vorher – meine liebe junge Dame – vorher mußte ich ein Jahr lang gegen einen Schachklub in Zürich spielen. Wir hatten niemand hier oben. Es war sehr langweilig.«

Schach war Richters einzige Leidenschaft. Während des Krieges waren die Partner, die er in den Sanatorien gehabt hatte, abgereist oder gestorben, und neue waren nicht hinzugekommen. Zwei Freunde aus Deutschland, mit denen er brieflich gespielt hatte, waren in Rußland gefallen; ein anderer wurde bei Stalingrad gefangengenommen. Ein paar Monate lang war Richter ganz ohne Partner gewesen; er war lebensmüde geworden und hatte Gewicht verloren. Dann hatte der Chefarzt arrangiert, daß er gegen Mitglieder eines Schachklubs in Zürich spielen konnte. Die meisten davon aber waren nicht stark genug für ihn; mit den paar andern wurde es ihm zu langwierig. Im Anfang hatte der ungeduldige Richter die Züge über das Telefon gemacht; doch das wurde zu teuer, und er war auf Briefe hin und her angewiesen, so daß er praktisch nur jeden zweiten Tag einen Zug machen konnte, da die Post so lange dauerte. Mit der Zeit war selbst das eingeschlafen, und Richter war wieder darauf angewiesen, alte Partien aus Büchern nachzuspielen.

Dann war Régnier gekommen. Er spielte eine Partie mit Richter, und Richter war selig, endlich wieder einen würdigen Gegner zu haben; aber Régnier, ein Franzose, der aus einem deutschen Gefangenenlager befreit worden war, weigerte sich weiterzuspielen, als er hörte, daß Richter

Deutscher sei. Nationale Feindschaften machten auch vor dem Sanatorium nicht halt.

Richter begann wieder dahinzusiechen, auch Régnier wurde bettlägerig. Beide langweilten sich; aber keiner wollte nachgeben. Ein Neger aus Jamaica, der zum Christentum übergetreten war, fand schließlich eine Lösung. Auch er war bettlägerig. In zwei separaten Briefen lud er Richter und Régnier zu je einer Schachpartie mit sich ein, von Bett zu Bett, über das Telefon. Beide waren hocherfreut. Die einzige Schwierigkeit war, daß der Neger keine Ahnung von Schach hatte, doch er löste das auf einfache Weise. Er spielte gegen Richter mit den weißen Figuren, gegen Régnier schwarz. Da Weiß den ersten Zug hatte, machte Régnier ihn auf dem Brett, das neben seinem Bett stand, und telefonierte mit dem Neger. Der telefonierte ihn zu Richter, wo er weiß spielte. Dann wartete er auf Richters Gegenzug und telefonierte ihn Régnier. Régniers zweiten Zug telefonierte er wieder an Richter und Richters Antwort an Régnier. Er selbst hatte nicht einmal ein Brett, da er ja nichts weiter tat, als Régnier und Richter, ohne daß sie es wußten, gegeneinander spielen zu lassen. Sein Trick war, daß er eine Partie weiß, die andere schwarz spielte – hätte er beide weiß oder beide schwarz gespielt, dann hätte er die Züge nicht weitergeben können, sondern hätte sie selbst machen müssen.

Kurz nach dem Ende des Krieges starb der Neger. Régnier und Richter hatten inzwischen kleinere Zimmer nehmen müssen, da beide verarmt waren – der eine war bettlägerig im dritten, der andere im zweiten Stock. Das

Krokodil übernahm jetzt die Rolle des Negers, damit die Partien weitergingen, und die Zimmerschwestern übermittelten die Züge der Gegner, die immer noch glaubten, gegen den Neger zu spielen, von dem ihnen gesagt worden war, daß er wegen einer vorgeschrittenen Kehlkopftuberkulose jetzt nicht mehr sprechen konnte. Das ging gut, bis Régnier wieder aufstehen konnte. Er wollte als erstes den Neger besuchen und fand so alles heraus.

Inzwischen hatten sich die nationalen Gefühle etwas beruhigt. Als Régnier hörte, daß Richters Angehörige in Deutschland bei Luftangriffen getötet worden waren, schloß er Frieden, und beide spielten seitdem einträchtig miteinander. Mit der Zeit war auch Régnier wieder bettlägerig geworden, und da beide jetzt kein Telefon mehr hatten, vermittelten ein paar Patienten für sie die Botendienste. Lillian auch. Dann war Régnier vor drei Wochen gestorben. Richter war um diese Zeit so schwach gewesen, daß man auch seinen Tod erwartete, und niemand wollte ihm sagen, daß Régnier tot sei. Um ihn zu täuschen, war das Krokodil als Partner eingesprungen; es hatte inzwischen selbst spielen gelernt, war aber natürlich kein Gegner für Richter. Daher kam es, daß Richter, der immer noch glaubte, es sei Régnier, sich nicht genug darüber wundern konnte, was für ein Idiot dieser so gute Spieler plötzlich geworden war.

»Wollen Sie nicht Schach lernen«, fragte er Lillian, die ihm den letzten Zug des Krokodils überbracht hatte. »Ich kann es Ihnen rasch beibringen.«

Lillian sah die Angst in den blauen Augen. Der alte

Mann glaubte, daß Régnier bald sterben würde, da er so schlecht spielte, und er hatte Angst, wieder ohne Partner zu sein. Er fragte jeden, der ihn besuchte.

»Man kann es bald lernen. Ich zeige Ihnen alle Tricks. Ich habe gegen Lasker gespielt.«

»Ich habe kein Talent dafür. Und keine Geduld.«

»Jeder hat Talent! Und Geduld muß man haben, wenn man nachts nicht schlafen kann. Was soll man sonst tun? Beten? Das hilft nicht. Ich bin Atheist. Philosophie hilft auch nicht. Detektivromane nur für kurze Zeit. Ich habe alles probiert, meine Dame. Nur zwei Dinge helfen. Das eine ist, daß ein anderer bei einem ist; deshalb habe ich geheiratet. Aber meine Frau ist längst tot –«

»Und das andere?«

»Schachaufgaben zu lösen. Es ist so weit entfernt von all dem Menschlichen, – dem Zweifel und der Angst, – so abstrakt, daß es beruhigt. Es ist eine Welt ohne Panik und ohne Tod. Es hilft! Wenigstens für die eine Nacht, – und mehr wollen wir ja nicht, nicht wahr? Nur durchhalten bis zum nächsten Morgen –«

»Ja. Mehr will man hier nicht.«

Im Fenster des hochgelegenen Zimmers sah man nichts als Wolken und einen Schneehang. Die Wolken waren gelb und golden und unruhig am frühen Nachmittag. »Soll ich es Ihnen beibringen?« fragte Richter. »Wir können gleich anfangen.«

Die starken Augen in dem Totenschädel flackerten. Sie hungerten nach Gesellschaft, dachte Lillian, – nicht nach Schachproblemen. Sie hungerten nach jemand, der da sein konnte, wenn die Tür sich plötzlich öffnete und niemand hereinkam als der lautlose Wind, unter dem das Blut aus der Kehle stürzte und die Lungen füllte, bis man in ihm erstickte.

»Wie lange sind Sie schon hier?« fragte sie.

»Zwanzig Jahre. Ein Leben, wie?«

»Ja, ein Leben.«

Ein Leben, dachte sie, aber was für ein Leben! Jeder Tag war wie der andere, in endloser Routine, Tag um Tag, und am Ende des Jahres fielen die Tage zusammen, als wären sie nur ein einziger Tag gewesen, so sehr glichen sie sich, und so fielen auch die Jahre zusammen, als wären sie nur ein einziges Jahr gewesen, so sehr waren auch sie immer wieder dieselben. Nein, dachte Lillian, nicht so! Ich will nicht so enden! Nicht so!

»Wollen wir heute anfangen?« fragte Richter.

Lillian schüttelte den Kopf. »Es hat keinen Zweck mehr. Ich bleibe nicht mehr lange hier.«

»Sie fahren nach unten?« krächzte Richter.

»Ja. In ein paar Tagen.«

Was rede ich da? dachte sie betroffen. Es ist ja nicht wahr! Aber die Worte hallten ihr im Kopf, als wären sie nicht wieder zu vergessen. Verwirrt stand sie auf.

»Sind Sie geheilt?«

Die heisere Stimme klang so ärgerlich, als hätte Lillian einen Vertrauensbruch begangen. »Ich fahre nicht für lange«, sagte sie hastig. »Nur für kurze Zeit. Ich komme wieder.«

»Jeder kommt wieder«, krächzte Richter beruhigt. »Jeder.«

»Soll ich Ihren Zug für Régnier mitnehmen?«

»Zwecklos.« Richter warf die Schachfiguren auf dem Brett neben seinem Bett um. »Er ist so gut wie matt. Sagen Sie ihm, wir müßten ein neues Spiel anfangen.«

»Ja. Ein neues Spiel. Ja.«

Die Unruhe verließ sie nicht. Nachmittags gelang es ihr, eine junge Assistenzschwester im Operationsraum zu überreden, ihr die letzten Röntgenaufnahmen zu zeigen, die von ihr gemacht worden waren. Die Schwester glaubte, Lillian verstände nichts davon, und brachte ihr die Filme.

»Kann ich sie einen Augenblick hier behalten?« fragte Lillian.

Die Schwester zögerte. »Es ist gegen die Vorschriften. Es ist schon nicht richtig, daß ich sie Ihnen überhaupt zeige.«

»Der Professor zeigt sie mir fast immer selbst und erklärt sie mir. Er hat es dieses Mal vergessen.« Lillian ging zum Schrank und nahm ein Kleid heraus. »Hier ist das Kleid, das ich Ihnen neulich versprochen habe. Sie können es jetzt mitnehmen.«

Die Schwester errötete. »Das gelbe Kleid? Haben Sie das wirklich so gemeint?«

»Warum nicht? Es paßt mir nicht mehr. Ich bin zu dünn dafür geworden.«

»Sie können es enger machen lassen.«

Lillian schüttelte den Kopf. »Nehmen Sie es nur.«

Die Schwester nahm das Kleid, als wäre es aus Glas, und hielt es sich an. »Ich glaube, es paßt sogar«, flüsterte sie und sah in den Spiegel. Dann legte sie es über eine Stuhllehne. »Ich lasse es noch ein paar Minuten hier. Die

Aufnahmen auch. Dann hole ich alles ab. Ich muß noch zu Nummer sechsundzwanzig. Sie ist abgereist.«

»Abgereist?«

»Ja. Vor einer Stunde.«

»Wer ist Nummer sechsundzwanzig?«

»Die kleine Südamerikanerin aus Bogotá.«

»Die mit den drei Verwandten? Manuela?«

»Ja. Es kam rasch; aber es war zu erwarten.«

»Was reden wir herum«, sagte Lillian, erbittert durch den vorsichtigen Jargon des Sanatoriums. »Sie ist nicht abgereist, sie ist tot, gestorben, nicht mehr da!«

»Ja, natürlich«, erwiderte die Schwester eingeschüchtert und schielte nach dem Kleide, das wie eine gelbe Quarantäneflagge über dem Stuhl hing. Lillian sah es.

»Gehen Sie nur«, sagte sie ruhiger. »Sie haben recht; wenn Sie zurückkommen, können Sie gleich alles zusammen mitnehmen.«

»Gut.«

Lillian zog rasch die dunklen, glatten Filme aus dem Umschlag und ging damit zum Fenster. Sie konnte sie nicht wirklich lesen. Der Dalai Lama hatte ihr nur öfter die Schatten und Verfärbungen gezeigt, auf die es ankam. Seit einigen Monaten hatte er es nicht mehr getan.

Sie blickte auf das glänzende Grau und Schwarz, das über ihr Leben entschied. Da waren ihre Schulterknochen, ihre Wirbelsäule, ihre Rippen, da war ihr Skelett, – und dazwischen das unheimliche, schattenhafte Etwas, das Gesundheit oder Krankheit hieß. Sie erinnerte sich an die früheren Aufnahmen, an die nebligen grauen Flecke und versuchte, sie wiederzufinden. Sie glaubte, sie zu sehen, und es schien ihr, daß sie größer geworden seien. Sie ging vom Fenster weg und schaltete die Lampe an. Dann nahm sie den Schirm ab, um noch mehr Licht zu haben, und plötzlich war ihr, als sähe sie sich selbst, tot, nach Jahren im Grabe, das Fleisch bereits zerfallen zu grauer Erde und nur die Knochen noch fest, das einzige, was standgehalten hatte. Sie legte die Filme auf den Tisch. Ich mache wieder Unsinn, dachte sie – aber sie ging trotzdem zum Spiegel und blickte hinein, sie beobachtete ihr Gesicht, das Gesicht, das ihres war und nicht ihres, seitenverkehrt im Spiegel und fremd und trotzdem das ihre. Ich kenne es nicht, nicht wie es wirklich aussieht, dachte sie, ich kenne nicht das, das die andern sehen, ich kenne nur dieses Spiegelphantom, das vertauscht ist und rechts hat, wo andere links bei mir sehen, ich kenne nur diese Lüge, ebenso wie ich nur die andere Lüge kenne, die Farben und die Form, während ich das wirkliche, das Skelett, das still in mir arbeitet, um an die Oberfläche zu kommen, nicht kenne. Das da, dachte sie und sah auf den schwarzen, glänzenden Film, das ist der einzige wirkliche Spiegel.

Sie betastete ihre Stirn und ihre Wange, sie fühlte die Knochen darunter, und es schien ihr, als wären sie näher zur Haut als früher. Das Fleisch schmilzt bereits, dachte sie, aus den Augenhöhlen blickt schon der Unbestechliche, Namenlose, oder blickt er mir unsichtbar über die Schulter, und seine und meine Augen treffen sich im Spiegel?

»Aber was machen Sie denn da?« fragte die junge

Schwester hinter ihr. Sie war auf lautlosen Gummisohlen wieder hereingekommen.

»Ich sehe in den Spiegel. Ich habe in den letzten zwei Monaten drei Pfund verloren.«

»Sie haben doch kürzlich ein halbes Pfund zugenommen.«

»Das habe ich schon wieder abgenommen.«

»Sie sind zu unruhig. Und Sie müssen mehr essen. Ich finde, Sie haben sich gut erholt.«

Lillian drehte sich rasch um. »Warum behandelt ihr uns immer wie Kinder?« sagte sie, maßlos irritiert. »Denkt ihr wirklich, wir glauben alles, was ihr uns vorerzählt? Hier –« sie hielt der Schwester die Röntgenaufnahmen hin – »sehen Sie das an! Ich kenne genug davon! Sie wissen, daß es nicht besser geworden ist!«

Die Schwester sah sie erschrocken an. »Sie können Röntgenbilder lesen? Haben Sie es gelernt?«

»Ja, ich habe es gelernt. Ich hatte Zeit genug dazu.«

Es war nicht wahr. Aber sie konnte auf einmal nicht mehr zurück. Ihr war, als stände sie auf einem hohen Seil, die Hände noch an der Brüstung des Gestells, im Augenblick, bevor sie es loslassen und über die Tiefe gehen wollte. Noch konnte sie alles vermeiden, wenn sie jetzt schwieg, und sie wollte es eigentlich; aber etwas, das stärker war als die Furcht, stieß sie vorwärts. »Es ist kein Geheimnis«, sagte sie ruhig. »Der Professor selbst hat mir gesagt, daß es nicht besser geworden ist mit mir. Schlechter! Ich wollte es nur noch einmal selbst sehen, deshalb habe ich Sie gebeten, mir die Blätter zu zeigen. Ich verstehe nicht, weshalb so viel Theater daraus vor den Patienten gemacht wird! Es ist doch viel besser, wenn man klar sieht.«

»Die meisten können es nicht ertragen.«

»Ich kann es ertragen. Haben Sie es mir deshalb nicht gesagt?«

Lillian hatte das Gefühl, als spüre sie die lautlose Stille der Erwartung in dem endlos tiefen Zirkuszelt unter sich. »Sie sagen doch selbst, daß Sie es schon wissen«, erwiderte die Schwester zaudernd.

»Was?« fragte Lillian ohne Atem.

»Ihre Aufnahme – Sie verstehen sie doch –«

Die Stille der Erwartung war plötzlich keine Stille mehr. Sie war ein hohes, fremdes Sausen in den Ohren. »Natürlich weiß ich, daß es nicht besser geworden ist«, sagte Lillian mühsam. »Das kommt ja oft genug vor.«

»Natürlich«, plapperte die Schwester erleichtert. »Es gibt immer Schwankungen. Nach oben und nach unten. Kleine Rückfälle kommen immer vor. Besonders im Winter.«

»Und im Frühjahr«, sagte Lillian. »Und im Sommer. Und im Herbst.«

Die Schwester lachte. »Sie haben Humor. Wenn Sie nur ruhiger werden könnten! Und den Anordnungen des Professors folgen! Er weiß doch schließlich alles am besten.«

»Das werde ich tun. Vergessen Sie nicht Ihr Kleid.«

Lillian wartete ungeduldig darauf, daß die Schwester die Aufnahmen und das Kleid nehme und ginge. Es schien ihr, als wäre mit ihr ein Hauch Tod in das Zimmer gekommen, mitgeschleppt in den Falten der weißen Uniform aus Manuelas Zimmer. Wie ahnungslos sie ist! dachte sie. Wie ahnungslos wir alle immer miteinander sind! Warum geht sie nicht? Wie langsam und mit welch ekelhaftem Wohlgefallen sie das Kleid über den Arm nimmt!

»Die paar Pfunde holen Sie rasch auf«, sagte die Schwester. »Nur immer gut essen! Heute abend zum Beispiel! Da gibt es als Nachspeise herrlichen Schokoladenauflauf mit Vanillesauce.«

Ich habe es herausgefordert, dachte Lillian. Nicht, weil ich mutig bin, sondern weil ich Angst habe. Ich habe gelogen. Ich wollte das Gegenteil hören! Man will trotz allem immer das Gegenteil hören!

Es klopfte, und Hollmann kam herein. »Clerfayt fährt morgen. Heute nacht ist Vollmond. Das übliche Fest oben auf der Bergerhütte. Wollen wir noch einmal ausreißen und mit ihm hinauffahren?«

»Sie auch?«

»Ja. Zum letztenmal.«

»Manuela ist gestorben.«

»Ich habe es gehört. Es ist eine Erleichterung für uns alle. Für ihre drei Verwandten sicher, – und für Manuela wahrscheinlich auch.«

»Sie reden wie Clerfayt«, sagte Lillian feindlich.

»Ich glaube, wir alle müssen mit der Zeit wie Clerfayt reden«, erwiderte Hollmann ruhig. »Bei ihm ist die Distanz nur kürzer, deshalb klingt es schärfer. Er lebt von einem Rennen zum andern. Und die Chancen sind jedes Jahr mehr und mehr gegen ihn. Wollen wir heute abend mit ihm zusammensein?«

»Ich weiß es nicht.«

»Es ist sein letzter Abend. Und Manuela wird nicht wieder lebendig, ganz gleich, was wir tun.«

»Sie reden wieder wie er.«

»Warum sollte ich nicht?«

»Wann fährt er?«

»Morgen nachmittag. Er will aus den Bergen heraus sein, bevor es wieder schneit. Die Wettervoraussage ist Schnee für morgen nacht.«

»Fährt er allein?« fragte Lillian mit Überwindung.

»Ja. Kommen Sie heute abend?«

Lillian antwortete nicht. Zu viele Dinge stürzten zu gleicher Zeit auf sie los. Sie mußte nachdenken. Aber was war schon nachzudenken? Hatte sie das nicht seit Monaten getan? Es war nur noch etwas zu entscheiden.

»Wollten Sie nicht von jetzt an vorsichtiger sein?« fragte sie.

»Heute abend nicht. Dolores, Maria und Charles kommen auch. Josef ist an der Tür. Wenn wir uns um zehn Uhr hier herausschmuggeln, erreichen wir rechtzeitig die Drahtseilbahn. Sie fährt heute nacht bis ein Uhr. Ich hole Sie ab.« Hollmann lachte. »Von morgen an werde ich dann wieder der folgsamste und vorsichtigste Bewohner des Bella Vista sein. Heute feiern wir.«

»Was?«

»Irgendwas. Daß Vollmond ist. Daß Giuseppe gekommen ist. Daß wir noch leben. Abschied.«

»Daß wir morgen wieder ideale Patienten werden?«

»Auch das. Ich hole Sie ab. Es ist ein Kostümfest, Sie haben das nicht vergessen?«

»Nein.«

Hollmann schloß die Tür hinter sich. Morgen, dachte Lillian. Morgen, – was war das plötzlich geworden? Es war ein anderes Morgen als das Morgen von gestern und alle Morgen vorher. Morgen abend würde Clerfayt abgereist sein, und die Routine des Sanatoriums würde sich wieder über alles breiten – wie feuchter Schnee, den der kranke Wind immer brachte, weich, sanft, alles zudeckend und alles langsam erstickend. Nicht mich! dachte sie. Nicht mich!

Die Bergerhütte lag hoch über dem Dorf, und einmal im Monat im Winter bei Vollmond wurde sie nachts offen gehalten für eine Skiabfahrt mit Fackeln. Das Palace Hotel hatte dafür eine kleine Zigeunerkapelle hinaufgeschickt, zwei Geiger und einen Cimbalspieler. Sie brachten das Cimbal mit; die Bergerhütte hatte kein Klavier.

Die Gäste kamen in Skianzügen oder Kostümen. Charles Ney und Hollmann trugen angeklebte Schnurrbarte, damit man sie nicht erkennen sollte. Charles Ney war im Abendanzug. Er trug ihn als Kostüm; sonst hatte er nie Gelegenheit dazu. Maria Savini hatte spanische Spitzen und einen kleinen Schleier im Haar. Dolores Palmer trug ihr chinesisches Kleid; Lillian Dunkerque ihre hellblauen Hosen und eine kurze Pelzjacke.

Die Hütte war überfüllt, aber Clerfayt hatte einen Tisch am Fenster reserviert bekommen; der Oberkellner des Palace Hotels, dem auch die Hütte unterstand, war ein Rennfanatiker.

Lillian war sehr erregt. Sie starrte in die dramatische Nacht draußen. Irgendwo hoch über den Bergen tobte ein

Sturm, von dem man unten nichts merkte. Der Mond glitt hinter den zerrissenen Wolken hervor und tauchte zurück in sie, und die Wolkenschatten machten die weißen Hänge lebendig, als flögen gigantische Schatten-Flamingos mit mächtigen Schwingen um die Welt.

Im Kamin der Hütte brannte ein großes Feuer. Es gab heißen Punsch und Wein zu trinken. »Was möchten Sie?« fragte Clerfayt. »Alles ist heiß, was ausgeschenkt wird, der Punsch und der Glühwein – aber der Oberkellner hat für uns etwas Wodka und Kognak vorrätig, wenn wir wollen. Ich habe ihn heute nachmittag eine Runde mit Giuseppe durchs Dorf machen lassen. Er hat zwei Kerzen verölt und war glücklich. Wollen Sie Kognak? Ich schlage Glühwein vor.«

»Gut«, sagte Lillian. »Glühwein.«

Der Kellner brachte die Gläser. »Wann fahren Sie morgen?« fragte Lillian.

»Vor dem Dunkelwerden.«

»Wohin?«

»Nach Paris. Fahren Sie mit?«

»Ja«, erwiderte Lillian.

Clerfayt lachte; er glaubte ihr nicht. »Gut«, sagte er. »Sie können aber nicht viel Gepäck mitnehmen. Giuseppe ist nicht dafür eingerichtet.«

»Ich brauche nicht viel. Den Rest kann ich nachschikken lassen. Wo machen wir zuerst Station?«

»Wir fahren aus dem Schnee heraus, weil Sie ihn so hassen. Nicht sehr weit. Über die Berge ins Tessin. Zum Lago Maggiore. Dort ist es schon Frühling.«

»Und dann?«

»Nach Genf.«

»Und dann?«

»Nach Paris.«

»Kann man nicht gleich nach Paris fahren?«

»Dann müßten wir schon diese Nacht aufbrechen. Es ist etwas zu weit für einen Tag.«

»Kann man vom Lago Maggiore in einem Tag hinkommen?«

Clerfayt betrachtete sie plötzlich aufmerksam. Er hatte alles bis jetzt für eine Spielerei gehalten; aber sie fragte zu eingehend für eine Spielerei. »Man kann in einem langen Tag hinkommen«, sagte er. »Aber warum? Wollen Sie die Narzissenwiesen um Genf nicht sehen? Jeder will sie sehen.«

»Ich kann sie im Vorbeifahren sehen.«

Auf der Terrasse wurde ein Feuerwerk abgebrannt. Raketen stiegen auf, Lichträder drehten sich mit fliegenden Funken, und dann kamen Geschosse, die rot und steil aufstiegen und die, wenn man schon glaubte, sie hätten sich auf ihrem einsamen Fluge erschöpft, plötzlich in Garben von Gold und Grün und Blau zersprangen und in Hunderten von glitzernden Bällen wieder zur Erde zurückstürzten.

»Um Gottes willen!« flüsterte Hollmann plötzlich. »Der Dalai Lama!«

»Wo?«

»In der Tür. Er ist gerade gekommen.«

Der Professor stand tatsächlich bleich und kahlköpfig am Eingang und musterte das Getümmel in der Hütte. Er trug einen grauen Anzug. Jemand stülpte ihm eine Papierkappe über den Kopf. Er wischte sie herunter und steuerte auf einen Tisch zu, der nicht weit von der Tür entfernt war.

»Wer konnte das ahnen?« sagte Hollmann. »Was wollen wir jetzt tun?«

»Gar nichts«, sagte Lillian.

»Sollen wir uns nicht vorsichtig mit den anderen hinausdrücken?«

»Nein.«

»Er erkennt Sie nicht, Hollmann«, erklärte Dolores Palmer. »Mit Ihrem Schnurrbart.«

»Aber Sie! Und Lillian. Lillian besonders.«

»Wir können uns so setzen, daß er eure Gesichter nicht sehen kann«, sagte Charles Ney und stand auf. Dolores wechselte ihren Platz mit ihm, und Maria Savini nahm den Stuhl von Hollmann. Clerfayt lächelte amüsiert und sah zu Lillian hinüber, ob sie nicht mit ihm wechseln wolle. Sie schüttelte den Kopf.

»Tun Sie es, Lillian«, sagte Charles. »Er erkennt Sie sonst, und morgen gibt es großen Krach. Wir haben diesen Monat ohnehin schon allerhand auf dem Kerbholz.«

Lillian sah das bleiche Gesicht des Dalai Lama mit den blassen Augen wie einen Mond über den Tischen schweben, verdeckt manchmal vom Gewühl und dann wieder sichtbar, wie sein Partner am Himmel zwischen Wolken.

»Nein«, erwiderte sie. »Ich bleibe hier sitzen.«

Die Skiläufer rüsteten zum Aufbruch. »Fahren Sie nicht mit?« fragte Dolores Clerfayt. Er war im Skianzug.

»Ich denke nicht daran. Das ist mir viel zu gefährlich.«

Dolores lachte. »Er meint es wirklich«, sagte Hollmann. »Gefährlich ist immer, was man nicht ganz beherrscht.«

»Und wenn man es beherrscht?« fragte Lillian.

»Dann ist es noch gefährlicher«, sagte Clerfayt. »Dann wird man leichtsinnig.«

Sie gingen hinaus, um die Abfahrt zu sehen. Hollmann, Charles Ney, Maria Savini und Dolores schlüpften im Durcheinander des allgemeinen Aufbruchs durch; Lillian ging ohne Eile mit Clerfayt an den blassen Augen des Professors vorbei.

Sie gingen über den festgetretenen Pfad zur Abfahrtsstelle. Der feurige Rauch der Fackeln warf Reflexe auf den Schnee und die Gesichter. Die ersten Skiläufer schossen den mondbeleuchteten Hang hinunter, die Fackeln hoch in den Händen. Sie wurden rasch zu glühenden Punkten und verschwanden hinter anderen, tieferen Hängen. Lillian blickte den Läufern nach, wie sie die Hänge hinunterstürzten, als stürzten sie sich ins Leben; so wie die Raketen, die sich, als sie im Fluge den höchsten Punkt erreicht hatten, in einem Regen von Sternen auf die Erde zurückwarfen.

»Wann fahren wir morgen?« fragte sie Clerfayt.

Er blickte auf. Er begriff sie sofort. »Wann Sie wollen«, erwiderte er. »Zu jeder Zeit. Auch nach dem Dunkelwerden. Auch früher. Auch später, wenn Sie nicht fertig werden.«

»Das ist nicht nötig. Ich kann schnell packen. Wann wollten Sie fahren?«

»Gegen vier Uhr.«

»Ich kann um vier fertig sein.«

»Gut. Ich hole Sie ab.«

Clerfayt blickte wieder den Skiläufern nach. »Sie brauchen sich um mich keine Sorgen zu machen«, sagte Lillian. »Sie können mich in Paris absetzen. Ich fahre mit wie –«

Sie suchte nach einem Wort. »– Wie jemand, der an der Straße steht und bis zur nächsten Stadt mitfährt?« fragte Clerfayt.

»Ja – genau so.«

»Gut.«

Lillian spürte, daß sie zitterte. Sie beobachtete Clerfayt. Er fragte nichts weiter. Ich habe ihm nichts zu erklären, dachte sie. Er glaubt mir. Was für mich die Entscheidung meines Lebens ist, ist für ihn nur ein Entschluß, wie man ihn täglich fasst. Vielleicht hält er mich auch nicht für besonders krank; man muß wohl einen Unfall beim Rennen haben, damit er das tut. Sie fühlte zu ihrem Erstaunen, wie plötzlich eine lange getragene Last von ihren Schultern glitt. Hier war der erste Mensch in Jahren, der sich nicht um ihre Krankheit kümmerte. Es machte sie auf eine sonderbare Weise glücklich. Ihr war, als hätte sie damit eine früher unüberschreitbare Grenze passiert. Die Krankheit, die immer wie ein trübes Fenster zwischen ihr und der Welt gestanden hatte, war auf einmal nicht mehr da – dafür lag atemraubend klar und weit, in vollem Mondlicht, das Leben unter ihr mit Wolken und Tälern und Schicksalen, und sie war ihm zugehörig, nicht mehr ausgeschlossen, sie stand wie die andern, die Gesunden, an der großen Abfahrtsstelle, eine brennende, knisternde Fackel in der Hand, bereit zum Sturz hinunter und hinein. Was hatte

Clerfayt einmal gesagt? Das Erstrebenswerteste im Leben sei, seinen eigenen Tod wählen zu können, und es sei es deshalb, weil er einen dann nicht erschlagen könne wie eine Ratte, oder einen auslöschen und erwürgen, wenn man nicht bereit sei. Sie war bereit. Sie zitterte, aber sie war bereit.

VI

Wolkow fand sie am nächsten Morgen über ihren Koffern. »Du packst, Duscha? Schon so früh?«

»Ja Boris, ich packe.«

»Wozu? Du wirst doch alles in ein paar Tagen wieder auspacken.«

Er hatte sie schon einige Male so packen sehen. Es kam jedes Jahr über sie, wie der Drang zum Wegfliegen bei Zugvögeln im Frühjahr und im Herbst. Die Koffer standen dann ein paar Tage und manchmal auch ein paar Wochen herum, bis Lillian mutlos wurde und aufgab.

»Ich gehe, Boris«, sagte sie. Sie fürchtete sich vor dieser Aussprache. »Dieses Mal gehe ich wirklich!«

Er lehnte an der Tür und betrachtete sie. Kleider und Mäntel lagen auf dem Bett, und Sweater und Nachthemden hingen an den Fensterriegeln und an der Tür. Hochhackige Schuhe standen auf dem Toilettentisch und auf den Stühlen, und Skisachen waren zu einem Haufen neben der Balkontür zusammengeworfen.

»Ich gehe wirklich«, wiederholte Lillian nervös, weil er es nicht glaubte.

Er nickte. »Du gehst morgen. Und übermorgen oder in einer Woche packen wir wieder aus. Wozu quälst du dich umsonst?«

»Boris!« rief sie. »Laß das! Es nützt nichts mehr! Ich gehe.«

»Morgen?«

»Nein, heute.«

Sie spürte seine Nachgiebigkeit und seinen Unglauben; es waren die Spinngewebe, die sie wieder umwickeln und lähmen wollten. »Ich fahre«, sagte sie entschlossen. »Heute. Mit Clerfayt.«

Sie sah, wie seine Augen sich veränderten. »Mit Clerfayt?«

»Ja.« Sie sah ihn an. Sie wollte es rasch hinter sich bringen. »Ich gehe allein. Aber ich fahre mit Clerfayt, weil er heute fährt und weil ich allein nicht den Mut dazu habe. Ich fahre aus keinem andern Grund mit ihm. Allein bin ich nicht stark genug gegen das hier oben –«

»Gegen mich?«

»Auch gegen dich – aber nicht so, wie du glaubst.«

Wolkow machte einen Schritt in das Zimmer hinein. »Du kannst nicht gehen«, sagte er.

»Doch, Boris. Ich wollte dir schreiben. Sieh das an, –« sie zeigte auf einen kleinen Papierkorb aus Messing neben ihrem Tisch, in dem zerknittertes Briefpapier lag. »Ich konnte es nicht. Es ist hoffnungslos, es erklären zu wollen –«

Hoffnungslos, dachte Wolkow. Was heißt das? Warum ist etwas heute hoffnungslos, was gestern noch nicht existiert? Er blickte auf die Kleider und Schuhe – vor einer Sekunde noch waren sie ein Bild reizvoller Unordnung gewesen – jetzt lagen sie plötzlich im schneidenden Licht des Abschieds und waren Waffen, die sein Herz bedrohten. Er sah sie nicht mehr als ein charmantes Durcheinander; er sah sie mit dem Schmerz, den man spürt, wenn man vom Begräbnis eines geliebten Toten kommt und dann unvermutet etwas von seinen persönlichen Sachen sieht – einen Hut, Wäsche, ein Paar Schuhe. »Du mußt hierbleiben«, sagte er.

Sie schüttelte den Kopf. »Ich weiß, daß ich es nicht erklären kann. Deshalb wollte ich weggehen, ohne dich zu sehen. Ich wollte dir von unten schreiben, – aber auch das hätte ich nicht gekonnt. Mach es mir nicht schwer, Boris –«

Mach es mir nicht schwer, dachte er. Immer sagten sie das, diese Bündel aus Anmut, Selbstsucht und Hilflosigkeit, wenn sie darangingen, einem das Herz zu zerreißen. Mach es mir nicht schwer! Dachten sie je daran, ob sie es dem anderen schwermachten? Aber wäre es nicht noch trostloser, wenn sie wirklich daran dächten? Würde das nicht etwas von dem fatalen Mitleid haben, das Brennesseln in den Händen hält, während es achtlos streichelt?

»Du gehst mit Clerfayt?«

»Ich fahre mit Clerfayt hinunter«, erwiderte Lillian gequält. »Er nimmt mich mit, wie ein Mann mit einem Auto einen Fußgänger am Wege mitnimmt. In Paris trennen wir uns. Ich bleibe da, und er fährt weiter. Mein Onkel lebt in Paris. Er verwaltet das bißchen Geld, das ich habe. Ich werde da bleiben.«

»Bei deinem Onkel?«

»In Paris.«

Lillian wußte, daß sie nicht die Wahrheit sagte, aber es schien ihr im Augenblick die Wahrheit zu sein. »Verstehe mich doch, Boris!« bat sie.

Er sah auf die Koffer. »Wozu willst du verstanden werden? Es ist genug, daß du gehst.«

Sie senkte den Kopf. »Du hast recht. Schlage weiter.«

Schlag weiter, dachte er. Wenn man nur einen Augenblick zuckte, sagten sie: Schlage weiter, als wollte man selbst sie verlassen. Ihre Logik reichte nie weiter als bis zur letzten Antwort, alles davor wurde sofort abgetan, als sei es nicht passiert. Nicht das, was den Schrei provozierte, sondern nur der Schrei war maßgebend. »Ich schlage dich nicht«, sagte er.

»Du willst, daß ich bei dir bleibe.«

»Ich möchte, daß du hierbleibst. Das ist ein Unterschied.«

Ich lüge auch bereits, dachte er. Natürlich will ich nur, daß sie bei mir bleibt, sie ist das einzige, letzte, was ich habe, der Planet Erde ist für mich zusammengeschrumpft auf dieses Dorf, ich kann seine Einwohner zählen, ich kenne fast jeden davon, das ist meine Welt geworden, und sie ist das, was ich von dieser Welt will, ich kann sie nicht verlieren, ich darf sie nicht verlieren, ich habe sie schon verloren. »Ich möchte nicht, daß du dein Leben fortwirfst wie wertloses Geld«, sagte er.

»Das sind Worte, Boris. Wenn jemand im Gefängnis die Wahl hat, ein Jahr frei zu leben und dann zu sterben, oder aber im Gefängnis zu verkommen, – was soll er tun?«

»Du bist nicht im Gefängnis, Duscha! Du hast eine entsetzlich falsche Vorstellung von dem, was unten Leben ist.«

»Das weiß ich. Ich kenne es ja nicht. Ich kenne nur den Teil, der Krieg, Betrug und Elend war, und wenn der Rest auch voll von Enttäuschungen sein wird, so kann es doch nicht schlimmer sein als das, was ich kenne und von dem ich weiß, daß es nicht alles sein kann. Es muß noch etwas anderes da sein, das andere, das ich nicht kenne, das, was mich unruhig macht und mich ruft« – sie hielt inne – »Laß uns nicht mehr sprechen, Boris, es ist alles falsch, was ich sage, es wird falsch, während ich es sage, die Worte sind falsch und banal und sentimental und treffen es nicht, und sie werden zu Messern, und ich will dich nicht kränken, aber jedes Wort muß eine Kränkung sein, wenn ich ehrlich sein will, und selbst wenn ich glaube, ich sei ehrlich, bin ich es immer noch nicht, siehst du denn nicht, daß ich es selbst nicht weiß?«

Sie blickte ihn an mit einer Mischung von ohnmächtig gewordener Liebe, Mitleid und Feindseligkeit. Warum zwang er sie, noch einmal alles das zu wiederholen, was sie sich tausendmal vorgesagt hatte und schon vergessen wollte?

»Laß Clerfayt abfahren, und du wirst in wenigen Tagen einsehen, wie falsch es gewesen wäre, diesem Rattenfänger zu folgen«, sagte Wolkow.

»Boris«, erwiderte Lillian hoffnungslos. »Es ist nicht Clerfayt. Muß es denn ein anderer Mann sein?«

Er antwortete nicht. Wozu sage ich ihr das, dachte er. Ich bin ein Narr, ich tue alles, um sie weiter fortzujagen! Warum sage ich ihr nicht lächelnd, daß sie recht hat? Warum benütze ich nicht den alten Trick? Weiß ich nicht, daß verliert, wer festhalten will, und daß man dem nachläuft, der lächelnd loslässt? Habe ich das vergessen? »Nein«, sagte er. »Es muß nicht ein anderer Mann sein. Aber wenn es nicht so ist, warum fragst du dann nicht mich, ob ich mit dir kommen will?«

»Dich?«

Falsch, dachte er, wieder falsch! Wozu dränge ich mich auf? Sie will der Krankheit entfliehen – wozu sollte sie da einen Kranken mitnehmen? Der letzte Mann, mit dem sie reisen möchte, bin ich!

»Ich will nichts mitnehmen, Boris«, erwiderte sie. »Ich liebe dich; aber ich will nichts mitnehmen.«

»Du willst alles vergessen?«

Wieder falsch, dachte er verzweifelt. »Das weiß ich nicht«, sagte Lillian gedrückt. »Ich will nichts von hier mitnehmen. Ich kann es nicht. Quäle mich nicht!«

Er stand einen Augenblick sehr still. Er wußte, daß er nicht mehr antworten sollte; aber zur selben Zeit schien es ihm entsetzlich wichtig, ihr zu erklären, daß sie beide nicht mehr lange zu leben hätten, und daß das, was sie beim Leben jetzt so verachtete, die Zeit, einmal das Wichtigste von allem sein würde, wenn es nur noch Stunden und Tage waren, und daß sie verzweifelt sein würde, weil sie es weggeworfen hatte, wenn es ihr jetzt auch nicht so vorkam, – aber er wußte auch, daß jedes Wort, wenn er es zu sagen versuchte, sich in einen Gemeinplatz verwandeln würde, der selbst durch die Tatsache der Wahrheit nicht erträglicher werden konnte.

Es war zu spät. Es konnte sie nicht mehr erreichen. Es war plötzlich zu spät, von einem Atemzug zum anderen. Was hatte er versäumt? Er wußte es nicht. Gestern war noch alles nah und vertraut gewesen, und jetzt war eine Glaswand zwischen ihnen aufgestiegen, wie in einem Auto zwischen Führersitz und Innenraum. Sie sahen einander noch, aber sie verstanden sich nicht mehr – sie hörten einander, aber sie sprachen verschiedene Sprachen, die aneinander vorüberwehten. Es war nichts mehr zu tun. Die Fremde, die über Nacht aufgewachsen war, füllte bereits alles aus. Sie war in jedem Blick und in jeder Geste. Es war nichts mehr zu tun. »Adieu, Lillian«, sagte er.

»Verzeih mir, Boris.«

»In der Liebe ist nichts zu verzeihen.«

Sie hatte keine Zeit nachzudenken. Eine Schwester kam und forderte sie auf, zum Dalai Lama zu kommen.

Der Professor roch nach guter Seife und antiseptischer Wäsche. »Ich sah Sie gestern abend in der Bergerhütte«, erklärte er steif.

Lillian nickte.

»Sie wissen, daß Sie Ausgehverbot haben?«

»Ja, das weiß ich.«

Über das blasse Gesicht des Dalai Lama ging ein rosiger Schein. »Es scheint Ihnen gleichgültig zu sein, ob Sie es beachten oder nicht. Ich muß Sie bitten, das Sanatorium zu verlassen. Vielleicht finden Sie anderswo einen Platz, der Ihren Wünschen besser entspricht.«

Lillian antwortete nicht; die Ironie war zu stark.

»Ich habe mit der Oberschwester gesprochen«, erklärte der Dalai Lama, der ihr Schweigen als Schreck auffasste. »Sie hat mir gesagt, daß es nicht das erste Mal war. Sie hat Sie schon öfter gewarnt. Sie haben es nicht beachtet. So etwas zerstört die Moral des Sanatoriums. Wir können es nicht dulden, daß –«

»Ich sehe das ein«, unterbrach Lillian ihn. »Ich werde das Sanatorium heute nachmittag verlassen.«

Der Dalai Lama blickte sie überrascht an. »So eilig ist es nicht«, erwiderte er dann. »Nehmen Sie sich Zeit, bis Sie einen Platz gefunden haben. Oder haben Sie das schon getan?«

»Nein.«

Der Professor war etwas aus dem Text gebracht. Er hatte Tränen und die Bitte, es noch einmal zu versuchen, erwartet. »Weshalb arbeiten Sie so gegen Ihre Gesundheit, Fräulein Dunkerque?« fragte er schließlich.

»Als ich alles tat, was vorgeschrieben wurde, ist es auch nicht besser geworden.«

»Aber das ist doch kein Grund, es nicht mehr zu tun, wenn es einmal schlechter wird«, rief der Professor ärgerlich. »Im Gegenteil. Dann ist man doch besonders vorsichtig!«

Wenn es einmal schlechter wird, dachte Lillian. Es traf sie nicht so wie gestern, als die Schwester es ihr zugegeben hatte. »Selbstzerstörerischer Unsinn!« polterte der Dalai Lama weiter, der glaubte, ein goldenes Herz unter einer rauen Schale zu haben. »Fegen Sie diesen Unsinn aus Ihrem hübschen Kopf heraus!«

Er faßte sie an die Schulter und schüttelte sie leicht. »Na, nun gehen Sie in Ihr Zimmer, und beachten Sie von jetzt an die Vorschriften genau.«

Lillian glitt mit einer Bewegung ihrer Schulter unter seiner Hand weg. »Ich würde die Vorschriften auch weiter verletzen«, sagte sie ruhig. »Deshalb halte ich es für besser, das Sanatorium zu verlassen.«

Das, was der Dalai Lama ihr über ihren Zustand gesagt hatte, hatte sie nicht nur nicht erschreckt, sondern sie im Gegenteil plötzlich sicher und kühl gemacht. Es verminderte sonderbarerweise auch den Schmerz um Boris, da die Freiheit der Wahl auf einmal von ihr genommen zu sein schien. Sie fühlte sich wie ein Soldat, der nach langem Warten einen Marschbefehl erhalten hat. Es war nichts mehr zu tun, als ihm zu folgen. Das Neue hatte bereits Besitz von ihr genommen, so wie beim Soldaten der Marschbefehl bereits Teil der Uniform und des Kampfes – und vielleicht auch des Endes war.

»Machen Sie keine Schwierigkeiten«, polterte der Dalai Lama. »Hier gibt es doch kaum ein anderes Sanatorium, – wo wollen Sie denn schon hin? In eine Pension?«

Er stand da, der große, gutmütige Gott des Sanatoriums, und wurde ungeduldig, weil diese widerspenstige Katze ihn bei seinem Wort nahm mit der Entlassung, um ihn zu zwingen, wie er glaubte, sie zurückzunehmen. »Die paar Regeln sind doch nur in Ihrem Interesse«, rumpelte er. »Wo kämen wir hin, wenn hier Anarchie herrschte. Und sonst? Wir sind doch wirklich hier kein Gefängnis. Oder finden Sie?«

Lillian lächelte. »Nicht mehr«, sagte sie. »Und ich bin kein Patient mehr. Sie können wieder zu mir sprechen wie zu einer Frau. Nicht mehr wie zu einem Kinde oder einem Sträfling.«

Sie sah noch, wie der Dalai Lama erneut rosig anlief. Dann war sie draußen.

Sie packte ihre Koffer fertig. Heute abend, dachte sie, werde ich die Berge verlassen haben. Zum ersten Male in Jahren spürte sie eine Erwartung, hinter der eine Erfüllung stand, – nicht mehr die Erwartung einer Fata Morgana, die Jahre weit entfernt war und immer wieder zurückrückte, sondern die der nächsten Stunden. Vergangenheit und Zukunft hingen in einer zitternden Balance, und das erste, was sie fühlte, war nicht Alleinsein, sondern eine gespannte, hohe Einsamkeit. Sie nahm nichts mit, und sie wußte nicht, wohin sie ging.

Sie fürchtete sich davor, daß Wolkow noch einmal käme, und sie sehnte sich danach, ihn noch einmal zu sehen. Sie schloß ihre Koffer, und ihre Augen waren blind vor Tränen. Sie wartete, bis sie wieder ruhig geworden war. Sie bezahlte ihre Rechnung und schlug zwei Angriffe des Krokodils ab, – den letzten im Namen des Dalai Lama. Sie verabschiedete sich von Dolores Palmer, Maria Savini und Charles Ney, die sie anstarrten, wie die Japaner im Kriege ihre Selbstmordflieger angesehen haben mochten. Sie ging in ihr Zimmer zurück und wartete. Dann hörte sie ein Kratzen und Bellen vor der Tür. Sie öffnete, und der Schäferhund Wolkows kam herein. Das Tier liebte sie und war oft allein zu ihr gekommen. Sie glaubte, Boris habe es geschickt und werde selbst auch noch kommen. Aber er kam nicht. Dafür erschien die Zimmerschwester und erzählte ihr, die Angehörigen Manuelas würden die Tote in einem Zinksarg nach Bogotá schicken.

»Wann?« fragte Lillian, um etwas zu fragen.

»Heute noch. Sie wollen so rasch wie möglich reisen. Draußen steht schon der Schlitten. Sonst wartet man doch immer bis nachts; aber der Sarg soll noch ein Schiff erreichen. Die Angehörigen reisen mit dem Flugzeug.«

»Ich muß jetzt gehen«, murmelte Lillian. Sie hatte den Wagen Clerfayts gehört. »Leben Sie wohl.«

Sie schloß die Tür hinter sich und ging den weißen Korridor entlang wie ein Dieb auf der Flucht. Sie hoffte, unbemerkt durch die Halle zu kommen, aber das Krokodil wartete neben dem Aufzug. »Der Professor läßt Ihnen noch einmal sagen, daß Sie hier bleiben können. Und hierbleiben sollten.«

»Danke«, sagte Lillian und ging weiter.

»Seien Sie doch vernünftig, Miss Dunkerque! Sie kennen Ihre Situation nicht. Sie dürfen jetzt nicht nach unten. Sie würden das Jahr nicht überleben.«

»Gerade deshalb.«

Lillian ging weiter. An den Bridgetischen hoben sich ein paar Köpfe; sonst war die Halle leer. Die Patienten hatten Liegekur. Boris war nicht da. Hollmann stand am Ausgang.

»Wenn Sie absolut fahren wollen, dann nehmen Sie wenigstens die Eisenbahn«, sagte das Krokodil.

Lillian zeigte der Oberschwester stumm ihren Pelz und ihre Wollsachen. Das Krokodil machte eine verächtliche Bewegung. »Das nützt nichts! Wollen Sie mit Gewalt Selbstmord begehen?«

»Das tun wir alle, – der eine schneller, der andere langsamer. Wir fahren vorsichtig. Und nicht weit.«

Die Ausgangstür war jetzt ganz nahe. Die Sonne blendete von draußen herein. Noch ein paar Schritte, dachte Lillian, und das Spießrutenlaufen ist zu Ende.

Noch einen Schritt! »Sie sind gewarnt worden«, sagte die gleichmäßige, kalte Stimme neben ihr. »Wir waschen unsere Hände in Unschuld!«

Es war ihr nicht danach zumute, aber Lillian mußte lächeln. Das Krokodil hatte mit einem letzten Klischee die Situation gerettet. »Waschen Sie sie in sterilisierter Unschuld«, sagte Lillian. »Adieu! Danke für alles.«

Sie war draußen. Der Schnee reflektierte das Licht so stark, daß sie kaum sehen konnte. »Auf Wiedersehen, Hollmann!«

»Auf Wiedersehn, Lillian. Ich komme bald nach.«

Sie blickte auf. Er lachte. Gott sei Dank, dachte sie, endlich kein Schulmeister. Hollmann packte sie in ihre Wollsachen und ihren Pelz. »Wir werden langsam fahren«, sagte Clerfayt. »Wenn die Sonne untergeht, machen wir das Verdeck zu. Jetzt schützen die Seitenteile Sie gegen den Wind.«

»Ja«, erwiderte sie. »Können wir abfahren?«

»Haben Sie nichts vergessen?«

»Nein.«

»Wenn doch, dann kann man es nachschicken lassen.«

Daran hatte sie nicht gedacht. Es tröstete sie plötzlich. Sie hatte geglaubt, alle Verbindungen würden abgerissen sein, wenn sie abführe. »Ja, wirklich, man kann es sich nachschicken lassen«, sagte sie.

Ein kleiner Mann, der wie eine Kreuzung zwischen einem Kellner und einem Küster aussah, kam rasch über den Platz. Clerfayt stutzte. »Das ist doch –«

Der Mann ging zum Eingang, dicht am Wagen vorbei, und Clerfayt erkannte ihn jetzt. Er trug einen dunklen Anzug, einen schwarzen Hut und einen Reisekoffer. Es war der Leichenbegleiter; er war wie verwandelt, – nicht mehr zerknittert und mürrisch, sondern fröhlich und autoritativ. Er war auf dem Wege nach Bogotá.

»Wer?« fragte Lillian.

»Nichts. Ich glaubte einen Bekannten gesehen zu haben. Fertig?«

»Ja«, sagte Lillian. »Fertig.«

Der Wagen fuhr an. Hollmann winkte. Boris war nicht zu sehen. Der Hund lief noch eine Weile hinter dem Wagen her, dann blieb er zurück. Lillian blickte sich um. Auf den Sonnenterrassen, die eben noch leer gewesen waren, stand auf einmal eine Reihe von Menschen. Die Kranken, die oben auf ihren Liegestühlen gelegen hatten, hatten sich erhoben. Sie hatten durch den Untergrundtelegraphen des Sanatoriums längst erfahren, was vorging, und jetzt, als sie den Motor hörten, standen sie in einer dünnen Reihe da, dunkel gegen den starken, blauen Himmel, und starrten hinab.

»Wie auf dem obersten Rang einer Stierkampfarena«, sagte Clerfayt.

»Ja«, erwiderte Lillian. »Aber was sind wir? Die Stiere oder die Matadore?«

»Immer die Stiere. Aber wir glauben, wir wären die Matadore.«

VII

Der Wagen glitt langsam durch eine weiße Schlucht, über der wie ein Bach der enzianblaue Himmel floß. Sie waren über den Pass hinweg, aber der Schnee war noch fast zwei Meter hoch zu beiden Seiten der Straße aufgeschichtet. Man konnte nicht über ihn hinaussehen. Nichts war da als die Schneemauern und das blaue Band des Himmels. Wenn man sich lange genug zurücklehnte, wußte man nicht mehr, was unten oder oben war, das Blau oder das Weiß.

Dann kam der Geruch von Harz und Tannen, und ein Dorf schob sich braun und flach heran. Clerfayt hielt. »Wir können die Schneeketten abnehmen, glaube ich. Wie ist es weiter unten?« fragte er den Tankwärter.

»Zackig.«

»Was?«

Clerfayt sah den Jungen an. Er trug einen roten Sweater, eine neue Lederjacke, eine Stahlbrille und hatte Pickel und abstehende Ohren. »Wir kennen uns doch! Herbert oder Hellmut oder –«

»Hubert.« Der Junge zeigte auf ein Holzschild, das zwischen den Tanksäulen hing: H. Göring, Garage und Automechaniker.

»Ist das Schild nicht neu?« fragte Clerfayt.

»Funkelnagelneu!«

»Warum hast du denn deinen Vornamen nicht ausschreiben lassen?«

»Dies ist praktischer. Viele glauben so, ich hieße Hermann.«

»Man sollte wahrhaftig glauben, daß du deinen Namen eher wechseln möchtest, als ihn so groß anzumalen.«

»Da wäre ich schön dumm«, erklärte der Junge. »Jetzt, wo die deutschen Wagen allmählich wieder kommen! Was meinen Sie, was da für Trinkgelder abfallen! Nein, mein Herr, mein Name ist eine Geldquelle.«

Clerfayt sah auf die Lederjacke. »Stammt die schon daher?«

»Halb. Aber bevor die Saison vorbei ist, kommen noch ein Paar Skistiefel und ein Mantel raus, das ist sicher.«

»Vielleicht verrechnest du dich auch. Von manchen wirst du gerade wegen deines Namens kein Trinkgeld bekommen.«

Der Junge grinste und warf die Ketten in den Wagen. »Nicht von denen, die sich schon wieder leisten können, zum Wintersport zu fahren, mein Herr. Außerdem kann mir auch so nichts passieren, – die einen geben, weil sie froh sind, daß er weg ist, und die andern, weil sie schöne Erinnerungen haben, aber geben tun fast alle. Ich habe meine Erfahrungen, seit das Schild da hängt. Benzin, mein Herr?«

»Benzin«, sagte Clerfayt, »brauche ich siebzig Liter. Aber ich werde sie nicht von dir nehmen, sondern von jemand, der weniger geschäftstüchtig ist als du. Es ist Zeit, daß dein Weltbild etwas ins Wanken gerät, Hubert.«

Eine Stunde später war der Schnee hinter ihnen. Bäche schossen seitlich neben der Straße einher, von den Häuserdächern tropfte es, und die Stämme der Bäume glitzerten vor Nässe. In den Fenstern spiegelte sich rot der Abend. Kinder spielten auf den Straßen. Die Äcker waren schwarz und feucht, und auf den Wiesen sah man gelb und graugrün das vorjährige Gras. »Wollen wir irgendwo Station machen?« fragte Clerfayt.

»Noch nicht.«

»Haben Sie Angst, daß der Schnee uns noch einholt?«

Lillian nickte. »Ich möchte ihn nie wieder sehen.«

»Nicht vor nächstem Winter.«

Lillian antwortete nicht. Nächster Winter, dachte sie. Das war wie Sirius oder die Plejaden. Sie würde ihn nie sehen.

»Wollen wir nicht doch etwas trinken?« fragte Clerfayt. »Kaffee mit Kirsch? Wir haben noch ein ganzes Stück zu fahren.«

»Ja«, sagte Lillian. »Wann sind wir am Lago Maggiore?«

»In einigen Stunden. Spät abends.«

Clerfayt hielt den Wagen vor einem Wirtshaus an. Sie gingen in die Gaststube. Eine Kellnerin machte Licht. An den Wänden hingen Drucke von röhrenden Hirschen und balzenden Auerhähnen. »Sind Sie hungrig?« fragte Clerfayt. »Was haben Sie mittags gegessen?«

»Nichts.«

»Das dachte ich mir.« Er wandte sich an die Kellnerin. »Was haben Sie zu essen?«

»Salami, Landjäger, Schüblig. Die Schüblig sind heiß.«

»Zwei Schüblig und ein paar Stücke von dem dunklen

Brot dort. Dazu Butter und offenen Wein. Haben Sie Fendant?«

»Fendant und Valpolicella.«

»Fendant. Und für Sie?«

»Einen Pflümli, wenn's nichts ausmacht«, sagte die Kellnerin.

»Es macht nichts aus.«

Lillian saß in der Ecke neben dem Fenster. Sie hörte abwesend das Gespräch zwischen Clerfayt und der Kellnerin. Das rötliche Licht der Lampe sammelte sich in den Flaschen auf der Theke zu grünen und roten Reflexen. Vor dem Fenster ragten die Bäume des Dorfes schwarz in den hohen, grünlichen Abendhimmel, und in den Häusern brannten die ersten Lichter. Alles war sehr friedlich und selbstverständlich, es war ein Abend ohne Angst und Rebellion, und sie gehörte dazu, ebenso selbstverständlich und friedlich. Sie war entkommen! Es preßte ihr fast die Kehle zu, als sie es spürte.

»Schüblig sind fette Bauernwürste«, sagte Clerfayt. »Ausgezeichnet, aber vielleicht mögen Sie sie nicht!«

»Ich mag alles«, sagte Lillian. »Alles hier unten!«

Clerfayt sah sie nachdenklich an. »Ich fürchte, das ist wahr.«

»Warum fürchten Sie es?«

Er lachte. »Nichts ist gefährlicher als eine Frau, die alles mag. Wie soll man es anstellen, daß sie nur einen selber mag?«

»Indem man nichts dazu tut.«

»Auch richtig.«

Die Kellnerin brachte den hellen Wein. Sie schenkte

ihn in kleine Wassergläser. Dann hob sie ihr eigenes Glas mit dem Pflaumenschnaps. »Wohl bekomm's!«

Sie tranken. Clerfayt sah sich in dem schäbigen Wirtsraum um. »Dies ist noch nicht Paris«, sagte er lächelnd.

»Doch!« erwiderte Lillian. »Es ist der erste Vorort von Paris. Paris fängt bereits hier an.«

Bis Göschenen hatten sie Sterne und klare Nacht. Clerfayt verlud den Wagen auf einen der flachen Güterwagen, die am Perron bereitstanden. Außer ihnen fuhren noch zwei Limousinen und ein roter Sportwagen durch den Tunnel. »Wollen Sie im Auto bleiben oder im Personenwagen des Zuges mitfahren?« fragte er.

»Werden wir sehr schmutzig, wenn wir im Auto bleiben?«

»Nein. Die Lokomotive ist elektrisch. Und das Verdeck wird geschlossen.«

Ein Bahnbeamter legte Bremsklötze unter die Räder. Die übrigen Fahrer blieben ebenfalls in ihren Wagen. Die beiden Limousinen ließen ihre Deckenlichter brennen. Der Zug rangierte und fuhr in den Gotthardtunnel ein.

Die Wände des Tunnels waren nass. Streckenlichter flogen vorbei. Nach wenigen Minuten hatte Lillian das Gefühl, durch einen Schacht ins Innere der Erde zu rasen. Die Luft wurde verbraucht und alt. Der Lärm des Zuges warf tausend Echos um sie her. Lillian sah vor sich die beiden erleuchteten Limousinen schaukeln wie zwei Kabinen auf dem Weg zum Hades. »Hört das irgendwann einmal auf?« rief sie.

»In einer Viertelstunde.« Clerfayt reichte ihr seine flache

Flasche, die er im Wirtshaus frisch hatte füllen lassen. »Es ist ganz gut, sich an Tunnels zu gewöhnen«, sagte er. »Nach allem, was man hört und sieht, werden wir bald alle so ähnlich leben, in Luftschutzkellern und unterirdischen Städten.«

»Wo kommen wir heraus?«

»Bei Airolo. Da beginnt der Süden.«

Lillian hatte sich vor dem ersten Abend gefürchtet. Sie hatte erwartet, daß Erinnerungen und Reue wie Ratten aus dem Dunkel auf sie losschleichen würden. Jetzt aber löschte die lärmende Fahrt durch den steinernen Bauch der Erde jeden anderen Gedanken aus. Die ferne Furcht jeder Kreatur, die auf dem Boden und nicht in ihm lebt, die Furcht, begraben zu werden, ließ sie so heftig auf das Licht und auf den Himmel warten, daß alles andere ausgelöscht wurde. Es geht fast zu rasch, dachte sie. Vor ein paar Stunden hockte ich auf den Gipfeln der Berge und wollte hinunter – jetzt rase ich durch die Erde und will wieder hinauf.

Aus einer Limousine flatterte Papier und schlug klatschend gegen die Windschutzscheibe. Dort blieb es angepresst kleben wie eine zerschmetterte Taube. »Es gibt Zeitgenossen, die immer und überall essen müssen«, sagte Clerfayt. »Sie würden selbst in die Hölle Butterbrote mitnehmen.« Er griff um die Scheibe herum und zerrte das Papier los.

Ein zweites Einwickelpapier flog durch die Erde. Lillian lachte. Ein Geschoß folgte, das gegen den Rahmen der Scheibe knallte. »Ein Brötchen«, sagte Clerfayt. »Die Herrschaften vor uns essen nur noch die Wurst, nicht das

Brot. Bürgerliches Pandämonium in den Eingeweiden der Erde.«

Lillian dehnte sich auf ihrem Sitz. Der Tunnel schien alles von ihr abzustreifen, was noch von früher um sie herumgeflattert war. Es war, als ob die scharfen Bürsten des Lärms es herunterrissen. Der alte Planet, auf dem das Sanatorium stand, blieb hinter ihr für immer; sie konnte nicht zurück, sowenig man zweimal den Styx überqueren konnte. Sie würde auf einem neuen Planeten auftauchen, hinausgeworfen aus der Erde, stürzend und gleichzeitig vorwärtsgeschleudert, ohne anderen Gedanken mehr als den einen: hinauszukommen und zu atmen. Ihr war, als würde sie in letzter Minute durch einen Grabesschlauch gerissen, dessen Wände dicht hinter ihr zusammenstürzten und sich verschütteten, vorwärts, dem Lichte zu, das plötzlich wie eine milchige Monstranz vor ihr auftauchte, auf sie zuraste und da war.

Der acherontische Lärm wurde zu normalem Knattern und schwieg dann. Der Zug hielt in einem weichen Rauschen von Grau und Gold und milder Luft. Es war die Luft des Lebens nach der gewölbekalten, toten Luft des Tunnels. Erst nach einer Weile begriff Lillian, daß es regnete. Sie horchte auf die Tropfen, die sanft auf das Verdeck klopften, sie atmete die weiche Luft und hielt die Hand in den Regen. Gerettet, dachte sie. Über den Styx geworfen und gerettet.

»Es sollte umgekehrt sein«, sagte Clerfayt. »Drüben sollte es geregnet haben, und hier sollte klares Wetter sein. Sind Sie enttäuscht?«

Sie schüttelte den Kopf. »Ich habe seit Oktober keinen Regen mehr gesehen.«

»Und seit vier Jahren waren Sie nicht unten? Das ist dann ja fast so, als wären Sie noch einmal geboren. Noch einmal geboren, mit Erinnerungen.«

Er fuhr zur Straße hinüber, um zu tanken. »Man könnte Sie beneiden. Sie fangen noch einmal von vorn an. Mit dem Ungestüm der Jugend, aber ohne die Hilflosigkeit der Jugend.«

Der Zug fuhr ab und verschwand mit roten Lichtern im Regen. Der Tankwart brachte den Wagenschlüssel zurück. Der Wagen rollte rückwärts auf die Straße. Clerfayt hielt ihn an, um zu wenden. Einen Augenblick sah er Lillian in dem kleinen Raum, der durch das Verdeck gebildet wurde, im sanften Licht des Instrumentenbrettes, während draußen der Regen flimmerte und schwätzte. Sie sah anders aus als je zuvor. Ihr Gesicht war vom Schein der Geschwindigkeitsmesser, der Uhren und der Geräte zum Messen der Zeit und der Schnelligkeit beleuchtet, und es schien, im Kontrast dazu, für einen Herzschlag völlig zeitlos und unberührt davon zu sein, – zeitlos, spürte Clerfayt plötzlich, wie der Tod, mit dem es ein Rennen startete, gegen das alle Automobilrennen Kinderei waren. Ich werde sie in Paris absetzen und verlieren, dachte er. Nein, ich muß versuchen, sie zu halten! Ich wäre ein Idiot, wenn ich es nicht versuchte!

»Wissen Sie schon, was Sie in Paris tun wollen?« fragte er.

»Ich habe einen Onkel dort. Er verwaltet mein Geld. Bisher hat er es mir in monatlichen Raten geschickt. Jetzt werde ich es ihm ganz entreißen. Es wird ein Drama werden. Er glaubt immer noch, ich sei vierzehn Jahre alt.«

»Und wie alt sind Sie wirklich?«

»Vierundzwanzig und achtzig.«

Clerfayt lachte. »Eine gute Kombination. Ich war einmal sechsunddreißig und achtzig – als ich aus dem Krieg wiederkam.«

»Und was geschah?«

»Ich wurde vierzig«, sagte Clerfayt und schaltete den ersten Gang ein. »Es war sehr traurig.«

Der Wagen klomm die Steigung von der Bahn zur Chaussee und begann die lange Strecke bergab. Im gleichen Augenblick heulte ein anderer Motor hinter ihnen auf. Er war der rote Sportwagen, der mit ihnen durch den Tunnel geschleust worden war. Der Fahrer hatte sich hinter einem Schuppen versteckt gehalten. Jetzt tobte er mit seinen vier Zylindern hinter ihnen her, als hätte er sechzehn.

»So was gibt es immer noch«, sagte Clerfayt. »Er will ein Rennen gegen uns fahren. Sollen wir ihm eine Lehre geben? Oder ihm seine Illusion lassen, daß er den schnellsten Wagen der Welt hat?«

»Lassen wir heute jedem seine Illusion.«

»Gut.«

Clerfayt hielt Giuseppe an. Der rote Sportwagen hinter ihm hielt ebenfalls an und begann zu hupen. Er hatte reichlich Platz zum Überholen; aber er wollte sein Rennen.

»So geht es«, sagte Clerfayt seufzend und fuhr wieder an. »Er ist ein Mensch; er will sein Verderben.«

Der rote Wagen langweilte sie bis Faido. Er versuchte immer wieder aufzuholen. »Er wird sich noch zu Tode stürzen«, sagte Clerfayt schließlich. »Das letzte Mal ist er schon fast aus der Kurve geflogen. Lassen wir ihn vorbei.«

Er bremste, gab aber sofort wieder Gas. »Dieser Pfuscher! Anstatt vorbeizufahren, ist er fast in unser Heck gerast! Er ist ebenso gefährlich hinter uns wie vor uns.«

Clerfayt lenkte den Wagen zum rechten Straßenrand. Der Geruch von Holz kam von einem Bretterschuppen herüber. Er hielt Giuseppe vor dem Schuppen an. Der rote Wagen hielt dieses Mal nicht. Er toste vorüber. Der Mann in ihm winkte verächtlich und lachte.

Es wurde sehr still. Man hörte nur einen Bach rauschen und das leise Klopfen des Regens. Dies war das Glück, fühlte Lillian. Diese Minute der Stille voll dunkler, feuchter, fruchtbarer Erwartung. Sie würde sie nie vergessen – die Nacht, das sanfte Rieseln und die beglänzte, nasse Straße.

Eine Viertelstunde später kamen sie in Nebel. Clerfayt schaltete auf die kleinen Lichter um. Er fuhr sehr langsam. Nach einer Weile konnten sie den Straßenrand wieder erkennen. Für hundert Meter war der Nebel weggewischt vom Regen; dann gerieten sie wieder in eine Wolke, die aus der Tiefe hochwehte.

Clerfayt bremste den Wagen plötzlich sehr stark. Sie waren gerade aus dem Nebel herausgekommen. Vor ihnen, um einen Kilometerstein gedreht, hing der rote Sportwagen, ein Rad über dem Abgrund. Neben ihm stand der Mann, der ihn gefahren hatte, unverletzt.

»Das nennt man Glück«, sagte Clerfayt.

»Glück?« erwiderte der Mann wütend. »Und der Wagen? Sehen Sie sich das an! Ich bin nicht kaskoversichert. Und mein Arm?«

»Ihr Arm ist höchstens verstaucht. Sie können ihn ja bewegen. Mann, seien Sie froh, daß Sie noch auf der Straße stehen.«

Clerfayt stieg aus und betrachtete das Wrack. »Manchmal sind die Kilometersteine doch zu etwas gut.«

»Sie, Herr, sind schuld!« schrie der Mann. »Sie haben mich dazu gebracht, zu schnell zu fahren. Ich mache Sie verantwortlich! Hätten Sie mich passieren lassen und nicht ein Rennen mit mir angefangen –«

Lillian lachte. »Was lacht die Dame?« fragte der Mann ärgerlich.

»Das geht Sie nichts an. Aber da heute Mittwoch ist, will ich es Ihnen erklären. Die Dame kommt von einem andern Stern und kennt unsere Gebräuche hier unten noch nicht; sie lacht, weil Sie um Ihren Wagen jammern, anstatt sich zu freuen, daß Sie noch leben. Der Dame ist das unerklärlich. Ich hingegen bewundere Sie deshalb. Ich werde Ihnen von der nächsten Ortschaft einen Abschleppwagen schicken.«

»Halt! So kommen Sie nicht davon! Hätten Sie mich nicht zum Rennen herausgefordert, wäre ich ruhig gefahren und würde nicht –«

»Die Konjunktive geraten Ihnen durcheinander«, sagte Clerfayt. »Am besten machen Sie den verlorenen Krieg für alles verantwortlich.«

Der Mann sah auf Clerfayts Nummernschild. »Französisch! Wie kriege ich da mein Geld?« Er fummelte mit einem Bleistift und einem Stück Papier in der linken Hand herum. »Ihre Nummer! Schreiben Sie sie mir auf! Sehen Sie nicht, daß ich nicht schreiben kann mit meinem Arm?«

»Lernen Sie es. Ich habe Schlimmeres lernen müssen.«

Clerfayt stieg wieder ein. Der Mann folgte ihm. »Wollen Sie sich Ihrer Verantwortung durch Flucht entziehen?«

»Ja. Ich werde Ihnen aber trotzdem einen Wagen zum Abschleppen schicken.«

»Was? Sie wollen mich hier im Regen auf der Straße stehen lassen?«

»Ja. Dies ist ein Zweisitzer. Atmen Sie tief, schauen Sie auf die Berge, danken Sie Gott, daß Sie noch leben, und denken Sie daran, daß bessere Leute als Sie sterben mußten.«

Sie fanden in Biasca eine Garage. Der Besitzer war beim Abendessen. Er verließ seine Familie und nahm eine Flasche Barberawein mit. »Er wird etwas Alkohol brauchen können«, sagte er. »Ich vielleicht auch.«

Der Wagen glitt weiter den Berg hinunter. Kehre auf Kehre, Serpentine auf Serpentine. »Dies ist ein eintöniges Stück«, sagte Clerfayt. »Es zieht sich hin bis Locarno. Dann kommt der See. Sind Sie müde?«

Lillian schüttelte den Kopf. Müde! dachte sie. Eintönig! Spürt dieses gesunde Stück Leben neben mir denn nicht, daß alles in mir zittert? Begreift er nicht, was in mir vorgeht? Fühlt er nicht, daß das eingefrorene Bild der Welt plötzlich in mir aufgetaut ist und sich bewegt und spricht, daß der Regen spricht, daß die nassen Felsen sprechen und das Tal mit seinen Schatten und Lichtern und die Straße? Ahnt er nicht, daß ich nie wieder so eins mit ihnen sein werde wie jetzt, als läge ich in einer Wiege und im Arm eines unbekannten Gottes, ängstlich und vertrauend noch wie ein junger Vogel, und doch schon wissend, daß all dies nur dieses eine Mal da sein wird für mich, daß ich es verliere, während ich es besitze und es mich besitzt, diese Straße und diese Dörfer, diese dunklen Lastautos vor den Wirtshäusern, diesen Gesang hinter den erhellten Fenstern, den grauen und silbernen Himmel, und diese Namen, Osogna, Cresciano, Claro, Castione und Bellinzona, die, kaum gelesen, bereits hinter mir wieder wie Schatten zusammenfallen, als wären sie nie gewesen? Sieht er nicht, daß ich ein Sieb bin, das verliert, während es empfängt, und kein Korb, der sammelt? Merkt er nicht, daß ich kaum sprechen kann, weil mein Herz in mir schwillt, groß und anonym, und daß unter den wenigen Namen, die es kennt, auch seiner ist, aber daß jeder eigentlich immer nur Leben heißt?

»Wie gefiel Ihnen Ihre erste Begegnung hier unten?« fragte Clerfayt. »Ein Mann, der um seinen Besitz jammert und sein Leben für selbstverständlich hält? Sie werden noch viele ähnliche kennenlernen.«

»Es war eine Abwechslung. Oben hielt jeder sein Leben für entsetzlich wichtig. Ich auch.«

Straßen sprangen vor ihnen auf. Lichter, Häuser, Blau und ein weiter Platz mit Arkaden. »Wir sind in zehn Minuten da«, sagte Clerfayt. »Dies ist schon Locarno.«

Eine Straßenbahn ratterte heran und versperrte ihnen im letzten Augenblick den Weg. Clerfayt lachte, als er sah, daß Lillian sie anstarrte, als wäre sie eine Kathedrale. Sie hatte seit vier Jahren keine mehr gesehen. Straßenbahnen gab es nicht in den Bergen.

Plötzlich lag der See vor ihnen, breit, silbern und unruhig. Es hatte aufgehört zu regnen. Die Wolken zogen rasch und niedrig über den Mond. Ascona lag still mit seiner Piazza am Ufer.

»Wo werden wir wohnen?« fragte Lillian.

»Am See. Im Hotel Tamaro.«

»Woher kennen Sie das alles?«

»Ich habe nach dem Kriege ein Jahr lang hier gelebt«, erwiderte Clerfayt. »Morgen früh werden Sie wissen, warum.«

Er hielt vor dem kleinen Hotel und lud das Gepäck aus. »Der Besitzer hier hat eine Bibliothek«, sagte er. »Er ist fast ein Gelehrter. Und ein anderer dort oben auf dem Berg hat ein Hotel vollgehängt mit Cézannes, Utrillos und Lautrecs, so etwas gibt es hier. Wollen wir sofort essen fahren?«

»Wohin?«

»Nach Brissago, an der italienischen Grenze. Zehn Minuten von hier. In ein Restaurant, das Giardino heißt.«

Lillian sah sich um. »Da blühen ja Glyzinien!«

Die blauen Blütentrauben hingen an den weißen Häuserwänden. Über eine Gartenmauer schütteten Mimosen ihr Gold und ihr gefiedertes Grün. »Frühling«, sagte Clerfayt. »Gott segne Giuseppe. Er verschiebt die Jahreszeiten.«

Der Wagen fuhr langsam den See entlang. »Mimosen«, sagte Clerfayt und zeigte auf die blühenden Bäume am

See. »Ganze Alleen. Und da ist ein Hügel mit Iris und Narzissen. Dieses Dorf heißt Porto Ronco. Und das dort auf dem Berge Ronco. Die Römer haben es gebaut.«

Er parkte den Wagen neben einer langen, steinernen Treppe. Sie stiegen zu einem kleinen Restaurant hinauf. Er bestellte eine Flasche Soave, Prosciutto, Scampis mit Reis und Käse aus dem Valle Maggia.

Es waren nicht viele Leute da. Die Fenster standen offen. Die Luft war sanft. Ein Topf mit weißen Kamelien stand auf dem Tisch.

»Sie haben hier gelebt?« fragte Lillian. »An diesem See?«

»Ja. Fast ein Jahr. Nach meiner Flucht und nach dem Kriege. Ich wollte ein paar Tage bleiben, aber ich blieb viel länger. Ich hatte es nötig. Es war eine Kur mit Nichtstun, Sonne, Eidechsen auf den Mauern, Starren in den Himmel und in den See und so viel Vergessen, daß die Augen endlich nicht mehr fixiert auf einen Punkt blickten, sondern wieder bemerkten, daß die Natur zwanzig Jahre menschlichen Irrsinns überhaupt nicht zur Kenntnis genommen hatte. Salute!«

Lillian trank den leichten italienischen Wein. »Irre ich mich, oder ist das Essen hier erstaunlich gut?« fragte sie.

»Es ist erstaunlich gut. Der Wirt könnte Chef in jedem großen Hotel sein.«

»Warum ist er es nicht?«

»Er war es. Sein Heimatdorf gefällt ihm besser.«

Lillian blickte auf. »Er wollte zurück – nicht hinaus?«

»Er war draußen – und ging zurück.«

Sie stellte ihr Glas auf den Tisch. »Ich bin glücklich,

Clerfayt«, sagte sie. »Dazu muß ich sagen, daß ich überhaupt nicht weiß, was das Wort bedeutet.«

»Ich weiß es auch nicht.«

»Waren Sie nie glücklich?«

»Oft.«

Sie sah ihn an. »Jedes Mal anders«, fügte er hinzu.

»Wann am meisten?«

»Ich weiß es nicht. Es war jedes Mal anders.«

»Wann am meisten?«

»Allein«, sagte Clerfayt.

Lillian lachte. »Wohin gehen wir jetzt? Gibt es noch mehr verzauberte Wirte und Hoteliers hier?«

»Viele. Nachts, bei Vollmond, taucht ein gläsernes Restaurant aus dem See auf. Es gehört einem Sohne Neptuns. Man kann dort alte römische Weine kneipen. Aber jetzt gehen wir zu einer Bar, in der es einen Wein gibt, der in Paris schon ausverkauft ist.«

Sie fuhren zurück nach Ascona. Clerfayt ließ den Wagen vor dem Hotel stehen. Sie gingen die Piazza entlang und stiegen in einen Keller hinab. Unten war eine kleine Bar.

»Ich brauche nichts mehr zu trinken«, sagte Lillian. »Ich bin betrunken von den Mimosen. Das Land schwimmt ja darin. Was sind das für Inseln im See?«

»In den Zeiten Roms soll dort ein Venustempel gestanden haben. Jetzt hat jemand ein Restaurant dort. Aber in Vollmondnächten gehen die alten Götter manchmal noch um. Dann findet der Besitzer am Morgen, daß viele Flaschen leer geworden sind, ohne daß man die Korken berührt hätte. Ab und zu schläft Pan auch seinen Rausch auf der Insel aus und erwacht mittags. Dann hört man seine Flöte, und alle Rundfunksendungen haben empfindliche Störungen.«

»Dieser Wein ist wunderbar. Was ist es?«

»Alter Champagner, im Keller hier herrlich gelagert. Zum Glück verstehen die antiken Götter nichts davon, sonst hätten sie ihn längst getrunken. Champagner wurde erst im Mittelalter entdeckt.«

Sie gingen zurück. An einer Hauswand hing ein Christus am Kreuz. Gegenüber war die Tür zu einem Restaurant. Der Erlöser blickte stumm in den erleuchteten Raum, aus dem Gelächter und Lärm scholl. Es schien Lillian, als wäre etwas dazu zu sagen, – aber dann war nichts zu sagen. Alles gehörte zueinander.

Sie stand am Fenster ihres Zimmers. Draußen waren der See, die Nacht und der Wind. Das Frühjahr rumorte in den Platanen der Piazza und in den Wolken. Clerfayt kam herein. Er legte den Arm um sie. Sie drehte sich um und sah ihn an. Er küßte sie. »Hast du keine Angst?« fragte sie.

»Wovor?«

»Daß ich krank bin.«

»Ich habe Angst davor, daß mir beim Rennen mit zweihundert Kilometer Geschwindigkeit ein Vorderreifen platzt«, sagte er.

Lillian atmete tief auf. Wir sind ja ähnlich, dachte sie. Wir haben ja beide keine Zukunft! Seine reicht immer nur bis zum nächsten Rennen; und meine bis zum nächsten Blutsturz. Sie lächelte.

»Es gibt eine Geschichte«, sagte Clerfayt. »In Paris wurde zur Zeit der Guillotine ein Mann zur Hinrichtung geführt. Es war kalt und ein weiter Weg. Die Wärter machten unterwegs halt, um zu trinken. Sie boten die Flasche Wein auch dem Verurteilten an, nachdem sie getrunken hatten. Der nahm sie, betrachtete sie einen Augenblick, sagte dann: ›Eine ansteckende Krankheit wird ja wohl keiner von uns haben‹, und trank selbst. Eine halbe Stunde später rollte sein Kopf in den Korb. Diese Geschichte hat meine Großmutter mir erzählt, als ich zehn Jahre alt war. Sie war gewohnt, eine Flasche Calvados am Tag zu trinken. Jeder prophezeite ihr einen frühen Tod. Sie lebt noch. Die Propheten sind längst tot. Ich habe aus der Kellerbar eine Flasche von dem alten Champagner mitgebracht. Man sagt, daß er im Frühjahr stärker schäume als zu anderen Zeiten. Er spüre das Leben noch. Ich lasse sie Ihnen hier.«

Er stellte die Flasche auf das Fensterbrett, nahm sie aber wieder weg. »Man soll Wein nicht in den Mond stellen. Der Mond tötet seinen Duft. Auch das stammt von meiner Großmutter.«

Er ging zur Tür. »Clerfayt«, sagte Lillian.

Er drehte sich um.

»Ich bin nicht weggefahren, um allein zu bleiben«, sagte sie.

VIII

Paris lag mit seinen Vororten grau, hässlich und verregnet da; aber je weiter sie in die Stadt kamen, um so mehr begann die Verzauberung. Ecken, Winkel und Straßen tauchten auf wie Bilder von Utrillo und Pissarro, das Grau wurde bleich und fast silbrig, der Fluss war plötzlich da mit Brücken und Schleppern und Bäumen mit Knospen, den bunten Reihen der Bouquinisten und den Quadern der alten Gebäude am rechten Seine-Ufer.

»Von dort«, sagte Clerfayt, »hat man Marie Antoinette abgeholt, um sie zu köpfen. Im Restaurant gegenüber isst man besonders gut. Man kann hier überall Hunger mit Geschichte verbinden. Wo wollen Sie wohnen?«

»Dort«, erwiderte Lillian und zeigte über den Fluss auf die helle Fassade eines kleinen Hotels.

»Kennen Sie es?«

»Woher?«

»Aus der Zeit, als Sie hier lebten?«

»Als ich hier lebte, wohnte ich meistens im Keller eines Gemüsehändlers versteckt.«

»Wollen Sie nicht lieber irgendwo im sechzehnten Arrondissement wohnen? Oder bei Ihrem Onkel?«

»Mein Onkel ist so geizig, daß er wahrscheinlich selbst nur ein Zimmer hat. Fahren wir hinüber und fragen wir nach, ob dort Zimmer frei sind. Wo wohnen Sie?«

»Im Ritz.«

»Natürlich«, sagte Lillian.

Clerfayt nickte. »Ich bin nicht reich genug, anderswo zu wohnen.«

Sie fuhren über die Brücke des Boulevard St.-Michel in den Quai des Grands-Augustins und hielten vor dem Hotel Bisson. Als sie ausstiegen, kam gerade ein Hausknecht mit Koffern heraus. »Da ist mein Zimmer«, sagte Lillian. »Jemand zieht aus.«

»Du willst wirklich hier wohnen? Einfach nur, weil du das Hotel von drüben gesehen hast?«

Lillian nickte. »Ich will sogar so leben. Ohne irgendwelche Empfehlungen und Vorurteile.«

Das Zimmer war frei. Das Hotel hatte keinen Aufzug, aber das Zimmer lag zum Glück im ersten Stock. Die Treppen waren ausgetreten und alt. Das Zimmer war klein und sparsam möbliert; aber das Bett schien gut zu sein, und ein Badezimmer war da. Die Möbel waren modern, bis auf einen kleinen Barocktisch, der wie ein Prinz zwischen Sklaven stand. Die Tapete war alt und das elektrische Licht ungenügend – dafür aber leuchtete vor dem Fenster der Fluss mit der Conciergerie, den Quais und den Türmen von Notre-Dame.

»Du kannst jeden Tag ausziehen, wenn du willst«, sagte Clerfayt. »Manche Menschen vergessen das.«

»Wohin? Zu dir ins Ritz?«

»Nicht zu mir, sondern ins Ritz«, erwiderte Clerfayt. »Ich habe da während des Krieges ein halbes Jahr gewohnt. Mit einem Bart und unter anderem Namen. Nach der billigen Seite hin, zur Rue Cambon. Auf der anderen

Seite, zur Place Vendôme hin, wohnten die hohen deutschen Bonzen. Es war sehr merkwürdig.«

Der Hausknecht brachte die Koffer herauf. Clerfayt ging zur Tür. »Willst du heute abend mit mir essen?«

»Wann?«

»Um neun?«

»Um neun.«

Sie blickte ihm nach. Sie hatten auf der Reise mit keinem Wort den Abend in Ascona erwähnt. Französisch war eine bequeme Sprache, dachte sie. Man glitt vom Du ins Sie und umgekehrt, und es war kein Zustand, sondern ein Spiel. Sie hörte Giuseppe röhren und ging zum Fenster. Vielleicht kommt er wieder, dachte sie, vielleicht auch nicht. Sie wußte es nicht, und es war nicht sehr wichtig. Wichtig war, daß sie in Paris war, daß es Abend war und daß sie atmete. Die Verkehrsampeln am Boulevard St.-Michel wurden grün, und wie die wilde Jagd kam eine Herde Citroëns, Renaults und Lastwagen über die Brücke angerast, hinter Giuseppe her. Lillian konnte sich nicht erinnern, je so viele Autos gesehen zu haben. Im Kriege hatte es nur wenige gegeben. Der Lärm war stark, aber er war wie eine Orgel für sie, auf der eiserne Hände ein mächtiges Tedeum spielten.

Sie packte ihre Sachen aus. Sie hatte nicht viel mitgebracht. Sie hatte auch nicht viel Geld bei sich. Sie rief ihren Onkel an. Er antwortete nicht. Sie rief noch einmal an. Eine fremde Stimme antwortete. Das Telefon war von ihrem Onkel vor Jahren aufgegeben worden.

Sie spürte eine kurze Panik. Sie hatte ihr Geld monatlich durch eine Bank bekommen und lange nichts von ihrem Onkel gehört. Er konnte nicht tot sein, dachte sie. Sonderbar, daß das immer der erste Gedanke war! Vielleicht war er fortgezogen, anderswohin. Sie fragte im Hotel nach einem Adressbuch. Es gab nur das alte aus dem ersten Jahre des Krieges, und es gab noch kein neues Telefonbuch. Es gab auch noch nicht viel Kohlen. Das Zimmer wurde kühl am Abend. Lillian zog ihren Mantel an. Sie hatte zur Vorsicht ein paar wollene Sachen zusammengepackt, als sie das Sanatorium verlassen hatte, und geglaubt, sie könne sie hier jemand schenken. Jetzt war sie froh, daß sie sie hatte.

Die Dämmerung begann grau und schmutzig durch das Fenster zu kriechen. Lillian nahm ein Bad, um sich zu wärmen, und legte sich zu Bett. Sie war zum ersten Mal allein, seit sie abgefahren war. Sie war zum ersten Mal wirklich allein seit Jahren. Ihr Geld reichte höchstens für eine Woche. Mit der Dunkelheit kam die Panik wieder. Wer wußte, wo ihr Onkel war? Vielleicht war er für ein paar Wochen auf Reisen gegangen. Vielleicht war er verunglückt, und vielleicht war er tot. Vielleicht war auch Clerfayt bereits untergetaucht in dieser unbekannten Stadt, in einem anderen Hotel, einem anderen Dasein, und sie würde auch von ihm nie wieder etwas hören. Sie fröstelte. Die Romantik zerstob rasch vor ein paar Tatsachen, vor Kälte und Einsamkeit. Im warmen Käfig des Sanatoriums summten jetzt die Heizröhren.

Jemand klopfte. Draußen stand der Hausbursche mit zwei Paketen. Sie sah, daß in dem einen Blumen waren. Sie konnten nur von Clerfayt sein. Rasch gab sie dem

Mann in dem schwachbeleuchteten Raum einen viel zu großen Schein. Im zweiten Paket war eine wollene Decke. »Ich glaube, Sie können sie brauchen«, schrieb Clerfayt. »Paris hat immer noch nicht genug Kohlen.«

Sie faltete die Decke auseinander. Zwei kleine Kartons fielen heraus. Sie enthielten Glühbirnen. »Französische Hoteliers sparen immer an Licht«, schrieb Clerfayt dazu. »Ersetzen Sie Ihre Birnen mit diesen Lampen, – sie machen die Welt sofort doppelt so hell.«

Sie folgte seinem Rat. Jetzt konnte sie wenigstens lesen. Der Hausknecht hatte eine Zeitung gebracht. Sie sah hinein, aber nach einer Weile legte sie sie beiseite. Das alles ging sie nichts mehr an. Ihre Zeit war zu kurz. Sie würde nie mehr wissen, wer im nächsten Jahre Präsident würde; ebenso nicht, welche Partei im Parlament regieren würde. Es interessierte sie auch nicht; sie war nur noch Wille zum Leben. Zu ihrem eigenen Leben.

Sie zog sich an. Sie hatte die letzte Adresse ihres Onkels; er hatte ihr vor einem halben Jahr von dort geschrieben. Sie wollte hinfahren und da weiter nach ihm forschen.

Sie hatte es nicht nötig. Der Onkel wohnte noch da; er hatte nur sein Telefon aufgegeben.

»Dein Geld?« sagte er. »Wie du willst. Ich habe es dir monatlich in die Schweiz geschickt, es war sehr schwierig, die Ausfuhrerlaubnis zu bekommen. Ich kann es dir natürlich monatlich in Frankreich auszahlen lassen. Wohin?«

»Ich will es nicht monatlich haben. Ich will alles jetzt sofort haben.«

»Wozu?«

»Ich will mir Kleider kaufen.«

Der alte Mann starrte sie an. »Du bist wie dein Vater Hätte er –«

»Er ist tot, Onkel Gaston.«

Gaston blickte auf seine blassen, großen Hände. »Du hast nicht mehr viel Geld. Was willst du hier anfangen? Mein Gott, wenn ich das Glück hätte, in der Schweiz leben zu können!«

»Ich habe nicht in der Schweiz gelebt. Ich habe in einem Krankenhaus gelebt.«

»Du weißt nicht, was Geld ist. Du wirst es in ein paar Wochen ausgeben. Du wirst es verlieren –«

»Möglich«, sagte Lillian.

Er sah sie erschreckt an. »Und wenn du es verloren hast, was dann?«

»Ich werde dir nicht zur Last fallen.«

»Du solltest heiraten. Bist du gesund?«

»Wäre ich sonst hier?«

»Dann solltest du heiraten.«

Lillian lachte. Es war zu durchsichtig; er wollte die Verantwortung für sie einem anderen zuschieben. »Du solltest heiraten«, wiederholte Gaston. »Ich könnte arrangieren, daß du einige Leute kennenlernst.«

Lillian lachte wieder; aber sie war neugierig, was der alte Mann anstellen würde. Er muß fast achtzig sein, dachte sie, aber er benimmt sich, als müsse er noch für weitere achtzig Jahre vorsorgen. »Gut«, erwiderte sie. »Und nun sage mir noch eines: Was tust du, wenn du allein bist?«

Der Vogelkopf blickte verblüfft auf. »Irgendetwas – ich weiß nicht – ich beschäftige mich – sonderbare Frage! Warum?«

»Kommt dir nicht ab und zu der Gedanke, alles was du hast, zu nehmen und damit in die Welt zu gehen und es zu verschwenden?«

»Genau wie dein Vater!« erwiderte der alte Mann verächtlich. »Er hatte auch nie Sinn für Pflicht und Verantwortung! Ich sollte versuchen, dich unter Vormundschaft stellen zu lassen.«

»Das kannst du nicht. Du glaubst, ich werfe mein Geld weg, – und ich denke, du wirfst dein Leben weg. Laß uns dabei bleiben. Und besorge mir das Geld bis morgen. Ich will die Kleider bald kaufen.«

»Wo?« fragte der Marabu schnell.

»Bei Balenciaga, denke ich. Vergiß nicht, daß das Geld mir gehört.«

»Deine Mutter –«

»Morgen«, sagte Lillian und küßte Gaston leicht auf die Stirn.

»Höre, Lillian, mach keinen Unsinn! Du bist sehr gut angezogen. Kleider in diesen Modehäusern kosten ein Vermögen!«

»Wahrscheinlich«, erwiderte Lillian und schaute über den dunklen Hof auf die grauen Fenster der gegenüberliegenden Häuserfront, die den letzten Rest des Abends spiegelten, als wären sie aus poliertem Schiefer.

»Wie dein Vater!« Der alte Mann war ehrlich entsetzt. »Genau so! Du könntest ohne Sorgen leben, hätte er nicht seine phantastischen Projekte –«

»Onkel Gaston, man hat mir gesagt, daß man sein Geld heute auf zwei Arten loswerden kann. Die eine, es zu sparen und es in der Inflation zu verlieren, und die andere, es auszugeben. Und nun sage mir noch, wie es dir geht.«

Gaston machte eine fahrige Bewegung. »Du siehst es ja. Es ist schwer heutzutage. Die Zeiten! Ich bin arm.«

Lillian sah sich um. Sie sah schöne, alte Möbel, Polstersessel, auf denen Bezüge lagen, einen Kristallüster, der in Gaze eingebunden war, und einige gute Bilder. »Du warst immer geizig, Onkel Gaston«, sagte sie. »Warum bist du es jetzt noch?«

Er musterte sie aus dunklen Vogelaugen. »Willst du hier wohnen? Ich habe wenig Platz –«

»Du hast genug Platz, aber ich will nicht hier wohnen. Wie alt bist du eigentlich? Warst du nicht zwanzig Jahre älter als mein Vater?«

Der alte Mann war irritiert. »Wenn du es weißt, wozu fragst du mich dann noch?«

»Hast du keine Angst vor dem Tode?«

Gaston schwieg einen Augenblick. »Du hast abscheuliche Manieren«, sagte er dann leise.

»Das ist wahr. Ich hätte dich nicht fragen sollen. Aber ich frage mich das so oft, daß ich vergesse, daß es andere erschreckt.«

»Ich bin noch gut beieinander. Solltest du mit einer baldigen Erbschaft rechnen, so könnte es eine Enttäuschung sein.«

Lillian lachte. »Damit rechne ich bestimmt nicht! Und ich wohne in einem Hotel und werde dir hier nicht zur Last fallen.«

»In welchem Hotel?« fragte Gaston rasch.

»Im Bisson.«

»Gottlob. Ich hätte mich nicht gewundert, wenn du ins Ritz gezogen wärest.«

»Ich mich auch nicht«, sagte Lillian.

Clerfayt holte sie ab. Sie fuhren in das Restaurant Le Grand Véfour. »Wie war Ihr erster Zusammenstoß mit der Welt hier unten?« fragte er.

»Ich habe das Gefühl, unter Menschen zu sein, die glauben, daß sie ewig leben. So handeln sie wenigstens. Sie verteidigen ihren Besitz und versäumen darüber ihr Leben.«

Clerfayt lachte. »Dabei haben alle sich im letzten Krieg geschworen, nie mehr denselben Fehler zu machen, wenn sie lebend durchkämen. Der Mensch ist groß im Vergessen.«

»Hast du es auch vergessen?« fragte Lillian.

»Ich habe mir große Mühe gegeben. Es ist mir hoffentlich nicht ganz gelungen.«

»Liebe ich dich deshalb?«

»Du liebst mich nicht. Wenn du mich liebtest, würdest du das Wort nicht so leichtfertig gebrauchen – und es mir nicht sagen.«

»Liebe ich dich, weil du nicht an die Zukunft denkst?«

»Dann hättest du jeden Mann im Sanatorium lieben müssen. Wir werden hier Seezunge mit gerösteten Mandeln essen und einen jungen Montrachet dazu trinken.«

»Weshalb liebe ich dich dann?«

»Weil ich gerade da bin. Und weil du das Leben liebst.

Ich bin für dich ein anonymes Stück Leben. Höchst gefährlich.«

»Für mich?«

»Für den, der anonym ist. Er kann beliebig ersetzt werden.«

»Ich auch«, sagte Lillian. »Ich auch, Clerfayt.«

»Dessen bin ich nicht mehr so ganz sicher. Wenn ich klug wäre, würde ich so bald wie möglich ausreißen.«

»Du bist doch noch gar nicht richtig da.«

»Ich fahre morgen weg.«

»Wohin?« fragte Lillian, ohne es zu glauben.

»Weit weg. Ich muß nach Rom.«

»Und ich zu Balenciaga, Kleider kaufen. Das ist noch weiter als Rom.«

»Ich fahre wirklich. Ich muß mich um einen Vertrag kümmern.«

»Gut«, sagte Lillian. »Das gibt mir Zeit, mich in das Abenteuer der Modehäuser zu stürzen. Mein Onkel Gaston möchte mich bereits unter Kuratel stellen – oder mich verheiraten.«

Clerfayt lachte. »Er möchte dich in ein zweites Gefängnis stecken, bevor du weißt, was Freiheit ist?«

»Was ist Freiheit?«

»Das weiß ich auch nicht. Ich weiß nur, daß es weder Verantwortungslosigkeit noch Ziellosigkeit ist. Man weiß leichter, was es nicht ist, als was es ist.«

»Wann kommst du wieder?« fragte Lillian.

»In ein paar Tagen.«

»Hast du eine Geliebte in Rom?«

»Ja«, sagte Clerfayt.

»Das dachte ich mir.«

»Warum?«

»Es wäre sonderbar, wenn du allein gelebt hättest. Ich habe auch nicht allein gelebt, als du kamst.«

»Und jetzt?«

»Jetzt«, sagte Lillian, »bin ich viel zu betrunken von mir selbst hier unten, als daß ich darüber nachdenken könnte.«

Sie ging am nächsten Nachmittag zu Balenciaga. Sie hatte außer ihren Sportsachen nur wenige Kleider. Einige waren noch nach der Mode aus dem Kriege geschnitten, andere hatte sie von ihrer Mutter bekommen, und sie waren von einer kleinen Schneiderin umgearbeitet worden.

Sie beobachtete aufmerksam die Frauen, die um sie herumsaßen. Sie studierte ihre Kleider, und sie forschte in ihren Gesichtern nach derselben Erwartung, die in ihr war. Sie fand sie nicht. Sie fand böse, ältliche Papageien, die zu stark geschminkt waren und aus faltigen, lidlosen Augen auf die jüngeren Frauen blickten, und junge Frauen von zerbrechlicher Eleganz, deren skeptischen Blicken nichts entging als die unbegreifliche Faszination einfachen Daseins. Dazwischen saß ein Rudel schöner Amerikanerinnen, plappernd, zwitschernd und ahnungslos. Nur hier und da schimmerte in der aufgeregten Leere, wie ein sanftes Leuchtfeuer des Vergehens zwischen Schaufensterdekorationen, ein Gesicht, das Magie hatte – meistens ein alterndes – ohne die Panik, dafür aber mit dem seltenen Zauber des Alterns, der nicht wie Rost, sondern wie Patina auf einem edlen Gefäß seine Schönheit noch erhöhte.

Die Parade der Mannequins begann. Lillian hörte von draußen den gedämpften Lärm der Stadt hereindringen wie das behutsame Trommeln aus einem modernen Urwald aus Stahl, Beton und Maschinen. Es schien, als wären die Mannequins auf ihren schmalen Gelenken daraus hereingeweht wie künstliche Tiere, lang gestreckte Chamäleons, die ihre Kleider wechselten wie ihre Hautfarben und schweigend an den Stühlen vorbeiglitten.

Sie suchte fünf Kleider aus. »Wollen Sie sie gleich probieren?« fragte die Verkäuferin.

»Kann ich das?«

»Ja. Diese drei werden Ihnen passen; die anderen sind etwas zu weit.«

»Wann kann ich sie haben?« fragte Lillian.

»Wann brauchen Sie sie?«

»Sofort.«

Die Verkäuferin lachte. »Sofort heißt hier in drei bis vier Wochen – frühestens.«

»Ich brauche sie sofort. Kann ich die Modelle kaufen, die mir passen?«

Die Verkäuferin schüttelte den Kopf. »Nein, wir brauchen sie jeden Tag. Aber wir werden tun, was wir können. Wir sind überhäuft mit Arbeit, Mademoiselle. Wenn wir der Reihe nach die Aufträge ausführen, würden Sie sechs Wochen warten müssen. Wollen wir das schwarze Abendkleid jetzt probieren?«

Die Modelle waren in eine Kabine gebracht worden, die voll von Spiegeln war. Die Schneiderin kam mit ihnen, um Maß zu nehmen. »Sie haben ausgezeichnet gewählt, Mademoiselle«, sagte die Verkäuferin. »Die Kleider passen zu Ihnen, als wären sie für Sie entworfen. Monsieur Balenciaga wird sich freuen, wenn er sie an Ihnen sieht. Schade, daß er jetzt nicht hier ist.«

»Wo ist er?« fragte Lillian höflich und gedankenlos, während sie ihr Kleid abstreifte.

»In den Bergen.« Die Verkäuferin nannte den Ort, aus dem Lillian kam. Es war Lillian, als sagte sie Tibet. »Er ist da, um sich zu erholen«, sagte die Vendeuse.

»Ja, das kann man da.«

Lillian richtete sich auf und sah in den Spiegel. »Sehen Sie!« sagte die Verkäuferin. »Das ist es, was ich meinte. Die meisten Frauen kaufen, was ihnen gefällt. Sie haben gekauft, was zu Ihnen paßt. Finden Sie nicht auch?« fragte sie die Schneiderin.

Die Schneiderin nickte. »Jetzt noch den Mantel!«

Das Abendkleid war kohlschwarz, mit einer Spur von mexikanischem Rot, und eng; der Mantel dazu aber war weit und capeförmig, aus einem halb durchsichtigen Material, das abstand, als wäre es gestärkt.

»Dramatisch«, sagte die Verkäuferin. »Sie sehen darin aus wie ein gefallener Erzengel.«

Lillian sah sich an. Aus dem großen, dreiteiligen Spiegel blickten ihr drei Frauen entgegen, zwei im Profil und eine von vorn, und wenn sie ein wenig zur Seite rückte, sah sie reflektiert vom Wandspiegel hinter ihr, eine vierte, die ihr den Rücken kehrte und schon im Begriff zu sein schien, wegzugehen.

»Dramatisch!« wiederholte die Verkäuferin. »Warum kann Lucille es nicht so tragen?«

»Wer ist Lucille?«

»Unser bestes Mannequin. Die, die das Kleid vorgeführt hat.«

Warum sollte sie es so tragen? dachte Lillian. Sie wird noch tausend andere Kleider tragen, und sie wird das noch viele Jahre tun und dann heiraten und Kinder bekommen und alt werden. Ich aber werde dieses Kleid nur einen Sommer tragen. »Können Sie es nicht schneller machen als vier Wochen?« fragte sie. »Dieses eine wenigstens? Ich habe wenig Zeit.«

»Was meinen Sie, Mademoiselle Claude?« fragte die Schneiderin.

Die Verkäuferin nickte. »Wir werden sofort anfangen.«

»Wann?« fragte Lillian.

»In zwei Wochen kann es fertig sein.«

»Zwei Wochen –« Es war wie zwei Jahre.

»Wenn es möglich ist, in zehn Tagen. Wir brauchen ein paar Anproben.«

»Gut. Wenn es nicht anders geht.«

»Es geht nicht anders.«

Sie kam jeden Tag zum Anprobieren. Die Stille in der Kabine verzauberte sie auf sonderbare Weise. Sie hörte manchmal die Stimmen anderer Frauen von draußen, aber im Grau und Silber ihrer eigenen Kabine war sie wie abgeschlossen vom Getriebe der Stadt. Um sie herum huschte die Schneiderin wie eine Priesterin um ein Idol. Sie steckte ab, faßte Stoff zusammen, sie raffte, schnitt, murmelte Unverständliches aus einem Munde, der von Nadeln starrte, kniete und zupfte und glättete vorsichtig und rutschte zurück und vorwärts wie in einer sich immer aufs neue wiederholenden Zeremonie. Lillian stand still und sah vor sich in den Spiegeln die drei Frauen, die ihr glichen und gleichzeitig auf eine sehr kühle Weise von ihr distanziert waren, mit denen vor ihren Augen etwas geschah, das nur von weitem mit ihr zu tun zu haben schien und das trotzdem auch sie tief veränderte. Manchmal hob sich der Vorhang ihrer Kabine, und eine andere Käuferin spähte hinein – mit dem rasch musternden Blick der unermüdlichen Kämpferinnen des Geschlechts, neugierig und immer auf der Hut. Lillian fühlte dann, daß sie nichts damit gemeinsam hatte. Sie war nicht auf der Jagd nach einem Manne; sie war auf der Jagd nach dem Leben.

Im Laufe der Tage entwickelte sich ein Verhältnis von sonderbar fremder Intimität zwischen ihr und den Frauen im Spiegel, die sich mit jedem neuen Kleid verwandelten. Sie sprach mit ihnen, ohne zu sprechen; die Bilder lächelten ihr zu, ohne zu lächeln. Sie waren ernst und auf eine stille, schwermütige Weise miteinander vertraut, wie Schwestern, die weit voneinander getrennt aufgewachsen waren und nie erwartet hätten, sich jemals zu sehen. Jetzt geschah es wie im Traume, und es war ein schweigendes Rendezvous, voll schon von einer sanften Melancholie – sie würden bald wieder voneinander scheiden müssen und sich nie mehr wieder sehen. Selbst die Kleider mit ihrem spanischen Akzent hatten etwas davon – das lichtlose dramatische Schwarz der Samte, das scharf und rasch brennende tropische Rot der Seiden, die weiten Mäntel, die den Körper fast substanzlos machten, und der schwere Brokat der kurzen Torerojacken, hinter dem man Sand und Sonne und jähen Tod ahnte.

Balenciaga kam zurück. Er sah wortlos einer Anprobe zu. Die Verkäuferin brachte am nächsten Tage etwas Silbernes in die Kabine, das aussah wie die Haut eines Fisches, der nie Sonne gespürt hatte. »Monsieur Balenciaga möchte, daß Sie dieses Kleid haben«, sagte die Verkäuferin.

»Ich muß aufhören. Ich habe schon mehr gekauft, als ich sollte; jeden Tag habe ich etwas dazugekauft.«

»Probieren Sie es an. Sie werden es sicher nehmen.« Die Verkäuferin lächelte. »Auch der Preis wird so sein, daß sie zufrieden sein werden. Das Haus Balenciaga möchte, daß Sie seine Kleider tragen.«

Lillian zog das silberne Nichts an. Es war fast perlenfarbig, aber anstatt sie blaß zu machen, erhöhte es die Farbe ihres Gesichts und ihrer Schultern zu einem goldenen Bronzeton. Sie seufzte. »Ich werde es nehmen. Es ist schwerer, ein solches Kleid abzulehnen als die Anträge Don Juans und Apolls.«

Nicht immer, dachte sie, aber im Augenblick war es so. Sie lebte in einer schwerelosen, grauen und silbernen Welt. Vormittags schlief sie lange, dann ging sie zur Balenciaga, hinterher wanderte sie ziellos durch die Straßen, und abends aß sie allein im Restaurant des Hotels. Das Restaurant gehörte zu den besten in Paris; sie hatte das vorher nicht gewußt. Sie hatte kein Verlangen nach Gesellschaft und vermißte Clerfayt nur wenig. Das anonyme Leben, das von den Straßen, den Cafés und den Restaurants auf sie von allen Seiten maßlos eindrang, war stark genug und noch so neu für sie, daß sie ein persönliches Leben darunter noch nicht sehr vermißte. Sie ließ sich treiben, die Menge trug sie und erschütterte sie nicht, sie liebte sie, weil sie Leben war, unbekanntes, gedankenloses, törichtes Leben, hingegeben an gedankenlose und törichte Ziele, die auf seinen Wellen schwankten wie bunte Bojen auf einem windigen Meer.

»Sie haben klug gekauft«, sagte die Verkäuferin bei der letzten Anprobe. »Alle diese Kleider werden nie unmodern werden. Sie können sie für Jahre tragen.«

Jahre, dachte Lillian und fröstelte und lächelte.

IX

Sie erwachte wie aus einem sanften Rausch. Sie hatte fast zwei Wochen zwischen Kleidern, Hüten und Schuhen zugebracht, wie ein Trinker in einem Weinkeller. Die ersten Kleider wurden geliefert, und sie schickte die Rechnungen an Onkel Gaston, der ihr zum Hotel zwar ihre monatliche Rente, aber sonst kein Geld gesandt hatte. Er hatte sich damit herausgeredet, die Abwicklung nehme so viel Zeit.

Gaston erschien aufgeregt am nächsten Tag. Er schnüffelte im Hotel herum, erklärte sie für unverantwortlich und verlangte überraschend, daß sie in seine Wohnung ziehe.

»Damit du mich unter Kontrolle hast?«

»Damit du Geld sparst. Es ist ein Verbrechen, für Kleider so viel auszugeben. Dafür müßten sie aus Gold sein!«

»Sie sind aus Gold; du siehst es nur nicht.«

»Gute, zinsbringende Aktien zu verkaufen für ein paar Fetzen Stoff –« jammerte Gaston. »Du mußt unter Kuratel gestellt werden!«

»Versuch es. Jeder Richter in Frankreich wird mich verstehen und dafür dich zur Beobachtung einliefern lassen. Wenn du mir nicht bald mein Geld zurückgibst, kaufe ich doppelt so viele Kleider und schicke dir die Rechnungen.«

»Doppelt so viele Fetzen? Du bist –«

»Nein, Onkel Gaston, ich bin nicht verrückt; du bist es. Du, der sich nichts gönnt, nur damit ein Dutzend Erben, die du haßt und kaum kennst, es später durchbringen. Und nun genug davon! Bleib zum Essen. Das Restaurant hier ist außerordentlich gut. Ich werde eines der Kleider anziehen für dich.«

»Ausgeschlossen! Auch noch Geld rauswerfen für –«

»Ich lade dich ein. Ich habe Kredit hier. Du kannst mir dann während des Essens weitererzählen, wie vernünftige Menschen leben. Jetzt bin ich hungrig wie ein Skiläufer nach sechs Stunden Training. Nein, hungriger! Anprobieren macht hungrig. Warte unten auf mich. Ich bin in fünf Minuten fertig.«

Sie kam eine Stunde später herunter. Gaston saß, blaß vor Wut und Warten, an einem kleinen Tisch, auf dem eine Blattpflanze stand und ein paar Journale lagen. Er hatte sich keinen Apéritif bestellt. Sie hatte die große Genugtuung, daß er sie nicht sofort erkannte. Dafür zwirbelte er seinen Schnurrbart, als er sie im Halbdunkel der schwachbeleuchteten Treppe herunterkommen sah, richtete sich auf und warf ihr den Blick eines altmodischen Roués zu. »Ich bin es, Onkel Gaston«, sagte sie. »Ich hoffe, du weißt, was Inzest ist.«

Gaston hustete. »Unsinn«, knarrte er. »Ich sehe nur schlecht. Wann habe ich dich das letzte Mal gesehen?«

»Vor zwei Wochen.«

»Das meine ich nicht. Vorher.«

»Vor ungefähr vier Jahren, – da war ich halb verhungert und ganz verstört.«

»Und jetzt?«

»Jetzt bin ich immer noch halb verhungert, aber sehr entschlossen.«

Gaston holte einen Kneifer aus der Tasche. »Für wen hast du diese Kleider gekauft?«

»Für mich.«

»Du hast keinen –«

»Die einzigen Männer, die es oben zum Heiraten gab, waren Skilehrer. Sie sind nicht übel in Skianzügen, sonst aber wirken sie wie Bauern am Sonntag.«

»Du bist ganz allein?«

»Ja, aber nicht so wie du«, sagte Lillian und ging ihm voran in das Restaurant.

»Was willst du essen?« fragte Gaston. »Es ist klar, daß ich dich einlade. Ich bin nicht hungrig. Und für dich? Leichte Krankenkost doch wohl? Ein Omelette, ein Obstsalat, etwas Vichywasser –«

»Für mich«, erwiderte Lillian, »zum Anfang Seeigel, und zwar ein Dutzend, und einen Wodka.«

Gaston blickte unwillkürlich auf die Preisliste. »Seeigel sind ungesund!«

»Nur für Geizhälse. Die ersticken daran, Onkel Gaston. Dann ein Filet poivré –«

»Ist das nicht zu scharf? Ein gekochtes Huhn, oder hattet ihr im Sanatorium nicht Hafergrütze –«

»Ja, Onkel Gaston. Ich habe alle Hafergrütze und alle gekochten Hühner für mein Leben in den Bergen mit einem herrlichen Blick auf die Natur gegessen. Genug! Bestelle uns zum Filet eine Flasche Château Lafite. Oder magst du den nicht?«

»Ich kann ihn mir nicht erlauben. Ich bin sehr arm geworden, meine liebe Lillian.«

»Ich weiß. Das macht es so dramatisch, mit dir zu essen.«

»Was?«

»Mit jedem Schluck trinkt man einen Tropfen deines Herzblutes mit.«

»Pfui Teufel!« sagte Gaston, plötzlich ganz normal. »Was für ein Bild! Bei solch einem Wein! Laß uns von etwas anderem reden. Kann ich mal deine Seeigel kosten?«

Lillian reichte ihm den Teller hinüber. Gaston aß eilig drei. Er sparte noch am Essen; aber beim Wein trank er bereits mit. Wenn er ihn schon bezahlte, wollte er auch etwas davon haben.

»Kind«, sagte er, als die Flasche leer war, »wie die Zeit vergeht! Ich erinnere mich noch an dich, als du –«

Lillian spürte einen kurzen, scharfen Schmerz. »Davon will ich nichts mehr wissen, Onkel Gaston. Erkläre mir eins: Warum hat man mich Lillian genannt. Ich hasse den Namen.«

»Das war dein Vater.«

»Warum?«

»Möchtest du einen Liqueur zum Kaffee? Kognak? Keinen Chartreuse? Armagnac? Ich hätte es mir denken können!« Gaston war sichtlich aufgetaut. »Also gut, zwei Armagnacs. Ja, dein Vater –«

»Was?«

Der Marabu kniff ein Auge zu. »Er war in seiner Jugend ein paar Monate in New York. Allein. Er bestand später darauf, daß du Lillian genannt würdest. Deiner Mutter war es egal. Ich hörte dann, daß er in New York eine – also, eine sehr romantische Affäre gehabt haben soll. Mit jemand, der Lillian mit Vornamen hieß. Verzeih mir, aber du hast danach gefragt.«

»Gottlob!« sagte Lillian. »Ich dachte schon, meine Mutter hätte den Namen in einem Buch gelesen. Sie las viel.«

Der Vogelkopf nickte. »Das tat sie. Dein Vater dafür um so weniger. Und du, Lilly? Du willst hier« – er sah sich um – »nun leben? Glaubst du nicht, daß das ein Irrtum ist?«

»Ich wollte dich gerade dasselbe über dich fragen. Nach dem Wein hast du geradezu etwas Menschliches bekommen.«

Gaston nippte an seinem Armagnac. »Ich werde eine kleine Gesellschaft für dich geben.«

»Das hast du mir schon einmal angedroht.«

»Kommst du?«

»Nicht, wenn es ein Tee oder eine Cocktailparty ist.«

»Zu einem Diner. Ich habe auch noch ein paar Flaschen Wein – nur ein paar, aber die können es mit diesem hier aufnehmen.«

»Gut.«

»Du bist ein schönes Mädchen geworden, Lilly. Aber hart! Hart! Das war dein Vater nicht.«

Hart, dachte Lillian. Was nennt er hart? Und bin ich es? Oder habe ich nur keine Zeit für den sanften Betrug, der das Katzengold der guten Manieren über unbequeme Wahrheiten wirft und das dann Takt nennt?

Sie konnte von ihrem Fenster den spitzen Turm der Sainte-Chapelle sehen. Sie stach wie eine Nadel über die grauen Mauern der Conciergerie in den Himmel. Sie erinnerte sich an die Kapelle von früher. Am ersten Tag, als die Sonne voll schien, ging sie hinein.

Es war fast Mittag, und der Raum mit den hohen, bunten Fenstern war vom Licht völlig durchleuchtet, als wäre er ein durchsichtiger Turm von Strahlen. Er schien nur aus Fenstern zu bestehen, voll Madonnenblau und glühendem Rot und Gelb und Grün. Das Leuchten war so stark, daß man die Farben auf der Haut fühlte, als nähme man ein Bad im bunten Licht. Außer Lillian waren nur noch ein paar amerikanische Soldaten da, die bald gingen. Sie saß auf einer Bank, umhüllt von Licht wie vom leichtesten und königlichsten aller Kleider, und sie hätte gewünscht, sich ausziehen zu können und den durchscheinenden Brokat über ihre Haut gleiten zu sehen. Es war ein Sturz von Licht, ein Rausch ohne Schwerkraft, ein Fall und ein Schweben zu gleicher Zeit; sie schien Licht zu atmen, und ihr war, als spiele das Blau und Rot und Gelb in ihren Lungen und in ihrem Blut, als würde die Trennung durch Haut und Bewußtsein aufgehoben, und das Licht flute hindurch, so, wie sie es bei den unsichtbaren Strahlen der Röntgenaufnahmen erlebt hatte, nur daß da das Skelett enthüllt wurde, während es hier die geheimnisvolle Kraft leuchten zu machen schien, die das Herz klopfen und das Blut pulsen ließ. Es war das Leben selbst, und während sie so dasaß, still, ohne sich zu regen, und das Licht auf sich und in sich hineinregnen ließ, gehörte sie ganz dazu und war eins damit, sie war nicht mehr ein isoliertes Einzelnes, sondern das Licht nahm sie auf und schützte sie, und sie hatte plötzlich das mystische Gefühl, daß sie nie sterben könne, solange es sie so hielt, und daß etwas in ihr nie sterben würde – das, was zu diesem magischen Licht gehörte. Es war ein großer Trost, und sie wollte es nie vergessen, und so sollte ihr Leben sein, das, was ihr noch an Tagen gehörte, fühlte sie, so wie dieses hier, ein Bienenkorb, gefüllt mit dem leichtesten Strahlenhonig der Welt – Licht ohne Schatten, Leben ohne Bedauern, Verbrennen ohne Asche –

Sie erinnerte sich an das letzte Mal, als sie in der Sainte-Chapelle gewesen war. Ihre Mutter hatte sie hierhergebracht. Es war während der Zeit gewesen, als die Gestapo ihren Vater gesucht hatte. Sie hatten damals tagsüber in Kirchen gelebt, weil ihnen das als das sicherste erschienen war. Lillian hatte so einen großen Teil der Kirchen von Paris kennengelernt, immer in den dunkelsten Ecken hockend und Gebete vortäuschend. Aber nach einiger Zeit hatte man angefangen, auch in die Kirchen Spione zu schicken, und die Dunkelheit von Notre-Dame war nicht mehr sicher gewesen. Da hatten Freunde ihrer Mutter geraten, die Tage in der Sainte-Chapelle zu verbringen; dort wäre ein zuverlässiger Wärter. Lillian war sich damals in dem glühenden Licht wie ein Verbrecher vorgekommen, der aus seinem dunklen Unterschlupf unter das erbarmungslos grelle Licht eines Polizeischeinwerfers gezerrt wird – oder wie eine Aussätzige, die der weißen, suchenden Helle eines Operationsraumes ausgesetzt ist. Sie hatte es gehasst und nie vergessen.

Jetzt war nichts von alldem mehr vorhanden. Die Schatten der Vergangenheit hatten sich im ersten weichen Ansturm des Lichtes wie Nebel aufgelöst. Hass war nicht mehr da; nur Glück. Gegen dieses Licht gab es keinen Widerstand, dachte sie. In ihm schmolz die entsetzliche Fähigkeit des Gedächtnisses, die Erinnerung an Vergangenes nicht einfach als Lehre, sondern als versteinertes Leben in die Gegenwart zu übernehmen und diese damit vollzustopfen wie ein Zimmer mit unnützen, alten Möbeln, zusammen zu dem, was sie wirklich sein sollte: stärkeres, bewusstes Leben durch Erfahrung. Lillian streckte sich unter dem Licht. Ihr schien, als könne sie es hören. Man könnte so vieles hören, dachte sie, wenn man nur still genug werden könnte. Sie atmete langsam und tief. Sie atmete Gold und Blau und das weinfarbene Rot. Sie fühlte, wie auch das Sanatorium und sein letzter Schatten sich in diesen Farben auflösten; die grauen und schwarzen Gelatineblätter der Röntgenaufnahmen rollten sich zusammen und verbrannten in einer kleinen, hellen Flamme. Das hatte sie erwartet. Deshalb war sie hierhergekommen. Strahlenglück, dachte sie, das leichteste der Welt.

Der Wärter mußte sie zweimal ansprechen. »Es wird geschlossen, Mademoiselle.«

Sie stand auf und sah das müde, versorgte Gesicht des Mannes. Einen Augenblick konnte sie nicht verstehen, daß er nicht spürte, was sie fühlte – aber selbst Wunder wurden in Permanenz wohl zur Gewohnheit. »Wie lange sind Sie schon hier?« fragte sie.

»Zwei Jahre.«

»Kannten Sie den Wärter, der während des Krieges hier war?«

»Nein.«

»Es muß schön sein, hier den Tag zu verbringen.«

»Es ist ein Auskommen«, sagte der Mann. »Sehr knapp. Mit der Inflation.«

Sie holte einen Geldschein aus der Tasche. Die Augen des Wärters leuchteten auf. Das war ein Wunder, dachte sie, und es war nichts dagegen zu sagen, – es war Brot und Wein und Leben und wohl auch Glück. Sie trat in den grauen Hof. Wurden Wunder wirklich eintönig, dachte sie, wenn man sich an sie gewöhnte? Wurden sie zum Alltag, so wie der Begriff des Lebens hier unten zum Alltag geworden zu sein schien, zum Licht der Routine, das immer schien, anstatt eine strahlende Kapelle zu bleiben?

Sie sah sich um. Die Sonne lag eintönig grell auf den Dächern des Gefängnisses nebenan, aber sie enthielt alle Strahlen, die in der Kapelle das Fest des Lichtes aufführten. Polizisten gingen über den Hof, und ein Wagen mit Gesichtern hinter vergitterten Fenstern rumpelte vorüber. Das Strahlenwunder war eingekreist zwischen den Bauten der Polizei und der Justizbehörden, umgeben von der Atmosphäre von Aktenschränken, Verbrechen, Morden, Prozessen, Neid, Bosheit und dem hilflosen Schatten, den die Menschheit Gerechtigkeit nannte. Die Ironie war stark – aber Lillian war nicht sicher, ob sie nicht auch eine tiefere Bedeutung hatte und ob es nicht so sein mußte, damit es ein Wunder blieb. Sie dachte plötzlich an Clerfayt. Sie lächelte. Sie war bereit. Sie hatte seit seiner Abfahrt nichts von ihm gehört. Es schmerzte sie nicht; sie hatte es auch nicht erwartet. Sie brauchte ihn noch nicht; aber es war gut zu wissen, daß er da war.

Clerfayt hatte in Rom in Büros, Cafés und Werkstätten herumgesessen. Seine Abende verbrachte er mit Lydia Morelli. Er dachte im Anfang öfter an Lillian; dann vergaß er sie für Tage. Sie rührte ihn, etwas, was ihm bei Frauen sonst nicht so leicht passierte. Sie schien ihm wie ein schöner, junger Hund, der alles übertrieb, was er tat. Sie würde sich schon gewöhnen, dachte er. Noch glaubte sie, sie müsse alles einholen, von dem sie annahm, es versäumt zu haben. Sie würde bald herausfinden, daß sie nichts versäumt hatte. Sie würde sich orientieren und so werden wie die andern – ähnlich wie Lydia Morelli, aber wahrscheinlich nicht so perfekt. Sie hatte weder Lydias skeptische Klugheit noch ihre feminine Rücksichtslosigkeit. Sie war etwas für einen leicht sentimentalen Mann mit poetischen Idealen, der viel Zeit für sie haben konnte, entschied er, – nichts für ihn. Sie hätte bei Wolkow bleiben sollen. Der hatte scheinbar nur für sie existiert und sie, natürlich, deshalb auch verloren, so war das nun einmal. Clerfayt war gewohnt, anders zu leben. Er wollte in nichts mehr zu tief hineingezogen werden. Lydia Morelli war richtig für ihn. Lillian war ein reizvolles, kurzes Erlebnis in den Ferien für ihn gewesen. Für Paris war sie zu provinziell, zu anspruchsvoll und zu unerfahren.

Er fühlte sich erleichtert über seinen Entschluß. Er würde Lillian in Paris anrufen und sie noch einmal sehen, um es ihr zu erklären. Vielleicht war auch gar nichts zu erklären. Sicherlich war nichts zu erklären. Sie hatte es sich ohne Zweifel längst selbst erklärt. Aber wozu wollte er sie dann noch sehen? Er dachte nicht lange darüber nach. Wozu nicht? Es war ja fast nichts zwischen ihnen gewesen. Er unterschrieb seinen Kontrakt und blieb noch zwei Tage in Rom. Lydia Morelli fuhr am selben Tag nach Paris wie er. Er fuhr mit Giuseppe. Lydia mit der Eisenbahn; sie hasste Autoreisen und Flugzeuge.

X

Lillian hatte immer Angst vor der Nacht gehabt. Nacht hatte etwas mit Ersticken zu tun, mit Schattenhänden, die nach der Kehle griffen, mit der entsetzlichen und unerträglichen Einsamkeit des Todes. Sie hatte im Sanatorium monatelang Licht brennen lassen, um der schneidenden Klarheit der Schneenächte im Vollmond und der Bedrükkung der fahlen, mondlosen Nächte mit dem grauen Schnee, der dann das Farbloseste der Welt war, zu entgehen. Die Nächte in Paris waren milder. Der Fluss war draußen und Notre-Dame und ab und zu ein Betrunkener, der auf dem Pflaster Lärm machte, oder ein Wagen, der auf schwirrenden Reifen über die Straße summte. Als die ersten Kleider kamen, hängte Lillian sie nicht in den Schrank. Sie hängte sie um sich herum ins Zimmer. Eines, aus Samt, hing über dem Bett, das silberne dicht daneben, so daß sie sie anfassen konnte, wenn sie aus dem Schlaf auffuhr, herausgefallen aus alten Schreckträumen, allein, mit einem erstickten Schrei fallend, fallend aus endlosem Dunkel in endloses Dunkel – sie konnte dann ihren Arm ausstrecken und die Kleider anfassen, und sie waren wie silberne und samtene Seile, an denen sie sich zurückziehen konnte aus dem gestaltlosen Grauen, zurück in Wände, Zeit, Beziehung, Raum und Leben. Sie strich mit den Händen darüber, sie fühlte den Stoff und stand auf und ging in ihrem Zimmer umher, nackt oft, und sie war dann von ihren Kleidern wie von Freunden umgeben, sie hingen an ihren Bügeln von den Wänden, von den Türen des Schrankes, und ihre Schuhe standen golden und kastanienfarben und schwarz nebeneinander in einer Reihe mit dünnen, hohen Absätzen auf der Kommode, als wären sie zurückgelassen worden von einem Trupp sehr eleganter Botticelli-Engel, die für kurze Zeit zur Sainte-Chapelle zu einer mitternächtlichen Anbetung fortgeflogen waren und mit dem Morgengrauen zurückkommen würden. Nur eine Frau konnte wissen, dachte sie, wieviel Trost in einem Nichts von einem Hut liegen konnte. Sie wanderte umher in der Nacht zwischen ihren Sachen, sie hielt den Brokat in das Mondlicht, sie setzte eine kleine Hutkappe auf und probierte ein Paar Schuhe und manchmal ein Kleid an, sie stand in dem bleichen Licht forschend vor dem Spiegel und sah in das matte Phosphoreszieren, in ihr Gesicht, auf ihre Schultern, ob sie schon eingesunken seien, auf ihre Brüste, ob sie schon müde, und auf ihre Beine, ob sie schon die nach innen weisenden Kurven der Magerkeit an den Oberschenkeln zeigten. Noch nicht, dachte sie, noch nicht, und setzte das lautlose gespenstische Spiel fort, ein anderes Paar Schuhe, ein bißchen Hut, von dem man nicht wußte, wie es sich auf den Haaren hielt, die paar Stücke Schmuck, die sie besaß und die nachts aussahen, als hätten sie Hexenkraft, und das Bild im Spiegel, das zurücklächelte und zurückfragte und zurückblickte, als wisse es mehr als sie selbst.

Clerfayt starrte sie an, als er sie wieder sah, so hatte sie sich verändert. Er hatte sie angerufen – nachdem er zwei

Tage in Paris war – wie eine unbequeme Pflicht, vermischt mit etwas Neugier, und hatte eine Stunde bleiben wollen. Er blieb den Abend. Es waren nicht allein die Kleider, das sah er sofort. Er hatte genug Frauen gesehen, die sich gut anzogen, und von Kleidern verstand Lydia Morelli mehr als ein Drillsergeant vom Exerzieren. Es war Lillian, die sich verändert hatte. Ihm schien, als habe er vor ein paar Wochen ein halbes Mädchen, ein leicht schlaksiges, nicht ganz ausgewachsenes Etwas verlassen und plötzlich jemand wiedergefunden, der die mystische Grenze der Adoleszenz gerade passiert und noch ihren Reiz, aber schon die magische Sicherheit einer sehr schönen, jungen Frau hatte. Er hatte Lillian verlassen wollen; jetzt war er froh, noch eine späte Chance zu haben, sie halten zu können. In der Abwesenheit hatte er sich die Eigenschaften vergrößert und eingeredet, die sie etwas provinziell gemacht hatten, – den Mißklang zwischen zu starker Intensität und zu unsicherer Form, den er als leichte Hysterie gedeutet hatte. Nichts war davon mehr da. Eine Flamme brannte, ruhig und stark, und er wußte, wie selten das war. Es gab unzählige Küchenlichter in Silberkandelabern, und Jugend wurde oft mit der Flamme verwechselt und hatte auch etwas davon, bis sie durch Kalkulation und Resignation trübe wurde – aber hier war etwas anderes. Warum hatte er das vorher nicht gesehen? Er hatte es gespürt, aber er hatte es nicht erkannt. Es schien ihm, als habe er eine Forelle gesehen, die man in ein Aquarium gesteckt hatte, das zu klein für sie war und die dort überall ungeschickt anstieß und Pflanzen ausriss und Schlamm aufrührte. Jetzt, plötzlich, war sie nicht mehr behindert durch die Scheiben und Steine, – sie hatte den Fluss gefunden, der zu ihr gehörte, und stieß nicht mehr an; sie spielte mit ihrer eigenen Schnelligkeit und mit den Farben des Regenbogens, die auf ihrer glatten Haut wie runde Blitze schimmerten.

»Mein Onkel Gaston will mir eine Party geben«, sagte Lillian ein paar Abende später.

»So?«

»Ja. Er will mich verheiraten.«

»Immer noch?«

»Mehr als je! Er fürchtet nicht nur meinen, sondern auch seinen Ruin, wenn ich länger Kleider kaufe.«

Sie saßen wieder im Grand Véfour. Der Kellner brachte wieder, wie beim ersten Mal, eine Seezunge mit gerösteten Mandeln, und sie tranken wieder einen jungen Montrachet. »Du bist einsilbig geworden in Rom«, sagte Lillian.

Clerfayt blickte auf. »So?«

Lillian lächelte. »Oder ist es die Frau, die vorhin hereingekommen ist?«

»Welche Frau?«

»Ist es nötig, daß ich sie dir zeige?«

Clerfayt hatte Lydia Morelli nicht hereinkommen sehen. Er bemerkte sie erst jetzt. Was, zum Teufel, hatte sie gerade hierher geführt? Er kannte den Mann nicht, mit dem sie da war, wußte aber, daß er Johnson hieß und sehr reich sein sollte. Lydia hatte wahrhaftig keine Zeit verloren, seit er ihr morgens gesagt hatte, daß er sie auch heute abend nicht treffen könne. Er erinnerte sich jetzt auch, warum sie ihn hier aufgespürt hatte – er war vor einem Jahr öfter mit ihr hier gewesen. Man sollte vorsichtig sein mit seinen Lieblingsrestaurants, dachte er ärgerlich.

»Du kennst sie?«

»So wie manche andere; nicht mehr und nicht weniger.«

Er sah, daß Lydia Lillian beobachtete und bereits bis auf hundert Francs wußte, was sie trug, woher es kam und wieviel es kostete. Er war überzeugt, daß sie sogar Lillians Schuhe taxiert hatte, obschon sie sie nicht sehen konnte. Sie war in dieser Beziehung eine Hellseherin. Er hätte die Situation vermieden, wenn er daran gedacht hätte, – jetzt, da sie da war, beschloß er, sie auszunützen. Die einfachsten Reaktionen waren immer noch die wirksamsten. Eine davon war Rivalität. Wenn Lillian eifersüchtig würde, umso besser.

»Sie ist ausgezeichnet angezogen«, sagte Lillian.

Er nickte. »Sie ist bekannt dafür.«

Er erwartete jetzt eine Bemerkung über Lydias Alter. Sie war vierzig, sah tagsüber aus wie dreißig und abends wie fünfundzwanzig, wenn das Licht gut war. Das Licht in Lokalen, in die Lydia ging, war immer gut.

Die Bemerkung über das Alter kam nicht. »Sie ist schön«, sagte Lillian. »Hast du ein Verhältnis mit ihr gehabt?«

»Nein«, erwiderte Clerfayt.

»Das war eine Dummheit von dir«, sagte Lillian.

Er sah sie überrascht an. »Warum?«

»Sie ist sehr schön. Woher ist sie?«

»Sie ist Italienerin.«

»Aus Rom?«

»Ja«, sagte er. »Aus Rom. Warum? Bist du eifersüchtig?«

Lillian stellte ihr Glas mit gelbem Chartreuse ruhig auf den Tisch. »Armer Clerfayt«, erwiderte sie. »Ich bin nicht eifersüchtig. Dazu habe ich keine Zeit.«

Clerfayt starrte sie an. Er hätte das bei jeder anderen Frau für eine Lüge gehalten; aber er begriff, daß es bei Lillian keine war. Sie meinte es, und es war so. Er wurde von einer Sekunde zur andern wütend, ohne einen Grund dafür zu wissen. »Laß uns über etwas anderes reden.«

»Warum? Weil du mit einer andern Frau nach Paris zurückgekommen bist?«

»Das ist Unsinn! Woher willst du so etwas Absurdes wissen?«

»Ist es nicht wahr?«

Clerfayt besann sich nur einen Augenblick. »Ja, es ist wahr.«

»Du hast sehr guten Geschmack.«

Er schwieg und wartete auf die nächste Frage. Er war entschlossen, die Wahrheit zu sagen. Vor zwei Tagen noch hatte er geglaubt, Lillian nebenbei halten zu können; jetzt, wo er beide nebeneinander sah, wollte er nichts mehr als sie. Er wußte, daß er sich selbst gefangen hatte, und ärgerte sich darüber; aber er wußte auch, daß nichts es rückgängig machen konnte, am allerwenigsten Logik. Im Augenblick war Lillian ihm entschlüpft, und zwar auf die gefährlichste Weise, ohne Kampf. Um sie wiederzubekommen, gab es nichts anderes, als das Schwerste zu tun, was es gab in einem Gefecht, das gewöhnlich nur mit Spiegeln geführt wurde, – zu bekennen, ohne zu verlieren.

»Ich wollte mich nicht in dich verlieben, Lillian«, sagte er.

Sie lächelte. »Das ist doch kein Mittel dagegen. So etwas machen Schuljungen.«

»In der Liebe ist niemand erwachsen.«

»Liebe –« sagte Lillian. »Was für ein weites Wort! Und was sich alles darin versteckt!« Sie blickte auf Lydia Morelli. »Es ist viel einfacher, Clerfayt. Wollen wir gehen?«

»Wohin?«

»Ich will in mein Hotel.«

Clerfayt erwiderte nichts und zahlte. Vorbei, dachte er. Sie gingen durch den Mitteleingang hinaus, am Tisch Lydia Morellis vorbei, die Clerfayt übersah. Der Mann, der die Autos parkte, hatte in der schmalen Gasse Clerfayts Wagen direkt auf dem Trottoir vor dem Restaurant geparkt. Lillian zeigte auf Giuseppe. »Da steht dein Verräter. Fahr mich zum Hotel.«

»Nein. Laß uns noch ins Palais Royal gehen. Ist der Garten offen?« fragte er den Mann.

»Die Arkaden, mein Herr.«

»Ich kenne den Garten«, sagte Lillian. »Was willst du? Ein Bigamist werden?«

»Laß das! Komm mit mir.«

Sie gingen durch die Arkaden des Palais. Es war ein kühler Abend, der stark nach Erde und Frühjahr roch. Der Wind wehte stoßweise von oben in den Garten und war viel wärmer als die Nacht, die sich zwischen den Mauern gesammelt hatte. Clerfayt blieb stehen. »Sag nichts. Und laß mich nichts erklären. Ich kann es nicht.«

»Was wäre zu erklären?«

»Nichts?«

»Wirklich nichts«, sagte Lillian.

»Ich liebe dich.«

»Weil ich dir keine Szene mache?«

»Nein«, sagte Clerfayt. »Das wäre entsetzlich. Ich liebe dich, weil du mir eine ungewöhnliche Szene machst.«

»Ich mache dir überhaupt keine«, erwiderte Lillian und zog den schmalen Pelzkragen ihrer Jacke enger um den Nacken. »Ich glaube, ich wüsste gar nicht, wie man das anfängt.«

Sie stand vor ihm, und der unruhige Wind wehte in ihrem Haar. Sie schien ihm völlig fremd, eine Frau, die er nie gekannt hatte und die ihm bereits verlorengegangen war. »Ich liebe dich«, sagte er noch einmal und nahm sie in seine Arme und küßte sie. Er spürte den schwachen Geruch ihres Haares und das bittere Parfüm ihres Halses. Sie widerstrebte ihm nicht. Sie lag in seinem Arm, die Augen weit offen und abwesend, als lausche sie auf den Wind.

Er schüttelte sie plötzlich. »Sag etwas! Tu etwas! Sag meinetwegen, daß ich weggehen soll! Schlag mir ins Gesicht! Aber sei nicht wie eine Statue.«

Sie richtete sich auf, und er ließ sie los. »Wozu solltest du weggehen?« fragte sie.

»Willst du dann, daß ich bleibe?«

»Etwas zu wollen ist heute abend so ein gußeisernes Wort. Was kann man schon damit anfangen? Gußeisen zerbricht so leicht. Spürst du den Wind? Was will er?«

Er sah sie an. »Ich glaube, du meinst alles, was du sagst«, sagte er nach einer Weile tief erstaunt.

Sie lächelte. »Warum nicht? Ich sagte dir schon, daß alles viel einfacher ist, als du annimmst.«

Er schwieg einen Augenblick. Er wußte nicht, was er tun sollte. »Gut, ich fahre dich ins Hotel«, erklärte er schließlich.

Sie ging ruhig mit ihm, neben ihm her. Was ist nur mit mir los, dachte er. Ich bin verwirrt und ärgerlich auf sie und Lydia Morelli, und der einzige, auf den ich ärgerlich sein sollte, bin ich.

Sie standen neben dem Wagen. In diesem Augenblick kam Lydia Morelli mit ihrem Begleiter aus der Tür. Sie wollte Clerfayt aufs neue ignorieren, aber ihre Neugier auf Lillian war zu stark. Außerdem mußten sie und ihr Begleiter in der schmalen Gasse darauf warten, daß Clerfayts Wagen aus dem Durcheinander von nebeneinander geparkten Automobilen herausbugsiert wurde, bevor sie an den ihren gelangen konnten. Mit perfekter Nonchalance begrüßte sie Clerfayt und stellte ihren Begleiter vor. Ihre Geschicklichkeit, herauszufinden, wer Lillian war und woher sie kam, war erstaunlich. Clerfayt glaubte versuchen zu müssen, Lillian zu schützen, aber er fand bald heraus, daß das nicht nötig sei. Während die beiden Parkhelfer mit viel Geschrei Wagen hin- und herschoben und den Verkehr aufhielten, und er mit Lydias Begleiter über Automobile redete, entwickelte sich zwischen den beiden Frauen ein harmlos wirkendes Gespräch, in dem Angriff und Parade von tödlicher Liebenswürdigkeit waren. Lydia Morelli hätte auf ihrer eigenen Ebene ohne Zweifel gesiegt; sie war älter als Lillian und weitaus geschickter und bösartiger – aber es schien, als fechte sie gegen Watte. Lillian war zu ihr von einer so entwaffnenden Naivität und einem so beleidigendem Respekt, daß alle Vorsicht der

Morelli nichts nützte; sie wurde als Angreiferin demaskiert und war damit schon halb geschlagen. Selbst ihr Begleiter mußte merken, daß sie die Interessiertere von beiden war. Und die Ältere.

»Ihr Wagen, mein Herr«, meldete der Parkwächter Clerfayt.

Clerfayt fuhr den Wagen durch die Gasse um die nächste Ecke. »Das war eine erstklassige Leistung«, sagte er zu Lillian. »Sie weiß weder, wer du bist, noch woher du kommst, noch wo du wohnst.«

»Sie wird es morgen wissen, wenn sie will«, erwiderte Lillian gleichmütig.

»Von wem? Von mir?«

»Von meinem Schneider. Sie hat gesehen, woher dieses Kleid kommt.«

»Ist es dir gleichgültig?«

»Und wie!« sagte Lillian und atmete tief die Nachtluft ein. »Laß uns über die Place de la Concorde fahren. Heute ist Sonntag; die Fontänen springen im Licht.«

»Ich glaube, dir ist alles gleichgültig, wie?« fragte er.

Sie drehte sich ihm zu und lächelte. »In einem sehr intensiven Sinne, ja.«

»Das dachte ich mir. Was ist mit dir passiert?«

Ich weiß, daß ich sterbe, dachte sie, während sie das Laternenlicht über ihr Gesicht gleiten fühlte. Ich weiß es mehr als du, das ist alles, deshalb empfinde ich das, was für dich Lärm ist, als Schluchzen und Schrei und Jubel, und was für dich Alltag ist, als Gnade und Geschenk. »Sieh, die Fontänen!« sagte sie.

Er fuhr sehr langsam um den Platz. Unter dem silbergrauen Himmel von Paris stiegen die beglänzten Strahlen auf, sie fingen sich in sich selbst und warfen sich narzißtisch sich selbst zu, die Brunnen rauschten, der Obelisk stand beglänzt mit Tausenden von Jahren Beständigkeit wie eine senkrechte, helle Achse zwischen dem Flüchtigsten, was es gab, Springbrunnen, die sich hochwarfen gegen den Himmel und starben, während sie einen Augenblick balancierten und die Krankheit der Schwerkraft vergaßen, um dann, schon wieder verwandelt im Fallen, das älteste Wiegenlied der Erde zu singen: das Rauschen des Wassers, das monotone Lied von der ewigen Wiederkehr der Materie und dem ewigen Vergehen der Individualität.

»Welch ein Platz!« sagte Lillian.

»Ja«, erwiderte Clerfayt. »Hier stand die Guillotine. Drüben hat man Marie Antoinette geköpft. Jetzt springen die Fontänen.«

»Fahr noch zum Rond-Point«, sagte Lillian. »Da sind die andern.«

Clerfayt fuhr die Champs-Élysées hinunter. Am Rond-Point gesellte sich dem Gesang und dem weißen Gischt des Wassers noch der Miniatur-Lanzenwald gelber Tulpen hinzu, die wie preußische Soldaten mit den aufgepflanzten Bajonetten ihrer Blüten Stillgestanden übten.

»Ist dir das auch gleichgültig?« fragte Clerfayt.

Lillian mußte sich einen Augenblick besinnen. Sie holte ihre Augen langsam aus dem Plätschern und der Nacht zurück. Er quält sich, dachte sie. Wie leicht das ging! »Es löscht mich aus«, sagte sie. »Verstehst du das nicht?«

»Nein. Ich will nicht ausgelöscht werden; ich will mich stärker fühlen.«

»Das meine ich. Es ist so viel Hilfe, wenn man nicht widerstrebt.«

Er hätte gern angehalten und sie geküßt; aber er war nicht ganz sicher, was dann geschehen würde. Er fühlte sich merkwürdigerweise irgendwie betrogen und wäre am liebsten mit seinem Wagen in das Beet gelber Tulpen gefahren, um sie zu zerquetschen und alles um sich herum beiseite zu stoßen und Lillian an sich zu reißen und mit ihr irgendwohin zu fahren – aber wohin? In eine Höhle, ein Versteck, ein Zimmer – oder immer wieder in die unpersönliche Frage ihrer hellen Augen, die ihn nicht ganz anzusehen schienen?

»Ich liebe dich«, sagte er. »Vergiß alles andere. Vergiß die Frau.«

»Warum? Wozu solltest du nicht jemand haben? Glaubst du, ich wäre all die Zeit allein gewesen?«

Giuseppe machte einen Sprung und gab den Geist auf. Clerfayt startete aufs neue. »Du meinst im Sanatorium?« sagte er.

»Ich meine in Paris.«

Er starrte sie an. Sie lächelte. »Ich kann nicht allein sein. Und nun fahr mich ins Hotel. Ich bin müde.«

»Gut.«

Clerfayt fuhr am Louvre entlang, an der Conciergerie vorbei und über die Brücke des Boulevard St.-Michel. Er war wütend und hilflos. Am liebsten hätte er Lillian verprügelt, aber er war ohnmächtig – sie hatte ihm nur etwas gestanden, was auch er ihr vorher gestanden hatte, und er zweifelte keinen Augenblick daran. Alles, was er jetzt wollte, war, sie wiederzubekommen. Sie war plötzlich das Wichtigste und Begehrenswerteste geworden, was er kannte. Er wußte nicht, was er tun sollte, aber irgendetwas mußte geschehen; er konnte sie nicht einfach abgeben am Eingang des Hotels, sie würde nie wiederkommen, dies war seine letzte Chance, er mußte ein Zauberwort finden, um sie zu halten, sonst würde sie aussteigen und ihn abwesend lächelnd küssen und durch den Hoteleingang verschwinden, der nach Bouillabaisse und Knoblauch roch, die ausgetretene, schiefe Treppe hinauf, vorbei an der kleinen Theke, in der der Hausknecht döste, neben sich ein Stück Lyoner Wurst und eine Flasche Vin ordinaire – sie würde hinaufgehen, und das letzte, was er von ihr sehen würde, würden ihre schmalen, hellen Fesseln im Halbdüster des engen Ganges sein, wie sie dicht nebeneinander die Stufen hinaufstiegen, und oben, in ihrem Zimmer, würden ihr wahrscheinlich plötzlich aus der goldenen Bolerojacke zwei Flügel wachsen, und sie würde durch das Fenster fliegen, rasch, hinaus, nicht zur Sainte-Chapelle, von der sie ihm erzählt hatte, sondern auf einem sehr eleganten Hexenbesen, der vermutlich auch von Balenciaga oder Dior war, direkt zu einer Walpurgisnacht, an der nur Teufel in Fracks teilnahmen, die jeden Geschwindigkeitsrekord gebrochen hatten, sich in sechs Sprachen fließend unterhielten, von Plato bis Heidegger alles kannten und nebenher noch Klaviervirtuosen, Boxweltmeister und Poeten waren.

Der Hausknecht gähnte und erwachte. »Haben Sie den Schlüssel zur Küche?« fragte Clerfayt.

»Sehr wohl. Vichy? Champagner? Bier?«

»Holen Sie aus dem Eisschrank eine Büchse Kaviar.«

»Da kann ich nicht ran, mein Herr. Madame hat den Schlüssel.«

»Dann laufen Sie zum Restaurant Lapérouse an der Ecke. Holen Sie dort eine Büchse. Es ist noch offen. Wir warten hier. Ich werde den Dienst hier solange übernehmen.«

Er nahm Geld aus der Tasche. »Ich will keinen Kaviar«, sagte Lillian.

»Was willst du?«

Sie zögerte. »Clerfayt«, erwiderte sie schließlich. »Bis jetzt ist kein Mann um diese Zeit bei mir gewesen. Und das willst du doch nur wissen?«

»Das ist wahr«, mischte sich der Hausknecht ein. »Madame kommt immer allein nach Hause. Ce n'est pas normal, Monsieur. Soll ich Champagner holen? Wir haben noch vierunddreißiger Dom Perignon.«

»Bringen Sie ihn, Sie Goldjunge«, rief Clerfayt. »Was gibt es zu essen?«

»Ich möchte von der Wurst.« Lillian zeigte auf das Nachtessen des Hausknechts.

»Ich gebe Ihnen meine, Madame. In der Küche ist noch genug davon.«

»Bringen Sie die aus der Küche«, sagte Clerfayt. »Mit dunklem Brot und einem Stück Brie.«

»Und eine Flasche Bier«, sagte Lillian.

»Keinen Champagner, Madame?« Das Gesicht des Burschen fiel. Er dachte an seine Prozente.

»Auf jeden Fall den Dom Perignon«, erklärte Clerfayt. »Und wenn er nur für mich ist. Ich will etwas feiern.«

»Was?«

»Den Durchbruch des Gefühls.« Clerfayt nahm in der Loge des Hausknechtes Platz. »Gehen Sie! Ich passe solange auf.«

»Kannst du den Kasten bedienen?« fragte Lillian.

»Natürlich. Ich habe das im Krieg gelernt.«

Sie lehnte sich mit dem Ellbogen auf den Tisch. »Du hast viel im Krieg gelernt, wie?«

»Das meiste. Es ist ja fast immer Krieg.«

Clerfayt notierte eine Bestellung für eine Flasche Wasser und den Wunsch eines Reisenden, morgens um sechs geweckt zu werden. Er gab einem erstaunten kahlköpfigen Mann den Schlüssel für Zimmer zwölf und zwei jungen Engländerinnen die Schlüssel zu vierundzwanzig, fünfundzwanzig. Ein ziemlich betrunkener Mann kam von der Straße herein und wollte wissen, ob Lillian frei sei und was sie koste. »Tausend Dollar«, sagte Clerfayt.

»Das ist keine Frau wert, du Dummkopf«, erwiderte der Mann und verschwand in der plätschernden Nacht am Quai.

Der Hausknecht brachte die Flaschen und die Wurst und erklärte sich noch einmal bereit, zum Tour d'Argent oder zu Lapérouse zu gehen, wenn noch etwas gebraucht würde. Er habe auch ein Fahrrad.

»Morgen«, sagte Clerfayt. »Haben Sie noch ein Zimmer frei?«

Der Bursche sah ihn an, als hätte er den Verstand verloren. »Aber Madame hat doch ihr Zimmer.«

»Madame ist verheiratet. Mit mir«, fügte Clerfayt hinzu

und brachte den Hausknecht in neue Verwirrung, da er jetzt sichtlich nicht mehr wußte, wozu der Dom Perignon bestellt worden war.

»Wir hätten Nummer sechs«, erklärte der Mann. »Neben Madame.«

»Gut. Bringen Sie alles hinauf.«

Der Hausknecht stellte die Sachen ab und erklärte, nachdem er sein Trinkgeld angeschaut hatte, daß er, wenn es nötig sei, die ganze Nacht hindurch überall mit seinem Fahrrad Besorgungen machen könne. Clerfayt schrieb ihm auf einen Zettel, am nächsten Morgen eine Zahnbürste, Seife und einige andere Dinge zu besorgen und vor seine Tür zu legen. Der Mann versprach es und ging. Er kam noch einmal zurück und brachte Eis; dann verschwand er endgültig.

»Ich hätte geglaubt, dich nie wieder zu sehen, hätte ich dich heute abend allein gelassen«, sagte Clerfayt.

Lillian setzte sich auf das Fensterbrett. »Ich denke das jede Nacht.«

»Was?«

»Daß ich alles nie wieder sehen werde.«

Er fühlte einen scharfen Schmerz. Sie sah plötzlich sehr einsam aus mit dem sanften Profil gegen die Nacht; – einsam, nicht verlassen. »Ich liebe dich«, sagte er. »Ich weiß nicht, ob es dir etwas hilft, aber es ist wahr.«

Sie antwortete nicht. »Du weißt, daß ich das nicht wegen heute abend sage«, sagte er und ahnte nicht, daß er log. »Vergiß den Abend. Es war ein Zufall, eine Dummheit und viel Verwirrung. Ich wollte dich um alles in der Welt nicht verletzen.«

Sie schwieg noch eine Weile. »Ich glaube, ich bin in gewisser Beziehung unverletzbar«, sagte sie dann nachdenklich. »Ich glaube das wirklich. Vielleicht ist es ein Ausgleich für das andere.«

Clerfayt wußte nicht, was er antworten sollte. Er spürte vage, was sie meinte; aber er hätte lieber das Gegenteil geglaubt. Er sah sie an. »Deine Haut ist nachts wie die Innenseite einer Muschel«, sagte er. »Sie schimmert. Sie verschluckt das Licht nicht; sie gibt es zurück. Willst du wirklich das Bier trinken?«

»Ja. Und gib mir etwas von der Wurst aus Lyon. Mit Brot. Stört es dich sehr?«

»Nichts stört mich mehr. Mir ist, als hätte ich immer auf diese Nacht gewartet. Hinter der schlaf- und knoblauchriechenden Loge unten ist die Welt abgebrochen. Wir haben uns gerade noch darüber gerettet.«

»Haben wir?«

»Ja. Hörst du nicht, wie still es geworden ist?«

»Du bist still geworden«, erwiderte sie. »Weil du erreicht hast, was du wolltest.«

»Habe ich das? Ich bin in ein Modeatelier gekommen, scheint mir.«

»Ah, meine schweigenden Freunde!« Lillian blickte auf die Kleider, die noch herumhingen. »Sie haben mir nachts von phantastischen Bällen und Karnevals-Redouten erzählt. Heute abend brauche ich sie nicht mehr. Soll ich sie einsammeln und in den Schrank sperren?«

»Laß sie hängen. Was haben sie dir erzählt?«

»Vieles. Von Festen und Städten und Liebe. Und manches vom Meer. Ich habe es nie gesehen.«

»Wir können hinfahren.« Clerfayt gab ihr das Glas mit dem kalten Bier. »In wenigen Tagen. Ich muß nach Sizilien. Zu einem Rennen. Ich werde es nicht gewinnen. Komm mit mir!«

»Willst du immer gewinnen?«

»Es ist manchmal ganz gut. Idealisten können mit Geld eine Menge anfangen.«

Lillian lachte. »Ich werde das meinem Onkel Gaston erklären.«

Clerfayt betrachtete das Kleid aus dem sehr dünnen silbernen Brokat, das am Kopfende des Bettes hing. »Das ist ein Kleid für Palermo«, sagte er.

»Ich habe es vor ein paar Tagen spätnachts getragen.«

»Wo?«

»Hier.«

»Allein?«

»Allein, wenn du willst. Ich hatte ein Fest mit der Sainte-Chapelle, einer Flasche Pouilly, der Seine und dem Mond.«

»Du wirst nicht mehr allein sein.«

»Ich war nicht so allein, wie du glaubst.«

»Ich weiß«, sagte Clerfayt. »Ich spreche davon, daß ich dich liebe, als müsstest du dankbar dafür sein, – aber ich denke das nicht. Ich drücke mich nur so primitiv aus, weil es mir so ungewohnt ist.«

»Du drückst dich nicht primitiv aus.«

»Jeder Mann tut das, wenn er nicht lügt.«

»Komm«, sagte Lillian. »Mach die Flasche Dom Perignon auf. Mit Brot und Wurst und Bier wirst du mir zu unsicher, zu allgemein und zu schlicht philosophisch. Was schnupperst du? Wonach rieche ich?«

»Nach Knoblauch, Mond und Lügen, die ich nicht herausfinden kann.«

»Gottlob! Laß uns zur Erde zurückfinden und uns da festhalten. Man fliegt so leicht davon, wenn voller Mond ist. Und Träume haben keine Schwerkraft.«

XI

Ein Kanarienvogel sang. Clerfayt hörte es im Schlaf. Er wachte auf und sah sich um. Er dauerte einen Moment, bevor er wußte, wo er war. Sonne und Widerschein von weißen Wolken und Wasser tanzten an der Decke eines Zimmers, das umgekehrt, von oben nach unten zu liegen schien. Ein hellgrüner Satinvolant umsäumte die Decke. Die Tür zum Badezimmer und das Fenster darin standen offen, und Clerfayt konnte über den Hof an einem Fenster gegenüber den Käfig des Kanarienvogels hängen sehen. Eine Frau mit mächtigem Busen und gelbem Haar saß dahinter an einem Tisch und aß – soviel er sehen konnte – kein Frühstück, sondern ein Mittagessen mit einer halben Flasche Burgunder.

Er suchte nach seiner Uhr. Es war keine Täuschung; sie zeigte auf zwölf. Er hatte seit Monaten nicht so lange geschlafen und spürte plötzlich starken Hunger. Vorsichtig öffnete er die Tür. Da lag das Paket mit den Dingen, die er am Abend vorher bestellt hatte. Der Hausknecht hatte Wort gehalten. Er packte aus, ließ das Badewasser einlaufen, wusch sich und zog sich an.

Der Kanarienvogel sang immer noch. Die dicke Blonde aß jetzt Apfelkuchen mit Kaffee. Clerfayt ging zum anderen Fenster nach dem Quai zu. Der Verkehr brauste draußen mit voller Stärke. Die Kästen der Buchhändler standen offen, und ein Schleppdampfer zog glänzend vorbei, einen bellenden Spitz auf dem Rücken. Clerfayt beugte sich vor und sah im Fenster nebenan Lillians Profil. Sie lehnte aus dem Fenster, sehr gesammelt und aufmerksam, ohne zu bemerken, daß er sie beobachtete, und ließ an einem Bindfaden ein flaches Körbchen hinunterschweben. Unten hatte sich gerade vor der Tür des Restaurants der Austernhändler mit seinen Kisten aufgebaut. Er schien die Prozedur schon zu kennen. Das Körbchen erreichte ihn, er legte es mit feuchtem Tang aus und blickte nach oben. »Marennes? Belons? Die Belons sind heute besser.«

»Sechs Belons«, erwiderte Lillian.

»Zwölf«, sagte Clerfayt. Sie drehte sich um und lachte.

»Willst du kein Frühstück?«

»Das da. Und statt Orangensaft einen leichten Pouilly.«

»Zwölf?« fragte der Austernmann.

»Achtzehn«, erwiderte Lillian und zu Clerfayt: »Komm herüber. Bring den Wein mit.«

Clerfayt holte eine Flasche Pouilly und Gläser aus dem Restaurant. Er brachte auch Brot, Butter und ein Stück reifen Pont-l'Évêque. »Machst du das öfter?« fragte er.

»Fast jeden Tag.« Lillian zeigte auf einen Brief. »Übermorgen ist mein Diner bei Onkel Gaston. Möchtest du eingeladen werden?«

»Nein.«

»Gut. Es würde auch den Zweck des Diners sabotieren: mir einen reichen Mann zu finden. Oder bist du reich?«

»Immer nur für ein paar Wochen. Wirst du heiraten, wenn der Mann reich genug ist?«

»Gib mir von deinem Wein«, erwiderte sie. »Und sei nicht albern.«

»Ich traue dir alles zu.«

»Seit wann?«

»Ich habe über dich nachgedacht.«

»Wann?«

»Im Schlaf. Man kann dich nicht vorausberechnen. Du funktionierst nach anderen Gesetzen als denen, die ich kenne.«

»Gut«, sagte Lillian. »Das kann nie schaden. Was tun wir heute mittag?«

»Heute mittag nehme ich dich mit in das Ritz Hotel. Dort setze ich dich für fünfzehn Minuten mit einigen Magazinen in eine versteckte Ecke der Halle, während ich auf mein Zimmer gehe und mich umziehe. Dann essen wir zu Mittag, zu Abend, wieder zu Mittag, zu Abend und noch einmal zu Mittag, – als Sabotage gegen Onkel Gaston übermorgen abend.«

Sie sah aus dem Fenster und antwortete nicht. »Wenn du willst, gehe ich auch mit dir in die Sainte-Chapelle«, sagte Clerfayt. »Oder zu Notre-Dame oder selbst in ein Museum, du gefährliche Kombination von einem Blaustrumpf und einer griechischen Hetäre der Spätzeit, die nach Byzanz verschlagen ist. Sogar auf den Eiffelturm zu fahren oder zu einer Tour mit dem Bateau-Mouche bin ich bereit.«

»Die Tour auf der Seine habe ich schon gemacht. Ich hätte dort die Geliebte eines Großmetzgers werden können mit einer eigenen Wohnung von drei Zimmern.«

»Und auf dem Eiffelturm?«

»Dahin gehe ich mit dir, mein Geliebter.«

»Das dachte ich mir. Bist du glücklich?«

»Was ist das?«

»Weißt du es immer noch nicht? Aber wer weiß es schon wirklich? Auf einer Nadelspitze tanzen, vielleicht.«

Lillian kam von dem Diner Onkel Gastons zurück. Der Vicomte de Peystre brachte sie in seinem Auto ins Hotel. Sie hatte einen bestürzend langweiligen Abend bei ausgezeichnetem Essen zugebracht. Ein paar Frauen und sechs Männer waren dagewesen. Die Frauen hatten gewirkt, als wären sie Igel, eine so neugierige Feindseligkeit hatten sie ausgestrahlt. Von den Männern waren vier unverheiratet gewesen, alle reich, zwei jung, und der Vicomte de Peystre der älteste und reichste. »Weshalb wohnen Sie an der Rive Gauche?« fragte er. »Aus romantischen Gründen?«

»Aus Zufall. Es ist der beste Grund, den ich kenne.«

»Sie sollten an der Place Vendôme wohnen.«

»Es ist erstaunlich«, sagte Lillian, »wie viele Leute besser wissen, wo ich wohnen sollte, als ich selbst.«

»Ich besitze eine Wohnung an der Place Vendôme, die ich nie benütze. Ein Atelier, das modern eingerichtet ist.«

»Wollen Sie es mir vermieten?«

»Warum nicht?«

»Was kostet es?«

Peystre rückte sich zurecht. »Wozu über Geld reden? Sehen Sie es sich doch erst einmal an. Sie können es haben, wenn Sie wollen.«

»Ohne irgendwelche Bedingungen?«

»Ohne die geringsten. Es würde mir natürlich Vergnügen machen, wenn Sie gelegentlich einmal mit mir essen gingen, – aber auch das ist keine Bedingung.«

Lillian lachte. »Es gibt noch uneigennützige Menschen.«

»Wann wollen Sie es ansehen? Morgen? Kann ich Sie mittags zum Essen abholen?«

Lillian betrachtete den schmalen Kopf mit der weißen Schnurrbartbürste. »Mein Onkel wollte mich eigentlich verheiraten«, sagte sie.

»Dazu haben Sie noch viel Zeit. Ihr Onkel hat altmodische Ansichten.«

»Ist die Wohnung groß genug für zwei?«

»Ich glaube schon. Warum?«

»Für den Fall, daß ich mit meinem Freund dort leben möchte.«

Peystre betrachtete sie einen Augenblick. »Auch darüber wäre vielleicht zu reden«, sagte er dann, »obschon sie, offen gesagt, dazu etwas beschränkt wäre. Warum wollen Sie nicht eine Zeitlang allein leben? Sie sind erst ein paar Wochen in Paris. Sehen Sie sich doch die Stadt erst einmal gründlich an. Sie bietet viele Möglichkeiten.«

»Sie haben recht.«

Der Wagen hielt, und Lillian stieg aus. »Also wann, morgen?« fragte der Vicomte.

»Ich werde es mir überlegen. Haben Sie etwas dagegen, wenn ich Onkel Gaston frage?«

»Das würde ich nicht tun. Es würde ihm unnütze Gedanken machen. Sie werden es auch nicht tun.«

»Nein?«

»Wer vorher fragt, tut es nie. Sie sind sehr schön und sehr jung, Mademoiselle. Es wäre ein Vergnügen, Ihnen den Rahmen zu geben, den Sie nötig haben. Und glauben Sie einem Manne, der nicht mehr jung ist: dies hier ist reizend, aber verlorene Zeit für Sie. Über Onkel Gaston brauchen wir nicht zu reden. Was Sie brauchen, ist Luxus. Großen Luxus. Verzeihen Sie dies Kompliment; aber ich habe gute Augen. Gute Nacht, Mademoiselle.«

Sie stieg die Treppe hinauf. Die Heiratsgalerie Onkel Gastons hatte sie in einer makabren Weise belustigt und deprimiert. Sie war sich anfangs vorgekommen wie ein sterbender Soldat, dem jemand Geschichten von einem opulenten Leben erzählt. Dann hatte sie geglaubt, auf einem fremden Planeten zu sein, auf dem die Leute ewig lebten und entsprechende Probleme hatten. Sie hatte nicht verstanden, wovon sie redeten. Das, was ihr gleichgültig war, war für sie von höchster Bedeutung – und das, was sie suchte, war für die andern von einem merkwürdigen Tabu umgeben. Das Angebot des Vicomte de Peystre erschien ihr von allem noch das Vernünftigste.

»Hat Onkel Gaston sich Mühe gegeben?« fragt Clerfayt vom Korridor her.

»Du bist schon hier? Ich dachte, du wärst irgendwo trinken!«

»Ich habe keine Lust mehr dazu.«

»Hast du auf mich gewartet?«

»Ja«, sagte Clerfayt. »Du machst mich zu einem ordentlichen Menschen. Ich will nicht mehr trinken. Nicht mehr ohne dich.«

»Hast du früher getrunken?«

»Ja. Zwischen den Rennen. Und oft zwischen den Katastrophen. Aus Feigheit, glaube ich. Oder um vor mir selbst davonzulaufen. Das ist vorbei. Ich war heute Mittag in der Sainte-Chapelle. Morgen gehe ich ins Cluny-Museum. Jemand, der uns zusammen gesehen hat, behauptet, du sähest aus wie die Dame auf den Teppichen mit dem Einhorn, die dort hängen. Du hast sehr viel Erfolg. Willst du noch ausgehen?«

»Heute abend nicht.«

»Heute abend warst du bei der Bürgerlichkeit zu Gast, die glaubt, das Leben wäre eine Küche, ein Salon und ein Schlafzimmer und nicht ein Segelboot mit viel zu vielen Segeln, das alle Augenblicke umschlagen kann. Du mußt dich davon erholen.«

Lillians Augen begannen zu glänzen. »Hast du doch getrunken?«

»Das brauche ich nicht mit dir. Möchtest du nicht noch etwas herumfahren?«

»Wohin?«

»In jede Straße und in jedes Lokal, von denen du jemals gehört hast. Du bist herrlich angezogen, – es war verschwendet an Onkel Gastons Bewerber. Wir müssen zum mindesten dieses Kleid ausführen – selbst wenn du nicht willst. Man hat Kleidern gegenüber Verpflichtungen.«

»Gut. Laß uns langsam fahren. Durch viele Straßen. Alle ohne Schnee. Mit Blumenverkäuferinnen an den Ekken. Laß uns einen Wagen voll Veilchen mitnehmen.«

Clerfayt holte Giuseppe aus dem Gewirr am Quai und wartete vor der Tür des Hotels. Das Restaurant nebenan begann zu schließen.

»Der schmachtende Liebhaber«, sagte jemand neben ihm. »Bist du nicht zu alt für solche Rollen?«

Es war Lydia Morelli. Sie war vor ihrem Begleiter aus dem Restaurant auf die Straße getreten.

»Unbedingt«, erwiderte er. »Das ist gerade der Reiz!«

Lydia warf das Ende einer weißen Pelzstola über ihre Schulter. »Eine neue Rolle! Ziemlich provinziell, mein Lieber. Mit einem jungen Gänschen!«

»Welch ein Kompliment«, erwiderte Clerfayt. »Wenn du so etwas sagst, heißt das, daß sie faszinierend sein muß.«

»Faszinierend! Dies dumme Ding mit ihrem Zimmerchen hier und ihren drei Balenciaga-Kleidern!«

»Drei? Ich dachte, sie hätte dreißig. So verschieden sind sie jedes Mal, wenn sie sie trägt.« Clerfayt lachte. »Lydia! Seit wann spionierst du wie ein Detektiv nach Gänschen und dummen Dingern? Hatten wir uns das nicht längst abgewöhnt?«

Lydia wollte ärgerlich werden; aber ihr Begleiter kam aus der Tür. Sie nahm seinen Arm wie eine Waffe und ging an Clerfayt vorbei.

Lillian kam ein paar Minuten später. »Soeben hat mir jemand erzählt, daß du eine faszinierende Person wärest«, sagte Clerfayt. »Es wird Zeit, dich zu verstecken.«

»War es langweilig zu warten?«

»Nein. Wenn man lange auf nichts gewartet hat, macht Warten einen zehn Jahre jünger. Zwanzig Jahre jünger. Ich glaubte, ich würde nie mehr auf etwas warten.«

»Ich habe immer auf etwas gewartet.« Lillian sah einer Frau in crèmefarbenen Spitzen nach, die mit einem Kahlkopf das Restaurant verließ; sie trug eine Kette aus nußgroßen Diamanten. »Wie das blitzt!« sagte sie.

Clerfayt erwiderte nichts. Schmuck war ein gefährliches Gebiet; wenn sie darauf verfiel, gab es Leute, die besser als er befähigt waren, ihre Wünsche zu erfüllen.

»Nicht für mich«, sagte Lillian lachend, als hätte sie seine Gedanken erraten.

»Ist das ein neues Kleid?« fragte er.

»Ja. Es ist heute gekommen.«

»Wieviel hast du jetzt?«

»Acht mit diesem. Warum?«

Lydia Morelli schien richtig informiert zu sein. Daß sie drei gesagt hatte, gehörte dazu.

»Onkel Gaston ist entsetzt«, sagte Lillian. »Ich habe ihm die Rechnungen geschickt. Und nun laß uns in den besten Nachtklub fahren, den es gibt. Du hast recht, Kleider machen Ansprüche!«

»Noch in einen anderen?« fragte Clerfayt. Es war vier Uhr nachts.

»Noch in einen«, sagte Lillian. »Oder bist du müde?«

Er wußte, daß er sie nicht fragen konnte, ob sie müde sei. »Noch nicht«, sagte er. »Gefällt es dir?«

»Es ist wunderbar.«

»Gut, dann fahren wir in einen anderen Klub. Einen mit Zigeunern.«

Montmartre und Montparnasse bebten noch im späten Nachkriegsfieber. Die bunten Höhlen der Kabaretts und Nachtklubs schwammen im Nebel, als wären sie unter Wasser. Es war alles die übliche, endlose Wiederholung, das Klischee, und Clerfayt hätte sich ohne Lillian fürchterlich gelangweilt, – aber für sie war es neu, sie empfand es nicht so, wie es war oder wie es wirkte, sondern so, wie sie es sehen wollte und sah. Aus den Nepplokalen wurden für sie Feuer des Lebens, aus Orchestern, die auf Trinkgelder warteten, wurden Konzerte für Träume, und aus Räumen, die vollgestopft waren mit Gigolos, Neureichen, zweifelhaften, törichten Frauen und Menschen, die nicht nach Hause gingen, weil sie nicht wußten, was sie dort tun sollten, oder die auf ein Abenteuer oder ein Geschäft rechneten, wurde das funkelnde Bacchanal des Daseins, weil sie es so wollte und weil sie deswegen gekommen war.

Das ist es, dachte Clerfayt, das ist es, was sie anders macht als alle die, die hier herumsitzen. Die andern wollen ein Abenteuer, ein Geschäft, ein bißchen harmonischen Lärm, um ihre Leere auszufüllen, – sie aber ist dem Leben auf der Spur, immer nur dem Leben, und sie jagt es wie eine besessene Jägerin den weißen Hirsch und das Einhorn der Fabel, sie jagt es so unablässig, daß es ansteckend wirkt, sie hat keine Hemmungen, sie schaut nicht zur Seite, und während man sich abwechselnd alt und verbraucht oder kinderjung in ihrer Nähe fühlt, tauchen aus vergessenen Jahren auf einmal Gesichter auf, Wünsche, Schatten von Träumen und, über allem, wie ein Blitz im Zwielicht, das verschollene Gefühl von der Einzigartigkeit des Lebens.

Die Zigeuner hingen um den Tisch herum, gebückt, mit wachen Plüschaugen, und spielten. Lillian hörte hingerissen zu. Für sie war das alles wirklich, dachte Clerfayt, es war die Pußta, die einsame Klage der Nacht, die Einsamkeit, das erste Feuer, an dem der Mensch Schutz gesucht hatte, und selbst das älteste, abgegriffenste, sentimentalste Lied war für sie ein Lied der Menschheit, Trauer des Haltenwollens und Nicht-Halten-könnens. Lydia Morelli mochte recht haben, es war provinziell, wenn man so wollte, aber hol's der Teufel, wenn man sie nicht gerade deswegen anbeten mußte.

»Ich glaube, ich habe zuviel getrunken«, sagte er.

»Was ist zuviel?«

»Wenn man sich selbst nicht mehr kennt.«

»Dann will ich immer zuviel trinken. Ich liebe mich selbst nicht.«

Sie fürchtet sich vor nichts, dachte Clerfayt. So wie diese Bude ihr Abbild des Lebens ist, so hat jede Banalität für sie den Reiz, den sie hatte, als sie das erste Mal ausgesprochen wurde und noch voll Geist war. Es ist nicht auszuhalten! Sie muß sterben, das weiß sie, aber sie hat es in sich aufgenommen wie ein anderer Morphium, und das verwandelt alles für sie, sie fürchtet nichts, nichts ist Blasphemie, nichts Banalität, und – zur Hölle – warum sitze ich hier und fühle ein gelindes Grauen und stürze mich nicht auch in diesen unbedenklichen Wirbel hinein?

»Ich bete dich an«, sagte er.

»Sag das nicht zu oft«, erwiderte sie. »Dazu muß man sehr unabhängig sein.«

»Bei dir nicht.«

»Sag es immer«, sagte sie. »Ich brauche es wie Atem und Wein.«

Clerfayt lachte. »Beides stimmt. Aber wer fragt danach, ob etwas stimmt! Wohin gehen wir jetzt?«

»Ins Hotel. Ich will ausziehen.«

Clerfayt beschloß, sich über nichts mehr zu wundern. »Gut. Gehen wir packen«, sagte er.

»Meine Sachen sind schon gepackt.«

»Wohin willst du ziehen?«

»In ein anderes Hotel. Seit zwei Tagen ruft um diese Zeit jemand bei mir an. Eine Frau, die mir erzählt, ich solle zurückgehen, wohin ich gehöre – und noch einige andere Sachen dazu.«

Clerfayt sah sie an. »Hast du dem Nachtportier nicht gesagt, das Telefon nicht durchzustellen?«

»Ja! Aber es gelingt ihr durchzukommen. Gestern hat sie ihm gesagt, sie sei meine Mutter. Sie hat einen Akzent, sie ist keine Französin.«

Lydia Morelli, dachte Clerfayt. »Warum hast du mir nichts davon gesagt?«

»Wozu? Ist das Ritz voll?«

»Nein.«

»Gut. Onkel Gaston wird ohnmächtig werden, wenn er hört, wo ich morgen wohnen werde.«

Lillian hatte nicht gepackt. Clerfayt lieh vom Nachtportier einen riesigen Schrankkoffer, den ein deutscher Major beim Rückzug hatte stehen lassen, und packte Lillians Kleider hinein. Sie saß auf dem Bett und lachte. »Es tut mir leid hier wegzugehen«, sagte sie. »Ich habe es alles sehr geliebt. Aber ich liebe ohne Bedauern. Verstehst du das?«

Clerfayt hob den Kopf. »Ich fürchte, ja. Du bedauerst nicht, etwas zu verlassen.«

Sie lachte wieder, die Beine lang ausgestreckt, ein Glas Wein in der Hand. »Es spielt keine Rolle mehr. Ich bin aus dem Sanatorium weggegangen, – seitdem kann ich weggehen, wo ich will.«

So wird sie vielleicht auch von mir weggehen, dachte Clerfayt. Wie man ein Hotel wechselt. »Hier ist der Degen eines deutschen Majors«, sagte er. »Er muß ihn in der Aufregung vergessen haben, ein fluchwürdiges Verhalten für einen deutschen Offizier. Ich werde ihn im Koffer lassen. Im übrigen bist du auf eine charmante Weise betrunken. Zum Glück habe ich schon vor zwei Tagen für dich ein Zimmer im Ritz bestellt. Ohne das wäre es heute schwierig, dort am Concierge vorüberzukommen.«

Lillian griff nach dem Degen des Majors und salutierte sitzend. »Du gefällst mir sehr. Warum nenne ich dich nie beim Vornamen?«

»Niemand tut das.«

»Das wäre ein Grund, es zu tun.«

»Fertig«, sagte Clerfayt. »Willst du den Säbel mitnehmen?«

»Laß ihn hier.«

Clerfayt steckte die Schlüssel ein und gab Lillian ihren Mantel. »Bin ich zu dünn?« fragte sie.

»Nein; ich glaube, du hast ein paar Pfund zugenommen.«

»Das ist das einzige, worauf es ankommt«, murmelte sie.

Sie ließen die Koffer in ein Taxi bringen, das hinter ihnen herfuhr. »Liegt mein Zimmer im Ritz nach der Place Vendôme zu?« fragte Lillian.

»Ja. Nicht nach der Rue Cambon.«

»Wo wohntest du, als du hier warst im Kriege?«

»Nach der Rue Cambon, nachdem ich aus dem Gefangenenlager zurückgekommen war. Es war ein gutes Versteck; niemand erwartete, daß man dort unterkriechen würde. Mein Bruder wohnte damals an der Place Vendôme auf der deutschen Seite. Wir sind Elsässer. Mein Bruder hat einen deutschen, ich einen französischen Vater.«

»Konnte dein Bruder dich nicht schützen?«

Clerfayt lachte. »Er ahnte nicht, daß ich da war, und er hätte mich am liebsten in Sibirien gewußt. So weit weg wie möglich. Siehst du den Himmel? Es wird Morgen. Hörst du die Vögel? Man hört sie nur um diese Zeit in den Städten. Naturfreunde müssen in den Nachtklubs durchhalten, um Drosseln hören zu können auf dem Weg nach Hause.«

Sie bogen in die Place Vendôme ein. Der weite, graue Platz lag sehr still da. Unter den Wolken schimmerte der frühe Tag in starkem Gelb. »Wenn man sieht, wie wunderbar die Menschen früher gebaut haben, sollte man annehmen, daß sie glücklicher gewesen sind als wir«, sagte Lillian. »Glaubst du das?«

»Nein«, erwiderte Clerfayt. Er ließ den Wagen vor dem Eingang auslaufen. »Ich bin in diesem Augenblick glücklich«, sagte er. »Ganz gleich, ob wir wissen, was das ist oder nicht. Ich bin glücklich in diesem Augenblick, in dieser Stille, auf diesem Platz, mit dir. Und wenn du ausgeschlafen hast, fahren wir ab. In kleinen Etappen nach dem Süden. Nach Sizilien, zu dem Rennen, von dem ich dir schon erzählt habe: der Targa Florio.«

XII

Die hundertacht Kilometer lange Strecke der Targa Florio mit ihren fast vierzehnhundert Kurven war jeden Tag einige Stunden zum Training abgesperrt. Da die Fahrer auch zwischen den Sperrstunden die Strecke langsam abfuhren, um die Kurven, das Gefälle und den Straßenzustand zu memorieren, hing das Grollen der schweren Motoren von Dämmerung zu Dämmerung über der weißen Landstraße und der weißen Landschaft.

Clerfayts zweiter Fahrer war Alfredo Torriani, ein vierundzwanzig Jahre alter Italiener. Beide waren fast den ganzen Tag draußen. Abends kamen sie verbrannt, hungrig und durstig zurück.

Clerfayt hatte Lillian verboten, beim Training dabei zu sein. Er wollte nicht, daß sie wie eine der Frauen und Freundinnen der Fahrer würde, die mit Stoppuhren und Papieren in den Ständen saßen, die von den Fabriken für Reparaturen, Benzin und Reifenwechsel aufgebaut waren, und sich nützlich machten. Er hatte sie statt dessen mit einem Freunde bekannt gemacht, der ein Haus am Meer besaß, und sie dort hingebracht. Der Mann hieß Levalli und war der Besitzer einer Thunfisch-Fangflotte. Clerfayt hatte ihn nicht ohne Überlegung ausgesucht: Levalli war ein Ästhet, kahlköpfig, beleibt und homosexuell.

Lillian lag tagsüber am Meer oder im Garten, der Levallis Villa umgab. Der Garten war verwildert, romantisch und voll von Marmorstatuen wie ein Gedicht Eichendorffs. Lillian hatte nie den Wunsch, Clerfayt fahren zu sehen; aber sie liebte das leise Grollen der Motoren, das bis in die Stille der Orangenhaine drang. Der Wind brachte es herüber, zusammen mit dem schweren Duft der Blüten; es vereinigte sich mit dem Rauschen des Meeres zu einem aufregenden Konzert. Lillian spürte es, als ob Clerfayt zu ihr spräche. Es hing den ganzen Tag unsichtbar über ihr; sie überließ sich ihm, so wie sie sich dem heißen sizilianischen Himmel und dem weißen Glanz des Meeres überließ. Clerfayt war immer da; – ob sie im Schatten eines Götterbildes unter den Pinien schlief oder auf einer Bank saß und Petrarca las oder die Bekenntnisse des Augustinus, – ob sie am Meere hockte ohne einen Gedanken in der Welt oder auf der Terrasse saß in der rätselhaften Stunde vor dem Zwielicht, wenn die Italienerinnen bereits felicissima notte sagen und hinter jedem Wort das Fragezeichen eines unbekannten Gottes zu stehen scheint, – das ferne Rollen war immer da, die Trommel des Himmels und des Abends, und es fand immer eine Resonanz in ihrem Blut, das leise bebte und antwortete.

Abends kam Clerfayt dann, begleitet von dem Grollen, das anstieg zum Donner, wenn der Wagen heranfuhr. »Wie die Götter der Antike«, sagte Levalli zu Lillian. »Unsere modernen Condottieri erscheinen mit Donner und Blitz, als wären sie Söhne Jupiters.«

»Sie lieben es nicht?«

»Ich mag keine Motoren mehr. Sie erinnern mich zu sehr an den Lärm der Bombenflugzeuge im Kriege.«

Der sensitive, beleibte Mann legte ein Klavierkonzert von Chopin auf das Grammophon. Lillian sah ihn nachdenklich an. Merkwürdig, dachte sie, wie einseitig man immer nur an seine eigene Erfahrung und die eigene Gefahr gebunden ist: Ob dieser Ästhet und Kunstkenner je darüber nachdenkt, was die Thunfische empfinden, wenn seine Flotte sie abschlachtet?

Levalli gab einige Tage später ein Fest. Er hatte ungefähr hundert Gäste dazu eingeladen. Kerzen und Windlichter brannten, die Nacht war sternenklar und warm und das Meer glatt und ein mächtiger Spiegel für den riesigen Mond, der tief und rot am Horizont schwebte wie ein Ballon von einem anderen Planeten.

Lillian war entzückt. »Gefällt es Ihnen?« fragte Levalli.

»Es ist alles, was ich mir gewünscht habe.«

»Alles?«

»Nahezu alles. Ich habe vier Jahre davon geträumt, wenn ich in den Bergen zwischen Schneewänden gefangen saß. Es ist völlig das Gegenteil von Schnee, – und völlig das Gegenteil von Bergen –«

»Das freut mich«, sagte Levalli. »Ich gebe nur noch selten Feste.«

»Warum? Weil es sonst zur Gewohnheit würde?«

»Nein. Es macht mich – wie soll ich sagen – melancholisch. Meistens will man etwas vergessen, wenn man Feste gibt; – aber man vergisst es nicht. Auch die anderen vergessen es nicht.«

»Ich will nichts vergessen.«

»Nein?« fragte Levalli höflich.

»Nicht mehr«, erwiderte Lillian.

Levalli lächelte. »An dieser Stelle soll eine alte Römervilla gestanden haben, und es soll große Feste gegeben haben mit schönen Römerinnen und Fackeln und dem Leuchten des feuerspeienden Ätna. Glauben Sie, daß die alten Römer dem Geheimnis nähergekommen sind?«

»Welchem?«

»Dem, warum wir leben?«

»Leben wir?«

»Vielleicht nicht, weil wir fragen. Verzeihen Sie, daß ich darüber rede. Italiener sind melancholische Menschen; sie sehen aus wie das Gegenteil, aber sie sind es nicht.«

»Wer ist es?« sagte Lillian. »Nicht einmal Stallknechte sind dauernd vergnügt.«

Sie hörte den Wagen Clerfayts kommen und lächelte. »Man erzählt«, sagte Levalli, »daß die letzte römische Besitzerin dieser Villa ihre Liebhaber morgens töten ließ. Sie war eine Romantikerin und konnte die Entzauberung nach der Illusion der Nacht nicht ertragen.«

»Wie umständlich«, erwiderte Lillian. »Konnte sie sie nicht einfach vor dem Morgengrauen wegschicken? Oder selbst weggehen?«

Levalli bot ihr seinen Arm. »Weggehen ist nicht immer das einfachste – wenn man sich selbst mitnimmt.«

»Es ist immer das einfachste, wenn man weiß, daß Besitzenwollen einen nur limitiert – und daß man nichts halten kann; nicht einmal sich selbst –«

Sie gingen der Musik entgegen. »Sie wollen nichts besitzen?« fragte Levalli.

»Ich will zuviel besitzen«, erwiderte Lillian. »Deshalb nichts. Es ist fast dasselbe.«

»Fast!« Er küßte ihre Hand. »Ich bringe Sie jetzt nach drüben, wo die Zypressen stehen. Wir haben hinter ihnen einen gläsernen Boden zum Tanzen angelegt, der von innen erleuchtet ist. Ich habe das in Gartenlokalen an der Riviera gesehen und nachgemacht. Und da kommen auch Ihre Tänzer – halb Neapel, Palermo und Rom.«

»Man kann Zuschauer sein oder mitspielen«, sagte Levalli zu Clerfayt. »Oder beides. Ich ziehe vor, Zuschauer zu sein. Wer beides tut, tut beides unvollkommen.«

Sie saßen auf der Terrasse und sahen die Frauen vor den Zypressen auf dem leuchtenden Glasparkett tanzen. Lillian tanzte mit dem Prinzen Fiola.

»Eine Flamme«, sagte Levalli zu Clerfayt. »Sehen Sie nur, wie sie tanzt! Kennen Sie die Frauen der pompejanischen Mosaiken? Die Schönheit der Frauen in der Kunst ist, daß das Zufällige verlorengegangen und die Schönheit allein geblieben ist. Haben Sie die Bilder aus dem minoischen Palast in Kreta gesehen? Die Ägypterinnen aus der Zeit Echnatons? Die Frauen mit den langen Augen und den schmalen Gesichtern, die verderbten Tänzerinnen und die jungen Königinnen? In ihnen allen brennt die Flamme. Sehen Sie diese Tanzfläche an! Auf dem sanften künstlichen Feuer der Hölle, das aus Glas, Elektrizität und Technik dort angezündet ist, scheinen die Frauen zu schweben, – deshalb habe ich es einrichten lassen. Das Licht der künstlichen Hölle von unten, das unter den Kleidern zu brennen und an den Kleidern hochzuzüngeln scheint, und das kalte Licht des Mondes, das mit dem der Sterne auf ihren Schläfen und Schultern liegt, ist eine Allegorie, über die man lachen oder ein paar Minuten träumen kann. Sie sind schön, diese Frauen, die uns davon abhalten. Halbgötter zu werden, indem sie uns zu Familienvätern, Bürgern, Verdienern machen, nachdem sie uns durch die Illusion, uns zu Göttern zu machen, eingefangen haben. Sind sie nicht schön?«

»Sie sind schön, Levalli.«

»In jeder steckt bereits Circe. Die Ironie ist, daß sie es nie selbst glauben. Sie haben noch die Flamme ihrer Jugend, während sie dort tanzen, aber hinter ihnen tanzt, fast unsichtbar, bereits der Schatten der Bürgerlichkeit mit, mit den zwanzig Pfund Gewicht, die sie zunehmen werden, der Langeweile der Familie, dem Ehrgeiz begrenzter Wünsche und Ziele, dem Müdewerden, und dem Sich-zur-Ruhe-Setzen, der ewigen Wiederholung, dem langsamen Verschleiß. Nur in der einen nicht, die dort mit Fiola tanzt, in der, die Sie hergebracht haben. Wie haben Sie das gemacht?«

Clerfayt zuckte die Achseln.

»Wo haben Sie sie gefunden?«

Clerfayt zögerte. »Um in Ihrem Stil zu bleiben, Levalli, – vor den Toren des Hades. Es ist das erste Mal in Jahren, daß Sie so lyrisch sind.«

»Man hat nicht oft Gelegenheit dazu. Vor den Toren des Hades. Ich will Sie nicht weiter fragen. Es ist genug, um die Phantasie blühen zu lassen. In dem grauen Zwielicht der Hoffnungslosigkeit, dem nur Orpheus entrann. Aber selbst er mußte den Preis zahlen: doppelte Einsamkeit – so paradox das auch klingt – weil er eine Frau aus dem Hades zurückholen wollte. Sind Sie bereit, zu zahlen, Clerfayt?«

Clerfayt lächelte. »Ich bin abergläubisch. Antworten auf solche Fragen gebe ich nicht kurz vor einem Rennen.«

Es ist die Nacht Obérons, dachte Lillian, während sie mit Fiola und Torriani tanzte. Alles ist verzaubert mit vielem Licht, mit blauen Schatten, mit Leben und Unwirklichkeit zur gleichen Zeit. Man hört keine Schritte; man hört nur Gleiten und Musik. Dies habe ich mir gedacht, als ich im Schnee in meinem Zimmer, mit der Fieberkarte am Bett, saß und auf die Konzerte des Radios in Neapel und Paris lauschte. Es ist, als ob man nicht sterben könnte in solch einer Nacht zwischen Mond und Meer und dem sanften Wind mit dem Geruch der Mimosen und Orangenblüten. Man begegnet sich und hält sich eine Weile und verliert sich und findet sich in den Armen eines andern wieder, die Gesichter wechseln, aber die Hände sind dieselben.

Sind es dieselben? dachte sie. Dort sitzt mein Geliebter mit dem melancholischen Mann, der für kurze Zeit auf Erden der Besitzer dieses traumhaften Gartens ist, und ich sehe, daß sie von mir sprechen. Es ist der melancholische Mann, der spricht, und er wird dasselbe wissen wollen, was er mich gefragt hat. Das Geheimnis! Gibt es nicht ein altes Märchen, in dem ein Zwerg heimlich lacht, weil keiner sein Geheimnis kennt? Seinen Namen?

Sie lächelte. »Woran denken Sie?« fragte Fiola, der es bemerkte.

»An ein Märchen, in dem das Geheimnis eines Menschen darin bestand, daß niemand seinen Namen wußte.«

Fiola zeigte seine Zähne. Sie schienen doppelt so weiß in seinem tiefbraunen Gesicht zu sein als bei den andern. »Ist das nicht auch Ihr Geheimnis?« fragte er.

Sie schüttelte den Kopf. »Was ist schon ein Name?«

Fiola blickte auf die Reihe der Mütter, die unter Palmen einen Teil der Tanzfläche umsäumten. »Für manche Leute alles«, sagte er.

Sie sah im Vorübertanzen, daß Clerfayt sie nachdenklich anschaute. Er hält mich fest, und ich liebe ihn, dachte sie, weil er da ist und nicht fragt. Wann wird er zu fragen beginnen? Ich hoffe nie. Vielleicht nie. Wir werden keine Zeit dazu haben. »Sie lächeln, als ob Sie sehr glücklich wären«, sagte Fiola. »Ist das Ihr Geheimnis?«

Wie töricht auch er fragt, dachte Lillian. Warum hat er nicht bereits in der Schule gelernt, daß man Frauen nie fragen soll, ob sie glücklich seien.

»Was ist Ihr Geheimnis?« fragte Fiola. »Eine große Zukunft?«

Sie schüttelte wieder den Kopf. »Keine«, sagte sie heiter. »Sie wissen nicht, wie leicht das vieles machen kann.«

»Sehen Sie Fiola an«, sagte die alte Contessa Vitelleschi in der Ecke der Mütter. »Er benimmt sich, als ob es außer dieser Fremden keine jungen Frauen hier gäbe.«

»Das ist ziemlich natürlich«, erwiderte Teresa Marchetti. »Wenn er so oft mit einer unserer Frauen tanzte, wäre er schon halb verlobt, und ihre Brüder würden es als Beleidigung betrachten, heiratete er sie nicht.«

Die Vitelleschi starrte durch ihr Lorgnon auf Lillian. »Woher kommt diese Person?«

»Nicht aus Italien.«

»Das sehe ich. Wahrscheinlich irgendeine Kreuzung –«

»So wie ich«, sagte Teresa Marchetti spitz, »amerikanisch, indianisch, spanisch, – aber willkommen genug, um Ugo Marchetti mit Papas Dollars auszuhelfen, seinen klapprigen Palazzo von Ratten zu befreien, Badezimmer einzubauen und seine Mätressen in Stil auszuhalten.«

Die Contessa Vitelleschi tat, als hätte sie nichts gehört. »Sie haben leicht reden. Sie haben einen Sohn und ein Bankkonto. Ich habe vier Töchter und Schulden. Fiola sollte heiraten. Wohin soll das führen, wenn die paar wohlhabenden Junggesellen, die wir noch haben, englische Mannequins heiraten, wie das jetzt Mode geworden ist. Das Land wird ausgeraubt.«

»Es sollte ein Gesetz dagegen erlassen werden«, sagte Teresa Marchetti ironisch. »Auch dagegen, daß die mittellosen jüngeren Brüder reiche Amerikanerinnen heiraten, die nicht wissen, daß sie, nach der stürmischen Cour vor der Ehe, nachher in einen mittelalterlichen Einzelharem verbannt werden: die italienische Ehe.«

Die Contessa hörte wiederum nicht zu. Sie dirigierte zwei ihrer Töchter. Fiola hatte an einem der aufgestellten Tische haltgemacht. Lillian verabschiedete ihn und ließ sich von Torriani zu Clerfayt bringen. »Warum tanzt du nicht mit mir?« fragte sie Clerfayt.

»Ich tanze mit dir«, erwiderte er, »ohne aufzustehen.«

Torriani lachte. »Er tanzt nicht gern. Er ist eitel.«

»Das ist wahr«, sagte Clerfayt. »Ich tanze miserabel, Lillian. Du solltest das noch von der Palace Bar her wissen.«

»Das habe ich längst vergessen.«

Sie ging mit Torriani zur Tanzfläche zurück. Levalli setzte sich wieder zu Clerfayt. »Eine dunkle Flamme«, sagte er. »Oder ein Dolch. Finden Sie nicht diese erleuchteten Glasplatten wirklich geschmacklos?« fuhr er nach einer Weile heftig fort. »Der Mond ist hell genug. Luigi!« rief er, »lösche das Licht unter der Tanzfläche. Und bring von dem alten Grappa. – Sie macht mich traurig«, sagte er plötzlich zu Clerfayt, und sein Gesicht schien trostlos im Dunkel, mit tiefen Höhlen. »Schönheit bei einer Frau macht mich traurig. Warum?«

»Weil man weiß, daß sie vergehen wird, und möchte, daß sie bleibt.«

»Ist das so einfach?«

»Das weiß ich nicht. Mir genügt es.«

»Macht es Sie auch traurig?«

»Nein«, sagte Clerfayt. »Es gibt ganz andere Dinge, die mich traurig machen.«

»Ich verstehe.« Levalli trank von seinem Grappa. »Ich kenne sie auch. Aber ich laufe davor weg. Ich will ein dikker Pierrot bleiben. Versuchen Sie diesen Grappa.«

Sie tranken und schwiegen. Lillian kam wieder bei ihnen vorbei. Ich habe keine Zukunft, dachte sie. Das ist fast wie keine Schwerkraft zu haben. Sie sah Clerfayt an und formte einen lautlosen Satz mit den Lippen. Clerfayt saß jetzt im Dunkeln. Sie konnte sein Gesicht kaum erkennen. Es schien auch nicht nötig zu sein. Dem Leben brauchte man nicht ins Gesicht zu sehen. Man brauchte es nur zu fühlen.

XIII

Wo liege ich?« fragte Clerfayt durch den Lärm, als er am Lager hielt.

»An siebter Stelle«, schrie Torriani. »Wie ist die Straße?«

»Zum Kotzen! Frißt Gummi in der Hitze, als wäre es Kaviar. Hast du Lillian gesehen?«

»Ja. Sie ist auf der Tribüne.«

Torriani hielt Clerfayt einen Krug mit Zitronenlimonade an den Mund. Der Rennleiter kam heran. »Fertig?« rief er. »Los! Los!«

»Wir können nicht hexen«, schrie der Chefmonteur. »Räder wechseln in dreißig Sekunden kann nicht mal der Teufel!«

»Los! Macht schon!«

Das Benzin schoß in den Tank. »Clerfayt«, sagte der Rennleiter. »Duval liegt vor Ihnen. Hetzen Sie ihn! Hetzen Sie ihn, bis er kocht! Dann halten Sie ihn hinter sich. Mehr brauchen wir nicht. Wir halten die beiden Plätze vor ihm.«

»Los! Fertig!« schrie der Chefmonteur.

Der Wagen sauste ab. Vorsicht, dachte Clerfayt, nicht überdrehen! Die Tribünen waren etwas Buntes und Weißes und Blitzendes, dann war nur noch die Straße da, der grellblaue Himmel und der Punkt am Horizont, der Staub und Duval und sein Wagen werden mußte.

Die Strecke stieg an auf vierhundert Meter. Das Gebirgsmassiv der Madonie kam heran. Zitronenwälder, das Silberflirren der Olivenhaine, Kurven, Serpentinen, Haarnadelkurven, fliegender Schotter, der heiße Atem des Motors, ein Insekt, das wie ein Geschoß gegen die Brille prallte, Kaktushecken, auf- und absteigende Kehren, Felsen, Schutt, Kilometer hinter Kilometer, dann grau und braun die alte Festungsstadt Caltavuturo, Staub, mehr Staub, und plötzlich ein spinnenartiges Insekt: ein Wagen.

Clerfayt war schneller in den Kurven. Er kam langsam heran. Zehn Minuten später erkannte er den Wagen; es mußte Duval sein. Clerfayt hing hinter ihm, aber Duval gab die Straße nicht frei. Er blockierte Clerfayt bei jedem Versuch, ihn zu überholen. Es war ausgeschlossen, daß er ihn nicht gesehen hatte. Zweimal waren die Wagen in einer sehr engen Kurve so gefahren, daß die Fahrer einander ins Gesicht sehen konnten, Duval hinter und Clerfayt vor der Kurve. Duval behinderte Clerfayt absichtlich.

Die Wagen jagten dicht hintereinander her. Clerfayt lauerte im Staub, bis die Straße in weitem Bogen anstieg und die Fernsicht freigab. Er wußte, daß dort eine breite Kurve kam; Duval fuhr sie weit nach außen, um es Clerfayt unmöglich zu machen, ihn rechts zu überholen, und um sie von der Mitte zu schneiden. Clerfayt hatte damit gerechnet; er schnitt die Kurve scharf vor Duval, schoß innen an ihm vorbei, der Wagen rutschte, er fing ihn, der überraschte Duval wurde für eine Sekunde langsamer, und Clerfayt war vorbei. Der Staub war jetzt hinter ihm, er sah plötzlich den Ätna mit seiner hellen Rauchwolke majestätisch vor dem kochenden Himmel, und sie rasten weiter. Clerfayt voran, aufwärts nach Polizzi, dem höchsten Punkt der Strecke.

Es war dieses kurze Stück, der Moment des Passierens, nach Kilometern durch dichten Staub, und dann plötzlich der blaue Himmel, die reine Luft, die wie Wein gegen sein staubverkrustetes Gesicht schlug, die Hitze des rasenden Motors, die Sonne, der Vulkan in der Ferne, die Welt, die wieder da war, einfach, groß, still, unbeteiligt an Rennen und Menschen, und der prometheushafte Augenblick, als der Wagen die Höhe erreichte, die Clerfayt hochrissen und über sich selbst hinwegwarfen, so daß er an nichts mehr dachte, aber alles gleichzeitig war: der Wagen, den er in den Händen hielt, der Vulkan, dessen Trichter in die Hölle führte, und der Himmel aus blauem heißen Metall, gegen den er anstürmte. Sekunden später stürzte die Straße sich wieder von der Höhe hinab, in Kurven auf Kurven, der Wagen mit ihr, schaltend, schaltend, wer am besten schalten konnte, mußte hier gewinnen, hinunter ins Tal des Fiume Grande, gleich darauf wieder neunhundert Meter hinauf in eine Mondlandschaft, dann wieder herunter, wie in einer Riesenschaukel, bis bei Collesano die Palmen aufs neue begannen, die Agaven, die Blumen, das Grün und das Meer und bei Campo Felice die einzige gerade Strecke des Rennens, sieben Kilometer am Strand entlang.

Clerfayt dachte zum ersten Male wieder an Lillian, als er anhielt, um Reifen zu wechseln. Er sah die Tribünen verschwommen, wie einen bunten Blumenkasten; das Röhren des Motors schien zu ersterben, und in der Stille, die keine war, aber ihm so vorkam, hatte er das Gefühl, als wäre er vorher hochgeworfen worden aus dem Krater des Berges in einem Ausbruch und schwebe nun, ikarusgleich, mit weiten Asbest-Schwingen zur Erde hernieder, in die wartenden Arme eines endlosen Gefühls, das weiter als Liebe war und irgendwo auf der Tribüne sich personifiziert hatte in einer Frau, einem Namen und einem Mund.

»Los!« schrie der Rennleiter.

Der Wagen raste weiter; aber Clerfayt fuhr plötzlich nicht mehr allein. Wie der Schatten eines hochfliegenden Flamingos flog jetzt das Gefühl mit ihm, manchmal hinter ihm wie ein Wind und manchmal vor ihm wie eine durchsichtige Fahne, aber immer dicht bei ihm.

In der nächsten Runde fing der Wagen an zu tanzen. Clerfayt fing ihn ab, aber die Hinterräder rutschten ihm wieder weg, er steuerte dagegen, eine Kurve tauchte auf, besetzt von Menschen wie der Kuchen eines Landbäckers von Fliegen, der Wagen war immer noch ohne Kontrolle, er rutschte und schlug, Clerfayt schaltete auf der kurzen Strecke, die ihm noch blieb bis zur Kurve, er gab Gas, aber der Wagen riß seine Arme herum, er spürte einen Riß in der Schulter, die Kurve wuchs riesenhaft in den glänzenden Himmel, die Menschen verdreifachten sich, sie wuchsen auch, sie wurden zu Riesen, es schien unmöglich, ihnen auszuweichen, Schwärze stürzte vom Himmel, er biss in irgend etwas, jemand schien seinen Arm auszureißen, aber er hielt fest, heiße Lava schoß in die Schulter, in der stürzenden Landschaft war nur noch ein Stück Blau scharf, blendend, er hielt es mit den Augen, während der Wagen unter ihm bockte, und dann sah er die Öffnung, die einzige, in der es nicht von gigantischen zweibeinigen Fliegen krabbelte, er riß noch einmal das Steuer herum, trat auf den Gashebel und, – Wunder, der Wagen folgte ihm, schoß durch die Lücke, den Hang hinauf, fing sich zwischen Buschwerk und Steinen, der zerfetzte obere Teil des Hinterreifens knallte wie eine Peitsche, und der Wagen stand.

Er sah die Menschen auf sich zukommen. Sie waren auseinandergespritzt wie Wasser, in das ein Stein schlägt, – jetzt kamen sie schreiend, mit verzerrten Gesichtern zurück, die Arme ausgestreckt, die Fäuste schüttelnd, mit den offenen, schwarzen Löchern der Münder. Er wußte nicht, ob sie ihn töten oder ihm gratulieren wollten, es war ihm im Augenblick auch egal, nur das eine war nicht egal: Sie durften den Wagen nicht berühren, ihm nicht helfen, sonst war er disqualifiziert. »Weg! Nicht anfassen!« schrie er, stand auf, spürte wieder den Schmerz, fühlte Wärme, sah Blut, das aus der Nase auf seinen blauen Overall tropfte, konnte nur einen Arm heben, drohte, wehrte ab: »Nicht anfassen! Nicht helfen!«, taumelte aus dem Wagen, stand vor dem Kühler: »Nicht helfen! Verboten!«

Sie blieben stehen. Sie sahen, daß er gehen konnte. Das Blut war ungefährlich; er war nur mit dem Gesicht aufgeschlagen. Er rannte um den Wagen. Er sah den Reifen an. Der äußere Teil hatte sich gelöst. Er fluchte. So etwas bei einem neuen Reifen! Rasch zerschnitt er den Gummistreifen und riß ihn herunter, dann fühlte er den Reifen ab. Er hatte noch Luft, etwas zu wenig, schien ihm aber genug, um die Stöße der Straße aufzufangen, wenn er nicht zu schnell in die Kurven ging. Die Schulter war nicht gebrochen, der Arm war nur verstaucht. Er mußte versuchen, mit dem rechten Arm weiterzufahren. Er mußte das Depot erreichen; dort war Torriani, um ihn abzulösen, und dort waren die Monteure und ein Arzt.

»Weg von der Straße!« schrie er. »Wagen kommen!«

Er brauchte nichts mehr zu sagen. Das Singen des nächsten Wagens kam hinter den Hängen heran, steigerte sich, die Menschen krochen den Abhang hinauf, das Heulen füllte die Welt aus, die Reifen schrien, der Wagen schoß wie ein Projektil niedrig, eine Staubbombe, um die Kurve.

Clerfayt saß wieder in seinem Wagen. Das Geheul des anderen Wagens war besser als jede Spritze gewesen. »Weg!« schrie er. »Ich komme!«

Der Wagen glitt rückwärts, der Motor sprang an, als er das Steuer herumriss und den Wagen nach vorn lenkte. Er kuppelte aus, schaltete, griff wieder ins Steuerrad, kam auf die Straße, hielt fest, fuhr langsam, dachte nur das eine: Der Wagen muß zum Depot kommen, es ist nicht mehr weit, bis die gerade Strecke beginnt, von da an kann ich ihn halten, es sind nicht mehr viele Kurven.

Der nächste Wagen brüllte heran, hinter ihm. Clerfayt hielt die Straße, solange er konnte. Er biss die Zähne zusammen, er wußte, daß er den andern behinderte, er wußte, daß es verboten war, daß es unanständig war, aber er konnte sich nicht helfen, er hielt die Mitte der Straße, bis der Wagen hinter ihm rechts in der Kurve überholte. Der Fahrer, staubweiß hinter der Brille, hob die Hand, als er vorbei war. Er hatte Clerfayts blutiges Gesicht und den Reifen gesehen. Einen Augenblick spürte Clerfayt eine Welle von Kameradschaft; dann hörte er den nächsten

Wagen hinter sich, und die Kameradschaft verwandelte sich in Wut, in eine Wut, die die schlimmste von allen war: ohne Grund und hilflos.

Das kommt davon, dachte etwas in ihm, ich hätte aufpassen sollen, anstatt zu träumen! Autofahren ist nur für Dilettanten eine romantische Angelegenheit, es gibt nur den Wagen und den Fahrer, und alles Dritte dazwischen ist Gefahr, oder es bringt Gefahr – zur Hölle mit allen Flamingos, zum Teufel mit allen Gefühlen, ich hätte den Wagen halten können, ich hätte die Kurven weicher schneiden sollen, ich hätte die Reifen schonen müssen, jetzt ist es zu spät, ich verliere zu viel Zeit, da ist schon wieder so ein verdammter Kasten, der mich überholt, und da kommt auch der nächste, die gerade Strecke ist mein Feind, sie schwärmen wie Hornissen, und ich muß sie vorbeilassen, zum Teufel mit Lillian, was hat sie hier zu tun, und zum Teufel mit mir, was habe ich mit ihr zu tun?

Lillian saß auf der Tribüne. Sie spürte die Hypnose der eng zusammengepressten Menschenreihen und versuchte sich dagegen zu wehren; aber es war unmöglich, sich ihr zu entziehen. Der Lärm der vielen Motoren war betäubend wie eine tausendfache Anästhesie, die von den Ohren her das Gehirn gleichzeitig lähmte und gleichschaltete und es dem Massenfieber preisgab.

Nach einiger Zeit gewöhnte sie sich, und plötzlich kam ein Rückschlag. Der Lärm schien sich von dem zu trennen, was unten vorging. Er hing selbständig über der Landschaft, während unter ihm die kleinen bunten Wagen vorüberhuschten. Es war wie ein Kinderspiel; kleine Menschen in weißen und farbigen Overalls rollten Räder und Wagenheber umher, Rennleiter hielten Flaggen und Schilder wie Biskuits hoch, und dazwischen kam die künstliche Stimme des Ansagers aus dem Lautsprecher, die Zeiten in Minuten und Sekunden angab, die erst allmählich einen Sinn bekamen. Ein Pferderennen war ähnlich; ein Stierkampf auch – die Gefahr wurde durch die Freiwilligkeit zum Spiel und zum Spielzeug, dem man den Ernst nicht recht glaubte, wenn man nicht unmittelbar dabei war.

Lillian fühlte, wie etwas in ihr gegen diesen flachen Rausch protestierte. Sie war selbst zu lange und zu nahe am Tode gewesen, als daß ihr dieses Spiel mit ihm nicht frivol vorkommen mußte. Es schien ihr ähnlich, als wenn Kinder auf der Straße versuchten, vor heranfahrenden Autos noch rasch zur andern Seite hinüberzulaufen. Daß Hühner es taten und dabei umkamen, wußte sie; daß Menschen es taten, war nicht bewundernswert. Leben war etwas zu Großes, und auch der Tod war etwas zu Großes – man spielte nicht damit. Mut zu haben war etwas anderes, als keine Angst zu haben; das eine war Bewußtsein der Gefahr, das andere Unkenntnis.

»Clerfayt!« sagte jemand neben ihr. »Wo ist er?«

Sie schreckte auf. »Was ist mit ihm?«

»Er sollte längst vorbeigekommen sein.«

Die Menschen auf der Tribüne wurden unruhig. Lillian sah Torriani, der zu ihr hinüberblickte, winkte, dann auf die Strecke zeigte und wieder zu ihr zurückblickte und winkte, sie möge ruhig sein, nichts sei passiert. Das erschreckte sie mehr als alles andere. Er ist gestürzt, dachte sie und saß sehr still. Das Schicksal hatte zugeschlagen.

Während sie es nicht ahnte, irgendwo in einer der vielen Kurven dieser verdammten Strecke. Die Sekunden wurden bleiern, die Minuten Stunden. Das Karussell auf dem weißen Band existierte nur noch wie ein böser Traum, die Brust wurde eine schwarze Höhle, hohl vom Warten. Dann kam die mechanische Stimme des Lautsprechers: »Der Wagen Clerfayts, Nummer zwölf, ist aus der Kurve getragen worden. Wir haben noch keine weiteren Nachrichten.«

Lillian hob langsam den Kopf. Alles war noch da wie vorher – der Himmel, die blaue Helligkeit, das Terrassenbouquet der Kleider, die weiße Lava des bestürzenden sizilianischen Frühlings, – aber irgendwo war jetzt ein Punkt ohne Farbe, ein Nebel, in dem Clerfayt kämpfte oder schon erstickt war. Die Unglaublichkeit des Sterbens griff plötzlich wieder mit nassen Händen nach ihr, die Atemlosigkeit, der die Stille folgte, die nie zu begreifen war; das Nicht-Dasein. Sie blickte langsam an sich herunter und um sich. War sie allein befleckt mit dem unsichtbaren Aussatz dieses Wissens? Spürte sie allein es so, als zerfielen alle Zellen in ihr, als wären alle ohne Atem, und jede einzelne ersticke in ihrem einzelnen Tod? Sie sah die Gesichter an. Sie sah nichts auf ihnen als die Gier der Sensation, die Gier, die den Tod als Reiz genoß, nicht offen, sondern versteckt, umwickelt von falschem Bedauern, von falschem Schreck und von der Genugtuung, nicht selbst getroffen worden zu sein, die Gier, die das gleichgültige Lebensgefühl einen Augenblick lang aufpeitschte wie eine Spritze Digitalis ein phlegmatisches Herz.

»Clerfayt lebt«, erklärte der Ansager. »Er ist nicht

ernsthaft verletzt. Er hat den Wagen selbst auf die Strecke zurückgebracht. Er fährt. Er ist wieder im Rennen.«

Lillian hörte das Raunen, das über die Tribünen ging. Sie sah, wie die Gesichter sich änderten. Erleichterung war jetzt in ihnen, Enttäuschung und Bewunderung. Jemand war entkommen, hatte Courage gezeigt, er war nicht niedergebrochen, er fuhr weiter. Jeder auf der Tribüne fühlte plötzlich in sich dieselbe Courage, als sei er es, der weiterführe, und für ein paar Minuten kam sich selbst der wieselhafteste Gigolo als Held vor, der soigniertestе Pantoffelheld als kühner Todesverächter. Sensationsgier, der Begleiter jeder Gefahr, bei der man selbst nicht in Gefahr ist, schoß aus tausend Nebennieren Adrenalin in das Blut der Zuschauer. Das war es, wofür man sein Eintrittsgeld bezahlt hatte!

Lillian fühlte einen raschen Zorn wie einen flimmernden Vorhang vor ihren Augen. Sie hasste plötzlich die Menschen um sich herum, sie hasste jeden einzelnen, sie hasste die Männer, die ihre Schultern reckten, und die Frauen, die ihren Reiz in verhängten Blicken preisgaben, sie hasste die Welle von Sympathie, die sich jetzt ausbreitete, die Generosität der Masse, der das Opfer entgangen war und die nun umschaltete auf Bewunderung, und dann hasste sie Clerfayt und wußte, daß es nur eine Reaktion auf ihre Angst war, und sie hasste ihn trotzdem, weil er dieses kindische Spiel um den Tod mitspielte.

Zum ersten Mal, seit sie das Sanatorium verlassen hatte, dachte sie an Wolkow. Dann sah sie unten Clerfayt herankommen. Sie sah sein blutiges Gesicht, und sie sah, wie er ausstieg.

Die Monteure kontrollierten den Wagen. Sie wechselten die Reifen, Torriani stand neben Clerfayt. »Dieser verdammte Reifen!« sagte Clerfayt. »Ich bin mit der Schnauze aufgeschlagen und habe meinen Arm verstaucht. Der Wagen ist in Ordnung. Du mußt weiterfahren.«

»Klar!« rief der Rennleiter. »Los, Torriani!«

Torriani sprang in den Wagen. »Fertig!« schrie der erste Monteur. Der Wagen schoß davon.

»Was ist los mit dem Arm?« fragte der Rennleiter Clerfayt. »Gebrochen?«

»Nein. Verstaucht oder so was. In der Schulter.«

Der Arzt kam. Clerfayt spürte einen wahnsinnigen Schmerz. Er setzte sich auf eine Kiste. »Aus?« fragte er. »Ich hoffe, Torriani kann durchhalten.«

»Sie können nicht weiterfahren«, sagte der Arzt.

»Leukoplast«, erwiderte der Rennleiter. »Breite Streifen um die Schulter. Kleben Sie ihn zu, für alle Fälle.«

Der Arzt schüttelte den Kopf. »Das nützt nicht viel. Er wird es schon merken, sollte er wieder fahren.«

Der Rennleiter lachte. »Er hat sich voriges Jahr beide Fußsohlen verbrannt. Ist trotzdem weitergefahren. Und ich meine: verbrannt, – nicht angesengt.«

Clerfayt hockte auf seiner Kiste. Er fühlte sich schlapp und leer. Der Arzt überklebte seine Schulter fest mit Bandagen. Ich hätte aufpassen sollen, dachte Clerfayt. Schneller als man selbst zu sein heißt noch nicht, Gott zu sein. Es ist nicht wahr, daß nur der Mensch Hilfsmittel mit seinem Gehirn erfinden kann, die ihn schneller machen als seine natürliche Geschwindigkeit. Ist nicht auch die Laus schneller als sie selbst, wenn sie im Gefieder des Adlers sitzt?

»Was ist passiert?« fragte der Rennleiter.

»Der verfluchte Reifen! Aus der Kurve gerutscht. Einen kleinen Baum mitgenommen. Schlag mit dem Steuerrad. Zum Kotzen!«

»Zum Kotzen wäre es, wenn Bremsen, Motor und Steuerung kaputt wären! Die Mühle fährt noch. Wer weiß, wer noch alles ausfällt! Das Rennen ist noch lange nicht zu Ende! Dies ist Torrianis erste Targa. Hoffentlich schafft er es!«

Clerfayt starrte auf die Metallteile, die die Monteure abgezwickt hatten. Ich bin zu alt, dachte er. Was habe ich hier zu suchen? Aber was sonst kann ich tun?

»Da ist er!« brüllte der Rennleiter, das Fernglas vor den Augen. »Hölle und Himmel, da ist der Teufelsjunge! Aber er wird es niemals schaffen. Wir liegen zu weit zurück.«

»Wer von uns ist noch im Rennen?«

»Das ist das Verfluchte! Nur noch Weber. An fünfter Stelle.«

Torriani raste vorbei. Er winkte und verschwand. Der Rennleiter vollführte einen Indianertanz. »Duval ist ausgefallen! Und Torriani hat vier Minuten aufgeholt! Vier Minuten! Heilige Mutter Gottes, schütze ihn!«

Er sah aus, als wolle er beten. Torriani holte weiter auf. »Auf der verbeulten Kaffeemühle!« schrie der Rennleiter. »Ich küsse das Goldkerlchen. Er hat einen Rundenrekord gefahren! Heiliger Antonius, schütze ihn!«

Torriani holte Runden auf. Clerfayt wollte ihm die Freude gönnen, aber er fühlte, wie er bitter wurde. Sechzehn Jahre Unterschied im Alter machten sich bemerkbar. Er wußte, daß das nicht immer stimmte. Caracciola hatte mit einer gebrochenen Hüfte und höllischen Schmerzen Rennen über viel jüngere Fahrer und Meisterschaften gewonnen, Nuvolari und Lang hatten nach dem Kriege gefahren, als wären sie zehn Jahre jünger, – aber einmal mußte jeder abtreten, und er wußte, seine Zeit war auch nahe.

»Valente hat festgefressene Kolben! Mond bleibt zurück. Weber liegt an dritter Stelle!« schrie der Rennleiter. »Können Sie Torriani ablösen, wenn was passiert, Clerfayt?«

Clerfayt sah den Zweifel im Blick des Rennleiters. Noch fragen sie mich, dachte er. Bald werden sie nicht mehr fragen. »Lassen Sie ihn weiterfahren«, sagte er. »Solange er kann. Er ist jung, er kann es aushalten.«

»Er ist zu nervös.«

»Er fährt großartig.«

Der Rennleiter nickte. »Es wäre ohnehin Selbstmord für Sie, mit Ihrer Schulter, in den Kurven«, sagte er, unaufrichtig.

»Es wäre kein Selbstmord. Ich müßte nur langsamer fahren.«

»Heilige Mutter Gottes!« betete der Rennleiter weiter. »Laß Torellis Bremsen festfressen! Nicht, daß er stürzt, aber so, daß er nicht weiterfahren kann. Schütze Weber und Torriani! Gib Bordoni ein Loch in den Tank!« Er wurde bei jedem Rennen in seiner Weise fromm; im Augenblick, wenn es zu Ende war, begann er erleichtert wieder zu fluchen.

Eine Runde vor Schluß rollte der Wagen Torrianis vor das Depot. Torriani hing über dem Steuerrad. »Was ist los?« brüllte der Rennleiter. »Können Sie nicht weiterfahren? Was ist los? Hebt ihn raus! Clerfayt! Heilige, gelobte Madonna, Mutter der Schmerzen – er hat einen Hitzschlag! Unglaublich! So heiß ist es doch gar nicht! Im Frühjahr! Können Sie nicht weiterfahren? Der Wagen –«

Die Monteure arbeiteten schon. »Clerfayt!« betete der Rennleiter. »Bringen Sie nur den Wagen zurück! Weber liegt als dritter vorne, es macht nichts, selbst wenn wir ein paar Minuten verlieren! Sie werden immer noch vierter. Rein in die Kiste! Himmel, Herrgott, was für ein Rennen!«

Clerfayt saß schon im Wagen. Torriani war zusammengefallen. »Nur den Wagen zurück!« betete der Rennleiter. »Bringen Sie nur den Wagen zurück! Und den vierten Preis! Weber natürlich den dritten! Oder den zweiten. Und noch ein kleines Loch in Bordonis Tank! Dazu, in deiner Güte, Heilige Jungfrau, ein paar defekte Reifen für die übrige Konkurrenz! Das süße Blut Jesu –«

Eine Runde, dachte Clerfayt. Sie geht vorüber. Man kann den Schmerz ertragen. Er ist geringer, als in einem Konzentrationslager am Kreuze zu hängen. Ich habe einen Jungen gesehen, dem vom SD in Berlin die gesunden Zähne bis in die Wurzeln aufgebohrt worden waren, damit er Freunde verraten sollte. Er hatte sie nicht verraten. Weber liegt vorne. Es ist egal, was ich mache. Es ist nicht egal! Wie sich das dreht! Die Karre ist doch kein Flugzeug! Herunter mit dem verdammten Gashebel! Angst ist schon der halbe Unfall!

Die mechanische Stimme des Ansagers dröhnte: »Clerfayt ist wieder im Rennen. Torriani ist ausgefallen!«

Lillian sah den Wagen vorüberschießen. Sie sah die

bandagierte Schulter. Dieser Narr! dachte sie. Dieses Kind, das nie aufgewachsen ist. Leichtsinn ist nicht Mut. Er wird wieder stürzen! Was wissen sie alle vom Tode, diese leichtfertigen Gesunden? Die oben wissen es, die jeden Atemzug wie eine Belohnung erkämpfen müssen!

Eine Hand neben ihr schob eine Visitenkarte in die ihre. Sie warf sie weg und stand auf. Sie wollte fortgehen. Hundert Augen richteten sich auf sie. Es war, als folgten ihr hundert leere Linsen, die die Sonne reflektierten. Sie folgten ihr aufmerksam. Leere Augen, dachte sie. Augen, die sehen und nicht sehen. War es nicht immer so? Wo nicht? Sie dachte wieder an das Sanatorium im Schnee. Dort war es anders gewesen. Dort waren wissende Augen gewesen.

Sie ging die Treppe der Tribüne hinunter. Was tue ich hier, unter diesen fremden Menschen? dachte sie und blieb stehen, als hätte ein starker Windstoß sie getroffen. Ja, was tue ich hier? dachte sie. Ich wollte hierher zurück; aber kann man zurück? Ich wollte mit aller Kraft meines Herzens zurück; aber gehöre ich jetzt dazu? Bin ich geworden wie die andern hier? Sie sah sich um. Nein, dachte sie, ich gehöre nicht dazu! Man konnte nicht zurück in die Wärme der Ahnungslosigkeit. Man konnte nichts ungeschehen machen. Das dunkle Geheimnis, das sie kannte und das die andern zu ignorieren schienen, ließ sich nicht vergessen. Es blieb mit ihr, wohin sie auch floh. Ihr war, als fiele jäh die bunte und goldene Dekoration eines Theaterstückes zusammen, und sie könne das kahle Gerüst dahinter sehen. Es war keine Ernüchterung; nur ein Moment großer Klarsicht: Sie konnte nicht zurück, und es gab keine Hilfe von außen. Dafür aber, das fühlte sie im selben Augenblick, sprang die eine, letzte Fontäne, die ihr geblieben war, um so höher, ihre Kraft wurde nicht mehr auf ein Dutzend Brunnen verteilt, sondern nur noch auf einen, um so zu versuchen, die Wolken und Gott zu erreichen. Sie würde sie nie erreichen, – aber war nicht der Versuch auch schon genug, und das Zurücksinken des tanzenden Wassers zu sich selbst bereits auch eine Erfüllung? Zu sich selbst, dachte sie. Wie weit man floh, und wie hoch man zielen mußte, um dahin zu gelangen!

Ihr war plötzlich, als sei eine anonyme Last von ihr genommen worden. Etwas wie eine dumpfe, überlebte Verantwortung sank von ihren Schultern auf die Holztreppen der Tribüne hinunter, und sie stieg darüber hinaus wie über ein altes Kleid. Wenn auch die Dekorationen des Theaterstückes gefallen waren: das Gerüst war geblieben, und wer seine Kahlheit nicht fürchtete, der war unabhängig und konnte mit und vor ihm spielen, wie er wollte, und wie es seiner Angst oder seiner Kühnheit entsprach. Er konnte seine eigene Einsamkeit in tausend Variationen daran aufziehen, sogar in der Liebe – das Stück hörte nie auf. Es verwandelte sich nur. Man wurde sein einziger Schauspieler und Zuschauer zugleich.

Der Beifall der Menge knatterte wie eine Maschinengewehrsalve um sie her. Die Fahrer kamen zurück. Klein und bunt schossen sie durchs Ziel. Lillian blieb auf der Treppe stehen, bis sie Clerfayts Wagen sah. Dann stieg sie langsam, umraucht von fremdem Beifall, die Treppen hinunter, in die Kühle einer neuen, kostbaren Erkenntnis, die ebensogut den Namen Freiheit wie Einsamkeit tragen konnte, und in die Wärme einer Liebe, in der bereits das

Wort Verlassen rauschte, und beide kamen ihr entgegen wie eine Sommernacht, in der Fontänen sprangen.

Clerfayt hatte das Blut abgewischt, aber seine Lippen tropften noch. »Ich kann dich nicht küssen«, sagte er. »Hast du Angst gehabt?«

»Nein. Aber du solltest nicht mehr fahren.«

»Natürlich nicht«, erwiderte Clerfayt geduldig. Er kannte diese Reaktion. »War ich so schlecht?« fragte er und verzog vorsichtig das Gesicht.

»Er war großartig«, sagte Torriani, der mit käsigem Gesicht auf einer Kiste saß und Kognak trank.

Lillian blickte ihn feindselig an. »Es ist vorbei«, sagte Clerfayt. »Denk nicht mehr daran, Lillian. Es war nicht gefährlich. Es sah nur so aus.«

»Du solltest nicht fahren«, wiederholte sie.

»Gut. Morgen zerreißen wir den Kontrakt. Zufrieden?«

Torriani lachte. »Und übermorgen kleben wir ihn wieder zusammen.«

Der Rennleiter Gabrielli kam vorbei, und die Monteure schoben die Wagen herein. Es stank nach verbranntem Öl und Benzin. »Kommen Sie heute abend, Clerfayt?« fragte Gabrielli.

Clerfayt nickte. »Wir sind hier im Wege, Lillian«, sagte er dann. »Laß uns aus diesem schmutzigen Stall ausbrechen.« Er sah ihr Gesicht. Es hatte noch immer den sonderbaren Ernst wie vorher. »Was ist los?« fragte er. »Willst du wirklich, daß ich nicht mehr fahre?«

»Ja.«

»Warum?«

Sie zögerte. »Ich weiß nicht, wie ich es sagen soll, – aber es ist, irgendwie – tief unmoralisch.«

»Großer Gott!« sagte Torriani.

»Sei ruhig, Alfredo«, erwiderte Clerfayt.

»Es klingt albern, ich weiß es«, sagte Lillian. »Ich meine es auch nicht so. Vor ein paar Minuten wußte ich es noch ganz klar; jetzt nicht mehr.«

Torriani nahm einen großen Schluck. »Rennfahrer sind nach dem Rennen so empfindlich wie Krebse nach dem Häuten. Geben Sie uns keinen Komplex.«

Clerfayt lachte. »Du meinst, man solle Gott nicht versuchen, Lillian?«

Sie nickte. »Nur wenn gar nichts anderes übrigbleibt. Nicht aus Frivolität.«

»Großer Gott!« wiederholte Torriani. »Frivolität!« Er stand auf und ging zu Gabrielli hinüber.

»Ich rede Unsinn«, sagte Lillian verzweifelt zu Clerfayt. »Hör nicht auf mich!«

»Du redest keinen Unsinn. Du bist nur überraschend.«

»Warum?«

Er blieb stehen. »Frage ich dich je, ins Sanatorium zurückzugehen?« sagte er ruhig.

Sie blickte ihn an. Sie hatte bis jetzt geglaubt, er wüsste nichts oder hätte angenommen, daß ihr nicht viel fehle. »Ich brauche nicht ins Sanatorium zurück«, erwiderte sie rasch.

»Das weiß ich. Aber habe ich dich je gefragt?«

Sie hörte die Ironie. »Ich sollte nicht reden, wie?«

»Doch«, sagte er. »Immer.«

Sie lachte. »Ich liebe dich sehr, Clerfayt. Sind alle Frauen nach dem Rennen so albern wie ich?«

»Das habe ich vergessen. Ist das ein Kleid von Balenciaga?«

»Das habe ich auch vergessen.«

Er befühlte seine Backenknochen und seine Schulter. »Ich werde heute abend ein Gesicht wie ein bunter Pudding haben und eine geschwollene Schulter. Wollen wir zu Levalli hinausfahren, solange ich noch steuern kann?«

»Mußt du nicht zu deinem Rennleiter?«

»Nein. Da ist nur eine Siegesfeier im Hotel.«

»Feierst du nicht gern Siege?«

»Jeder gewonnene Sieg ist einer weniger. Einer weniger zu gewinnen«, sagte er. Sein Gesicht begann bereits zu schwellen. »Wirst du mir heute abend nasse Umschläge auf das Gesicht machen und mir dazu ein Kapitel aus der Kritik der reinen Vernunft vorlesen?«

»Ja«, sagte Lillian. »Und irgendwann möchte ich nach Venedig fahren.«

»Warum?«

»Es hat keine Berge und keine Automobile.«

XIV

Sie blieben noch zwei Wochen in Sizilien. Clerfayt heilte seine Schulter aus. Sie lebten in Levallis verwildertem Garten und am Meer. Die Villa war eine Kabine, die über dem Meer und über der Zeit hing, die darunter ohne Anfang und ohne Ende hinwegrauschten.

Clerfayt hatte noch ein paar Wochen bis zum nächsten Rennen. »Wollen wir hier bleiben?« fragte er. »Oder wollen wir zurück?«

»Wohin?«

»Nach Paris. Oder irgendwohin. Wenn man nirgendwo zu Hause ist, kann man überallhin fahren. Hier wird es jetzt heiß.«

»Ist der Frühling schon vorbei?«

»Hier unten ja. Aber wir können Giuseppe nehmen und ihm nachfahren. In Rom fängt er jetzt erst an.«

»Und wenn er dort vorbei ist?«

Clerfayt lachte. »Dann fahren wir ihm weiter nach, wenn du willst. Er fängt dann in der Lombardei an den Seen an. Wir können ihm folgen in die Schweiz, den Rhein hinunter, bis wir ihn in allen Farben in den Tulpenfeldern von Holland vor dem Meer liegen sehen. Das ist dann, als stände die Zeit still.«

»Hast du das schon einmal getan?«

»Ja, vor hundert Jahren. Vor dem Kriege.«

»Mit einer Frau?«

»Ja, aber es war anders.«

»Es ist sicher immer anders. Auch mit derselben Frau. Ich bin nicht eifersüchtig.«

»Ich wollte, du wärest es.«

»Ich fände es schrecklich, wenn du nichts erlebt hättest und mir erzählen würdest, ich wäre die erste Frau in deinem Leben.«

»Du bist es.«

»Ich bin es nicht; aber wenn du meinetwegen für einige Zeit die Namen der andern vergessen hast, ist das genug.«

»Wollen wir fahren?«

Lillian schüttelte den Kopf. »Noch nicht. Ich will mir nicht vormachen, daß die Zeit stillstehe. Ich will sie fühlen und mich nicht betrügen. Sie stand still in den Wintern des Sanatoriums; aber ich stand nicht still. Ich wurde an ihr entlanggerissen wie an einer Eiswand, hin und her.«

»Stehst du jetzt still?«

Sie küßte ihn. »Ich drehe mich im Kreise. Für eine Weile. Wie ein Tänzer.«

Dann wurde sie ungeduldig und wollte fort. Von einem Tage zum andern schien es ihr, als sei sie Monate in Sizilien gewesen. Es waren auch Monate, dachte sie – Monate für sie. Sie hatte eine eigene Zeitrechnung. Zwischen Tag und Tag lag für sie jedes Mal die Nacht wie eine Schlucht von Wochen und das einsame Erwachen. Sie ließ Clerfayt nie die ganze Nacht bei sich bleiben. Sie achtete darauf, daß er morgens nicht da war, wenn sie erwachte. Er hielt es für eine Laune; aber sie wollte nicht, daß er sie husten hörte.

Sie flog nach Rom, um von da weiterzufliegen. Clerfayt fuhr mit Torriani den Wagen zurück. Sie wollten sich in Paris wiedertreffen.

Sie wanderte einen Nachmittag unter den Ruinen Roms herum. Am nächsten Tag saß sie vor den Cafés an der Via Veneto. Sie hätte abends weiterfliegen sollen, aber sie zögerte. Eine Schwermut ohne Grund hatte sie plötzlich ergriffen, ein Gefühl von großer Süße, ohne andere Trauer als vielleicht die eine, letzte, die silbern und grau am Horizont jedes Lebens steht, das nicht vollzogen wird wie das eines Buchhalters. Sie blieb die Nacht über im Hotel und ging erst am nächsten Vormittag zum Büro der Fluglinie. Dort sah sie im Schaufenster ein Plakat von Venedig, und ihr fiel wieder ein, was sie bei Levalli zu Clerfayt gesagt hatte; ohne weiter nachzudenken trat sie ein und ließ ihr Billett nach Venedig umschreiben. Ihr schien, sie müsse hinfahren, bevor sie nach Paris zurückkehrte. Sie wollte sich über irgendetwas klarwerden, sie wußte noch nicht genau über was; aber sie mußte es tun, ehe sie Clerfayt wiedersah.

»Wann geht das Flugzeug?« fragte sie.

»In zwei Stunden.«

Sie ging zum Hotel zurück und packte. Sie nahm an, daß Clerfayt bereits in Paris sei, aber sie zögerte, ihm zu telefonieren oder zu schreiben, daß sie noch nicht käme. Sie konnte das von Venedig aus tun, dachte sie und wußte, daß sie es nicht tun würde. Sie wollte ein paar Tage allein sein, spürte sie, allein und unerreichbar, unbeeinflussbar, bevor sie zurückkehrte. Zurückkehrte? dachte sie. Wohin? War sie nicht abgeflogen, und flog sie nicht immer noch wie einer der Vögel der Sage, die ohne Füße geboren werden und fliegen müssen, bis sie sterben? Aber hatte sie das nicht gewollt? Und wollte sie sich jetzt nicht darüber klarwerden, ob sie nicht auch Clerfayt verlassen sollte?

Das Flugzeug senkte sich in den rosigen späten Nachmittag der Lagune. Lillian bekam ein Eckzimmer im Hotel Danieli. Der Aufzugführer erklärte ihr beim Hinauffahren, daß dies das Hotel der stürmischen Romanze zwischen der alternden George Sand und dem jungen Alfred de Musset sei.

»Und was geschah? Mit wem hat er sie betrogen?«

»Mit niemand, Mademoiselle. Er war verzweifelt. Madame Sand hat ihn betrogen.« Der Aufzugführer lächelte. »Mit einem italienischen Arzt. Monsieur de Musset war ein Poet.«

Lillian sah den Funken von Ironie und Amüsement im Auge des Mannes. Wahrscheinlich hat sie sich selbst betrogen, dachte sie, und liebte den einen, während sie bei dem anderen war.

Der Aufzugführer öffnete die Tür. »Sie hat ihn verlassen«, erklärte er. »Sie ist abgereist, ohne es ihm zu sagen.«

Sie wie ich, dachte Lillian. Will ich mich etwa auch selbst betrügen?

Sie trat in ihr Zimmer und blieb stehen. Der Raum war mit dem schwebenden rosafarbenen Licht des Abends gefüllt, das es nur in Venedig gibt. Sie ging zum Fenster und blickte hinaus. Das Wasser war blau und still, aber es hob und senkte die Reihen der Gondeln, wenn ein Vaporetto vor San Zacearia heranrauschte und hielt. Die ersten Lichter blinkten auf, sehr weiß und verloren in all dem Rosa und Blau, bis auf die orangefarbenen Warnungslichter die Untiefen entlang, die sich wie eine leuchtende Kette zärtlich um den Nacken von San Giorgio Maggiore legten. Diese Stadt war am weitesten von allen Bergen fort, dachte Lillian. Weiter konnte man nicht entfliehen. Nichts zermalmte hier; alles streichelte. Und alles war fremd und zauberhaft. Niemand kennt mich hier, dachte sie. Und niemand weiß, daß ich hier bin! Sie empfand diese Anonymität wie ein sonderbares, stürmisches Glück, das Glück, einem Glück entkommen zu sein, auf kurze Zeit oder für immer.

Es verstärkte sich, als sie über die Piazza ging. Etwas vom Abenteuer jeden Anfangs war darin. Sie hatte kein Ziel; sie ließ sich treiben und landete im unteren Restaurant von Quadri, weil sie es charmant fand, daß ein kleiner Eß-Salon mit Wandmalereien nach Szenen aus dem achtzehnten Jahrhundert und goldenen Appliken sich einfach nach der Straße zu öffnete. Sie aß Scampis und trank einen leichten weißen Wein. Neben ihr an den Wänden tanzten Masken. Sie fühlte sich ähnlich, entkommen, versteckt in einer unsichtbaren Maske, in demselben sanften Rausch verantwortungsloser Freiheit, den jede Maske gab. Tausend Anfänge lagen vor ihr in der rosa Dämmerung, so wie die tausend Gassen dieser Stadt, die die Masken liebte. Wohin führten sie? Zu unbekannten, ungenannten neuen Entdeckungen oder nur zu reizvollen, ermüdenden Wiederholungen, aus denen man mit dem Katzenjammer hervorkam, das Kostbarste daran verschwendet zu haben, was es gab: Zeit? Man muß sie verschwenden, dachte Lillian, gedankenlos, trotz allem, oder man ist wie der Mann im Märchen, der so viel wollte für sein Goldstück, daß er sich nicht entscheiden konnte, was, und darüber starb.

»Wohin kann ich heute abend gehen?« fragte sie den Kellner.

»Heute abend? Vielleicht ins Theater, Signora.«

»Gibt es da noch Plätze?«

»Wahrscheinlich. Im Theater gibt es immer noch Plätze.«

»Wie kommt man zum Theater?«

Der Kellner begann ihr den Weg zu beschreiben. »Kann man keine Gondel nehmen?« fragte sie.

»Auch das. Früher hat man es immer getan. Jetzt nicht mehr. Das Theater hat zwei Eingänge. Es ist nicht weit zu gehen.«

Lillian nahm eine Gondel beim Palazzo Ducale. Der Kellner hatte recht gehabt, außer ihr kam nur noch eine zweite Gondel an. Ein älteres amerikanisches Liebespaar saß darin und photographierte mit Blitzlicht. Es photographierte auch Lillians Gondel. »Eine Frau sollte in Venedig nicht allein sein«, sagte der Gondoliere, während er ihr beim Aussteigen half. »Eine junge Frau noch weniger. Eine schöne nie.«

Lillian sah ihn an. Er war alt und wirkte nicht, als wolle er sich selbst als Medizin anpreisen. »Kann man hier je allein sein?« sagte sie und sah in den roten Abend über den Dächern.

»Hier mehr als irgendwo anders, Signora. Wenn man nicht hier geboren ist, natürlich.«

Lillian kam gerade zurecht, als der Vorhang aufging. Ein Lustspiel aus dem achtzehnten Jahrhundert wurde gespielt. Sie sah sich im Theater um, das vom Licht der Bühne und der Soffitten gedämpft erleuchtet war. Es war das schönste Theater der Welt, und es mußte vor der Einführung des elektrischen Lichtes, mit seinen vielen Kerzen und den bemalten Rängen zauberhaft gewesen sein. Es war es noch immer.

Sie blickte auf die Bühne. Sie verstand nicht viel Italienisch und gab es bald auf, zuzuhören. Das merkwürdige Gefühl von Einsamkeit und Schwermut, das sie schon in Rom gehabt hatte, ergriff sie wieder. Hatte der Gondoliere recht? Oder kam es daher, daß sie es auf eine so nachdrückliche Weise symbolisch fand, daß man irgendwo ankam, einem Spiel lauschte, von dem man nichts verstand, und es verlassen mußte, wenn man gerade begann, etwas zu ahnen? Es war nichts Ernstes, was auf der Bühne vor sich ging, das konnte man sehen, – eine Komödie, Verführung, Täuschung, etwas grausamer Spaß über einen Dummkopf, und Lillian wußte nicht, was sich in ihr deswegen so rührte, daß es zu einem eigentümlichen Schluchzen wurde und sie das Taschentuch an die Lippen nehmen mußte. Erst als es noch einmal wiederkam und sie die dunklen Flecken in ihrem Taschentuch sah, wußte sie es.

Sie blieb einen Augenblick sitzen und versuchte, es zu unterdrücken; aber das Blut kam wieder. Sie mußte hinausgehen, aber sie wußte nicht, ob sie es allein konnte.

Sie bat den Mann neben sich auf französisch, sie hinauszuführen. Er schüttelte unwillig den Kopf, ohne sie anzusehen. Er folgte dem Stück und verstand nicht, was sie wollte. Sie wandte sich an die Frau zu ihrer Linken. Verzweifelt suchte sie nach dem italienischen Wort für Hilfe. Es fiel ihr nicht ein. »Misericordia«, murmelte sie schließlich. »Misericordia, per favore!«

Die Frau blickte erstaunt auf. »Are you sick?«

Lillian nickte, das Taschentuch an den Lippen, und machte eine Bewegung, daß sie hinauswollte.

»Too many cocktails«, sagte die blonde ältere Frau. »Mario, darling, help the lady to get some fresh air. What a mess!«

Mario erhob sich. Er stützte Lillian. »Just to the door«, flüsterte sie.

Er nahm ihren Arm und brachte sie hinaus. Köpfe wandten sich flüchtig. Auf der Bühne feierte der pfiffige Liebhaber gerade einen Triumph. Mario öffnete die Tür zum Foyer und starrte Lillian an. Vor ihm stand plötzlich eine sehr blasse Frau in einem weißen Kleid, der das Blut zwischen den Fingern auf die Brust tropfte. »But, Signora, you are really sick«, sagte er fassungslos. »Shall I take you to a hospital?«

Lillian schüttelte den Kopf. »Hotel Danieli. Einen Wagen – bitte –« würgte sie, »Taxi –«

»Aber Signora, in Venedig gibt es kein Taxi! Nur eine Gondel! Oder ein Motorboot. Sie müssen in eine Klinik.«

»Nein, nein! Ein Boot. Zum Hotel. Dort ist sicher ein Arzt. Bitte – nur bis zu einem Boot, – Sie müssen doch zurück –«

»Ach«, sagte Mario, »Mary kann warten. Sie versteht ohnehin kein Wort Italienisch. Und das Stück ist langweilig.«

Das blasse pompejanische Rot des Foyers nach dem starken Rot der Vorhänge. Das Weiß der Dekorationen. Türen. Stufen und Wind; dann ein Platz mit dem Geräusch von Tellern, Gabeln, ein Restaurant auf der Straße mit Gelächter und dem Aufruhr des Essens. Daran vorbei, zu einem finsteren, schlecht riechenden, schmalen Kanal, aus dem ein Boot auftauchte und ein Fährmann, wie ein Ferge des Styx: »Gondola, Signora, Gondola?«

»Ja! Rasch! Rasch! Die Signora ist krank.«

Der Gondoliere starrte. »Erschossen?«

»Frag nicht! Fahr zu! Rasch!«

Der schmale Kanal. Eine kleine Brücke. Häusermauern. Das Klatschen des Wassers. Der langgezogene Ruf des Gondolieres an den Kreuzungen. Vermoderte Stufen; verrottete Türen; winzige Gärten mit Geranien; Zimmer mit Radios und nackten gelben Glühbirnen; Wäsche, zum Trocknen aufgehängt; eine Ratte wie ein Seiltänzer an einem Hause entlang balancierend; die scharfen Stimmen von Frauen, Geruch nach Zwiebeln und Knoblauch und Öl und der schwere, tote Geruch des Wassers.

»Wir sind gleich da«, sagte Mario.

Ein zweiter Kanal, breiter. Dann die stärkeren Wellen, die Weite des Canale Grande. »Sollen wir ein Motorboot anhalten?«

Sie lag auf den hinteren Sitzen, schräg, wie sie hineingefallen war. »Nein«, flüsterte sie. »Weiter! Nicht wechseln –«

Die Hotels, erleuchtet, die Terrassen, Vaporetti, fauchend, qualmend, voll von Passagieren, Motorboote mit weißen Uniformen, – wie einsam man war, mitten im süßen Tumult des Daseins, wenn man um es kämpfte, und wie alles sich in einen Spuk verwandelte, in dem man nach Atem rang! Die Reihen der Gondeln, die vor den Anlegestellen wie schwarze Särge auf dem spiegelnden Wasser schwankten, wie schwarze, große Wassergeier, die mit metallenen Schnäbeln nach ihr zu hacken versuchten, vorbei, und dann die Piazetta, Lichtrauch, Weite und Sterne, ein heller Raum mit dem Himmel als Decke, und unter der Seufzerbrücke ein unerträglich süßer Tenor, der Santa Lucia sang in einem Boot mit Touristen. Wenn das jetzt Sterben wäre, dachte Lillian, so dazuliegen, den Kopf rückwärts, das Rauschen des Wassers dicht neben sich, den Fetzen Gesang vor sich und einen unbekannten Menschen neben sich, der immer wieder fragte: »How are you feeling? Könnten Sie noch zwei Minuten durchhalten? Wir sind gleich da.« Nein, es war nicht Sterben, wußte sie.

Mario half ihr aus dem Boot. »Zahlen«, flüsterte sie dem Portier am Kanaleingang des Danieli zu. »Für mich. Und einen Arzt! Sofort.«

Mario brachte sie durch die Halle. Es waren nicht viele Leute da. Ein Tisch mit Amerikanern starrte sie an. Irgendwo sah sie ein Gesicht, das sie kannte, aber sie konnte sich nicht erinnern.

Der junge Aufzugführer hatte noch immer Dienst. Lillian lächelte mühsam. »Dies ist ein dramatisches Hotel«, flüsterte sie. »Sagten sie das nicht?«

»Nicht sprechen, Madame«, sagte Mario. Er war ein wohlerzogener Schutzengel mit einer Stimme aus Samt.

»Der Arzt kommt sofort. Doktor Pisani. Er ist sehr gut. Nicht sprechen! Bring Eisstücke«, sagte er zu dem Fahrstuhlführer.

Sie lag eine Woche in ihrem Zimmer. Die Fenster waren offen, so warm war es bereits. Sie hatte Clerfayt nicht benachrichtigt. Sie wollte nicht, daß er sie krank fände. Sie wollte ihn auch nicht an ihrem Bett sehen. Dies war ihre Sache; ihre allein. Sie schlief und dämmerte durch die Tage, sie hörte die rauen Rufe der Gondolieri bis spät in die Nacht und das Klatschen der festgemachten Gondeln an der Riva degli Schiavoni. Der Arzt kam ab und zu, und Mario kam. Nichts war sehr gefährlich, und war nur eine kleinere Blutung, der Arzt verstand sie, und Mario brachte ihr Blumen und erzählte ihr von seinem schweren Leben mit älteren Damen. Wenn er nur einmal eine reiche, junge fände, die ihn verstände. Er meinte nicht Lillian. Lillian hatte er in einem Tag durchschaut und begriffen. Er war völlig offen mit ihr und sprach mit ihr wie mit einer Kollegin vom selben Fach. »Du lebst vom Tode wie ich von Frauen, die Torschlusspanik haben«, sagte er und lachte. »Oder anders: Du hast auch Torschlusspanik, aber dein Gigolo ist der Tod. Der Unterschied ist nur, daß er dir treu bleibt. Dafür aber betrügst du ihn, wo du kannst.«

Lillian hörte ihm belustigt zu. »Unser aller Gigolo ist der Tod. Die meisten wissen es nur nicht«, sagte sie. »Was willst du später tun, Mario? Eine von deinen älteren Damen heiraten?«

Mario schüttelte ernsthaft den Kopf. »Ich spare. Wenn ich genug habe in ein paar Jahren, mache ich eine kleine, elegante Bar auf. So wie Harry's Bar. Ich habe eine Verlobte in Padua, die erstklassig kocht. Ihre Fettucini!« Mario küßte seine Fingerspitzen. »Kommst du mit deinen Bekannten?«

»Ich komme«, sagte Lillian, gerührt über die Delikatesse, mit der er sie zu trösten versuchte, indem er vorgab zu glauben, daß sie noch so lange leben würde. Aber hatte nicht sie selbst auch heimlich noch an ein kleines privates Wunder geglaubt? Daran, daß gerade das, wovon man ihr abriet, gut für sie sein könne? Ich war eine romantische Sentimentale, dachte sie, mit der kindlichen Erwartung, daß irgendeine Muttergöttin mich aus jeder verzweifelten Situation mit einem gutmütigen Klaps retten würde. Sie sah Marios Kopf vor dem Fenster im Rosenquarzlicht des Nachmittags und dachte an eine Bemerkung, die sie in Sizilien von einem englischen Fahrer gehört hatte: daß lateinische Völker keinen Humor hätten. Sie brauchten keinen, dachte sie, sie hatten diese Form, das Leben zu bestehen, längst hinter sich. Humor war eine Blüte zivilisierter Barbarei; das achtzehnte Jahrhundert hatte wenig davon, dafür viel von der Courtoisie, das zu ignorieren, was es nicht bewältigen konnte. Die zum Tode Verurteilten der Französischen Revolution gingen mit exquisiten Manieren zum Schafott, nicht lachend; sie gingen, als gingen sie zu Hof.

Mario brachte ihr einen Rosenkranz, der vom Papst geweiht war, und ein gemaltes venezianisches Kästchen für Briefe.

»Ich kann dir nichts zurückgeben, Mario«, sagte sie.

»Ich will auch nichts zurückhaben. Es ist gut, etwas

schenken zu können, anstatt immer von Geschenken leben zu müssen.«

»Mußt du?«

»Mein Beruf ist zu einträglich, um darauf zu verzichten. Aber er ist nicht leicht. Er ist eine Arbeit. Es ist so angenehm, daß du nichts von mir willst.«

Das Gesicht, das Lillian in der Halle des Hotels gesehen hatte, als Mario sie hereinbrachte, war das des Vicomte de Peystre gewesen. Er hatte sie erkannt und am nächsten Tage begonnen, ihr Blumen zu schicken.

»Warum sind Sie im Hotel?« fragte er, als sie ihn endlich anrief.

»Ich liebe Hotels. Wollen Sie mich in eine Klinik schikken?«

»Natürlich nicht. Kliniken sind für Operationen. Ich hasse sie ebenso wie Sie. Aber ein Haus mit einem Garten, an einem der stillen Kanäle –«

»Haben Sie auch hier eines? So wie die Wohnungen in Paris?«

»Es wäre nicht schwer, eins zu finden.«

»Haben Sie eins?«

»Ja«, sagte Peystre.

Lillian lachte. »Sie haben überall Wohnungen, und ich will nirgendwo welche haben. Wer von uns wird sie leichter aufgeben? Nehmen Sie mich lieber irgendwohin zum Essen.«

»Dürfen Sie hinaus?«

»Nicht unbedingt. Das macht es eher abenteuerlich, oder nicht?« Es macht es abenteuerlich, dachte sie, als sie in die Halle hinunterkam. Wer dem Tod oft entkommt, wird ebenso oft wiedergeboren und jedes Mal mit tieferer Dankbarkeit, wenn er nur die Illusion aufgibt, einen Anspruch auf das Leben zu haben.

Sie blieb überrascht stehen. Das ist es! dachte sie. Das ist das Geheimnis! Mußte ich nach Venedig kommen, in dieses zauberhafte Hotel mit den vielen Nachmittagen aus Vermillon und Kobaltblau, um es zu finden?

»Sie lächeln«, sagte Peystre. »Warum? Weil Sie Ihren Arzt betrügen?«

»Nicht meinen Arzt. Wohin gehen wir?«

»Zur Taverna. Wir fahren von hier.«

Der Seiteneingang des Hotels. Die schwankende Gondel. Ein Augenblick der Erinnerung und der Übelkeit, der rasch vorüberging, als sie einstieg. Die Gondel war kein schwimmender Sarg; sie war auch kein schwarzer Geier mehr, der mit metallenem Schnabel nach ihr hackte. Sie war eine Gondel, dunkles Symbol einer einst so übermächtigen Lebensfreude einer Stadt, daß man ein Gesetz hatte erlassen müssen, alle Gondeln dürften nur noch schwarz sein, weil sich ihre Besitzer sonst in Prachtverschwendung ruiniert hätten.

»Ich kenne Venedig nur von meinem Fenster«, sagte Lillian. »Und von ein paar Stunden am ersten Abend.«

»Dann kennen Sie es besser als ich. Ich kenne es seit dreißig Jahren.«

Der Kanal. Die Hotels. Die Terrassen mit weißgedeckten Tischen und Gläsern. Das klatschende Wasser. Der schmale Kanal, wie das Gewässer des Styx. Woher kenne ich das alles? dachte Lillian, einen Augenblick beklommen. Mußte jetzt nicht ein Fenster mit Kanarienvogelkäfigen kommen?

»Wo liegt die Taverna?« fragte sie.

»Neben dem Theater.«

»Hat sie eine Terrasse?«

»Ja. Waren Sie schon da?«

»Sehr flüchtig. Nicht zum Essen. Ich bin daran vorbeigekommen.«

»Es ist ein ausgezeichnetes Restaurant.«

Sie hörte das Klappern der Teller und die Stimmen, bevor sie um die Ecke kamen.

»Sie lachen«, sagte Peystre. »Warum?«

»Sie fragen mich das schon zum zweiten Mal. Weil ich hungrig bin. Und weil ich weiß, daß ich etwas zu essen bekommen werde.«

Der Wirt bediente sie selbst. Er brachte Meertiere, frische, gebackene und gekochte, und einen offenen weißen Wein. »Warum sind Sie allein hier?« fragte Peystre.

»Aus einer Laune; aber ich fahre zurück.«

»Nach Paris?«

»Nach Paris.«

»Zu Clerfayt?«

»Auch das wissen Sie schon? Ja, zu Clerfayt.«

»Hat das nicht noch Zeit?« sagte Peystre behutsam.

Lillian lachte. »Sie sind hartnäckig. Haben Sie ein Angebot?«

»Nein, wenn Sie nicht wollen. Und wenn Sie wollen, ohne Bedingungen. Aber warum wollen sie sich nicht wenigstens einige Zeit – sagen wir: umsehen?«

Ein Mann mit Spielzeug kam an den Tisch. Er zog

zwei Scotch Terriers aus Plüsch auf und ließ sie über die Tischplatte spazieren. »Ich brauch' mich nicht mehr umzusehen«, sagte Lillian. »Ich habe keine Zeit für Wiederholungen.«

Peystre nahm die Plüschhunde und gab sie dem Mann zurück. »Sind Sie sicher, daß es immer Wiederholungen sind?«

Lillian nickte heiter. »Für mich schon. Änderungen in den Details sind unwichtig. Variationen interessieren mich nicht.«

»Nur die Essenz?«

»Nur das, was ich daraus machen kann. Und das wäre das gleiche, auch wenn der Mann sich änderte. Das meinen Sie doch? Ich habe sehr einfache Reaktionen, scheint mir.«

Der Mann mit dem Spielzeug stellte einen Hühnerhof auf den Tisch. Der Wirt kam, schob ihn weg und servierte in Rum brennende Pfirsiche und Espresso. »Haben Sie nie das Gefühl, Sie könnten etwas versäumen?« fragte Peystre.

Lillian sah ihn an und schwieg einen Augenblick. »Was?« fragte sie dann.

»Ein Abenteuer. Eine Überraschung. Etwas Neues. Etwas, was Sie nicht kennen?«

»Das hatte ich, als ich hierherkam. Ich hatte das Gefühl, New York, Yokohama, Tahiti, Apollo, Dionysos, Don Juan und Buddha zu versäumen; – ich habe es jetzt nicht mehr.«

»Seit wann nicht?«

»Seit ein paar Tagen.«

»Warum nicht?«

»Weil ich gelernt habe, daß man nur sich selbst versäumen kann.«

»Wo haben Sie das gelernt?«

»An meinem Fenster im Hotel.«

»Jetzt frage ich Sie zum dritten Male, warum Sie lächeln«, sagte Peystre.

»Weil ich atme. Weil ich hier bin, weil es Abend ist, und weil wir Unsinn reden.«

»Ist es Unsinn?«

»Es ist immer Unsinn. Gibt es hier Kognak?«

»Es gibt Grappa, alten und sehr guten«, sagte Peystre. »Ich beneide Sie.«

Lillian lachte.

»Sie haben sich verändert«, sagte Peystre. »Sie sind anders als in Paris. Wissen Sie, was es ist?«

Sie hob die Schultern. »Ich weiß es nicht. Vielleicht weil ich eine Illusion aufgegeben habe – die, daß man ein Anrecht auf das Leben habe –, und damit auch wohl die vom Unrecht, das einen im Leben trifft.«

»Sehr unmoralisch.«

»Sehr«, wiederholte Lillian und trank ihren Grappa aus. »Hoffentlich kann ich dabei bleiben. Wenigstens für eine Zeitlang.«

»Es scheint, daß ich zu spät gekommen bin«, sagte Peystre. »Ein paar Stunden oder ein paar Tage. Wann fahren Sie? Morgen?«

»Übermorgen.«

»Es klingt so. Schade.«

»Schade«, sagte Lillian, »ist kein so trauriges Wort, wie man glaubt.«

»Gehört das auch zu Ihren neuen Erkenntnissen?«

»Zu denen von heute.«

Peystre schob ihren Stuhl zurück. »Ich hoffe auf die von morgen.«

»Hoffen«, sagte Lillian, »ist dagegen ein viel traurigeres Wort, als man glaubt.«

XV

Clerfayt hatte sie in Paris gesucht; dann hatte er angenommen, sie sei ins Sanatorium zurückgekehrt. Ein Anruf belehrte ihn über seinen Irrtum. Er hatte sie weiter in Rom und Paris gesucht und nirgendwo eine Spur gefunden. Schließlich hatte er angenommen, daß sie ihn verlassen habe. Selbst Onkel Gaston hatte ihm mißmutig mitgeteilt, er wisse nicht, wo seine Nichte sei; es ginge ihn auch nichts an. Clerfayt hatte versucht, sie zu vergessen und so weiterzuleben, wie er es vor ihr getan hatte; aber es war gewesen, als hätte er versucht, in Leim zu tanzen.

Eine Woche nach seiner Rückkehr traf er Lydia Morelli.

»Ist deine Schwalbe ausgeflogen?« fragte sie.

»Sie muß dir eine Menge Kopfschmerzen machen. Früher fragtest du nicht nach anderen Frauen.«

»Hat sie dich verlassen?«

»Verlassen!« erwiderte Clerfayt lächelnd. »Was ist das für ein altmodisches Wort!«

»Es ist eines der ältesten der Welt.« Lydia beobachtete ihn.

»Spielen wir eine Eheszene aus dem Jahre 1890?«

»Du bist also wirklich verliebt!«

»Und du bist eifersüchtig.«

»Ich bin eifersüchtig; aber du bist unglücklich. Das ist ein Unterschied.«

»Wirklich.«

»Ja. Ich weiß, auf wen ich eifersüchtig bin; du nicht. Gib mir etwas zu trinken.«

Clerfayt ging mit ihr essen. Während des Abends verdichtete sich seine Ratlosigkeit über Lillian zu dem primitiven Ärger des Mannes, verlassen worden zu sein, bevor er selbst verlassen konnte. Lydia hatte mit spitzer Nadel einen empfindlichen Punkt getroffen.

»Du solltest heiraten«, sagte sie später.

»Wen?«

»Das weiß ich nicht. Du bist reif.«

»Dich?«

Sie lächelte. »Das möchte ich dir nicht antun. Du hast auch viel zu wenig Geld für mich. Heirate jemand mit Geld. Es gibt genug Frauen mit Geld. Wie lange willst du noch Rennen fahren? Das ist etwas für junge Männer.«

Clerfayt nickte. »Das weiß ich, Lydia.«

»Mach nicht so ein bestürztes Gesicht. Wir werden alle älter. Man muß sich arrangieren, ehe es zu spät ist.«

»Muß man?«

»Sei kein Narr. Was sonst?«

Ich kenne jemand, der sich nicht arrangieren will, dachte er. »Hast du schon überlegt, wen ich heiraten soll, Lydia? Du bist plötzlich so vorsorglich.«

Sie sah ihn prüfend an. »Darüber können wir reden. Du hast dich verändert.«

Clerfayt schüttelte den Kopf und stand auf. »Leb wohl, Lydia.«

Sie kam dicht zu ihm heran. »Du kommst doch wieder?«

»Wie lange kennen wir uns schon?«

»Vier Jahre. Mit vielen Löchern darin.«

»Wie ein Brokat, in dem die Motten gefressen haben?«

»Wie zwei Menschen, die nie eine Verantwortlichkeit übernehmen wollten, – die alles haben und nichts geben wollten.«

»Beides stimmt nicht.«

»Wir haben gut zueinander gepaßt, Clerfayt.«

»Wie alle Leute, die nirgendwohin passen?«

»Das weiß ich nicht. Soll ich dir ein Geheimnis verraten?«

»Daß es keines gibt und alles eines ist?«

»Nein, das ist für Männer. Eines von Frauen. Nichts ist ganz so schlimm und nichts ganz so gut, wie wir glauben. Und nichts ist endgültig. Komm, heute abend.«

Er ging nicht. Er war stumpf und fühlte sich scheußlich. Es war nicht wie es gewöhnlich war in solchen Fällen. Er vermißte Lillian nicht nur, er vermißte etwas in sich selbst. Ohne es zu merken, hatte er etwas von ihrer Art zu leben angenommen. Ein Leben ohne Morgen, dachte er. Aber man konnte nicht so leben; es gab ein Morgen, wenigstens für ihn, auch trotz seines Berufes; es sollte eines geben.

Sie hat mich isoliert, dachte er irritiert. Sie hat mich um vieles jünger, aber auch törichter gemacht. Früher wäre ich zu Lydia Morelli gegangen und wäre mit ihr geblieben, so lange ich gewollt hätte, basta; jetzt käme ich mir wie ein Gymnasiast vor, wenn ich es täte, und hätte nachher einen Katzenjammer, als hätte ich schlechten Wein getrunken. Ich hätte Lillian heiraten sollen, dachte er. Das war die Lösung! Lydia hatte recht, wenn auch anders als sie glaubte. Er fühlte sich plötzlich wie befreit und war erstaunt darüber. Er hatte nie vorher daran gedacht, je zu heiraten; jetzt schien es ihm auf einmal selbstverständlich, und er verstand nicht, daß er nicht früher daran gedacht hatte. Er konnte sich sein Leben ohne Lillian ohnehin nicht mehr vorstellen. Das war weder tragisch noch romantisch noch sentimental; sein Leben ohne sie erschien ihm einfach plötzlich nicht anders als eine monotone Reihe von Jahren, – wie Zimmer, die alle ähnlich aussehen und in denen das Licht ausgegangen ist.

Er gab auf, sie zu suchen. Er wußte, daß es zwecklos war; wenn sie zurückkäme, würde sie entweder zu ihm kommen oder nicht. Er ahnte nicht, daß sie bereits wieder im Hotel Bisson wohnte. Sie wollte noch einige Tage allein bleiben. Sie wollte nicht, daß Clerfayt sie sähe, bis sie sich wieder so fühlte, wie sie sein mußte, um gesund zu wirken. Sie schlief viel und ging nicht aus. Während Clerfayt ihre Koffer im Hotel Ritz bewachte, lebte sie aus den beiden Handkoffern, die sie mit nach Sizilien genommen hatte.

Ihr war, als sei sie nach einem großen Sturm in einen Hafen zurückgekommen, aber als sei der Hafen inzwischen verwandelt worden. Die Kulissen hatten gewechselt; oder vielmehr, es waren noch dieselben, aber das Licht hatte gewechselt. Es war jetzt klar und bestimmt, unbarmherzig, aber ohne Trauer. Der Sturm war vorbei. Die rosafarbene Täuschung auch. Es gab kein Entkommen. Auch keine Klage. Der Lärm begann zu verstummen. Bald, und sie würde ihr Herz hören können. Nicht nur seinen Ruf – auch seine Antwort.

Der erste, den sie wieder aufsuchte, war Onkel Gaston. Er war überrascht, sie zu sehen, zeigte aber nach einigen Minuten so etwas wie vorsichtige Freude. »Wo wohnst du jetzt?« fragte er.

»Im Bisson. Nicht teuer, Onkel Gaston.«

»Du glaubst, Geld vermehre sich über Nacht. Wenn du so weitermachst, hast du bald nichts mehr. Weißt du, wie lange es noch reichen wird, wenn du es so weiter ausgibst?«

»Nein. Ich will es auch nicht wissen.«

Ich muß mich beeilen zu sterben, dachte sie ironisch.

»Du hast immer über deine Verhältnisse gelebt. Früher lebte man von den Zinsen seines Kapitals.«

Lillian lachte. »Ich habe gehört, daß in der Stadt Basel an der Schweizer Grenze jemand bereits als Verschwender angesehen wird, wenn er nicht von den Zinseszinsen lebt.«

»Die Schweiz«, erwiderte Gaston, als spräche er von der Venus Kallipygos. »Mit der Währung! Ein glückliches Volk!« Er sah Lillian an. »Ich könnte dir ein Zimmer in meiner Wohnung freimachen. Du spartest so das Hotel.«

Lillian blickte sich um. Er würde seine kleinen Ränke spinnen und versuchen, sie unter die Haube zu bringen, dachte sie. Und sie zu überwachen. Er hatte Angst, daß sie ihn sein eigenes Geld kosten könne. Ihr kam keinen Augenblick der Gedanke, ihm die Wahrheit zu sagen. »Ich werde dich nichts kosten, Onkel Gaston«, erklärte sie. »Nie!«

»Der junge Boileau hat öfter nach dir gefragt?«

»Wer ist das?«

»Der Sohn von den Uhren-Boileaus. Sehr anständige Familie. Die Mutter –«

»Der mit der Hasenscharte?«

»Hasenscharte! Was du für vulgäre Namen hast! Eine kleine Sache, die in alten Familien öfter vorkommt! Außerdem ist sie operiert. Kaum zu sehen. Männer sind doch schließlich keine Mannequins!«

Lillian betrachtete den kleinen, rechthaberischen Mann. »Wie alt bist du, Onkel Gaston?«

»Was soll das schon wieder? Du weißt es ja!«

»Und wie alt, glaubt du, wirst du werden?«

»Das ist eine geradezu unanständige Frage. So etwas fragt man ältere Leute nicht. Das steht bei Gott.«

»Bei Gott steht vieles. Er wird einmal eine Menge Fragen zu beantworten haben, meinst du nicht? Ich habe ihn auch einiges zu fragen.«

»Was?« Gaston riß die Augen auf. »Was redest du da?«

»Nichts.« Lillian mußte einen kurzen Zorn unterdrükken. Da stand dieser ruppige Zwerghahn vor ihr, unverwüstlich, ein Champion über eine Rennstrecke von dreißig Zentimetern, er war alt, aber er würde bestimmt noch einige Jahre länger leben als sie, er wußte alles, hatte über alles ein Urteil und war mit seinem Gott auf du und du.

»Onkel Gaston«, sagte sie, »wenn du dein Leben noch einmal leben könntest, würdest du es anders leben?«

»Selbstverständlich!«

»Wie?« fragte Lillian mit schwacher Hoffnung.

»Ich würde selbstverständlich nicht in die Abwertung

des Francs geraten sein. Schon 1914 hätte ich amerikanische Aktien gekauft, – dann spätestens 1938 –«

»Gut, Onkel Gaston«, unterbrach Lillian. »Ich verstehe.« Ihr Zorn war verflogen.

»Du verstehst gar nichts. Sonst würdest du nicht mit dem bißchen Geld, das du noch hast, so wirtschaften! Natürlich, dein Vater –«

»Ich weiß, Onkel Gaston. Ein Verschwender! Aber es gibt noch einen viel größeren als ihn.«

»Wen?«

»Das Leben. Es verschwendet dich und mich und alle anderen.«

»Papperlapapp! Das ist Salon-Bolschewismus! Gewöhne dir das ab. Das Leben ist zu ernst dafür.«

»Das ist es. Man muß seine Rechnungen bezahlen. Gib mir Geld. Und tu nicht so, als sei es dein eigenes. Es ist meines.«

»Geld! Geld! Das ist alles, was du vom Leben kennst!«

»Nein, Onkel Gaston. Das ist alles, was du kennst!«

»Sei froh! Sonst hättest du längst nichts mehr.« Gaston schrieb widerwillig einen Scheck aus. »Und später?« fragte er bitter, während er das Papier in der Luft schwenkte, um die Tinte zu trocknen. »Was wird später?«

Lillian sah ihm fasziniert zu. Ich glaube, er will sogar das Löschpapier sparen, dachte sie. »Es gibt kein Später«, sagte sie.

»Das behaupten alle. Und dann kommen sie, wenn sie nichts mehr haben, und man muß seine eigenen kleinen Ersparnisse –«

Der Zorn war plötzlich wieder da, klar und heftig. Lillian riß ihrem Onkel den Scheck aus der Hand. »Laß das Jammern! Und geh und kauf dir amerikanische Aktien, du Patriot!«

Sie ging die nassen Straßen entlang. Es hatte geregnet, während sie bei Gaston gewesen war, aber jetzt schien die Sonne wieder und spiegelte sich auf dem Asphalt und in den Pfützen am Rande der Straße. Sogar in den Pfützen spiegelt sich der Himmel, dachte sie und mußte lachen. Vielleicht spiegelte Gott sich dann auch sogar in Onkel Gaston. Aber wo in ihm? Er war schwerer zu finden in Gaston als das Blau und das Glitzern des Himmels in dem schmutzigen Wasser, das zu den Kanallöchern abfloss. Er war schwerer zu finden in den meisten Menschen, die sie kannte. Sie hockten in ihren Büros hinter ihren Schreibtischen, als wären sie doppelte Methusalems, das war ihr trostloses Geheimnis! Sie lebten, als gäbe es keinen Tod. Aber sie taten es wie Krämer, nicht wie Helden. Sie hatten das tragische Wissen um das Ende verdrängt und spielten Vogel Strauß und kleinbürgerliche Illusion vom Ewigen Leben. Mit wackelnden Köpfen versuchten sie sich am Grabe gegenseitig noch zu betrügen und das aufzuhäufen, was sie am frühesten zu Sklaven ihrer selbst gemacht hatte: Geld und Macht.

Sie nahm einen Hundertfrancs-Schein, betrachtete ihn und warf ihn mit einem Entschluß in die Seine. Es war eine sehr kindisch-symbolische Handlung des Protestes, aber das war ihr gleich. Es tat ihr gut, es zu tun. Den Scheck Onkel Gastons warf sie ohnehin nicht weg. Sie ging weiter und kam zum Boulevard St.-Michel. Der Verkehr toste um sie herum. Menschen rannten, drängten sich, hatten es eilig, die Sonne blitzte auf Hunderten von Automobildächern, Motoren tobten, überall gab es Ziele, die so rasch wie möglich erreicht werden mußten, und jedes dieser kleinen Ziele verdeckte das letzte so sehr, daß es schien, als wäre es gar nicht da.

Sie überquerte die Straße zwischen zwei zitternden, von einem roten Verkehrszeichen gebannten Reihen von heißen Monstern, so wie Moses mit dem Volk Israel einst das Rote Meer. Im Sanatorium war es anders gewesen, dachte sie, da stand das letzte Ziel wie eine finstere Sonne immer am Himmel, man lebte unter ihm, man ignorierte es, aber man verdrängte es nicht, und das gab tiefere Einsicht und tieferen Mut. Wer wußte, daß er geschlachtet wurde und nicht entkommen konnte, und wer dem entgegensah mit dieser letzten Einsicht und diesem letzten Mut, der war nicht ganz ein Opfertier mehr. Er hatte den Schlächter um ein winziges überwunden.

Sie kam zum Hotel. Sie hatte wieder ein Zimmer im ersten Stock, um nur eine Treppe steigen zu müssen. Der Mann mit den Seetieren stand vor der Tür des Restaurants. »Es gibt wunderbare Garnelen«, sagte er. »Austern sind fast vorbei. Die sind erst im September wieder gut. Werden Sie dann noch hier sein?«

»Sicher«, erwiderte sie.

»Soll ich Ihnen ein Bukett Garnelen zurechtmachen? Die grauen sind am besten. Die rosafarbenen sehen besser aus. Die grauen?«

»Die grauen. Ich lasse den Korb gleich herunter. Dazu eine halbe Flasche Vin rosé, sehr kalt. Sagen Sie es Lucien, dem Oberkellner.«

Sie stieg die Treppe langsam hinauf. Dann ließ sie ihren Korb hinunter und zog ihn wieder herauf. Der Wein war entkorkt und so kalt, daß die Flasche beschlagen war. Sie setzte sich in die Fensterbank, die Füße heraufgezogen und gegen den Rahmen gestemmt, den Wein neben sich. Lucien hatte auch ein Glas und eine Serviette eingepackt. Sie trank und begann die Garnelen zu schälen. Das Leben war gut so, fand sie, und wollte nicht weiter nachdenken. Dunkel fühlte sie etwas von einem großen Ausgleich, aber sie wollte jetzt nichts davon wissen. Nicht in diesem Augenblick. Daß ihre Mutter an Krebs gestorben war, nach sehr schweren Operationen, hatte etwas damit zu tun. Es gab immer noch Schlimmeres als das, was man selbst hatte. Sie blinzelte in die Sonne. Sie fühlte das Licht. So sah Clerfayt sie, als er gegen alle Erwartungen noch einmal am Bisson vorbeipatrouillierte.

Er riß die Tür auf. »Lillian! Wo warst du?« rief er.

Sie hatte ihn die Straße überqueren sehen. »In Venedig, Clerfayt.«

»Aber warum?«

»Ich habe dir doch in Sizilien gesagt, daß ich einmal nach Venedig wolle. Es fiel mir in Rom wieder ein.«

Er schloß die Tür hinter sich. »In Venedig also! Warum hast du mir nicht telegrafiert? Ich wäre gekommen. Wie lange warst du da?«

»Verhörst du mich?«

»Noch nicht. Ich habe dich überall gesucht, aber an Venedig habe ich nicht gedacht. Mit wem warst du da?«

»Das nennst du nicht verhören?«

»Ich habe dich vermisst! Ich habe mir weiß Gott was für Gedanken gemacht! Verstehst du das nicht?«

»Ja«, sagte Lillian. »Willst du von diesen Garnelen? Sie schmecken nach Tang und Meer.«

Clerfayt nahm den Pappteller und die Garnelen und warf sie aus dem Fenster.

Lillian sah ihnen nach. »Du hast einen geschlossenen Citroën getroffen. Hättest du eine Sekunde länger gewartet, dann hätte eine dicke blonde Dame in einem offenen Renault sie ins Haar gekriegt. Gib mir bitte meinen Korb mit dem Bindfaden. Ich bin noch hungrig.«

Es sah eine Sekunde so aus, als würde Clerfayt den Korb den Garnelen nachwerfen. Dann gab er ihn ihr. »Sag ihm, er solle noch eine Flasche Rosé heraufschicken lassen«, sagte er. »Und komm aus dem Fensterrahmen heraus, damit ich dich in die Arme nehmen kann.«

Lillian glitt vom Fensterbrett herunter. »Hast du Giuseppe mitgebracht?«

»Nein. Er steht auf der Place Vendôme und verachtet ein Dutzend Bentleys und Rolls-Royces, die um ihn herum geparkt sind.«

»Hol ihn und laß uns zum Bois fahren.«

»Wir können zum Bois fahren«, sagte Clerfayt und küßte sie. »Aber wir werden zusammen gehen und zusammen Giuseppe holen; sonst bist du weg, wenn ich wiederkomme. Ich riskiere nichts mehr.«

»Hast du mich vermisst?«

»Ab und zu, wenn ich dich nicht haßte oder Angst hatte, jemand hätte einen Lustmord an dir verübt. Mit wem warst du in Venedig?«

»Allein.«

Er sah sie an. »Es könnte möglich sein. Bei dir weiß man es nie. Warum hast du mir nichts gesagt?«

»Das tun wir doch nicht. Fährst du nicht auch manchmal nach Rom und erscheinst erst ein paar Wochen später wieder? Sogar mit einer Geliebten?«

Clerfayt lachte. »Ich wußte, daß das irgendeinmal kommen würde. Bist du deshalb weggeblieben?«

»Natürlich nicht.«

»Schade.«

Lillian beugte sich aus dem Fenster, um ihren Korb wieder hochzuziehen. Clerfayt wartete geduldig. Es klopfte an die Tür. Er ging hin, nahm dem Kellner den Wein ab und trank ein Glas, während er Lillian aus dem Fenster rufen hörte, daß sie noch ein paar Hände voll Garnelen haben wolle. Dann blickte er sich im Zimmer um. Er sah ihre Schuhe, die verstreut umherstanden, etwas Wäsche, die auf einem Sessel lag, und hinter der halboffenen Schranktür ihre Kleider. Sie war wieder da, dachte er, und eine tiefe, ungekannte und aufregende Ruhe erfüllte ihn.

Lillian drehte sich um, den Korb in der Hand. »Wie sie riechen! Gehen wir auch einmal ans Meer?«

»Ja. Nach Monte Carlo, wenn du willst. Ich muß da irgendwann ein Rennen fahren.«

»Können wir bald gehen?«

»Sobald du willst. Heute? Morgen?«

Sie lächelte. »Du kennst mich. Nein, nicht heute oder morgen, wenn wir heute oder morgen gehen können.« Sie nahm das Glas, das er ihr gab. »Ich wollte nicht so lange in Venedig bleiben, Clerfayt«, sagte sie. »Nur ein paar Tage.«

»Und warum bist du länger geblieben?«

»Ich fühlte mich nicht wohl.«

»Was hattest du?«

Sie zögerte. »Eine Erkältung.«

Sie sah, daß er ihr nicht glaubte. Es entzückte sie. Sein Unglaube machte ihr selbst die Blutung unwahrscheinlicher; sie war vielleicht doch geringer gewesen, als sie gedacht hatte. Sie fühlte sich plötzlich wie eine dicke Frau, die zwanzig Pfund abgenommen hat, ohne es zu merken.

Sie lehnte sich an ihn. Clerfayt hielt sie fest. »Und wann gehst du wieder weg?« fragte er.

»Ich gehe nicht weg, Clerfayt. Ich bin nur manchmal nicht da.«

Ein Schlepper tutete vom Fluss her. Auf dem Deck hing eine junge Frau bunte Wäsche an Leinen auf. In der Tür der Küche spielte ein Mädchen mit einem Schäferhund. Der Schiffer stand in Hemdsärmeln am Steuerruder und pfiff.

»Siehst du das?« fragte Lillian. »Ich spüre immer Neid, wenn ich es sehe. Häuslicher Friede! Das, was Gott gewollt hat.«

»Wenn du ihn hättest, würdest du am nächsten Ankerplatz heimlich aussteigen.«

»Das hindert nicht, daß ich neidisch bin. Wollen wir jetzt Giuseppe holen?«

Clerfayt hob sie vorsichtig hoch. »Ich will jetzt weder Giuseppe holen noch zum Bois fahren. Dazu haben wir noch viel Zeit heute abend.«

XVI

Mit einem Wort: Du willst mich einsperren«, sagte Lillian und lachte.

Clerfayt lachte nicht. »Ich will dich nicht einsperren. Ich will dich heiraten.«

»Warum?«

Lillian hielt die Flasche Rosé vom Bett her gegen das Licht. Das Fenster schimmerte blutübergossen durch den Wein. Clerfayt nahm ihn ihr aus der Hand. »Damit du nicht wieder eines Tages ohne Spur verschwindest.«

»Ich habe meine Koffer im Ritz gelassen. Glaubst du, daß Heiraten sicherer sei, um wiederzukommen?«

»Nicht um wiederzukommen. Um dazubleiben. Fangen wir es anders an. Du hast nur noch wenig Geld. Von mir willst du nichts nehmen –«

»Du hast doch selbst nichts, Clerfayt.«

»Ich habe meinen Anteil aus zwei Rennen. Dazu kommt das, was ich noch hatte und noch machen werde. Wir haben reichlich für dieses Jahr.«

»Gut, dann laß uns warten bis zum nächsten Jahr.«

»Warum warten?«

»Damit du siehst, daß es Unsinn ist. Woher würdest du nächstes Jahr meine Kleider und Schuhe kaufen? Du hast doch gesagt, daß dein Vertrag Ende dieses Jahres abläuft.«

»Man hat mir angeboten, die Vertretung unserer Wagen zu übernehmen.«

Lillian hob ihr Bein und betrachtete seine Linien. Sie werden zu dünn, dachte sie. »Du willst Autos verkaufen?« fragte sie. »Das kann ich mir nicht vorstellen.«

»Ich auch nicht; aber ich habe mir vieles nicht vorstellen können, was ich später getan habe. Oder tun wollte. Zum Beispiel dich zu heiraten.«

»Warum willst du alles gleich auf einmal? Ein geachteter Automobilhändler werden und heiraten?«

»Du tust, als wär es beides ein nationales Unglück.«

Lillian glitt aus dem Bett und griff nach einem Morgenrock. »Wo willst du Autos verkaufen?«

Clerfayt zögerte. »Der Bezirk Toulouse wird frei.«

»Guter Gott!« sagte Lillian. »Wann?«

»In einigen Monaten. Im Herbst. Spätestens Ende des Jahres.«

Sie begann ihr Haar zu kämmen. »Ich werde bald zu alt sein, um Rennen zu gewinnen«, sagte Clerfayt gegen ihren Rücken vom Bett her. »Ich bin weder Nuvolari noch Caracciola. Ich könnte vielleicht versuchen, Rennleiter irgendwo zu werden; aber dann müßte ich auch wieder von einer Bahn zur andern ziehen, so wie unser dicker Cesare – er wird seine Frau jetzt nicht einmal im Winter sehen, seit man auch in Afrika und Südamerika wieder Rennen fahren will. Nein, ich habe genug davon. Ich will mein Leben ändern.«

Warum wollen sie immer ihr Leben ändern? dachte Lillian. Warum wollen sie das ändern, womit sie eine Frau gewonnen haben? Fällt ihnen nie ein, daß sie dadurch die Frau wahrscheinlich verlieren werden? Sogar Mario wollte am letzten Tag sein Dasein als Gigolo aufgeben und mit mir ein ehrbares Leben beginnen. Und Clerfayt, der glaubt, mich zu lieben, und den ich liebte, weil er ohne Zukunft zu sein schien wie ich, nun will auch er umschwenken, und er denkt noch, ich müsse glücklich darüber sein.

»Ich habe manchmal darüber nachgedacht, ob Menschen wie wir heiraten sollen«, sagte sie. »Keiner der üblichen Gründe hat mir besonders eingeleuchtet. Am meisten noch der, den mir ein kranker Schachspieler genannt hat: daß man im Augenblick der Todesangst jemand bei sich haben möchte. Aber ich weiß nicht, ob man dann nicht ohnehin so hoffnungslos allein ist, selbst wenn Scharen von Getreuen um das Bett herumstehen, daß man es gar nicht bemerkt. Camilla Albei, die im Sanatorium starb, hatte den Wunsch, daß wenigstens einer ihrer Liebhaber dabeisein sollte, und um sicher zu sein, hatte sie deshalb mit großer Mühe die Beziehungen gleich zu dreien aufrechterhalten und dafür gesorgt, daß alle innerhalb eines Tages an ihrem Bett erscheinen konnten. Sie hatte sogar ihre letzte Affäre mit einem ekelhaften, arroganten Kerl weit über alles Maß deswegen hinausgezogen. Sie wurde in der Dorfstraße von einem Auto überfahren und starb eine halbe Stunde später. Nicht einmal der ekelhafte Kerl war bei ihr – er saß in der Konditorei Luft, wo niemand ihn vermutete, und aß Mohrenköpfe mit Schlagsahne. Camillas Hand hielt der Dorfpolizist, den sie nie vorher gesehen hatte, und sie war so dankbar dafür, daß sie versuchte, sie zu küssen. Sie kam nicht mehr dazu.«

»Lillian«, sagte Clerfayt ruhig. »Warum weichst du immer aus?«

Sie legte den Kamm beiseite. »Begreifst du das nicht? Was ist nur geschehen, Clerfayt? Wir sind vom Zufall zueinander geweht worden, – warum willst du es nicht so lassen?«

»Ich will dich behalten. Solange ich kann. Einfach, wie?«

»Nein. So behält man jemand nicht.«

»Gut. Dann sagen wir es anders. Ich will nicht so weiterleben wie bisher.«

»Du willst dich zur Ruhe setzen?«

Clerfayt blickte auf das zerwühlte Bett. »Du findest mit Sicherheit immer das scheußlichste Wort. Laß mich ein anderes an seine Stelle setzen. Ich liebe dich, und ich will mit dir leben. Lach meinetwegen auch darüber.«

»Darüber lache ich nie.« Sie sah auf. Ihre Augen standen voll Tränen. »Ach, Clerfayt! Was sind das für Dummheiten!«

»Nicht wahr?« Er erhob sich und nahm ihre Hände. »Wir waren so sicher, daß uns das nie passieren könnte.«

»Laß es dabei! Laß es dabei! Zerstöre es nicht!«

»Was ist da zu zerstören?«

Alles, dachte sie. Man kann auf Schmetterlingsflügeln kein häusliches Glück in Toulouse aufbauen, selbst wenn man sie in Zement gösse. Wie blind Egoismus machen konnte! Bei jedem anderen Mann hätte er mich sofort verstanden – bei sich selbst ist er blind. »Ich bin doch krank, Clerfayt«, sagte sie schließlich zögernd.

»Das ist ein Grund mehr, nicht allein zu sein.«

Sie schwieg. Boris, dachte sie. Boris würde mich verstehen. Clerfayt redete plötzlich wie er; aber er war nicht Boris. »Wollen wir jetzt Giuseppe holen?« fragte sie.

»Ich kann ihn holen. Willst du hier warten?«

»Ja.«

»Wann willst du an die Riviera fahren? Bald?«

»Bald.«

Clerfayt blieb hinter ihr stehen. »Ich habe an der Riviera ein hässliches, kleines Haus.«

Sie sah sein Gesicht und seine Hände auf ihren Schultern im Spiegel. »Du entwickelst wirklich unerwartete Eigenschaften.«

»Man kann es umbauen«, sagte Clerfayt.

»Kannst du es nicht verkaufen?«

»Sieh es dir erst einmal an.«

»Gut«, sagte sie, plötzlich ungeduldig. »Schick meine Koffer herüber, wenn du zum Hotel kommst.«

»Ich werde sie mitbringen.«

Er ging. Sie blieb sitzen und sah in den verglimmenden Abend. Die Angler hockten am Ufer. Ein paar Clochards bereiteten ihr Abendessen an der Quaimauer vor. Was für sonderbare Wege das, was man Liebe nennt, gehen kann, dachte sie. Hatte Levalli nicht gesagt, daß hinter der Bacchantin der Jugend immer der Schatten der Hausfrau stände und hinter dem lachenden Eroberer der Bürger mit dem Besitzwunsch? Nicht für mich, dachte sie; aber was war mit Clerfayt geschehen? Hatte sie ihn nicht geliebt, weil er nach dem Leben griff, als wäre jeder Augenblick sein letzter? Toulouse! Sie begann zu lachen. Sie hatte nie von ihrer Krankheit sprechen wollen, weil sie geglaubt hatte, daß ein Kranker immer etwas abstoßend für einen Gesunden sei; jetzt spürte sie, daß es auch umgekehrt sein konnte, daß dem Kranken ein Gesunder etwas vulgär erscheinen konnte, so wie einem verarmten Aristokraten ein Neureicher. Ihr war, als hätte Clerfayt sie heute auf eine sonderbare Weise verlassen und wäre auf die große und breite Seite hinübergewechselt, die ihr unerreichbar war. Er war kein Verlorener mehr; er hatte plötzlich eine Zukunft. Bin ich deshalb zu ihm zurückgekommen, dachte sie und fühlte zu ihrer Überraschung, daß sie leicht und lautlos weinte; – aber sie war nicht unglücklich. Sie hätte nur alles gerne etwas länger gehalten.

Clerfayt erschien mit den Koffern. »Wie konntest du es ohne deine Sachen nur so lange aushalten?«

»Ich habe mir neue bestellt. Bei Kleidern ist das einfach.«

Es war nicht wahr; aber sie fand plötzlich, sie habe einen Grund dafür. Einen doppelten sogar, – sie mußte feiern, daß sie in Venedig mit dem Leben davongekommen war, und sie mußte verschwenderisch sein als Protest gegen Clerfayts Angebot, sie zu heiraten und in Toulouse zu leben.

»Kann ich dir nicht ein paar Kleider schenken?« fragte Clerfayt. »Ich bin im Augenblick ziemlich reich.«

»Für meinen Hochzeits-Trousseau?«

»Im Gegenteil. Weil du nach Venedig gefahren bist.«

»Gut, schenke mir eins. Wohin gehen wir heute abend? Kann man schon im Bois sitzen?«

»Wenn man Mäntel mitnimmt. Sonst ist es noch zu kühl. Aber wir können hindurchfahren. Der Wald ist hellgrün und verzaubert mit Frühjahr und blauen Benzindämpfen. Ganze Alleen voll Autos stehen abends in den Seitenwegen. Die Liebe hängt überall ihre Fahnen aus den Fenstern.«

Lillian nahm ein Kleid aus schwarzem, durchsichtigem Stoff, das einen dramatischen Rüschenwurf aus mexikanischem Rot hatte, und schwenkte es aus dem Fenster. »Auf die Liebe«, sagte sie. »Die göttliche, die irdische, die kleine und die große, aber nicht die in Toulouse! Wann fährst du wieder ab?«

»Woher weißt du, daß ich wieder abfahren muß? Folgst du dem Rennkalender?«

»Nein. Aber bei uns weiß man nie, wer wen verläßt.«

»Das wird sich ändern.«

»Nicht vor Ende des Jahres!«

»Heiraten kann man auch früher.«

»Laß uns vorerst Wiedersehen und Abschied feiern. Wohin mußt du?«

»Nach Rom. Und dann zum Tausend-Meilen-Rennen durch Italien. In einer Woche. Du kannst nicht mitkommen. Man fährt und fährt, weiter nichts, bis man ein Stück Straße und Motor ist.«

»Wirst du gewinnen?«

»Die Mille Miglia sind ein Rennen für Italiener. Caracciola hat sie einmal gewonnen, für Mercedes, sonst aber schlagen sich die Italiener darum. Torriani und ich fahren nur als drittes Team. Für den Fall, daß etwas passiert. Kann ich hier bleiben, während du dich anziehst?«

Lillian nickte. »Was für ein Kleid?« fragte sie.

»Eines von denen, die bei mir in Gefangenschaft waren.«

Sie öffnete den Koffer. »Dies hier?«

»Ja. Ich kenne es gut.«

»Du hast es nie gesehen.«

»Nicht an dir; aber ich kenne es trotzdem. Es hat ein paar Nächte lang in meinem Zimmer gehangen.«

Lillian drehte sich um, einen Spiegel in der Hand. »Wirklich?«

»Ich gestehe es«, sagte Clerfayt. »Ich habe wie ein Hexenbeschwörer deine Kleider herausgehängt, um dich zurückzurufen. Ich habe das von dir gelernt. Es war schwarze Magie und außerdem ein Trost. Eine Frau mag einen Mann verlassen; aber nie ihre Kleider.«

Lillian prüfte ihre Augen im Spiegel. »Meine Schatten waren also bei dir.«

»Nicht deine Schatten – deine abgestreiften und hinterlassenen Schlangenhäute.«

»Ich hätte eher gedacht, eine andere Frau.«

»Das habe ich versucht. Aber du hast mich verdorben für andere Frauen. Sie wirken gegen dich wie schlechte Buntdrucke gegen eine Tänzerin von Degas.«

Lillian lachte. »Wie eine der häßlichen, fetten Ballettratten, die er immer gemalt hat?«

»Nein. Wie eine Zeichnung, die Levalli in seinem Hause hat. Du hast sie gesehen, – es ist eine Tänzerin in hinreißender Bewegung, aber ihr Gesicht ist nur angedeutet, so daß jeder seinen eigenen Traum hineinprojizieren kann.«

Lillian legte ihre Stifte beiseite. »Dazu muß immer noch Raum sein, wie? Wenn alles ganz fertig ausgemalt ist, gibt es keinen Platz mehr für die Phantasie, meinst du das?«

»Ja«, sagte Clerfayt. »Man fängt sich nur in seinen eigenen Träumen – nie in denen des anderen.«

»Man fängt sich oder verliert sich.«

»Beides. So wie man manchmal träumt, kurz bevor man erwacht – man fällt und fällt in einen endlosen schwarzen Raum. Kennst du das?«

»Ich kenne es«, sagte Lillian. »Ich träumte so fast jeden Nachmittag im Sanatorium, wenn wir das hatten, was das Krokodil die Siesta nannte – den Nachmittagsschlaf, aus dem man herausfiel wie ein Stein in einen Abgrund. Ist noch Wein da?«

Clerfayt brachte ihr ein Glas. Sie legte den Arm um seinen Nacken. »Es ist sonderbar«, murmelte sie, »aber solange man nicht vergisst, daß man fällt und fällt, ist nichts verloren. Das Leben scheint Paradoxe zu lieben, – wenn man glaubt, man sei ganz sicher, ist man immer lächerlich und kurz vor dem Absturz –, aber wenn man weiß, daß man verloren ist, überschüttet es einen mit Geschenken. Man braucht nichts dazu zu tun – es läuft einem nach wie ein Pudel.«

Clerfayt setzte sich neben sie. »Woher weißt du das alles?«

»Ich rede nur so daher. Es sind Halbwahrheiten – wie alles.«

»Die Liebe auch?«

»Was hat Liebe mit Wahrheit zu tun?«

»Nichts. Sie ist das Gegenteil davon.«

»Nein«, sagte Lillian und stand auf. »Das Gegenteil von Liebe ist Tod – und Liebe ist die bittere Verzauberung, die ihn uns für kurze Zeit vergessen macht. Deshalb weiß jeder, der etwas vom Tode weiß, auch etwas von der Liebe.« Sie streifte ihr Kleid über. »Auch das ist eine Halbwahrheit. Wer weiß schon etwas vom Tode?«

»Niemand – nur, daß er das Gegenteil des Lebens ist – nicht das der Liebe, und auch das ist zweifelhaft.«

Lillian lachte. Clerfayt war wieder so wie früher. »Weißt du, was ich möchte?« fragte sie. »Zehn Leben auf einmal leben.«

Er strich über die schmalen Achselbänder ihres Kleides. »Wozu? Es würde doch immer nur eines sein, Lillian – so wie ein Schachspieler, der gegen zehn verschiedene Partner spielt, eigentlich immer nur ein einziges Spiel spielt, – sein eigenes.«

»Das habe ich auch herausgefunden.«

»In Venedig?«

»Ja, aber nicht so wie du denkst.«

Sie standen am Fenster. Über der Conciergerie hing ein blasses Abendrot. »Ich möchte mein Leben durcheinanderwerfen«, sagte Lillian. »Ich möchte jetzt einen Tag oder eine Stunde leben aus meinem fünfzigsten Jahr, – dann eine aus meinem dreißigsten, dann eine aus meinem achtzigsten, – alle in einem Tag, so wie ich grade Lust habe, – nicht eine nach der anderen an der Kette der Zeit.«

Clerfayt lachte. »Für mich veränderst du dich schnell genug, so wie du bist. Wo wollen wir essen?«

Sie gingen die Treppe hinunter. Er versteht nicht, was ich meine, dachte Lillian. Er hält mich für kapriziös;

aber er spürt nicht, daß ich nur das Jenseits beschwören möchte, mir ein paar von den Tagen herauszugeben, die ich nie leben werde. Immerhin – ich werde dafür auch nie eine achtzigjährige, zänkische Greisin werden oder die alternde Enttäuschung eines Mannes, die er nicht wieder sehen möchte und vor der er erschrickt, wenn er ihr nach Jahren begegnet – ich werde jung im Gedächtnis meines Geliebten bleiben und dadurch stärker sein als alle Frauen nach mir, die länger leben und älter werden als ich.

»Worüber lachst du?« fragte Clerfayt auf der Treppe. »Über mich?«

»Über mich«, sagte Lillian. »Aber frag mich nicht, warum – du wirst es schon zur Zeit herausfinden.«

Er brachte sie zwei Stunden später zurück. »Genug für heute«, sagte er lächelnd. »Du brauchst Schlaf.«

Sie sah ihn erstaunt an. »Schlaf?«

»Ruhe. Du hast mir erzählt, daß du krank warst.«

Sie suchte in seinem Gesicht nach einem verborgenen Scherz. »Meinst du das wirklich?« fragte sie dann. »Sag mir nicht noch, daß ich müde aussehe.«

Der Nachtportier erschien mit wissendem Grinsen. »Salami heute abend? Kaviar? Die Patronne hat den Kaviar draußen gelassen.«

»Ein Schlafmittel«, erklärte Lillian. »Gute Nacht, Clerfayt.«

Er hielt sie fest. »Versteh mich doch, Lillian! Ich will nicht, daß du dir zuviel zumutest und morgen einen Rückfall hast.«

»Du warst nicht so vorsichtig im Sanatorium.«

»Damals glaubte ich, ich würde in ein paar Tagen abfahren und dich nie wieder sehen.«

»Und jetzt?«

»Jetzt opfere ich ein paar Stunden, weil ich dich so lange behalten will, wie ich kann.«

»Praktisch!« sagte Lillian böse. »Gute Nacht, Clerfayt.«

Er sah sie scharf an. »Bringen Sie eine Flasche Vouvray nach oben«, sagte er dann zu dem Nachtportier.

»Sehr wohl, mein Herr.«

»Komm!« Clerfayt nahm Lillians Arm. »Ich bringe dich hinauf.«

Sie schüttelte den Kopf und machte sich los. »Weißt du, mit wem ich das letzte Mal solch ein Argument gehabt habe? Mit Boris. Aber er war besser darin. Du hast recht, Clerfayt. Es ist ausgezeichnet, wenn du früh schlafen gehst; du mußt dich ausruhen für dein nächstes Rennen.«

Er starrte sie ärgerlich an. Der Portier kam mit der Flasche und zwei Gläsern. »Wir brauchen den Wein nicht«, sagte Clerfayt.

»Doch, ich brauche ihn.« Lillian nahm die Flasche, schob sie unter den Arm und nahm ein Glas. »Gute Nacht, Clerfayt. Laß uns heute nicht davon träumen, daß wir fallen – in den Raum, der kein Ende hat, – träume du lieber heute von Toulouse!«

Sie winkte mit dem Glas und ging die Treppe hinauf. Er blieb stehen, bis er sie nicht mehr sah. »Einen Kognak, mein Herr?« fragte der Nachtportier. »Vielleicht einen doppelten?«

»Für Sie!« erwiderte Clerfayt und steckte ihm ein paar Scheine in die Hand.

Er ging den Quai des Grands-Augustins entlang bis zum Restaurant La Périgourdine. Hinter den erleuchteten Fenstern sah er die letzten Paare in Asche gebratene Trüffeln essen, die Spezialität des Hauses. Ein altes Ehepaar zahlte; ein junges Liebespaar log sich glühend etwas vor. Clerfayt überquerte die Straße und ging langsam zurück, an den geschlossenen Kästen der Buchhändler entlang. Boris, dachte er wütend. Das auch noch! Der Wind brachte den Geruch der Seine herüber. Schwarz lagen ein paar Lastkähne in der atmenden Dunkelheit. Von einem klang das Jammern einer Ziehharmonika.

Lillians Fenster waren hell; aber die Vorhänge waren zugezogen. Clerfayt sah ihren Schatten davor hin- und herschwanken. Sie blickte nicht hinaus, obschon die Fenster geöffnet waren. Clerfayt wußte, daß er sich falsch benommen hatte, doch er konnte nichts dagegen tun. Er hatte gemeint, was er gesagt hatte. Und Lillian hatte sehr müde ausgesehen; ihr Gesicht war plötzlich im Restaurant zusammengefallen. Als wäre es ein Verbrechen, besorgt zu sein, dachte er. Was mochte sie jetzt tun? Packen? Ihm fiel plötzlich ein, daß sie wissen mußte, er sei noch da – sie hatte Giuseppe noch nicht abfahren hören. Rasch überquerte er die Straße und sprang in den Wagen. Er ließ ihn an, gab übermäßig Gas und schoß davon, der Place de la Concorde zu.

Lillian stellte behutsam die Flasche Wein auf den Boden neben das Bett. Sie hörte Giuseppe abfahren. Dann suchte sie einen Regenmantel aus ihrem Koffer und zog ihn an. Es war eine sonderbare Kombination mit dem eleganten

Kleid, aber sie hatte keine Lust, sich umzuziehen; der Mantel deckte das Kleid einigermaßen zu. Sie wollte nicht zu Bett gehen. Das hatte sie im Sanatorium und in der letzten Woche ausgiebig gehabt.

Sie ging die Treppen hinunter. Der Nachtportier kam herangelaufen. »Taxi, Madame?«

»Nein, kein Taxi.«

Sie trat auf die Straße und gelangte, ohne viel zu erleben, bis zum Boulevard St.-Michel. Dann aber hagelte es Angebote, weiße, braune, schwarze und gelbe. Es war, als sei sie in einen Sumpf geraten, und die Mücken stürzten sich auf sie. Sie bekam in wenigen Minuten einen kurzen, aber intensiven Lehrkurs in geflüsterter, einfachster Erotik, gegen die ein paar Straßenhunde ein ideales Liebespaar waren.

Etwas betäubt setzte sie sich an einen der Tische, die vor den Cafés standen. Die Huren musterten sie scharf; sie hatten ihr Revier und waren bereit, sich gegen jede Konkurrenz mit Zähnen und Krallen zu wehren. Der Tisch wurde auch sofort das Zentrum allgemeiner Aufmerksamkeit; Frauen dieser Art saßen um diese Zeit nicht allein in diesen Cafés. Nicht einmal Amerikanerinnen.

Lillian bekam neue Angebote, – eines, unanständige Photographien zu kaufen, zwei, beschützt zu werden, drei zu einem Ausflug im Auto. Außerdem wurden ihr billige Juwelen offeriert, junge Neger, junge Terrier und einige lesbische Damen. Sie verlor ihre Gelassenheit nicht, sondern gab dem Kellner ein Trinkgeld im voraus. Er sah es an und sorgte dafür, daß der stärkste Betrieb aufhörte. Sie bekam so Gelegenheit, ihren Pernod zu trinken und sich umzusehen.

Ein bleicher, bärtiger Mann an einem Nachbartisch begann sie zu zeichnen; ein Teppichverkäufer versuchte, ihr einen grasgrünen Gebetsteppich zu verkaufen, wurde aber vom Kellner verjagt; als letzter näherte sich nach einer Weile ein junger Mann, der sich als mittelloser Poet vorstellte. Lillian sah, daß sie wenig Ruhe haben würde, wenn sie allein bliebe. Sie lud deshalb den Poeten zu einem Glas Wein ein. Er bat, die Einladung in ein belegtes Brot zu ändern. Sie bestellte ihm ein Roastbeef.

Der Poet hieß Gérard. Er las ihr nach dem Essen zwei Gedichte vor; zwei andere rezitierte er aus dem Kopf. Es waren Elegien über Tod, Sterben, Vergänglichkeit und die Sinnlosigkeit des Lebens. Lillian wurde heiter. Der Poet war dünn, aber ein fabelhafter Esser. Sie fragte ihn, ob er noch ein Roastbeef vertilgen könne. Gérard erklärte, er könne mit Leichtigkeit und sie verstände etwas von der Dichtkunst; ob sie nicht auch finde, daß das Dasein trostlos sei? Wozu lebe man? Er aß zwei weitere Roastbeefs, und seine Verse wurden noch schwermütiger. Er begann das Problem des Selbstmordes zu diskutieren. Er selbst wäre dazu bereit, – morgen natürlich, nicht heute, nach einem so reichlichen Essen. Lillian wurde noch heiterer; Gérard war zwar mager, aber er sah gesund genug aus, um noch fünfzig Jahre zu leben.

Clerfayt hockte eine Zeitlang in der Ritz-Bar herum. Dann beschloß er Lillian anzurufen. Der Nachtportier meldete sich. »Madame ist nicht im Hotel«, erklärte er, als er Clerfayt erkannte.

»Wo ist sie?«

»Sie ist fortgegangen. Vor einer halben Stunde.«

Clerfayt kalkulierte; sie konnte in so kurzer Zeit nicht gepackt haben. »Hat sie Koffer mitgenommen?« fragte er zur Vorsicht.

»Nein, mein Herr. Sie hat einen Regenmantel angehabt.«

»Gut, danke.«

Einen Regenmantel, dachte Clerfayt. Sie bringt es fertig, ohne Gepäck zum Bahnhof zu gehen und abzufahren, – zurück zu ihrem Boris Wolkow, der so viel besser ist als ich.

Er lief zum Wagen. Ich hätte bei ihr bleiben sollen, dachte er. Was ist nur mit mir los? Wie ungeschickt man wird, wenn man wirklich liebt! Wie der Schellack der Überlegenheit von einem abfällt! Wie allein man ist, und wie alle glatte Erfahrung verdampft zu Nebel, der einem nur den Blick unsicher macht! Ich darf sie nicht verlieren!

Er ließ sich vom Nachtportier noch einmal beschreiben, in welcher Richtung sie gegangen sei. »Nicht zur Seine, mein Herr«, sagte der Bursche beruhigend. »Nach rechts. Vielleicht wollte sie noch etwas spazierengehen und kommt bald zurück.«

Clerfayt fuhr langsam den Boulevard St.-Michel entlang. Lillian hörte Giuseppe und sah ihn gleich darauf. »Und der Tod?« fragte sie Gérard, der eine Käseplatte vor sich hatte. »Wenn nun der Tod noch trostloser ist als das Leben?«

»Wer sagt uns«, fragte Gérard, schwermütig kauend, zurück, »ob das Leben nicht eine Strafe ist, die wir erdulden müssen für ein Verbrechen, das wir in einer anderen Welt begangen haben? Vielleicht ist dies hier die Hölle und nicht das, was die Kirche uns nach dem Tode prophezeit.«

»Sie prophezeit auch den Himmel.«

»Vielleicht sind wir dann alle gefallene Engel, die zu einer Anzahl von Jahren Bagno auf der Erde verurteilt worden sind.«

»Wir können die Straße abkürzen, wenn wir wollen.«

»Der Freitod!« Gérard nickte begeistert. »Und wir scheuen davor zurück. Dabei ist er die Befreiung! Wäre das Leben Feuer, wir wüssten, was wir täten! Rausspringen! Die Ironie –«

Giuseppe kam zum zweiten Mal vorbei; diesmal von der Place Edmond-Rostand her. Die Ironie, dachte Lillian, ist alles, was wir haben, und manchmal ist sie nicht ohne Reiz, so wie jetzt bei diesem Vortrag. Sie sah Clerfayt, der so intensiv die Menge auf der Straße mit den Augen durchsuchte, daß er sie zehn Schritt dahinter nicht bemerkte.

»Was wäre das Höchste, was sie vom Leben verlangen würden, wenn Ihre Wünsche erfüllt werden könnten?« fragte sie Gérard.

»Das ewige Unerfüllbare«, erwiderte der Poet sofort.

Sie sah ihn dankbar an. »Dann brauchen Sie also nichts mehr zu wünschen«, sagte sie. »Sie haben es bereits.«

»Nur noch einen Zuhörer wie Sie!« erklärte Gérard düster-galant und scheuchte den Zeichner fort, der das Porträt Lillians aus der Ferne beendet hatte und jetzt wieder an den Tisch kam. »Für immer. Sie verstehen mich.«

»Geben Sie das Bild mir«, sagte Clerfayt zu dem enttäuschten Zeichner.

Er war von hinten zu Fuß herangekommen und betrachtete Gérard missbilligend. »Scheren Sie sich weg«, sagte Gérard zu ihm. »Sehen Sie nicht, daß wir beschäftigt sind? Wir werden, weiß Gott, genug gestört. Garçon, noch zwei Pernod! Und werfen Sie diesen Herrn hinaus!«

»Drei«, erwiderte Clerfayt und setzte sich. Der Zeichner stand in beredter Stummheit neben ihm. Er bezahlte ihn. »Es ist schön hier«, sagte er zu Lillian. »Warum sind wir nicht schon öfter hierhergekommen?«

»Und wer sind Sie, ungebetener Fremder?« fragte Gérard, immer noch einigermaßen sicher, daß Clerfayt eine Art Zuhälter sei und einen der üblichen Tricks versuchte, mit Lillian bekannt zu werden.

»Der Direktor der Irrenanstalt von St.-Germain-des-Prés, mein Sohn, und diese Dame ist eine unserer Patientinnen. Sie hat heute Ausgang. Ist etwas passiert? Bin ich schon zu spät gekommen? Kellner, nehmen Sie das Messer hier weg! Die Gabel auch!«

Das Interesse des Poeten siegte über den Skeptizismus in Gérard. »Wirklich?« flüsterte er. »Ich wollte immer schon –«

»Sie können ruhig laut sprechen«, unterbrach Clerfayt ihn. »Sie liebt ihre Situation. Völlige Verantwortungsfreiheit. Sie untersteht keinem Gesetz. Selbst wenn sie mordete, würde sie freigesprochen.«

Lillian lachte. »Es ist umgekehrt«, sagte sie zu Gérard. »Er ist mein früherer Mann. Entlaufen aus der Anstalt. Typisch ist, daß er mich beschuldigt.«

Der Poet war kein Narr. Außerdem war er Franzose. Er sah jetzt klar und erhob sich mit einem zauberhaften

Lächeln. »Manche gehen zu spät, und manche gehen zu früh«, erklärte er. »Geh zur rechten Zeit, – also sprach Zarathustra. Morgen, Madame, wird ein Gedicht für Sie hier beim Kellner liegen.«

»Es ist schön, daß du gekommen bist«, sagte Lillian. »Wenn ich nun geschlafen hätte, hätte ich dies alles versäumt. Das grüne Licht und die süße Rebellion des Blutes. Und den Schlamm und die Schwalben darüber.«

Clerfayt nickte. »Verzeih mir. Aber du bist manchmal etwas zu schnell für mich. Du tust in Stunden, wozu andere Jahre brauchen, – so wie die Zauberpflanzen, die unter den Händen eines Yogis in Minuten aufwachsen und blühen –«

– und sterben, dachte Lillian. »Ich muß es tun, Clerfayt«, sagte sie. »Ich habe so viel nachzuholen. Deshalb bin ich auch so oberflächlich. Für die Weisheit ist später noch genug Zeit.«

Er nahm ihre Hand und küßte sie. »Ich bin ein Idiot. Und ich werde es täglich mehr. Aber ich habe nichts dagegen. Es gefällt mir. Wenn du nur da bist. Ich liebe dich sehr.«

Ein scharfer, schneller Streit entstand plötzlich vor dem Café. In Sekunden war ein Polizist da, ein paar Algerier gestikulierten, ein Mädchen schimpfte, Zeitungsjungen rannten und schrien.

»Komm«, sagte Lillian. »In meinem Zimmer ist noch Wein.«

XVII

Und wann schicken Sie sie?« fragte Lillian.

Die Verkäuferin bei Balenciaga lächelte. »So bald wie möglich.«

»In einer Woche?«

»In zwei Wochen. Es sind schwierige Kleider. Wir können sie nicht schneller machen. Wir fangen heute an.« Die Verkäuferin trug die Maße ein. »Sie sind etwas dünner geworden, Madame.«

»Das ist wahr. Ich kann tun, was ich will, ich nehme nicht zu.«

»Welch ein Glück!«

»Ja«, sagte Lillian. »Für manche Leute wäre das wirklich ein Glück.«

Sie trat auf die Avenue George-V hinaus. Der Nachmittag empfing sie mit Gold und Wind und Automobilen. Sie blieb einen Augenblick stehen und dachte über die Kleider nach, die sie bestellt hatte. Sie hatte eigentlich überhaupt keine mehr kaufen wollen, weil sie geglaubt hatte, für ihr Leben genug zu haben, aber Clerfayt hatte sie aufs neue gedrängt, ihr eines zu schenken, und dann hatte sie schließlich noch das für Venedig dazu genommen; – die Blutung dort hatte sie wahrscheinlich Tage und Woche ihres Lebens gekostet, und anstatt darüber in Schwermut, Anklagen und Reue zu versinken, erschien es ihr einfacher, sich zu sagen, daß sie dadurch auch weniger Geld für ihren Unterhalt brauchen würde und sich deshalb ein Kleid mehr kaufen könne. Sie hatte es mit besonderer Sorgfalt ausgesucht. Anfangs hatte sie ein dramatisches haben wollen, aber dann war es das einfachste von allen geworden, die sie besaß. Dramatisch wurde dafür das, was Clerfayt ihr geschenkt hatte, – es war ein einziger Protest gegen Toulouse und das, was sie sich darunter vorstellte.

Sie lächelte sich im Spiegel eines Schaufensters zu. In manchen Dingen konnte man gar nicht oberflächlich genug sein, dachte sie. Und Kleider konnten ein größerer moralischer Halt sein als aller Anspruch auf Recht, mehr als alles Mitleid und alles Verständnis, alle Beichtväter, alle Weisheit, alle verräterischen Freunde und selbst der Geliebte. Das war keine Frivolität, sondern einfach Wissen um den Trost und die große Wirkung der kleinen Dinge.

Es war gut, wenn man das wußte, dachte Lillian, und für sie fast nur noch das einzige. Sie hatte keine Zeit mehr für die großen Rechtfertigungen und nicht einmal welche mehr für Rebellionen. Sie hatte die eine gemacht, die sie wollte, und sie begann manchmal bereits daran zu zweifeln, – jetzt konnte sie nur noch ihre Rechnung mit dem Schicksal machen.

Sie wußte, daß man all das, womit sie sich täuschte und tröstete, auch als ziemlich billige Tricks auffassen konnte; aber sie war bereits so weit jenseits der ehrenwerten großen Tricks, mit denen der Mensch sein Dasein erträglich zu machen versucht, daß die Größenunterschiede für sie nicht mehr existierten. Außerdem schien ihr, es brauche ebensoviel, wenn nicht mehr Disziplin, Mut und Überwindung, an die kleinen Tricks für den Augenblick zu glauben und sie zu genießen, als an die andern, die große Namen hatten. So kaufte sie ihre Kleider und empfand dabei denselben Trost wie ein anderer mit aller Philosophie der Welt, genauso wie sie ihre Liebe zu Clerfayt und zum Leben bewußt miteinander verwechselte und sie in die Luft warf und wieder auffing und daran glaubte und trotzdem wußte, daß sie einmal zerschellen mußte. Mit einem Ballon konnte man fliegen, bis er sank – aber man konnte keine Häuser daran hängen. Und wenn er sank, war er ein toter Lappen Stoff – kein Ballon mehr.

Sie traf den Vicomte de Peystre, als sie bei Fouquet in die Champs-Élysées einbog. Er stutzte, als er sie sah. »Wie glücklich Sie aussehen!« sagte er. »Sind Sie verliebt?«

»Ja. In ein Kleid.«

»Wie vernünftig!« sagte Peystre. »Eine Liebe ohne Angst und ohne Schwierigkeiten!«

»Also keine!«

»Ein Teil der einzigen Liebe, die Sinn hat: der zu sich selbst.«

Lillian lachte. »Die nennen Sie ohne Angst und Schwierigkeiten? Sind Sie aus Gußeisen oder aus Schwammgummi?«

»Keines von beiden. Ich bin ein verspäteter Nachkomme des achtzehnten Jahrhunderts und teile das Schicksal aller Nachkömmlinge: mißverstanden zu werden. Wollen Sie einen Kaffee mit mir hier auf der Terrasse trinken? Oder einen Cocktail?«

»Einen Kaffee.«

Sie bekamen einen Tisch in der späten Sonne. »Es ist zu gewissen Zeiten fast dasselbe«, sagte Peystre, »in der Sonne zu sitzen oder über die Liebe zu reden oder über das Leben, – oder über nichts. Zum Beispiel zu dieser Stunde. Wohnen Sie noch in dem kleinen Hotel an der Seine?«

»Ich glaube, ja. Manchmal weiß ich es nicht ganz genau. Wenn die Fenster am Morgen offen sind, scheint es mir oft, als schliefe ich mitten im Lärm der Place de l'Opéra. Und nachts ist es manchmal so, als triebe ich die Seine hinunter – auf einem schweigenden Kahn oder im Wasser, auf dem Rücken, die Augen weit offen, ohne mich und ganz in mir selbst.«

»Sie haben sonderbare Gedanken.«

»Im Gegenteil. Ich habe fast gar keine. Träume manchmal, aber auch nicht viele.«

»Brauchen Sie keine?«

»Nein«, sagte Lillian. »Ich brauche wirklich keine.«

»Dann sind wir uns ähnlich. Ich brauche auch keine.«

Der Kellner brachte einen Sherry für Peystre und ein Kännchen Kaffee für Lillian. Peystre sah missbilligend auf den Kaffee. »Das trinkt man besser nach dem Essen«, erklärte er. »Wollen Sie nicht lieber einen Apéritif?«

»Nein. Wie spät ist es?«

»Fünf Uhr«, erwiderte Peystre verwundert. »Trinken Sie nach der Uhr?«

»Nur heute.« Lillian winkte dem Oberkellner. »Haben Sie schon etwas gehört, Monsieur Lambert?«

»Natürlich! Von Radio Rom! Seit Stunden! Ganz Italien ist am Radio oder steht auf den Straßen«, sagte der

Oberkellner aufgeregt. »Die schweren Wagen müssen in den nächsten Minuten abgelassen werden. Monsieur Clerfayt fährt mit Monsieur Torriani. Sie lösen sich nicht ab: Clerfayt fährt; Torriani ist dabei als Mechaniker. Es ist ein Sportwagenrennen. Soll ich das Radio holen? Ich habe es hier.«

»Ja, holen Sie es.«

»Ist Clerfayt in Rom?« fragte Peystre.

»Nein. In Brescia.«

»Ich verstehe nichts von Rennen. Was ist es für eines?«

»Das Tausend-Meilen-Rennen von Brescia durch ganz Italien, zurück nach Brescia.«

Der Oberkellner kam mit einem tragbaren Radioapparat. Er war ein Rennfanatiker und verfolgte das Rennen seit Stunden. »Sie werden in Abständen von Minuten abgelassen«, erklärte er. »Die schnellsten Wagen zuletzt. Es ist ein Rennen gegen die Stoppuhr. Ich werde Radio Mailand einstellen. Fünf Uhr, – jetzt kommen die Nachrichten.«

Er drehte an den Knöpfen. Das Radio begann zu krächzen. Dann kam Mailand mit politischen Nachrichten, rasch, als könne der Ansager nicht eilig genug zu den Sportnachrichten gelangen. »Wir bringen Ihnen jetzt eine Übertragung aus Brescia«, begann er mit veränderter, leidenschaftlicher Stimme. »Ein Teil der Kämpfer ist bereits auf den Weg geschickt worden. Der Marktplatz steht so voll von Menschen, daß sie sich kaum bewegen können –«

Der Apparat krachte und spuckte. Dann tönte klar durch den Stimmenlärm das Heulen eines Motors, das sofort leiser wurde. »Da saust einer ab«, flüsterte Monsieur Lambert aufgeregt. »Ein Alfa wahrscheinlich.«

Auf der Terrasse war es still geworden. Neugierige kamen heran oder lehnten von ihren Tischen herüber. »Wer führt?«

»Es ist zu früh, etwas zu sagen«, erklärte der Oberkellner mit Autorität. »Die schnellen Wagen starten erst jetzt.«

»Wieviel Wagen sind im Rennen?« fragte Peystre.

»Fast fünfhundert.«

»Guter Gott!« sagte jemand. »Und für wie lange?«

»Für über sechzehnhundert Kilometer, mein Herr. Bei gutem Durchschnitt fünfzehn bis sechzehn Stunden. Vielleicht auch weniger. Aber es regnet in Italien. Über Brescia tobt ein Gewitter.«

Die Übertragung war zu Ende. Der Oberkellner trug seinen Apparat zurück ins Restaurant. Lillian lehnte sich zurück. Fast sichtbar schien ein Bild noch einen Augenblick im stillen, goldenen Nachmittagslicht der Terrasse zu hängen, zwischen dem leisen Klirren von Eisstücken in Gläsern und dem Klappern der Porzellanteller, die, übereinander gehäuft, anzeigten, wieviel man getrunken hatte, – ein Bild ohne Farbe, durchsichtig wie im Wasser manche Krustazeen, so daß man dahinter die Stühle und Tische der Terrasse des Fouquet noch erkennen konnte, – das Bild eines grauen Marktplatzes, voll von abstraktem Lärm, der durch viele Echos seinen individuellen Ton verloren hatte, und die Gespenster der Wagen, einer hinter dem andern, mit zwei winzigen Funken Leben in jedem, die nichts weiter wollten, als sich selbst zu riskieren. »Es regnet in Brescia«, sagte sie. »Wo liegt Brescia eigentlich?«

»Zwischen Mailand und Verona«, erwiderte Peystre. »Wollen Sie heute abend mit mir essen?«

Die Girlanden hingen in Fetzen herunter, zerschlagen vom Regen. Die Flaggen klatschten nass gegen die Fahnenstangen. Das Gewitter tobte, als würde nicht nur eine Konkurrenz auf dem Erdboden ausgefahren, sondern eine zweite mit unsichtbaren Wagen in den Wolken. Der künstliche und der natürliche Donner wechselten miteinander ab; dem Aufbrüllen eines Wagens antwortete der Blitz und das Gepolter von oben. »Noch fünf Minuten«, sagte Torriani.

Clerfayt hockte hinter dem Steuer. Er war nicht sehr gespannt. Er wußte, daß er keine Chancen hatte; aber bei einem Rennen gab es immer Überraschungen, und bei einem langen Rennen gab es viele Zufälle.

Er dachte an Lillian und die Targa Florio. Damals hatte er sie vergessen gehabt und sie gehasst, weil er während des Rennens plötzlich wieder an sie gedacht und sie ihn gestört hatte. Das Rennen war wichtiger gewesen als sie. Jetzt war es anders. Er war ihrer nicht mehr sicher und dachte an sie, aber er gab sich keine Rechenschaft darüber, daß das nur an ihm lag. Weiß der Teufel, ob sie noch in Paris ist, dachte er. Er hatte am Morgen noch mit ihr telefoniert; aber in diesem Lärm schien der Morgen endlos weit. »Hast du Lillian telegrafiert?«

»Ja«, erwiderte Torriani. »Noch zwei Minuten.«

Clerfayt nickte. Der Wagen rollte langsam vom Marktplatz der Viale Venezia zu und stoppte. Niemand stand mehr vor ihnen. Der Mann mit der Stoppuhr war von jetzt an für mehr als einen halben Tag und eine halbe Nacht das Wichtigste auf der Welt für sie. Er sollte es sein, dachte Clerfayt; aber er ist es nicht mehr. Ich denke zuviel an Lillian. Ich sollte Torriani fahren lassen, aber jetzt ist es zu spät. »Zwanzig Sekunden«, sagte Torriani.

»Gott sei Dank! Los, zum Teufel!«

Der Starter winkte, und der Wagen schoß davon. Schreie flogen ihm nach. »Clerfayt«, rief der Ansager, »mit Torriani als Mechaniker ist gestartet.«

Lillian kam ins Hotel zurück. Sie fühlte, daß sie Fieber hatte, aber sie beschloß, es zu ignorieren. Sie hatte es oft, manchmal nur einen Grad, manchmal mehr, und sie wußte, was es bedeutete. Sie blickte in den Spiegel. Man sieht wenigstens abends dann nicht so erloschen aus, dachte sie und lächelte sich zu über den Trick, den sie wieder gebrauchte: das Fieber aus einem Feind zu einem abendlichen Freund zu machen, der den Augen Glanz und dem Gesicht die sanfte Erregung der höheren Temperatur gab.

Als sie vom Spiegel zurücktrat, sah sie die beiden Telegramme auf dem Tisch. Clerfayt, dachte sie mit einem Herzschlag von Panik. Aber was konnte schon so schnell passiert sein? Sie wartete eine Weile und starrte die kleinen, gefalteten und verklebten Papiere an. Vorsichtig nahm sie dann das erste hoch und öffnete es. Es war von Clerfayt. »Wir starten in fünfzehn Minuten. Sintflut. Fliege nicht fort, Flamingo.«

Sie legte das Papier neben sich. Nach einer Weile öffnete sie das zweite. Sie hatte noch mehr Angst als vorher; es konnte von der Rennleitung sein, über einen Unfall, aber es war ebenfalls von Clerfayt. Warum tut er das? dachte sie. Weiß er nicht, daß jedes Telegramm in solcher Zeit Angst macht?

Sie öffnete ihren Schrank, um ein Kleid für den Abend herauszusuchen. Es klopfte. Der Hausknecht stand draußen. »Hier ist das Radio, Mademoiselle. Sie bekommen Rom und Mailand leicht damit.«

Er stöpselte den Draht ein. »Hier ist noch ein Telegramm.«

Wie viele wird er denn noch schicken? dachte sie. Am besten wäre es, wenn er einen Detektiv in das Zimmer nebenan setzen würde, um mich zu kontrollieren. Sie suchte ein Kleid aus. Es war das, das sie in Venedig getragen hatte. Es war gereinigt worden und hatte keine Flecken mehr. Sie glaubte seitdem, es bringe Glück, und betrachtete es als Maskotte. Sie hielt es fest in der Hand, während sie das letzte Telegramm öffnete. Es war nicht von Clerfayt; aber es enthielt Glückwünsche für Clerfayt. Wie kam das hierher zu ihr? Sie sah noch einmal auf die Unterschrift in der tiefen Dämmerung. Hollmann. Sie suchte nach dem Ort, von dem es aufgegeben war. Es kam vom Sanatorium Bella Vista.

Sie legte das Blatt sehr behutsam auf den Tisch. Heute ist der Tag der Geister, dachte sie und setzte sich auf ihr Bett, – Clerfayt, der dort im Radiokasten sitzt und mit seinem dröhnenden Motor darauf wartet, das Zimmer zu erfüllen, – und jetzt dieses Telegramm, das schweigende Gesichter durch das Fenster starren läßt.

Es war die erste Nachricht, die sie je vom Sanatorium erhalten hatte. Sie hatte auch selbst nie geschrieben. Sie hatte es nicht gewollt. Sie hatte es für immer hinter sich lassen wollen. Sie war so sicher gewesen, nie zurückzukehren, daß der Abschied wie Tod gewesen war.

Sie saß lang still. Dann drehte sie die Knöpfe des Radios; es war die Zeit der Nachrichten. Rom stürzte herein mit einem Schwall von Lärm, mit Namen, bekannten, unbekannten Orten, Städten, Mantua, Ravenna, Bologna, Aquila, mit Stunden, Minuten, mit der aufgeregten Stimme des Ansagers, der gewonnene Minuten behandelte, als wären sie der Heilige Gral, der Defekte an Wasserpumpen, festgefressene Kolben, zerbrochene Benzinleitungen beschrieb, als beschriebe er Weltunglücke, und der wie einen Sturm das Rennen nach der Zeit hereinjagte in das halbdunkle Zimmer, das Rasen um Sekunden, nicht um Sekunden Leben, sondern um auf einer nassen Straße mit zehntausend Kurven und einer schreienden Menge ein paar hundert Meter früher an einem Ort zu sein, den man sofort wieder verließ, ein Rasen, als wäre die Atombombe hinter einem her.

Warum verstehe ich es nicht? dachte Lillian. Warum spüre ich nichts von dem Rausch der Millionen Menschen, die an diesem Abend und in dieser Nacht die Chausseen Italiens säumen? Sollte ich es nicht stärker fühlen? Ist nicht mein eigenes Leben ähnlich? Ein Rennen, um so viel an sich zu reißen, wie man kann, ein Jagen nach dem Phantom, das vor einem herschießt wie der künstliche Hase vor der Meute beim Windhundrennen?

»Florenz«, meldete die Stimme am Radio triumphierend und begann Zeiten aufzuzählen, Namen wieder und Automarken, Durchschnittsgeschwindigkeiten und

Höchstgeschwindigkeiten, und dann voller Stolz: »Wenn die führenden Wagen so weiterfahren, werden sie in neuer Rekordzeit wieder in Brescia sein!«

Lillian stutzte. In Brescia, dachte sie. Zurück in der kleinen Provinzstadt mit Garagen, Cafés und Läden, von der sie aufgebrochen waren. Sie spielten mit dem Tode, sie tobten durch die Nacht, sie fielen der entsetzlichen Müdigkeit des frühen Morgens anheim mit starren, maskengleichen, vom Dreck verkrusteten Gesichtern, sie rasten weiter, weiter, als ginge es um das Größte der Welt, – alles nur, um wieder in die kleine Provinzstadt zurückzukehren, von der sie gekommen waren! Von Brescia nach Brescia!

Sie stellte das Radio ab und ging zum Fenster. Von Brescia nach Brescia! Gab es ein stärkeres Symbol der Sinnlosigkeit? Hatte das Leben ihnen dazu Wunder wie gesunde Lungen und Herzen geschenkt, unbegreifliche chemische Fabriken wie die Leber und dic Nieren, eine weiße, weiche Masse im Schädel, die phantastischer war als sämtliche Sternsysteme, alles das, um es zu riskieren und, wenn sie Glück hatten, von Brescia nach Brescia zu kommen? Welch entsetzliche Narrheit!

Sie blickte auf die Kette der Autos, die unablässig am Quai vorbeiglitt. Fuhr nicht jeder von Brescia nach Brescia? Von Toulouse nach Toulouse? Von Selbstgenügen zu Selbstgenügen? Und von Selbstbetrug zu Selbstbetrug? ich auch! dachte sie. Wahrscheinlich ich auch! Trotz allem! Aber wo ist mein Brescia? Sie blickte auf das Telegramm Hollmanns. Dort, woher es kam, gab es kein Brescia. Weder ein Brescia noch ein Toulouse. Dort gab es nur den lautlosen, unerbittlichen Kampf, den Kampf um

Atem an der ewigen Grenze. Dort gab es kein Selbstgenügen und keinen Selbstbetrug.

Sie wandte sich ab und ging eine Weile im Zimmer umher. Sie betastete ihre Kleider, und ihr war plötzlich, als riesele Asche in ihnen. Sie hob ihre Bürsten und Kämme auf und legte sie wieder hin, ohne zu wissen, daß sie sie in der Hand gehalten hatte. Was habe ich nur getan? dachte sie. Und was tue ich? Schattenhaft kam durch das Fenster eine Ahnung, als habe sie einen entsetzlichen Irrtum begangen, einen Irrtum, dem nicht auszuweichen gewesen und der jetzt unwiderruflich war.

Sie begann sich anzuziehen für den Abend. Das Telegramm lag noch auf dem Tisch. Im Licht der Lampen schien es heller zu sein als alles andere im Zimmer. Sie blickte von Zeit zu Zeit darauf. Sie hörte das Klatschen des Flusses und roch das Wasser und das Laub der Bäume. Was tun sie jetzt da oben? dachte sie und begann sich zum ersten Male zu erinnern. Was taten sie, während Clerfayt über die dunklen Straßen vor Florenz seinen Scheinwerfern nachraste? Sie zögerte noch eine Weile, – dann nahm sie das Telefon auf und sagte die Nummer des Sanatoriums.

»Siena kommt!« schrie Torriani. »Tanken, Reifen wechseln.«

»Wann?«

»In fünf Minuten. Der verdammte Regen!«

Clerfayt verzog das Gesicht. »Wir haben ihn nicht allein. Die andern auch. Pass auf, wo das Depot ist!«

Die Häuser mehrten sich. Die Scheinwerfer rissen sie aus dem klatschenden Dunkel. Überall standen Menschen in Regenmänteln und mit Schirmen. Weiße Mauern tauchten auf, Leute, die wegspritzten. Schirme, die wie Pilze im Sturm schwankten, der schleudernde Wagen – »Das Depot!« schrie Torriani.

Die Bremsen fassten, der Wagen schüttelte sich und stand. »Benzin, Wasser, die Reifen, los!« rief Clerfayt in das echohafte Nachhallen nach dem Aufhören des Motors. Es hing in seinen Ohren, als wären sie leere, alte Säle während eines Gewitters.

Jemand gab ihm ein Glas Zitronenwasser und eine neue Brille. »Wo liegen wir?« fragte Torriani.

»Glänzend! An achtzehnter Stelle!«

»Lausig«, sagte Clerfayt. »Wo liegen die andern?«

»Weber an vierter, Marchetii an sechster, Frigerio an siebter Stelle. Conti ist ausgeschieden.«

»Wer liegt an erster Stelle?«

»Sacchetti mit zehn Minuten Vorsprung vor Lotti.«

»Und wir?«

»Neunzehn Minuten Abstand. Habt keine Sorge, – wer in Rom der erste ist, gewinnt nie das Rennen. Jeder weiß das!«

Gabrielli, der Rennleiter, stand plötzlich neben ihnen. »Gott hat das so eingerichtet!« erklärte er. »Mutter des Herrn, süßes Blut Christi, du weißt es auch!« betete er. »Strafe Sacchetti, weil er erster ist! Einen kleinen Benzinpumpenbruch, weiter nichts! Und für Lotti auch gleich einen! Ihr Erzengel, beschützt –«

»Wie kommen Sie hierher?« fragte Clerfayt. »Warum warten Sie nicht auf uns in Brescia?«

»Fertig!« schrien die Monteure.

»Los!«

»Warten! Sind Sie verrückt?« begann der Rennleiter. »Ich fliege –« die Worte wurden ihm vom Munde gerissen durch den Motor. Der Wagen raste weg, Menschen stürmten zur Seite, und das Band der Straße, auf das sie geklebt waren, begann wieder seine endlosen Verschlingungen. Was Lillian jetzt tun mag? dachte Clerfayt. Er hatte ein Telegramm nach dem Depot erwartet, er wußte nicht warum, aber Telegramme konnten verzögert werden, und vielleicht lag eines beim nächsten Depot. Dann war wieder die Nacht da, die Lichter, die Menschen, deren Schreie er nicht hörte im Motorbrüllen, als wären sie Figuren aus einem stummen Film, und schließlich nur noch die Straße, diese Schlange, die um die Erde zu laufen schien, und das mystische Tier, das unter der Motorkappe schrie.

XVIII

Das Gespräch kam sehr rasch. Lillian hat es erst in Stunden erwartet, einmal weil sie das französische Telefon kannte, und dann, weil sie das Gefühl hatte, das Sanatorium sei so weit weg, als läge es auf einem anderen Stern.

»Sanatorium Bella Vista.«

Lillian wußte nicht, ob sie die Stimme kannte. Es konnte sein, daß es immer noch Fräulein Heger war. »Herrn Hollmann, bitte«, sagte sie und fühlte, wie ihr Herz plötzlich schlug.

»Einen Augenblick.«

Sie lauschte in das fast unhörbare Summen des Drahtes. Es schien, daß man Hollmann suchen mußte. Sie sah auf die Uhr; es war nach dem Abendessen im Sanatorium. Wozu bin ich so erregt, als beschwöre ich einen Toten? dachte sie.

»Hollmann. Wer ist dort?«

Sie erschrak, so klar war die Stimme. »Lillian«, flüsterte sie.

»Wer?«

»Lillian Dunkerque.«

Hollmann schwieg einen Augenblick. »Lillian«, sagte er dann ungläubig. »Wo sind Sie?«

»In Paris. Ihr Telegramm für Clerfayt kam hierher. Es

wurde von seinem Hotel nachgeschickt. Ich habe es aus Versehen geöffnet.«

»Sie sind nicht in Brescia?«

»Nein«, sagte sie und fühlte einen leichten Schmerz. »Ich bin nicht in Brescia.«

»Wollte Clerfayt es nicht?«

»Nein, er wollte es nicht.«

»Ich sitze am Radio!« sagte Hollmann. »Sie auch, natürlich!«

»Ja, Hollmann.«

»Er fährt großartig. Das Rennen ist noch ganz offen. Ich kenne ihn; er wartet ab. Er läßt die andern ihre Maschinen kaputtfahren. Er wird nicht vor Mitternacht aufdrehen; vielleicht sogar noch etwas später, – nein, um Mitternacht, denke ich. Es ist ein Rennen gegen die Uhr, das wissen Sie. Er weiß nie selbst, wo er liegt, das ist das Zermürbende, er erfährt es nur, wenn er Benzin nimmt, und was er hört, ist vielleicht schon überholt. Es ist ein Rennen ins Ungewisse, – verstehen Sie mich, Lillian?«

»Ja, Hollmann. Ein Rennen ins Ungewisse. Wie geht es Ihnen?«

»Gut. Die Zeiten sind phantastisch. Durchschnittsgeschwindigkeiten von hundertzwanzig und mehr Kilometern. Dabei kommen viele von den großen Motoren jetzt erst in die langen Geraden. Durchschnittsgeschwindigkeiten, Lillian, keine Höchstgeschwindigkeiten!«

»Ja, Hollmann. Es geht Ihnen gut?«

»Sehr gut. Viel besser, Lillian. Welche Station hören Sie? Nehmen Sie Rom; Rom ist jetzt näher am Rennen als Mailand.«

»Ich habe Rom. Ich freue mich, daß es Ihnen besser geht.«

»Und Sie, Lillian?«

»Sehr gut. Und –«

»Es ist vielleicht richtig, daß Sie nicht in Brescia sind, es stürmt und regnet da, – obschon, ich hätte es nicht ausgehalten, ich hätte dabeigestanden. Wie geht es Ihnen, Lillian?«

Sie wußte, was er meinte. »Gut«, sagte sie. »Wie ist alles oben?«

»So wie immer. In den paar Monaten hat sich wenig geändert.«

In den paar Monaten, dachte sie. Waren es nicht Jahre? »Und wie geht es –« sie zögerte, aber sie wußte plötzlich, daß sie nur deswegen angerufen hatte, »– wie geht es Boris?«

»Wem?«

»Boris.«

»Boris Wolkow? Man sieht ihn wenig. Er kommt nicht mehr ins Sanatorium. Ich glaube, es geht ihm gut.«

»Haben Sie ihn irgendwann gesehen?«

»Ja, natürlich. Es ist allerdings schon zwei, drei Wochen her. Er ging mit seinem Hund spazieren, dem Schäferhund, den Sie ja kennen. Wir haben nicht miteinander gesprochen. Wie ist es da unten? So, wie Sie es sich gedacht haben?«

»Ungefähr so«, sagte Lillian. »Es kommt wohl immer darauf an, was man daraus macht. Liegt noch Schnee oben?«

Hollmann lachte. »Der ist weg. Die Wiesen sind am

Blühen. Lillian –« er machte eine Pause, »– ich werde in ein paar Wochen hier herauskommen. Es ist kein Schwindel. Der Dalai Lama hat es mir gesagt.«

Lillian glaubte es nicht. Man hatte es ihr vor Jahren auch gesagt. »Das ist wunderbar«, sagte sie. »Dann sehen wir uns hier wieder. Soll ich es Clerfayt sagen?«

»Lieber noch nicht; ich bin darin abergläubisch. Da – jetzt kommen die neuen Nachrichten! Sie müssen sie ja auch hören! Auf Wiedersehn, Lillian!«

»Auf Wiedersehen, Hollmann.«

Sie hatte etwas über Boris hinzusetzen wollen; aber sie tat es nicht. Sie blickte den schwarzen Hörer eine Weile an; dann legte sie ihn behutsam auf die Gabel und überließ sich ihren Gedanken, ohne ihnen zu folgen, bis sie merkte, daß sie weinte. Wie töricht ich bin! dachte sie und stand auf. Man muß für alles bezahlen. Glaubte ich denn, ich hätte es schon getan?

»Das Wort Glück hat in unserer Zeit eine übermäßige Bedeutung angenommen«, sagte der Vicomte de Peystre. »Es hat Jahrhunderte gegeben, in denen es unbekannt war. Es gehörte nicht zum Leben. Lesen Sie die chinesische Literatur der besten Epochen, die indische, die griechische. Statt Emotion, in der das Wort Glück seine Wurzel hat, suchte man ein gleich bleibendes, hohes Lebensgefühl. Da, wo das verlorengeht, beginnen die Krisen, die Verwechslungen mit der Emotion, die Romantik und der törichte Ersatz mit dem Suchen nach Glück.«

»Ist das andere nicht auch Ersatz?« fragte Lillian.

»Ein menschenwürdigerer«, erwiderte Peystre.

»Ist eines ohne das andere unmöglich?«

Er sah sie nachdenklich an. »Beinahe immer. Bei Ihnen, glaube ich, nicht. Das fasziniert mich. Sie haben beides. Es muß einen Zustand so reiner Verzweiflung voraussetzen, daß Namen dafür und auch für die Verzweiflung schon gleichgültig sind. Es ist jenseits von Anarchie – auf dem Polarplateau einer Einsamkeit ohne jede Trauer. Trauer und Rebellion haben sich bei Ihnen, glaube ich, längst gegenseitig vernichtet. Kleine Dinge haben deshalb denselben Wert wie große. Das Detail beginnt zu glänzen.«

»Das achtzehnte Jahrhundert steigt auf«, sagte Lillian mit halbem Spott. »Sind Sie nicht sein letzter Abkomme?«

»Sein letzter Verehrer.«

»Hat man je mehr von Glück geredet als damals?«

»Nur in den schlechten Perioden. Und auch dann hat man zwar davon geredet und geschwärmt, aber man war praktisch im großen Sinne.«

»Bis die Guillotine kam.«

»Bis die Guillotine kam und man das Recht auf das Glück erfand«, bestätigte Peystre. »Die Guillotine kommt immer.«

Lillian trank ihr Glas aus. »Ist das alles nicht eine lange Einleitung zu dem Vorschlag, den Sie mir wieder machen wollen: ihre Mätresse zu werden?«

Peystre blieb unbewegt. »Nennen Sie es so, wenn Sie wollen. Es ist ein Vorschlag, Ihnen den Rahmen zu geben, den Sie brauchen. Oder vielmehr, den Rahmen, der nach meiner Ansicht zu Ihnen passen würde.«

»Wie die Fassung zu einem Stein?«

»Wie die Fassung zu einem sehr kostbaren Stein.«

»Einem Stein aus reiner Verzweiflung?«

»Aus blauweißer Einsamkeit. Und blauweißem Mut, Mademoiselle. Mein Kompliment! Und verzeihen Sie meine Hartnäckigkeit. Diamanten von diesem Feuer sind selten.« Peystre lächelte. »Möchten Sie jetzt wieder die letzten Nachrichten über das Rennen in Italien hören?«

»Hier? Im Maxim?«

»Warum nicht? Albert, der Meister dieses Platzes, hat ganz andere Wünsche erfüllen können, wenn er wollte. Und für Sie würde er wollen. Ich habe es gesehen; Albert hat ausgezeichnete Augen.«

Das Orchester begann, der Tradition gemäß, Melodien aus der ›Lustigen Witwe‹ zu spielen. Die Kellner räumten den Tisch ab. Albert strich vorbei und dirigierte eine Flasche Kognak, die weder verstaubt noch mit dem Emblem Napoleons geziert war, sondern lediglich ein kleines, mit der Hand beschriebenes Schildchen trug, an den Tisch. »Ich sagte Ihnen, daß er ausgezeichnete Augen hat«, erklärte Peystre. »Versuchen Sie diesen Kognak, natürlich erst nach den üblichen Zeremonien des Anwärmens, des Einatmen des Bouquets und der Unterhaltung darüber. Wir werden überwacht.«

Lillian nahm ihr Glas, ohne es in der Hand zu wärmen oder seinen Duft einzuatmen, und trank es herunter. Peystre lachte. Albert, aus einer Ecke, schickte den Anschein eines bestätigenden Lächelns herüber. Ihm folgte nach einigen Minuten ein Kellner mit einer kleinen Flasche Framboise. Er stellte kleinere Gläser auf und schenkte ein. Ein Duft nach Obstgärten im frühen Sommer erhob sich sofort. »Alter Himbeergeist«, sagte Peystre mit Andacht. »Noch rarer!«

Lillian dachte: Was würde er tun, wenn ich ihm den Himbeergeist jetzt in sein überzüchtetes Gesicht gösse? Wahrscheinlich würde er auch das verstehen und einen hübschen Satz darüber sagen. Sie verachtete ihn nicht; sie fand ihn im Gegenteil angenehm wie ein mildes Schlafmittel und hatte ihm aufmerksam zugehört. Er verkörperte für sie die andere Seite des Daseins. Er hatte die Lebensangst zu einem Kult von ästhetischem Zynismus sublimiert und versuchte, aus gefährlichen Bergpfaden Parkwege zu machen. Es änderte nichts. Wann hatte sie das alles schon einmal ähnlich gehört? Bei Levalli in Sizilien natürlich. Man brauchte Geld und ein kleines Herz, um so zu leben. Man fuhr nicht von Brescia nach Brescia. Man blieb in Brescia und erklärte sich, man sei im Versailles des frühen achtzehnten Jahrhunderts.

»Ich muß gehen«, sagte sie.

»Wie oft Sie das sagen«, erklärte Peystre. »Es macht Sie unwiderstehlich. Ist es Ihr Lieblingswort?«

Sie sah ihn an. »Wenn Sie wüssten, wie gern ich bleiben würde«, sagte sie dann langsam. »Arm meinetwegen, allein, nur bleiben! Bleiben! Alles andere ist Lüge und der Mut der Angst.«

Sie ließ sich vor ihrem Hotel absetzen. Der Nachtportier kam ihr aufgeregt entgegen. »Herr Clerfayt liegt an zwölfter Stelle! Er hat sechs Konkurrenten überholt. Der Ansager hat erzählt, er wäre ein wunderbarer Nachtfahrer.«

»Das ist er.«

»Ein Glas Champagner, um zu feiern?«

»Man soll nie zu früh feiern. Rennfahrer sind abergläubisch.«

Lillian saß eine Weile in der kleinen, dunklen Halle. »Wenn er so weiterfährt, ist er morgen früh wieder in Brescia«, sagte der Nachtportier.

»Das auch«, erwiderte Lillian und stand auf. »Ich gehe noch einen Kaffee trinken am Boulevard Michel.«

Sie wurde dort bereits als Stammgast behandelt. Der Kellner wachte über sie, Gérard wartete auf sie, und eine Runde von Studenten hatten sich als eine Art von Ehrengarde für sie gebildet.

Gérard hatte die gute Eigenschaft, immer hungrig zu sein; das gab ihr Zeit nachzudenken, während er aß. Sie liebte es, auf die Straße zu schauen, wo das Leben mit heißen und trostlosen Augen vorübertrieb. Es war schwer, an eine unsterbliche Seele für jeden einzelnen zu glauben, wenn man diesen endlosen Strom sah. Wohin wanderten die Seelen später? Zerfielen sie wie die Körper? Oder geisterten sie noch umher in diesen Abenden der Wünsche, der Lust und der Verzweiflung, verwesend, voll von lautloser Angst und Beschwörung, bleiben zu können, was sie waren, und nicht zu Seelendünger für andere zu werden, die gerade jetzt hinter den Tausenden von Fenstern achtlos gezeugt wurden?

Gérard hatte endlich aufgehört zu essen. Das letzte war ein ausgezeichneter Pont-l'Évêque-Käse gewesen. »Wie der rohe Vorgang der Nahrungsaufnahme von gebratenen Stücken von Tierleichen und halbverwesten Milchprodukten die poetischen Qualitäten der Seele zu Hymnen anregt!« erklärte er. »Immer wieder verwunderlich und tröstlich!«

Lillian lachte. »Von Brescia nach Brescia«, sagte sie.

»Ich verstehe diesen klaren und einfachen Satz nicht; aber er scheint mir ziemlich unangreifbar.« Gérard trank seinen Kaffee herunter. »Er ist sogar tief. Von Brescia nach Brescia! Ich werde meinen nächsten Band Gedichte so nennen. Sie sind schweigsam heute nacht.«

»Nicht schweigsam. Nur ohne Worte.«

»Von Brescia bis Brescia?«

»Ungefähr so.«

Gérard nickte und roch an seinem Kognak. »Es ist ein Satz, der immer besser wird. Er führt zu einer Fülle von Plattitüden, die alle einmal tief wie Bergwerksschächte waren und es vielleicht noch sind.«

»Ich weiß noch einen dazu«, sagte Lillian: »Alles ist dasselbe.«

Gérard setzte sein Glas nieder. »Mit oder ohne Phantasie?«

»Mit aller Phantasie.«

Er nickte erleichtert. »Ich hatte einen Augenblick Angst, daß Sie deprimiert seien und eine Waschküchendummheit auskramen wollten.«

»Ganz das Gegenteil, – eine äußerst beglückende Erkenntnis.«

»Die Einzelheiten sind dasselbe wie das Ganze; aber das Ganze ist mehr. Diese Weinflasche ist ebenso hinreißend wie ein Raffael; in jener pickligen Studentin dort geistert zweifellos auch ein Stück Medea und Aspasia – das Leben ohne Perspektive: alles ist gleich wichtig und unwichtig; alles ist Vordergrund; alles Gott. Meinen Sie das?« fragte Gérard.

Lillian lächelte. »Wie schnell Sie sind!«

»Zu schnell.« Gérard zog eine bittere Grimasse. »Zu schnell, um es zu erleben.« Er nahm einen großen Schluck Kognak. »Wenn Sie das wirklich erlebt haben«, dozierte er, »dann bleiben Ihnen nur drei Dinge –«

»So viele?«

»In ein buddhistisches Kloster zu gehen, verrückt zu werden oder zu sterben, am passendsten durch eigene Hand. Die Selbstauslöschung ist, wie Sie wissen, eines der drei Dinge, die wir den Tieren voraushaben.«

Lillian fragte nicht nach den beiden anderen. »Es gibt noch ein viertes«, sagte sie. »Unser Unglück ist, zu glauben, daß wir einen Anspruch auf das Leben haben. Wir haben keinen. Wenn man das erkennt, wirklich erkennt, wird viel bitterer Honig plötzlich süß.«

Gérard salutierte schweigend, beide Hände hochgestreckt. »Wer nichts erwartet, wird nie enttäuscht. Die letzte der kleineren Weisheiten!«

»Für heute abend die letzte«, erwiderte Lillian und stand auf. »Die schönsten Weisheiten sterben über Nacht. Wieviel Leichen immer am nächsten Morgen zusammengefegt werden! Und sonderbar, was man alles redet, wenn die Sonne untergegangen ist. Ich muß jetzt gehen.«

»Das sagen Sie immer; aber Sie kommen wieder.«

Sie sah ihn dankbar an. »Nicht wahr? Merkwürdig, daß nur Dichter das wissen.«

»Sie wissen es auch nicht; sie hoffen es nur.«

Sie wanderte den Quai des Grands-Augustins entlang bis zum Quai Voltaire und dann zurück durch die kleinen Gassen hinter den Quais. Sie hatte wenig Angst, nachts allein zu gehen; sie hatte keine Angst vor Menschen.

In der Rue de Seine sah sie jemand auf dem Boden liegen. Sie glaubte, es sei eine Betrunkene, und ging vorbei; aber etwas in der Haltung der Frau, die ausgespreizt halb auf dem Fahrweg, halb auf dem Fußsteig lag, zwang sie, umzukehren. Sie wollte sie wenigstens ganz auf das Trottoir ziehen, damit sie vor Autos geschützt war.

Die Frau war tot. Die Augen waren offen und starrten im halben Licht der Laterne Lillian an. Der Kopf fiel, als sie die Schultern hob, mit dumpfem Laut zurück gegen das Pflaster. Lillian stieß einen unterdrückten Ruf aus; sie glaubte im ersten Augenblick, der Toten weh getan zu haben. Sie blickte in das Gesicht; es war endlos leer. Ratlos sah sie sich um; sie wußte nicht, was sie tun sollte. Ein paar Fenster waren hell, und hinter einem größeren, das verhängt war, hörte sie Musik. Zwischen den Häusern stand der Himmel sehr hoch und ohne Sterne. Jemand rief irgendwoher. Lillian sah einen Mann herankommen. Sie zögerte einen Moment; dann ging sie ihm rasch entgegen. »Gérard!« sagte sie erstaunt und erleichtert. »Woher wußten Sie –«

»Ich bin Ihnen nachgegangen. Es ist das Recht der Poeten an Frühlingsabenden –«

Lillian schüttelte den Kopf. »Dort liegt eine tote Frau! Kommen Sie!«

»Sie wird betrunken sein. Bewusstlos.«

»Nein, sie ist tot. Ich weiß, wie man aussieht, wenn man tot ist.« Sie spürte, wie Gérard widerstrebte. »Was ist?«

»Ich will damit nichts zu tun haben«, sagte der Dichter des Todes.

»Wir können sie nicht liegenlassen.«

»Warum nicht? Sie ist tot. Was jetzt kommt, geht nur noch die Polizei an. Ich will nicht darin verwickelt werden. Sie sollten es auch nicht! Man wird annehmen, wir hätten sie ermordet. Kommen Sie!«

Er zog Lillian am Arm. Sie blieb stehen. Sie blickte in das Gesicht, das nichts mehr wußte und alles wußte, was sie nicht wußte. Die Tote sah entsetzlich verlassen aus. Ein Bein hatte sie angezogen unter dem karierten Rock. Man sah die Strümpfe, die braunen Schuhe, die halbgeöffneten Hände, das kurze, dunkle Haar und eine dünne Kette um den Hals.

»Kommen Sie!« flüsterte Gérard. »Hier gibt es nur noch Schwierigkeiten! Es ist kein Spaß, mit der Polizei zu tun zu haben! Wir können von irgendwoher telefonieren. Das ist alles, was wir zu tun haben.«

Sie ließ sich wegziehen. Gérard ging so eilig, daß sie kaum nachkommen konnte. Als sie die Quais erreicht hatten, sah sie, daß er sehr blaß war. »Es ist etwas anderes, ihm gegenüberzustehen, als darüber zu reden, wie?« sagte sie mit bitterem Spott. »Wo können wir telefonieren? In meinem Hotel?«

»Da wird uns der Nachtportier überhören.«

»Ich kann ihn wegschicken, etwas zu holen.«

»Gut.«

Der Portier kam strahlend. »Er liegt jetzt an zehnter Stelle, aber er wird –«

Er sah Gérard und verstummte vorwurfsvoll. »Ein

Freund von Clerfayt«, sagte Lillian. »Sie haben recht, man muß das jetzt feiern. Holen Sie eine Flasche Wein. Wo ist das Telefon hier?«

Der Portier zeigte auf seinen Tisch und verschwand. »Jetzt«, sagte Lillian.

Gérard suchte bereits im Telefonbuch. »Das Verzeichnis ist alt.«

»Die Polizei ändert ihre Nummer nicht.«

An zehnter Stelle, dachte Lillian. Da fährt er und fährt er immer noch, von Brescia bis Brescia, und inzwischen –

Sie hörte Gérard sprechen. Der Portier kam mit Gläsern und einer Flasche Champagner. Der Pfropfen knallte wie ein Schuß; der Portier hatte die Flasche zu freudig geschüttelt. Gérard hörte erschreckt auf zu sprechen. »Nein, kein Schuß«, erklärte er dann und hängte auf.

»Ich glaube, Sie brauchen etwas zu trinken«, sagte Lillian. »Ich wußte im Augenblick nichts anderes als dies; der Portier hat seit heute abend darauf gewartet, die Flasche zu öffnen. Es ist wohl kein Sakrileg.«

Gérard schüttelte den Kopf und trank gierig. Er blickte zum Telefon. Lillian sah, daß er Angst hatte, die Polizei könne herausfinden, woher telefoniert worden sei. »Sie glaubten, jemand habe hier geschossen«, sagte er. »Es war der Kork. Warum ist das Tragische oft noch so schrecklich komisch?«

Lillian gab ihm die Flasche zum Einschenken. »Ich muß gehen«, sagte er.

»Diesmal müssen Sie gehen. Gute Nacht, Gérard.«

Er sah auf die Flasche. »Ich kann sie mitnehmen, wenn Sie sie nicht mehr wollen.«

»Nein, Gérard. Eins oder das andere.«

Sie sah ihn rasch durch die Tür verschwinden. Jetzt kommt die Nacht, allein, dachte sie und gab die Flasche dem Portier. »Trinken Sie das. Ist das Radio noch oben?«

»Selbstverständlich, Mademoiselle.«

Sie stieg die Treppe hinauf. Das Radio glänzte mit Chrom und Glas aus dem Dunkeln. Sie machte Licht und wartete eine Zeitlang am Fenster, ob ein Polizeiwagen vorbeikäme. Sie sah nichts. Langsam zog sie sich aus. Sie überlegte, ob sie ihre Verbündeten, die Kleider, über Nacht um sich herumhängen sollte; aber sie tat es nicht. Die Zeit für diese Hilfen war vorbei, dachte sie. Und die Gelegenheit auch. Aber sie ließ eine Lampe brennen und nahm Schlaftabletten.

Sie erwachte, als würde sie irgendwoher herausgeschleudert. Durch die Vorhänge stach die Sonne mit ihren Strahlen gegen die übernächtige, elektrische Birne. Das Telefon schrillte. Die Polizei, dachte sie und hob den Hörer.

Es war Clerfayt. »Wir sind gerade in Brescia angekommen!«

»Ja, in Brescia.« Sie schüttelte die Reste eines schon in Vergessenheit stürzenden Traumes ab. »Du bist durchgekommen!«

»Als Sechster.« Clerfayt lachte.

»Als Sechster. Das ist wunderbar.«

»Es ist Unsinn. Ich komme morgen zurück. Ich muß jetzt schlafen. Torriani schläft schon hier im Stuhl.«

»Ja, schlafe. Es ist gut, daß du angerufen hast.«

»Gehst du mit mir zur Riviera?«

»Ja, Geliebter.«

»Warte auf mich.«

»Ja, Geliebter.«

»Fahr nicht weg, bevor ich komme.«

Wohin sollte ich denn schon fahren? dachte sie. Nach Brescia? »Ich warte auf dich«, sagte sie.

Mittags ging sie die Rue de Seine entlang. Die Straße war wie immer. Sie suchte in den Spalten der Zeitungen. Sie fand nichts. Es war zu unbedeutend für eine Zeitungsnotiz, daß ein Mensch gestorben war.

XIX

Ich habe das Haus lange vor dem Krieg gekauft«, sagte Clerfayt. »Damals konnte man die halbe Riviera für nichts kaufen. Ich habe nie darin gewohnt, ich habe nur ein paar Sachen hineingestellt. Wie du siehst, ist es im scheußlichsten Stil gebaut, aber man kann die Stuckornamente abschlagen und es modernisieren und einrichten.«

»Warum? Willst du wirklich hier wohnen?«

»Warum nicht?«

Lillian blickte aus dem halbdunklen Zimmer in den dunkelnden Garten mit seinen Kieswegen. Man konnte von hier das Meer nicht sehen. »Aber Clerfayt!« sagte sie lächelnd. »Vielleicht wenn du fünfundsechzig bist! Nicht früher. Nach einem arbeitsreichen Leben in Toulouse. Dann kannst du hier ein gut französisches Rentnerleben führen, wenn du willst, mit einem Diner sonntags im Hotel de Paris und einem Ausflug ins Kasino.«

»Der Garten ist groß, und man kann das Haus ausbauen«, erwiderte Clerfayt unbeirrt. »Ich habe Geld dafür. Die Mille Miglia haben sich gnädig gezeigt. Ich hoffe, daß ich beim Rennen in Monaco noch etwas dazuhole. Warum findest du es so unmöglich, hier zu wohnen? Wo sonst möchtest du leben?«

»Ich weiß es nicht, Clerfayt.«

»Das weiß man doch! Wenigstens ungefähr.«

»Ich nicht«, sagte Lillian in einer leichten Panik. »Nirgendwo. Irgendwo leben zu wollen ist immer irgendwo sterben zu wollen.«

»Das Klima ist hier im Winter hundertmal besser als in Paris.«

»Im Winter!« sagte Lillian, als sagte sie Sirius und Styx und Ewigkeit.

»Der Winter kommt rasch. Man muß bald mit dem Umbau anfangen, wenn man fertig sein will.«

Lillian blickte sich in dem trüben Raum um. Es war nicht das erste Mal, daß sie davon sprachen. Ich will nicht hier gefangen werden, dachte sie und fragte: »Mußt du im Winter nicht in Toulouse arbeiten?«

»Das kann ich außerdem; ich möchte nur, daß du schon vorher irgendwo lebst, wo das beste Klima für dich ist.«

Was geht mich das Klima an, dachte Lillian und sagte verzweifelt: »Das beste Klima hat das Sanatorium.«

Clerfayt sah sie an. »Mußt du dahin zurück?«

Sie schwieg. »Möchtest du dahin zurück?« fragte er.

»Was soll ich dir darauf antworten? Bin ich nicht hier?«

»Hast du einen Arzt gefragt? Hast du je hier unten einen Arzt danach gefragt?«

»Ich brauche dazu keinen Arzt zu fragen.«

Er sah sie mißtrauisch an. »Wir werden zusammen einen Arzt fragen. Ich werde den besten Arzt in Frankreich ausfindig machen, und wir werden ihn fragen.«

Lillian antwortete nicht. Das auch noch, dachte sie. Clerfayt hatte sie schon ein paar Male gefragt, ob sie zum Arzt ginge, aber er hatte nie darauf bestanden, mehr davon zu hören als ihre Versicherung, daß sie es täte. Dieses war anders. Es fiel zusammen mit dem Haus, der Zukunft, der Liebe, der Fürsorge, mit all den schönen Namen, die es für sie nicht mehr gab, weil sie das Sterben nur noch schwerer machten. Die nächste Konsequenz würde sein, daß er versuchte, sie in ein Krankenhaus zu stecken.

Ein Vogel begann sehr schrill vor dem Fenster zu singen. »Laß uns hier hinausgehen«, sagte Clerfayt. »Das elektrische Licht in diesem bunten Kandelaber ist entsetzlich, ich gebe es zu. Aber alles das kann man ändern.«

Draußen lehnte der Abend an den Mauern mit den Stuckornamenten. Lillian atmete tief auf. Ihr war, als sei sie entkommen. »Die Wahrheit ist«, sagte Clerfayt, »daß du nicht mit mir leben willst, Lillian! Ich weiß es.«

»Ich lebe doch mit dir«, erwiderte sie hilflos.

»Du lebst mit mir wie jemand, der morgen nicht mehr da sein wird. Wie jemand, der immer am Abreisen ist.«

»Wolltest du das nicht so?«

»Vielleicht, – aber jetzt will ich es nicht mehr. Wolltest du je anders mit mir leben?«

»Nein«, sagte sie leise. »Aber auch nicht mit irgendjemand andern, Clerfayt.«

»Warum nicht?«

Sie schwieg rebellisch. Wozu fragt er diese törichten Fragen? »Wir haben doch schon so oft darüber gesprochen. Wozu schon wieder?« sagte sie schließlich.

»Ein Verhältnis kann sich ändern. Ist Liebe etwas so Verächtliches?«

Sie schüttelte den Kopf. Er sah sie an. »Ich wollte nie etwas sehr in meinem Leben für mich, Lillian. Jetzt will ich es. Ich will dich.«

»Du hast mich doch!«

»Nicht ganz. Nicht genug.«

Er will mich anbinden und einsperren, dachte sie, und er ist stolz darauf und nennt es Heirat und Sorge und Liebe, und vielleicht ist es das auch. Aber warum begreift er nicht, daß das, worauf er stolz ist, das ist, was mich wegtreibt? Voll Hass blickte sie auf die kleine Villa mit ihren Kieswegen. War sie deshalb von oben geflohen, um hier zu enden? Hier oder in Toulouse oder in Brescia? Wo war das Abenteuer geblieben? Wo war Clerfayt geblieben? Was hatte ihn verwandelt? Warum lachten sie nicht darüber? Was sonst blieb ihnen übrig?

»Wir können es wenigstens versuchen«, sagte Clerfayt. »Wenn es nicht geht, verkaufen wir das Haus.«

Ich habe keine Zeit mehr, etwas zu versuchen, dachte Lillian. Und ich habe keine Zeit mehr zu Experimenten mit häuslichem Glück. Es macht mich zu traurig. Ich muß fort! Ich habe nicht einmal Zeit mehr zu solchen Gesprächen. Das alles habe ich viel besser gekannt, oben im Sanatorium, bei Boris, und auch da bin ich geflohen.

Sie wurde plötzlich ruhig. Sie wußte noch nicht, was sie tun würde, aber daß sie fliehen konnte, machte alles weniger unerträglich. Sie fürchtete sich nicht vor Unglück, sie hatte zu lange damit und dadurch gelebt – sie fürchtete sich auch nicht vor Glück, wie so viele, die glauben, es zu suchen, – sie fürchtete sich vor dem Gefängnis der Mittelmäßigkeit.

Am Abend war Feuerwerk über dem Meer. Die Nacht war klar und sehr hoch, und da der Horizont vom Meer und vom Himmel gebildet wurde, stiegen und fielen die Raketen, als würden sie abgeschossen in die Unendlichkeit und stürzten jenseits der Erde in den Raum, der kein Raum mehr war, da er keine Grenzen zu haben schien. Lillian erinnerte sich an das letzte Feuerwerk, das sie gesehen hatte. Es war auf der Bergerhütte am Abend vor ihrer Flucht gewesen. Stand sie jetzt nicht wieder vor einer Flucht? Die Entscheidungen meines Lebens scheinen sich unter Feuerwerken zu vollziehen, dachte sie ironisch. Oder war alles, was bisher geschehen war, vielleicht nichts anderes als nur das? Ein Feuerwerk, das nun zu verblassen und zu Asche und Staub zu werden begann? Sie sah sich um. Noch nicht, dachte sie angstvoll, noch nicht jetzt! Gab es nicht immer vor dem Ende wenigstens noch ein letztes, großes Aufflammen, bei dem alles verschwendet wurde zu einem großen Finale?

»Wir haben noch nicht gespielt«, sagte Clerfayt. »Hast du es je getan? Im Spielsaal, meine ich.«

»Nie.«

»Dann solltest du es versuchen. Du hast dann noch die Hand der Unschuld und müsstest gewinnen. Wollen wir hinfahren? Oder bist du müde? Es ist schon zwei Uhr.«

»Früher Morgen! Wer ist da müde?«

Sie fuhren langsam durch die beglänzte Nacht. »Endlich ist es warm«, sagte Lillian.

»Wir können hier bleiben, bis es in Paris auch Sommer ist.«

Sie lehnte sich an ihn. »Warum leben Menschen nicht für immer, Clerfayt? Ohne Tod?«

Er legte den Arm um ihre Schultern. »Ja, warum nicht?

Warum werden wir alt? Warum können wir nicht leben, als wären wir dreißig, bis wir achtzig sind und dann plötzlich sterben?«

Sie lachte. »Ich bin noch keine dreißig.«

»Das ist wahr«, sagte Clerfayt und ließ sie los. »Ich vergesse das immer wieder. Ich habe das Gefühl, du wärest in drei Monaten mindestens fünf Jahre älter geworden, so hast du dich verändert. Du bist fünf Jahre schöner geworden. Und zehn Jahre gefährlicher.«

Sie spielten zuerst in den großen Sälen; dann, als diese leer wurden, in den kleineren, in denen die Einsätze höher waren. Clerfayt begann zu gewinnen. Er spielte anfangs Trente et quarante und ging dann zu einem Roulettetisch, an dem das Maximum höher war als an den anderen. »Bleib hinter mir stehen«, sagte er zu Lillian. »Du bringst Glück.«

Clerfayt spielte die Zwölf, die Zweiundzwanzig und die Neun. Er verlor allmählich, bis er nur noch genug Spielmarken hatte, um noch einmal das Maximum zu setzen. Er setzte es auf Rot. Rot gewann. Er zog den halben Gewinn ab und ließ den Rest auf Rot. Rot gewann wieder. Er ließ das Maximum stehen. Rot gewann noch zweimal. Vor Clerfayt häuften sich jetzt die Spielmarken. Andere Spieler im Saal wurden aufmerksam. Der Tisch war jetzt besetzt. Lillian sah auch Fiola herankommen. Er lächelte zur ihr hinüber und setzte auf Schwarz. Rot gewann wieder. Beim nächsten Spiel war Schwarz mit Maximalsätzen von allen Seiten gepflastert, und um den Tisch drängten sich die Spieler drei Reihen tief. Fast alle spielten gegen

Clerfayt. Nur eine dürre Greisin in einem Abendkleid aus hellblauem Viole setzte mit ihm auf Rot.

Der Saal wurde still. Die Kugel klapperte. Die Greisin nieste. Rot gewann wieder.

Fiola machte Clerfayt ein Zeichen aufzuhören; die Serie mußte ja irgendwann ein Ende haben. Clerfayt schüttelte den Kopf und ließ das Maximum weiter auf Rot.

»Il est fou«, sagte jemand hinter Lillian.

Im letzten Moment schob die Greisin, die ihren Gewinn schon abgezogen hatte, alles wieder auf Rot. Man hörte sie in der Stille heftig atmen und dann verstummen. Sie versuchte, einen zweiten Niesanfall zu unterdrücken. Ihre Hand lag wie eine gelbe Kralle auf dem grünen Tuch. Neben sich hatte sie eine kleine, grüne Schildkröte als Maskotte.

Rot gewann wieder. Die Greisin explodierte. »Formidable«, sagte die Frau hinter Lillian. »Wer ist das?«

Die Nummern wurden kaum noch gesetzt. Das Gerücht der Serie hatte sich jetzt überall verbreitet. Eine Batterie von großen Marken versammelte sich in aufgetürmten Reihen auf Schwarz. Rot war siebenmal gekommen; die Farbe mußte endlich wechseln. Clerfayt hielt als einziger weiter Rot. Die Greisin setzte in ihrer Aufregung im letzten Augenblick die Schildkröte. Bevor sie sie auswechseln konnte, ging ein Raunen durch den Saal; Rot hatte wieder gewonnen.

»Madame, wir können Ihnen die Schildkröte nicht verdoppeln«, sagte der Croupier und schob der Greisin das Tier mit seinem weisen, uralten Kopf über den Tisch wieder zu.

»Aber meinen Gewinn!« krächzte das Gespenst.

»Entschuldigen Sie, Madame, aber Sie haben Ihren Einsatz weder gemacht noch angemeldet.«

»Sie sahen doch, daß ich setzen wollte! Das ist genug.«

»Sie müssen entweder gesetzt oder Ihren Einsatz angemeldet haben, bevor die Kugel fällt.«

Die Greisin schaute erbittert um sich. »Faites vos jeux«, sagte der Croupier gleichgültig.

Clerfayt setzte wieder Rot. Die Greisin setzte ärgerlich auf Schwarz. Alle andern setzten ebenfalls Schwarz. Fiola setzte die Sechs und Schwarz.

Rot kam noch einmal. Clerfayt zog jetzt seinen Gewinn ein. Er schob dem Croupier eine Anzahl Marken zu und stand auf. »Du hast mir wirklich Glück gebracht«, sagte er zu Lillian und blieb stehen, bis die Kugel wieder still lag. Schwarz gewann. »Siehst du«, sagte er. »Manchmal hat man einen sechsten Sinn.«

Sie lächelte. Hättest du ihn doch in der Liebe! dachte sie.

Fiola kam herüber. »Ich gratuliere. Zur rechten Zeit aufhören zu können, ist die große Kunst des Lebens.« Er wandte sich an Lillian. »Finden Sie nicht?«

»Ich weiß es nicht. Ich hatte nie Gelegenheit dazu.«

Er lachte. »Das glaube ich nicht. Sie sind aus Sizilien verschwunden und haben Verwirrung in vielen Köpfen hinterlassen. In Rom kamen Sie an und waren fort wie ein Blitz. Auch in Venedig konnte niemand Sie finden, hat man mir anvertraut.«

Sie gingen zur Bar, um das Glück Clerfayts zu feiern. »Ich glaube, ich habe genug gewonnen, um das Haus fertig ausbauen zu lassen«, sagte er zu Lillian.

»Du kannst es morgen wieder verlieren.«

»Möchtest du das?«

»Natürlich nicht.«

»Ich werde nicht mehr spielen«, erklärte er. »Wir werden alles behalten. Ich werde dir noch einen Swimmingpool in den Garten bauen lassen.«

»Ich brauche keinen. Ich schwimme nicht, das weißt du doch.«

Er sah sie rasch an. »Ich weiß. Bist du müde?«

»Nein.«

»Eine Serie von neunmal Rot ist eine wunderbare Sache«, sagte Fiola. »Ich habe nur einmal eine längere Serie gesehen. Zwölfmal Schwarz. Es war vor dem Kriege. Damals gab es Tische mit einem viel höheren Maximum als heute, im Cercle privé. Der Mann, der die Serie spielte, sprengte die Bank. Er setzte hinterher auf die Dreizehn, und die Dreizehn kam in zwölf Coups fünfmal. Es war eine Sensation. Alles setzte mit ihm. Er ruinierte dadurch die Bank zweimal in einer Nacht. Es war ein Russe. Wie hieß er doch? Wolkow oder so ähnlich. Ja, Wolkow.«

»Wolkow?« fragte Lillian ungläubig. »Doch nicht Boris Wolkow?«

»Richtig! Boris Wolkow. Kannten Sie ihn?«

Lillian schüttelte den Kopf. Nicht so, dachte sie. Sie sah, daß Clerfayt sie beobachtete.

»Ich wüsste gern, was aus ihm geworden ist«, sagte Fiola. »Er war ein Mann, der hier Aufsehen erregte. Einer der letzten Spieler in der großen Tradition. Erstklassiger Schütze außerdem. Er war damals hier mit Maria Andersen. Vielleicht haben Sie von ihr gehört. Sie war eine der schönsten Frauen, die ich je gesehen habe. Starb in Mailand bei einem Bombenangriff.« Er wendete sich an Clerfayt. »Haben Sie nie von Wolkow gehört?«

»Nie«, sagte Clerfayt.

»Sonderbar! Er fuhr damals auch irgendwo bei ein paar Rennen mit. Als Amateur natürlich. Ich habe selten jemand gesehen, der so viel Alkohol vertragen konnte. Wahrscheinlich hat er sich zugrunde gerichtet; er machte ganz den Eindruck, daß er es wollte.«

Clerfayts Gesicht war finster geworden. Er winkte dem Kellner, noch eine Flasche zu bringen. »Spielen Sie heute noch?« fragte Fiola ihn. »Doch sicher nicht!«

»Warum nicht? Serien kommen in Serien. Vielleicht gibt es sogar heute noch eine von dreizehnmal Schwarz.«

»Er sollte nicht weiterspielen«, sagte Fiola zu Lillian. »Heute nicht. Das ist ein Gesetz, so alt wie die Welt.«

Lillian sah zu Clerfayt hinüber. Er hatte sie dieses Mal nicht gefragt mitzukommen, um ihm Glück zu bringen, und sie wußte, warum. Wie kindisch er ist, dachte sie zärtlich. Und wie blind in seiner Eifersucht! Hat er denn vergessen, daß es nie ein anderer ist, der zerstört, sondern immer nur man selbst?

»Sie dagegen sollten spielen«, sagte Fiola. »Sie sind zum ersten Male hier. Tun Sie es für mich? Kommen Sie!«

Sie gingen zu einem anderen Tisch. Fiola begann zu setzen, und nach ein paar Minuten ließ auch Lillian ein paar Scheine in Jetons umwechseln. Sie setzte vorsichtig kleine Summen; Geld war für sie mehr als Besitz, es war ein Stück Leben. Sie wollte nie auf Onkel Gastons griesgrämige Hilfe angewiesen sein.

Sie fing fast sofort an zu gewinnen. »Da ist die Kinderhand«, sagte Fiola, der verlor. »Dies ist Ihre Nacht! Haben Sie etwas dagegen, wenn ich Ihnen nachsetze?«

»Sie werden es bereuen.«

»Nicht beim Spiel. Setzen Sie, wie es Ihnen in den Kopf kommt.«

Lillian setzte eine Zeitlang Rot und Schwarz, dann die zweite Douzaine und schließlich Nummern. Sie gewann zweimal auf Zero. »Das Nichts liebt Sie«, sagte Fiola lachend.

Die Greisin mit der Schildkröte erschien. Sie setzte sich mit bösem Gesicht Lillian gegenüber. Zwischen den Sätzen flüsterte sie mit der Schildkröte. Auf ihrer Hand hing lose ein Diamant von großer Schönheit. Ihr Hals war faltig wie der des Tieres, und beide ähnelten sich. Sie hatten auch die gleichen fast lidlosen Augen, die kein Weiß zeigten.

Lillian spielte jetzt abwechselnd Schwarz und die Dreizehn. Als sie nach einiger Zeit aufblickte, sah sie, daß Clerfayt auf der anderen Seite stand und ihr Spiel beobachtete. Sie hatte wie Boris Wolkow gesetzt und sie sah, daß Clerfayt es bemerkt hatte. Sie setzte rebellisch die Dreizehn weiter. Nach sechs Coups kam sie. »Genug«, sagte sie und schob ihre Jetons vom Tisch in ihre Tasche. Sie hatte gewonnen, sie wußte nicht, wieviel.

»Wollen Sie schon gehen?« fragte Fiola. »Dies ist Ihre Nacht, Sie sehen es doch. Sie kommt niemals wieder!«

»Die Nacht ist vorbei. Wenn wir die Vorhänge der Fenster aufzögen, würde der blasse Morgen uns alle zu Gespenstern machen. Gute Nacht, Fiola. Spielen Sie weiter! Einer spielt immer weiter.«

Als sie mit Clerfayt hinauskam, erschien die Riviera so, wie sie war, bevor die Touristen sie entdeckten. Der Himmel schimmerte messinggelb und blau und wartete auf die Sonne; das Meer war weiß am Horizont und durchsichtig wie Aquamarin. Ein paar Fischerboote standen draußen mit gelben und roten Segeln. Der Strand war still; nirgendwo auf den Straßen fuhr ein Auto. Der Wind roch nach Langusten und Meer.

Lillian begriff nicht, woher auf einmal der Streit kam. Sie hörte Clerfayt, und es dauerte eine Weile, bis sie ihn verstand. Seine Eifersucht auf Wolkow brach offen aus. »Was kann ich tun?« hörte sie ihn sagen. »Ich muß gegen einen Schatten kämpfen, gegen jemand, den ich nicht fassen kann, jemand, der nicht da ist und der dadurch um so mehr da ist, der stärker ist als ich, weil er nicht da ist, der ohne Fehler ist, weil er nicht da ist, der verklärt wird, weil er nicht da ist, der den entsetzlichen Vorteil der Abwesenheit hat, die ihm tausend Waffen gegen mich gibt, während ich da bin und du mich siehst, wie ich bin, so wie jetzt, außer mir, ungerecht meinetwegen, kleinlich, albern – und dagegen steht das große, ideale Bild, das nichts falsch machen kann, weil es nichts tut, weil es schweigt und man nichts dagegen tun kann, so wie man gegen die Erinnerung an einen Toten nichts tun kann!«

Lillian lehnte erschöpft ihren Kopf zurück. Was redete er da nur wieder für einen entsetzlich männlichen

Unsinn? »Ist es nicht so?« fragte Clerfayt und schlug auf das Steuerrad. »Sag, ob es nicht so ist! Ich habe gespürt, warum du mir ausweichst! Ich weiß, daß du mich deswegen nicht heiraten willst! Du willst zurück! Das ist es! Du willst zurück!«

Sie hob den Kopf. Was sagte er da? Sie sah Clerfayt an. »Was sagst du da?«

»Ist es nicht wahr? Hast du es nicht sogar jetzt gedacht?«

»Ich habe jetzt nur gedacht, wie furchtbar dumm die klügsten Menschen sein können. Treibe mich doch nicht mit Gewalt weg!«

»Ich dich? Ich tue alles, um dich zu halten!«

»Glaubst du, so kannst du mich halten? Mein Gott!«

Lillian ließ den Kopf wieder zurücksinken. »Du brauchst nicht eifersüchtig zu sein. Boris würde mich nicht einmal wollen, wenn ich zurückkäme.«

»Das hat nichts damit zu tun. Du möchtest zurück!«

»Treibe mich nicht zurück! O Gott, bist du denn blind geworden?«

»Ja«, sagte Clerfayt. »Wahrscheinlich! Wahrscheinlich«, wiederholte er erstaunt. »Aber ich kann nichts mehr dagegen tun. Ich kann nicht mehr heraus.«

Sie fuhren schweigend die Corniche entlang in der Richtung nach Antibes. Ein Eselsfuhrwerk kam ihnen entgegen. Ein halbwüchsiges Mädchen saß darauf und sang. Lillian sah es in ihrer Erschöpfung mit brennendem Neid. Sie dachte an die Greisin im Kasino, die noch Jahre leben würde, und sie sah das lachende Mädchen, und dann dachte sie an sich, und plötzlich kam wieder einer der Augenblicke, wo alles unverständlich war und alle Tricks nicht halfen, wo das Elend sie überwältigte und alles in ohnmächtigem Aufruhr in ihr schrie: Warum? Warum gerade ich? Was habe ich getan, daß gerade ich getroffen werden mußte?

Sie sah mit geblendeten Augen in die zauberhafte Landschaft. Der starke Geruch von Blüten wehte über die Straße. »Warum weinst du?« fragte Clerfayt ärgerlich. »Du hast wahrhaftig keinen Grund zum Weinen.«

»Nein, das habe ich nicht.«

»Du betrügst mich mit einem Schatten«, sagte er bitter. »Und du weinst!«

Ja, dachte sie, aber der Schatten heißt nicht Boris. Soll ich ihm sagen, wie er heißt? Aber dann wird er mich in ein Krankenhaus einsperren und vor der Tür die Wachen der Liebe aufstellen, damit ich zu Tode gepflegt werde, hinter Milchglasfenstern und im Geruch von Desinfektionsmitteln, gutem Willen und dem faden Gestank menschlicher Abfälle.

Sie blickte auf Clerfayts Gesicht. Nein, dachte sie, nicht das Gefängnis dieser Liebe, gegen das es keinen Protest, sondern nur Flucht gibt! Das Feuerwerk war zu Ende; man sollte nicht in der Asche herumstochern.

Der Wagen fuhr in den Hof des Hotels ein. Ein Engländer im Bademantel ging bereits zum Schwimmen hinunter. Clerfayt half Lillian aus dem Wagen, ohne sie anzusehen. »Du wirst nur noch wenig von mir sehen«, sagte er. »Morgen beginnt das Training.«

Er übertrieb; das Rennen war ein Rennen durch die

Stadt, für das ein Training fast unmöglich war. Man konnte die Straßen nur für das Rennen selbst absperren; sonst mußten sich die Fahrer hauptsächlich darauf beschränken, die Strecke abzufahren und zu memorieren, wie sie schalten wollten.

Lillian sah wie durch einen langen Korridor, was noch zwischen ihnen geschehen konnte. Es war ein Korridor, der enger und enger wurde, ohne Ausweg. Sie konnte ihn nicht gehen. Andere, die Zeit zu verschwenden hatten, konnten das. Sie nicht. In der Liebe gab es kein Zurück; man konnte nie neu beginnen. Was geschehen war, blieb im Blut, Clerfayt konnte mit ihr nie wieder so werden wie früher. Er konnte es mit jeder anderen Frau, aber nicht mit ihr. Und was zwischen ihnen gewesen war, war ebenso wenig zurückzuholen wie die Zeit. Kein Opfer, keine Bereitschaft und kein guter Wille waren dazu fähig, das war das finstere, unerbittliche Gesetz. Lillian kannte es; deshalb wollte sie fort. Der Rest ihres Lebens war ihr ganzes Leben – im Leben Clerfayts war er nur ein sehr kleiner Teil. Es kam deshalb nur auf sie an – nicht auf Clerfayt. Das Verhältnis war zu ungleich; das, was für sein Dasein eine Episode sein würde, obschon er es jetzt nicht glaubte, war für sie das Ende. Sie konnte es nicht opfern, das wußte sie jetzt. Sie fühlte keine Reue und keine Trauer, sogar dazu hatte sie zu wenig Zeit, aber sie fühlte eine Klarheit, die der des Morgens glich. Und mit dieser Klarheit schwand der letzte Nebel der Missverständnisse. Sie spürte das kleine und scharfe Glück der Entscheidung. Und – sonderbar – damit kam die Zärtlichkeit zurück –, sie war jetzt gefahrlos.

»Nichts von dem, was du behauptet hast, ist wahr, Clerfayt«, sagte sie mit veränderter Stimme. »Nichts! Vergiß es! Es ist nicht wahr! Nichts!«

Sie sah, daß sein Gesicht sich aufhellte. »Du bleibst bei mir?« fragte er rasch.

»Ja«, sagte sie. Sie wollte keine Auseinandersetzungen mehr für die letzten Tage.

»Du verstehst endlich, was ich will.«

»Ja, ich verstehe es«, erwiderte sie und lächelte.

»Du wirst mich heiraten?«

Er spürte ihr Zögern nicht. »Ja«, sagte sie. Auch das war jetzt gleich.

Er starrte sie an. »Wann?«

»Wann du willst. Im Herbst.«

Er schwieg einen Augenblick. »Endlich!« sagte er dann. »Endlich! Du wirst es nie bereuen, Lillian!«

»Ich weiß es.«

Er war mit einem Schlage verwandelt. »Du bist müde! Du mußt todmüde sein! Was haben wir nur gemacht? Du mußt schlafen, Lillian! Komm, ich bringe dich hinauf.«

»Und du?«

»Ich werde dem Engländer folgen und später die Straßen abfahren, bevor der Verkehr beginnt. Es ist nur Routine, ich kenne die Strecke.« Er stand an ihrer Tür. »Ich Idiot! Ich habe mehr als die Hälfte von dem verloren, was ich gewonnen hatte! Aus Wut!«

»Ich habe gewonnen.« Lillian warf die Tasche mit den Jetons auf den Tisch. »Ich habe sie nicht gezählt.«

»Wir werden morgen wieder gewinnen. Gehst du mit mir zum Arzt?«

»Ja. Jetzt muß ich schlafen.«

»Schlaf bis zum Abend. Dann essen wir etwas und gehen wieder schlafen. Ich liebe dich unendlich!«

»Ich dich auch, Clerfayt.«

Er schloß die Tür behutsam hinter sich. Zum ersten Mal wie bei einer Kranken, dachte sie und setzte sich erschöpft aufs Bett.

Das Fenster stand offen. Sie sah ihn zum Strand hinuntergehen. Nach dem Rennen, dachte sie. Ich werde pakken müssen und nach dem Rennen wegfahren, wenn er nach Rom muß. Noch die paar Tage, dachte sie. Sie wußte nicht, wohin sie fahren sollte. Es war auch gleichgültig. Sie mußte nur fort.

XX

Die Strecke war nur etwas über drei Kilometer lang, aber sie führte durch die Straßen Monte Carlos, mitten durch die Stadt, um den Hafen herum, über den Kasinoberg und zurück. Sie war an vielen Stellen kaum breit genug zum Überholen und bestand fast nur aus Kurven, Doppelkurven, Haarnadelkurven und Spitzkehren. Hundert Runden mußten gefahren werden, über dreihundert Kilometer, das hieß viele zehntausend Male Schalten, Bremsen, Anfahren, Schalten und wieder Bremsen und Anfahren.

»Ein Karussell«, sagte Clerfayt lachend zu Lillian. »Eine Art von Zirkusakrobatik. Nirgendwo kann man die Karre auch nur halb ausfahren. Wo sitzt du?«

»Auf der Tribüne. Zehnte Reihe rechts.«

»Es wird heiß sein. Hast du einen Hut?«

»Ja.« Lillian zeigte einen kleinen Strohhut vor, den sie in der Hand hielt.

»Gut. Heute abend werden wir im Pavillon d'Or am Meer Langusten essen und kühlen Wein trinken. Und morgen fahren wir zu einem Bekannten von mir; er ist Architekt und soll uns einen Plan machen, das Haus umzubauen. Hell, mit großen Fenstern und viel Sonne.«

Der Rennleiter rief Clerfayt etwas auf italienisch zu. »Es geht los«, sagte Clerfayt und knöpfte seinen weißen

Overall am Hals zu. Er holte ein Stück Holz aus der Tasche und klopfte es gegen den Wagen und gegen seine Hand.

»Fertig?« schrie der Rennleiter.

»Fertig.«

Lillian küßte Clerfayt und vollführte das Ritual des Aberglaubens. Sie spuckte den Wagen und Clerfayts Rennanzug leicht an und murmelte den Fluch, der das Gegenteil herbeiführen sollte; dann hob sie die Hand mit zwei gespreizten Fingern gegen die Bahn und die anderen Boxen – es war die Jettatore-Beschwörung gegen den bösen Blick. Die italienischen Monteure sahen sie in stummer Anbetung an, als sie an ihnen vorbeiging. Hinter sich hörte sie den Rennleiter bereits beten: »O du süßes Blut Jesu und du, Mutter der Schmerzen, hilf Clerfayt und Frigerio und –«

Sie drehte sich an der Tür um. Die Frauen von Marchetti und zwei anderen Fahrern hockten bereits mit Stoppuhren und Papieren an ihren Plätzen. Ich sollte ihn nicht verlassen, dachte sie und hob die Hand. Clerfayt lachte und salutierte. Er sah sehr jung aus. »Und ihr, alle Heiligen, verbrennt die Reifen der Konkurrenz etwa doppelt so schnell als die unseren!« betete der Rennleiter und schrie dann: »Fertig zum Start! Alles raus, was nicht hierhergehört!«

Zwanzig Wagen starteten. Clerfayt lag in der ersten Runde an achter Stelle; er hatte keinen sehr günstigen Platz gehabt und war beim Anfahren einen Augenblick zu langsam gewesen. Er hängte sich hinter Micotti, von dem er wußte, daß er angreifen würde. Frigerio, Monti und Sacchetti lagen vor ihnen; Marchetti hielt die Spitze.

In der vierten Runde schoß Micotti auf der Geraden, die zum Kasino anstieg, mit überdrehtem Motor an Sacchetti vorbei. Clerfayt hing an seinen Hinterrädern, er forcierte den Motor ebenfalls und passierte Sacchetti knapp vor dem Tunnel. Als er herauskam, sah er Micottis Wagen qualmen und langsamer werden. Er überholte ihn und begann, Monti zu jagen. Drei Runden später in der Haarnadelkurve am Gasometer bekam er Anschluss an ihn und hängte sich wie ein Terrier an seine Hinterräder.

Noch zweiundneunzig Runden und siebzehn Konkurrenten, dachte er, als er einen zweiten Wagen neben dem Micottis am Lager halten sah. Der Rennleiter signalisierte ihm, einstweilen nicht anzugreifen; wahrscheinlich lieferten sich Frigerio und Marchetti, die sich nicht liebten, eine Schlacht unter sich auf Kosten der Firma, anstatt im Team Disziplin zu halten, und der Rennleiter wollte Clerfayt und Meyer III in Reserve halten, falls die Spitzenfahrer ihre Wagen ruinierten.

Lillian sah die Meute jedes Mal in weniger als zwei Minuten an den Tribünen vorüberrasen. Wenn man die Wagen gerade gesehen hatte und einen Moment beiseite blickte, waren sie schon wieder da, ein wenig unterschieden in der Platzierung, aber fast so, als wären sie nie weggewesen. Es war, als schöbe man nur die Glasplatte einer Camera magica hin und her, vor und zurück. Wie können sie nur die hundert Runden zählen? dachte sie. Dann erinnerte sie sich an den betenden, schwitzenden und fluchenden Rennleiter, der ihnen Schilder und Fahnen hinaushielt, die er nach einem Geheimcode schwenkte und auswechselte.

Nach vierzig Runden wollte sie gehen. Ihr war, als sollte sie jetzt, jetzt gleich abreisen, bevor das Rennen zu Ende war. Die Aussicht, noch weitere sechzig Male die geringen Verschiebungen im Felde zu sehen, kam ihr als eine ähnliche Zeitverschwendung vor wie die Stunden vor ihrer Abreise aus dem Sanatorium. Sie hatte ein Billett nach Zürich in der Tasche. Sie hatte es morgens gekauft, als Clerfayt noch einmal die Rennstrecke abging. Es war für den übernächsten Tag. Clerfayt mußte dann nach Rom fliegen. Er wollte zwei Tage später zurück sein. Das Flugzeug ging morgens; der Zug abends. Wie ein Dieb, dachte sie, wie ein Verräter schleiche ich mich weg. Ebenso wie ich mich im Sanatorium von Boris habe wegschleichen wollen. Sie hatte dann doch mit Boris sprechen müssen, aber was hatte es genützt? Immer wurden nur die falschen Worte gesagt, immer log man, denn die Wahrheit war eine unnütze Grausamkeit, und immer war das Ende Bitterkeit und Verzweiflung darüber, daß man nicht anders konnte und daß nun die letzte Erinnerung nur die an Streit, Mißverständnis und Hass war. Sie suchte in der Tasche nach ihrem Fahrheft. Einen Augenblick glaubte sie es verloren zu haben. Dieser Augenblick genügte, um sie wieder fest zu machen. Sie fröstelte in der warmen Sonne. Ich habe Fieber, dachte sie und hörte die Menge um sich herum schreien. Unten am blauen Spielzeughafen mit den weißen Jachten, auf denen die Menschen dichtgedrängt standen, zog das Feld vorüber, und eines der kleinen Spielzeugautos schob sich seitlich und preßte sich an einem anderen vorbei. »Clerfayt!« jubelte eine dicke Dame neben ihr und klatschte sich mit dem Programm auf die prallen Schenkel unter dem Leinenkleid. »The son of a gun made it!«

Clerfayt hatte sich eine Stunde später bis zum zweiten Platz vorgearbeitet. Er jagte jetzt kalt und erbarmungslos Marchetti. Er wollte ihn noch nicht überholen, – das hatte Zeit bis nach der achtzigsten Runde, ja bis zur neunzigsten, – er wollte ihn nur jagen, bis er nervös würde, ein paar Meter hinter ihm, immer im gleichen Abstand. Er wollte nicht noch einmal die Chance nehmen, seinen Motor zu überdrehen, – er wollte das Marchetti tun lassen, und Marchetti tat es einmal, ohne daß ihm etwas an der Maschine passierte, aber Clerfayt spürte, daß er unruhig wurde, als er damit nichts erreichte. Marchetti begann jetzt, die Straße und die Kurven zu blockieren; er wollte Clerfayt nicht vorbeilassen. Clerfayt machte ein paar Mal ein Manöver, als wolle er überholen, ohne es wirklich zu versuchen; er erreichte damit, daß Marchetti schärfer auf ihn achtete als auf sein eigenes Fahren und unvorsichtig wurde.

Sie hatten das Feld einmal überrundet und einige Fahrer mehrere Male. Der Rennleiter schwitzte und hielt Tafeln und Fahnen heraus. Er signalisierte Clerfayt, nicht anzugreifen. Marchetti gehörte zum eigenen Stall, und es hatte genügt, daß Frigerio und er sich gejagt hatten; Frigerio hatte dabei einen Reifendefekt gehabt und lag jetzt fast eine Minute hinter Clerfayt und fünf anderen Wagen. Clerfayt wurde von Monti gejagt, aber Monti hing noch nicht an seinen Rädern. Er konnte ihn leicht abschütteln in den Haarnadelkurven, die er schneller als Monti nahm.

Sie kamen wieder an den Lagern vorbei. Clerfayt sah, wie der Rennleiter alle Heiligen anrief und gleichzeitig die Fäuste gegen ihn schüttelte, nicht zu dicht auf Marchetti aufzuschließen. Marchetti hatte ihm ein wütendes Zeichen gemacht, Clerfayt zurückzuhalten. Clerfayt nickte und fiel eine Wagenlänge zurück, aber nicht mehr. Er wollte dieses Rennen gewinnen, mit oder ohne den Rennleiter. Er wollte die Siegesprämie haben, und er hatte nebenbei noch auf sich selbst gewettet. Ich brauche das Geld, dachte er. Für die Zukunft. Das Haus. Das Leben mit Lillian. Der schlechte Start hatte ihn etwas verzögert, aber er wußte, daß er gewinnen würde; er fühlte sich sehr ruhig, in dem sonderbaren Gleichgewicht zwischen Konzentration und Entspannung, das einem das Bewußtsein gab, nichts könne einem je geschehen. Es war eine Art von Hellsichtigkeit, die jeden Zweifel, jedes Zögern und jede Unsicherheit ausschaltete. Er hatte sie früher häufig gehabt, aber in den letzten Jahren hatte er sie oft vermisst. Es war einer der seltenen Augenblicke reinen Glückes.

Hinter einer Kurve sah er Marchettis Wagen plötzlich tanzen, sich querstellen und mit dem Schrei reißenden Metalls aufschlagen. Er sah die schwarze Öllache, die breit über die Straße gelaufen war, und die beiden anderen Wagen, die bereits ineinandergerast waren, während sie wie betrunken über das Öl geschleudert worden waren, er sah, wie in einer Zeitlupenaufnahme, sehr langsam Marchettis Wagen sich überschlagen und Marchetti durch die Luft segeln und aufschlagen, hundert Augen in ihm suchten nach einer Lücke auf der Straße, um seinen Wagen hindurchzuwerfen, aber es war keine da, die Straße wurde riesig und schrumpfte im selben Moment zusammen, er spürte keine Furcht, er versuchte nur, seitlich und nicht rechtwinklig aufzuprallen, er wußte im letzten Augenblick noch, daß er das Steuerrad loswerden mußte, aber die Arme waren zu langsam, alles hob sich bereits, er hatte plötzlich kein Gewicht mehr, und dann kam der Schlag gegen die Brust und der Schlag ins Gesicht, und von allen Seiten stürzte die zersplitterte Welt auf ihn zu, einen Moment noch war der entsetzte, weiße Kopf eines Streckenwärters da, dann schlug eine riesenstarke Faust von hinten auf ihn ein, und nur noch das dunkle Rauschen war da und dann nichts mehr.

Der Wagen, der auf ihn aufgefahren war, riß in das Durcheinander eine Lücke, so daß die andern, die noch kamen, gerade wieder passieren konnten. Einer nach dem andern schoß vorbei, tanzend manche, taumelnd, die Wagen knapp an den Wracks vorbeireißend, so daß Metall gegen Metall kreischte, als stöhnten die verunglückten Maschinen. Der Streckenwärter kletterte über die Sandsäcke mit einer Schaufel und schaufelte Sand über die Öllache, zurückspringend, wenn das Heulen eines Motors sich näherte, Sanitäter erschienen mit Tragbahren, sie zerrten Marchetti in Sicherheit, hoben ihn hoch und reichten ihn über die Sandbarrikaden anderen zu, ein paar Funktionäre mit Gefahrzeichen liefen heran, um die Fahrer zu warnen, aber das Feld war bereits herum, alle waren an der Unglücksstelle vorbeigekommen und kamen nun wieder, manche mit einem raschen Blick, die andern die Augen starr auf die Bahn gerichtet.

Der Wagen Clerfayts war nicht nur auf die anderen aufgefahren, sondern auch noch von hinten von Monti angefahren worden. Monti war fast unverletzt. Er hinkte zur Seite. Clerfayt hing in seinem Wagen, der hochgepreßt und dann gegen die Sandsäcke geschleudert worden war. Sein Gesicht war zerschlagen, und das Steuerrad hatte seinen Brustkorb eingedrückt. Er blutete aus dem Mund und war bewusstlos. Wie Fliegen bei einem Stück blutigem Fleisch sammelte sich am Rande der Bahn die Menge und starrte mit weiten Augen auf die Sanitäter und die Monteure, die eilig begannen, Clerfayt herauszusägen. Vor ihm brannte ein Wagen. Leute mit Feuerlöschern hatten das Wrack loszerren können und versuchten nun, es zu löschen. Zum Glück war der Benzintank aufgerissen worden, und eine Explosion wurde so vermieden, aber das Benzin brannte, die Hitze wurde unerträglich, und das Feuer konnte immer noch übergreifen. Alle zwei Minuten kamen die Wagen wieder vorbeigerast. Das Grollen der Motoren hing plötzlich wie ein finsteres Requiem über der Stadt und schwoll an zu einem ohrenzerreißenden Heulen, wenn die Wagen Clerfayt passierten, der wie an einem Pfahl blutig über der Unglücksstätte in seinem hochgepreßten Wagen hing, beschienen vom fahlen Licht des sterbenden Feuers im hellen Nachmittag. Das Rennen ging weiter; es wurde nicht abgesagt.

Lillian begriff es nicht sofort. Der Lautsprecher war nicht klar, die Stimme darin schien durch ihre eigenen Echos unverständlich zu werden. Der Sprecher stand in der Aufregung zu dicht am Mikrophon. Sie hörte etwas von Wagen, die aus der Bahn gekommen und ineinandergefahren waren, weil ein anderer Wagen auf der Strecke Öl verloren habe. Dann sah sie das Rudel an den Tribünen vorbeikommen. Es konnte nicht so schlimm sein, dachte sie, sonst ginge das Rennen nicht weiter. Sie suchte nach Clerfayts Nummer. Sie fand sie nicht, aber er konnte bereits vorbei sein, sie hatte vorher nicht so genau darauf geachtet. Der Lautsprecher berichtete jetzt etwas klarer, daß ein Unfall am Quai de Plaisance passiert sei, – einige Wagen wären zusammengestoßen, es habe einige Verletzte gegeben, keine Toten, weitere Nachrichten würden folgen. Die Klassierung sei: Frigerio mit fünfzehn Sekunden Vorsprung, Conti, Duval, Meyer III –

Lillian horchte angestrengt. Nichts von Clerfayt; er war Zweiter gewesen. Nichts von Clerfayt, dachte sie und hörte die Wagen kommen und beugte sich vor, um die Zwölf zu sehen, den roten Wagen mit der Zwölf.

Er kam nicht, und in die taube Stille des Entsetzens, die sich in ihr ausbreitete, rollte die fette Stimme des Ansagers: »Unter den Verletzten befindet sich Clerfayt, er wird zum Hospital gebracht. Es scheint, daß er bewusstlos ist. Monti hat Verletzungen am Knie und am Fuß, Marchetti –«

Es kann nicht sein, dachte etwas in Lillian. Nicht in diesem Spielzeugrennen, nicht in dieser Spielzeugstadt mit dem Spielzeughafen und dem bunten Spielzeugpanorama! Es muß ein Irrtum sein! Sein Wagen wird gleich von irgendwo herangeschossen kommen, so wie damals bei der Targa Florio, etwas verspätet vielleicht, mit Prellungen und Beulen, aber sonst heil und ohne Schaden! Doch während sie es dachte, spürte sie, wie die Hoffnung hohl wurde, wie sie zerbrach, bevor sie sich gefestigt hatte – bewusstlos, dachte sie und klammerte sich daran, was heißt das?

Es konnte alles heißen! Sie merkte, daß sie die Tribünen verlassen hatte, ohne es zu wissen. Sie war auf dem Wege zum Lager; vielleicht hatte man ihn dahin gebracht. Er würde auf einer Bahre liegen, die Schulter verletzt oder den Arm, wie bei der Targa Florio, und über sein Unglück lachen.

»Er ist ins Hospital gebracht worden«, sagte der Rennleiter schwitzend. »Heilige Mutter Gottes, heiliger Christopherus, warum das gerade uns! Warum nicht der Konkurrenz oder – was? Einen Moment!«

Er stürzte weg, um zu signalisieren. Die Wagen schossen vorbei, sie sahen so nahe größer und gefährlicher aus, und ihr Donnern füllte alles aus. »Was ist geschehen?« rief Lillian. »Lassen Sie Ihr verdammtes Rennen zum Teufel gehen und sagen Sie mir, was geschehen ist!«

Sie blickte sich um. Niemand sah sie an. Die Monteure beschäftigten sich mit Ersatzteilen und Reifen und vermieden es, aufzublicken. Wenn sie sich jemand näherte, rückte er weg. Es war, als hätte sie die Pest.

Der Rennleiter kam endlich zurück. »Es hilft Clerfayt nicht, ob ich das Rennen zum Teufel gehen lasse oder nicht«, sagte er heiser. »Er würde es auch nicht wollen. Er würde wollen –«

Lillian unterbrach ihn. »Wo ist er? Ich will keine Predigt über den Ehrenkodex der Rennfahrer!«

»Im Hospital. Man hat ihn sofort ins Hospital gebracht.«

»Warum ist niemand bei ihm, um ihm zu helfen? Sie nicht? Warum sind Sie hier?«

Der Rennleiter sah sie verständnislos an. »Wie soll ich ihm denn helfen? Oder irgend jemand hier? Das müssen doch jetzt die Ärzte tun.«

Lillian schluckte. »Was ist ihm passiert?« fragte sie leise.

»Das weiß ich nicht. Ich habe ihn nicht gesehen. Wir waren alle hier. Wir mußten doch hier bleiben.«

»Ja«, sagte Lillian. »Damit das Rennen weitergeht.«

»Das ist nun einmal so«, erwiderte der Rennleiter hilflos. »Wir sind alle nur Angestellte.«

Ein Monteur kam eilig heran. Das Grollen der Wagen schwoll gerade an. »Signorina –« der Rennleiter spreizte seine Hände und sah zur Bahn. »Ich muß –«

»Ist er tot?« fragte Lillian.

»Nein, nein! Bewusstlos. Die Ärzte – ich muß leider, Signorina –«

Der Rennleiter griff ein Schild von einer Kiste und stürzte fort, um seine Zeichen zu geben. Lillian hörte ihn schreien: »Madonna, Madonna, warum das mir, verfluchtes Öl, verdammtes, verfluchtes Öl!« Er hielt sein Schild irgend jemand hin, winkte, hielt eine Hand hoch und blieb stehen, obschon die Herde vorbei war, und starrte angestrengt auf die Straße und wollte nicht zurück.

Lillian wandte sich langsam zum Gehen. »Wir kommen – nach dem Rennen, Signorina«, flüsterte einer der Monteure. »Sofort nach dem Rennen!«

Der schwarze Baldachin des Lärms hing weiter über der Stadt, als sie zum Hospital fuhr. Sie hatte nur eine der Pferdedroschken gefunden, die mit Fahnen, bunten Bändern und einem Strohhut für den Pferdekopf aufgeputzt waren. »Es dauert länger als sonst, Mademoiselle«, erklärte ihr der Kutscher. »Wir müssen weit herumfahren. Die Straßen sind abgesperrt. Das Rennen, Sie verstehen –«

Lillian nickte. Sie saß, eingehüllt in Schmerz, der kein Schmerz zu sein schien, sondern eine dumpfe Qual, die durch Betäubungsmittel abgeschwächt worden war. Nichts funktionierte in ihr ganz, nur die Ohren und die Augen, die die Motoren hörten und die Wagen sahen, klar, überscharf und kaum ertragbar. Der Kutscher schwätzte und wollte ihr die Aussichtspunkte zeigen. Sie hörte es nicht; sie hörte nur die Motoren. Jemand versuchte, die Droschke anzuhalten und sie anzusprechen. Sie verstand nicht, was er sagte, und ließ halten. Sie dachte, er hätte eine Nachricht von Clerfayt. Der Mann, ein Italiener in weißem Anzug mit einem dünnen schwarzen Schnurrbart, lud sie zum Abendessen ein. »Was?« fragte sie verständnislos. »Was sonst?«

Der Mann lächelte. »Es kann mehr werden. Das liegt an Ihnen.«

Sie gab keine Antwort. Sie sah den Mann nicht mehr. Ihre Augen ließen ihn fallen. Er wußte nichts von Clerfayt. »Weiter!« sagte sie zu dem Kutscher. »Schneller!«

»Diese Kavaliere haben alle kein Geld«, erklärte der Kutscher. »Sie hatten recht, ihn abzuweisen. Wer weiß, vielleicht hätten Sie noch das Diner bezahlen müssen. Ältere Herren sind zuverlässiger.«

»Schneller!« sagte Lillian.

»Sehr wohl!«

Es dauerte endlos, bis sie vor dem Hospital hielten. Lillian hatte viele Gelübde in der Zwischenzeit getan, von denen sie glauben wollte, daß sie sie halten würde. Sie wollte nicht abreisen, sie wollte bleiben, sie wollte Clerfayt heiraten, er sollte nur leben! Sie machte diese Gelübde und ließ sie wie Steine in einen Teich sinken, ohne darüber nachzudenken.

»Herr Clerfayt ist im Operationszimmer«, sagte die Empfangsschwester.

»Können Sie mir sagen, wie er verletzt ist?«

»Ich bedauere. Sind Sie Madame Clerfayt?«

»Nein.«

»Verwandt?«

»Was hat das damit zu tun?«

»Nichts, Mademoiselle. Ich bin nur sicher, daß nach einer Operation höchstens die nächsten Verwandten einen Augenblick zugelassen werden.«

Lillian starrte die Schwester an. Sollte sie sagen, daß sie mit Clerfayt verlobt sei? Wie absurd das war! »Muß er operiert werden?« fragte sie.

»Es scheint so; sonst wäre er nicht im Operationszimmer.«

Eine von denen, die mich nicht leiden können, dachte Lillian irritiert. Sie hatte Erfahrung mit Schwestern. »Kann ich warten?« fragte sie.

Die Schwester wies auf eine Bank.

»Haben Sie kein Wartezimmer?« fragte Lillian.

Die Schwester deutete zu einer Tür. Sie ging in ein Zimmer, in dem müde Blattpflanzen standen, alte Magazine herumlagen und Fliegen einen Fliegenfänger umsummten, der von der Decke über den Tisch hing. Der Lärm der Motoren war auch hier zu hören, gedämpft, wie fernes, rasendes Trommeln, aber er war da –

Die Zeit wurde klebrig wie der Fliegenfänger, auf dem die Fliegen einen langsamen Foltertod starben. Lillian starrte auf die abgegriffenen Magazine, sie öffnete und schloß sie, sie versuchte zu lesen und konnte es nicht, sie stand auf und ging ans Fenster und setzte sich wieder. Das Zimmer roch nach Angst, nach all der Angst, die in ihm schon ausgestrahlt worden war. Sie versuchte, das Fenster zu öffnen, aber sie schloß es wieder, weil das Grollen der Motoren sofort stärker hineindrang. Nach einer Weile kam eine Frau mit einem Kind herein. Das Kind begann zu schreien, die Frau öffnete ihre Bluse und ließ es trinken. Das Kind schmatzte und schlief ein. Die Frau lächelte scheu zu Lillian hinüber und knöpfte ihre Bluse wieder zu.

Ein paar Minuten später öffnete die Schwester die Tür. Lillian stand auf, aber die Schwester beachtete sie nicht; sie nickte der Frau mit dem Kind zu, mit ihr zu kommen. Lillian setzte sich wieder. Plötzlich horchte sie auf. Irgend etwas hatte sich verändert. Sie fühlte es im Nacken. Eine Spannung hatte nachgelassen; etwas war lose geworden. Es dauerte eine Weile, bevor sie merkte, daß es die Stille war. Der Lärm der Motoren hatte aufgehört. Das Rennen war vorüber.

Eine Viertelstunde später sah sie einen offenen Wagen mit dem Rennleiter und zwei Monteuren herankommen und halten. Die Empfangsschwester brachte sie in das Wartezimmer. Bedrückt standen sie herum. »Haben Sie etwas erfahren?« fragte Lillian.

Der Rennleiter wies auf den jüngeren Monteur. »Er war da, als man ihn losmachte.«

»Er blutete aus dem Mund«, sagte der Monteur.

»Aus dem Mund?«

»Ja. Es war wie ein Blutsturz.«

Lillian sah den Mann an. Was war das für ein grauenhafter Irrtum? Ein Blutsturz gehörte zu ihr, nicht zu Clerfayt. »Wie konnte er einen Blutsturz haben?« fragte sie.

»Die Brust war gegen das Steuerrad geklemmt«, sagte der Monteur.

Lillian schüttelte langsam den Kopf. »Nein«, sagte sie. »Nein!«

Der Rennleiter ging zur Tür. »Ich werde sehen, wo der Arzt ist.«

Lillian hörte, wie er ein lautes Gespräch mit der Schwester hatte. Es verhallte, und das heiße Schweigen war wieder da, in dem die beiden Monteure laut atmeten und die Fliegen summten.

Der Rennleiter kam zurück. Er blieb in der Tür stehen. Seine Augen schienen unnatürlich weiß in dem verbrannten Gesicht. Er bewegte die Lippen ein paar Mal, bevor er sprach. »Clerfayt ist tot«, sagte er dann.

Die Monteure starrten ihn an. »Haben sie ihn operiert?« fragte der jüngere. »Sicher haben sie ihn falsch operiert.«

»Sie haben ihn nicht operiert. Er ist vorher gestorben.«

Alle drei sahen Lillian an. Sie bewegte sich nicht. »Wo ist er?« fragte sie schließlich.

»Sie machen ihn zurecht.«

Sie sagte mit großer Mühe: »Haben Sie ihn gesehen?«

Der Rennleiter nickte.

»Wo ist er?«

»Es ist besser, wenn Sie ihn jetzt nicht sehen«, erwiderte der Mann. »Morgen können Sie ihn sehen.«

»Wer sagt das?« fragte Lillian mit einer Stimme, in der jedes Gefühl fehlte. »Wer sagt das?« wiederholte sie.

»Der Arzt. Sie würden ihn nicht erkennen. Es ist besser, Sie kommen morgen. Wir können Sie ins Hotel fahren.«

Lillian blieb stehen. »Warum würde ich ihn nicht erkennen?«

Der Rennleiter schwieg eine Weile. »Das Gesicht«, erklärte er dann. »Es ist hart aufgeschlagen. Das Steuerrad hat ihm den Brustkorb eingedrückt. Er hat nichts gemerkt, meint der Arzt. Es ging so schnell. Er war sofort bewusstlos. Er ist nicht mehr aufgewacht. Meinen Sie denn«, sagte er lauter, »es ginge uns nicht auch an die Knochen? Wir kannten ihn länger als Sie!«

»Ja«, erwiderte Lillian. »Sie kannten ihn länger als ich.«

»Ich meine das nicht so. Ich meine, daß es immer so ist, wenn einer stirbt: Plötzlich ist er weg. Er spricht nicht mehr. Er war soeben noch da, und dann ist er nicht mehr da. Wer kann das begreifen? Ich meine: Uns geht es auch so. Man steht da und begreift es nicht. Verstehen Sie?«

»Ja, ich verstehe es.«

»Dann kommen Sie mit uns«, sagte der Rennleiter. »Wir bringen Sie ins Hotel. Dies ist genug für heute. Morgen können Sie ihn sehen.«

»Und was soll ich im Hotel?« fragte Lillian.

Der Mann hob die Schultern. »Rufen Sie einen Arzt. Er soll Ihnen eine Spritze machen. Eine kräftige, daß Sie bis morgen durchschlafen. Kommen Sie! Hier können Sie nichts mehr tun. Er ist tot. Wir alle können nichts mehr tun. Wenn einer tot ist, ist es vorbei: Man kann nichts mehr tun.« Er trat einen Schritt näher und legte eine Hand auf ihren Arm. »Kommen Sie! Ich weiß es. Porca Miseria, es ist nicht das erste Mal für mich! Aber verdammt noch einmal, es ist immer das erste Mal!«

XXI

Sie wachte auf aus brodelndem Schlaf. Einen Augenblick hatte sie keine Verbindung mit der Welt, dann stach der Schmerz scharf hindurch; sie saß mit einem Ruck aufrecht im Bett und sah sich um. Wie war sie hierhergekommen? Langsam erinnerte sie sich, – an den tödlichen, späten Nachmittag, das Umherirren in der kleinen Stadt, den frühen Abend, das Hospital, das fremde, geflickte Gesicht Clerfayts, den Kopf, der etwas schief lag, die Hände, die nicht dazu passten, weil jemand sie wie zum Gebet ineinandergelegt hatte, den Arzt, der mit ihr gekommen war, – es war alles nicht wahr, es war nicht richtig, – nicht Clerfayt mußte auf dem Hospitalbett liegen, sondern sie, sie allein und nicht er, es war eine grausige Verkehrung, jemand hatte sich einen fürchterlichen, finsteren Scherz erlaubt.

Sie stand auf und zog die Vorhänge auseinander. Die Sonne stürzte herein. Der wolkenlose Himmel, die Palmen im Licht und die lodernden Blumenbeete im Hotelgarten ließen den Tod Clerfayts noch unbegreiflicher erscheinen. Ich, dachte Lillian, ich sollte es sein, mir war es bestimmt, nicht ihm! Sie kam sich in einer sonderbaren Weise wie eine Betrügerin vor, wie jemand, der übriggeblieben war, der überzählig war, der nur noch durch ein Versehen lebte, für den ein anderer getötet worden war und über dem der vage, graue Schatten des Mordes schwebte, wie über einem Autofahrer, der übermüdet einen Menschen überfahren hat, dem er hätte ausweichen können.

Das Telefon klingelte. Sie erschrak und hob es hoch. Der Vertreter eines Beerdigungsinstitutes in Nizza empfahl sich für einen Sarg, ein Grab und eine würdige Beerdigung zu kulanten Preisen. Für den Fall einer Überführung in die Heimat ständen Zinksärge zur Verfügung.

Sie hing auf. Sie wußte nicht, was sie tun sollte. Wo war Clerfayts Heimat? Da, wo er geboren war? Irgendwo in Elsass-Lothringen? Sie wußte nicht, wo. Das Telefon schrillte wieder. Dieses Mal war es das Hospital. Was mit der Leiche geschehen solle? Es müsse disponiert werden. Spätestens bis zum Nachmittag. Ein Sarg müsse bestellt werden.

Lillian sah auf die Uhr. Es war Mittag. Sie zog sich an. Klirrend und geschäftig überfiel sie das Ritual des Todes. Ich müßte schwarze Kleider haben, dachte sie. Eine Firma, die Kränze lieferte, rief an. Eine andere wollte wissen, was für eine Religion Clerfayt gehabt hatte, um die Zeit für die kirchliche Aufbahrung zu reservieren. Oder war der Verstorbene ein Freidenker gewesen?

Lillian fühlte das schwere Schlafmittel noch. Nichts war ganz gegenständlich. Sie ging nach unten, um den Portier um Rat zu fragen. Ein Mann in einem dunkelblauen Anzug erhob sich, als er sie sah. Sie wandte sich ab; das professionelle Beileidsgesicht war ihr unerträglich.

»Bestellen Sie einen Sarg«, flüsterte sie dem Portier zu. »Tun Sie, was nötig ist.«

Der Portier erklärte ihr, daß die Behörden benachrichtigt werden müßten. Ob sie eine Obduktion wünsche? Manchmal sei es nötig, um die Todesursache festzustellen. Wozu? Wegen der Rechtsansprüche. Die Autofirma könne versuchen, die Rennveranstalter verantwortlich zu machen. Dann seien noch die Versicherungen zu berücksichtigen; auch könnte es andere Verwicklungen geben, – am besten wäre es, auf alles gefaßt zu sein.

Es schien einfach zu sein zu sterben, – aber nicht, tot zu sein. Wolle sie, daß Clerfayt auf dem hiesigen Friedhof beerdigt werde? »Auf dem Selbstmörderfriedhof?« fragte Lillian. »Nein!«

Der Portier lächelte verzeihend. Der Selbstmörderfriedhof sei eine Legende, wie so manches in Monte Carlo. Man habe einen ordentlichen, schönen Friedhof hier, auf dem die Einwohner beerdigt würden. Ob sie Clerfayts Papiere habe?

»Papiere? Braucht er denn noch Papiere?«

Der Portier hatte auch dafür Verständnis. Natürlich brauche er Papiere. Vielleicht seien sie in seinem Zimmer, sonst müßten sie besorgt werden. Er werde sich außerdem mit der Polizei in Verbindung setzen.

»Mit der Polizei?«

Bei einem Unfall müsse die Polizei sofort zugezogen werden. Das sei sicher schon durch die Firma und das Rennkomitee geschehen; aber die Polizei müsse die Leiche auch freigeben. Alles sei nur eine Formsache, aber es müsse geschehen. Er werde sich darum kümmern.

Lillian nickte. Sie wollte plötzlich aus dem Hotel heraus. Sie fürchtete, ohnmächtig zu werden. Ihr fiel ein, daß sie seit dem Mittag vorher noch nichts gegessen hatte;

aber sie wollte nicht in das Restaurant des Hotels gehen. Rasch verließ sie die Halle und ging zum Café de Paris. Sie bestellte Kaffee und saß lange Zeit da, ohne zu trinken. Automobile rollten vorbei und hielten vor dem Kasino, die üblichen Rundfahrtomnibusse kamen, und Scharen von Touristen versammelten sich um ihre Führer, mit denen sie gehorsam durch die Spielsäle wanderten. Lillian schreckte auf, als ein Mann sich zu ihr an den Tisch setzte. Sie trank ihren Kaffee aus und stand auf. Sie wußte nicht, was sie tun sollte. Sie versuchte sich zu erklären, daß sie ohne den Unfall morgen auch allein gewesen wäre, in Paris oder auf dem Weg in die Schweiz. Es half nichts; das Loch neben ihr in der Erde war da, es führte in einen Abgrund ohne Boden und es war nicht wegzudenken. Clerfayt war tot; das war etwas anderes, als daß sie nicht mehr zusammen gewesen wären.

Sie fand eine Bank, von der sie aufs Meer sehen konnte. Sie hatte das Gefühl, viele dringende Dinge tun zu müssen; aber sie konnte sich nicht entschließen. Clerfayt, nicht ich! Sie hatte zu sterben, nicht er. Was war das für eine grausige Ironie.

Sie kam zurück ins Hotel und ging in ihr Zimmer, ohne mit jemand zu sprechen. An der Tür blieb sie stehen. Tote Luft schlug ihr entgegen; alles im Zimmer schien mitgestorben zu sein.

Sie erinnerte sich daran, daß der Portier Clerfayts Papiere verlangt hatte. Sie wußte nicht, wo sie waren, und es graute ihr davor, in Clerfayts Zimmer zu gehen. Sie wußte vom Sanatorium her, daß es oft schwerer war, die nachgelassenen Sachen eines Toten zu sehen als den Toten selbst.

Sie sah, daß ein Schlüssel in der Tür steckte, und nahm an, daß das Zimmermädchen saubermachte. Das war besser, als allein hineinzugehen. Sie öffnete die Tür.

Eine hagere Frau in einem grauen Schneiderkostüm blickte vom Schreibtisch auf. »Was möchten Sie?«

Lillian glaubte, in ein falsches Zimmer geraten zu sein. Dann sah sie Clerfayts Mantel hängen. »Wer sind Sie?« fragte sie.

»Ich glaube, das könnte ich eher Sie fragen«, erwiderte die Frau scharf. »Ich bin die Schwester Clerfayts. Und was wollen Sie? Wer sind Sie?«

Lillian schwieg. Clerfayt hatte ihr einmal erzählt, er habe irgendwo eine Schwester, die er hasse und die ihn hasse. Er habe seit vielen Jahren nichts von ihr gehört. Es mußte diese Frau sein. Sie ähnelte Clerfayt in nichts. »Ich wußte nicht, daß Sie angekommen sind«, sagte Lillian. »Nun, da Sie da sind, habe ich hier nichts mehr zu tun.«

»Zweifellos nicht«, erwiderte die Frau frostig. »Mir wurde gesagt, daß mein Bruder hier mit irgendeiner Person zusammengelebt habe. Sind Sie das?«

»Auch das braucht Sie nicht mehr zu interessieren«, sagte Lillian und drehte sich um.

Sie ging hinaus und zurück in ihr Zimmer. Sie begann zu packen, aber sie hörte bald auf. Ich kann nicht wegfahren, solange er noch hier ist, dachte etwas in ihr. Ich muß bleiben, bis er begraben ist.

Sie ging noch einmal zum Hospital; die Empfangsschwester erklärte ihr, daß sie Clerfayt nicht mehr sehen könne; eine Obduktion werde auf Wunsch eines Mitgliedes der Familie vorgenommen. Danach würde der Körper in einen Zinksarg verlötet und fortgeschickt werden.

Vor dem Hospital traf sie den Rennleiter. »Wir fahren heute abend ab«, sagte er. »Haben Sie das Biest mit den großen Zähnen gesehen? Die Schwester? Sie läßt ihn zerschneiden. Sie will gegen die Firma und gegen die Rennleitung auf Schadenersatz wegen Nachlässigkeit klagen. Sie war schon bei der Polizei. Sie kennen doch unsern Direktor. Sie war auch bei ihm. Er hat vor niemand Angst, aber er war blaß, als das Weib nach einer halben Stunde herauskam. Sie verlangt eine Rente auf Lebenszeit. Behauptet, Clerfayt sei ihr einziger Ernährer gewesen. Wir fahren alle ab. Fahren auch Sie ab! Es ist vorbei.«

»Ja«, erwiderte Lilian. »Es ist vorbei.«

Sie ging planlos in den Straßen herum; sie saß an Tischen und trank etwas, und abends ging sie in das Hotel zurück. Sie war jetzt sehr müde. Der Arzt hatte ihr ein Schlafmittel dagelassen. Sie brauchte es nicht zu nehmen; sie schlief sofort ein.

Das Telefon weckte sie. Clerfayts Schwester war am Apparat. Sie müsse dringend mit ihr sprechen, erklärte sie befehlshaberisch. Lillian solle sofort herüberkommen.

»Wenn Sie mir etwas zu sagen haben, tun Sie es jetzt am Telefon«, sagte Lillian.

»Es geht nicht über das Telefon.«

»Dann kommen Sie heute mittag um zwölf Uhr in die Hotelhalle.«

»Das ist zu spät.«

»Nicht für mich«, erwiderte Lillian und hing ab.

Sie sah auf die Uhr. Es war kurz vor zehn. Sie hatte vierzehn Stunden geschlafen und war immer noch wie zerschlagen. Sie ging ins Badezimmer und wäre auch im Bad wieder eingeschlafen, wenn nicht jemand heftig an die Zimmertür gepocht hätte. Sie zog ihren Bademantel an. Bevor sie die Tür öffnen konnte, stürzte die Schwester Clerfayts herein; Lillian hatte keine Gelegenheit mehr, sie aufzuhalten.

»Sie sind Miss Dunkerque?« fragte die Frau im grauen Schneiderkostüm.

»Sie können mich um zwölf Uhr in der Hotelhalle sprechen«, erwiderte Lillian. »Nicht hier.«

»Das ist doch dasselbe. Jetzt bin ich hier. Ich –«

»Sie sind gegen meinen Willen hier«, unterbrach Lillian. »Dies ist mein Zimmer. Wollen Sie, daß ich die Direktion rufe, mir zu helfen?«

»Ich kann nicht bis zwölf warten. Mein Zug fährt vorher. Wollen Sie, daß die Leiche meines Bruders auf dem heißen Perron warten muß, bis Sie Zeit haben, mit mir zu sprechen?«

Lillian sah auf das schmale, schwarze Kreuz, das die Frau an einer dünnen Kette um den Hals trug. Diese Person schreckte vor nichts zurück, um ihren Willen durchzusetzen, dachte sie. »Ich habe hier«, fuhr die Schwester fort, »unter den Papieren meines Bruders eine Kopie gefunden, deren Original wahrscheinlich Sie besitzen. Es handelt sich um die Verschreibung eines Hauses an der Rivera auf Sie.«

»Auf mich?«

»Wissen Sie nichts davon?«

Lillian sah das Papier in der knochigen Hand, auf der zwei Eheringe saßen. Eine Witwe also, – kein Wunder. »Zeigen Sie mir das Papier«, sagte Lillian.

Die Schwester zögerte. »Kennen Sie es nicht?«

Lillian erwiderte nichts. Sie hörte, daß das Wasser im Badezimmer immer noch lief, und ging, es abzudrehen. »War es das, was Sie mir so dringend mitteilen wollten?« fragte sie, als sie zurückkam.

»Ich wollte Ihnen erklären, daß die Familie das selbstverständlich nicht anerkennt. Wir werden uns dagegen wehren.«

»Tun Sie das. Und jetzt lassen Sie mich bitte allein.«

Die Frau blieb stehen. »Es wäre einfacher und auch wohl taktvoller, wenn Sie eine Erklärung abgäben, daß Sie dieses Vermächtnis, das mein Bruder zweifellos nicht unbeeinflußt gemacht hat, nicht anerkennen.«

Lillian starrte sie an. »Haben Sie die Erklärung nicht vielleicht auch schon aufgesetzt?«

»Das habe ich. Sie brauchen sie nur zu unterschreiben. Hier! Ich freue mich, daß Sie wenigstens dafür Verständnis haben.«

Lillian nahm die Erklärung und zerriss sie, ohne sie zu lesen. »Gehen Sie jetzt. Ich habe genug.«

Die Schwester geriet nicht aus der Fassung. Sie betrachtete Lillian scharf. »Sie sagten, Sie wüssten gar nichts von diesem Vermächtnis? Dann haben Sie also kein Papier darüber?«

Lillian ging zur Tür und öffnete sie. »Das überlasse ich Ihnen, herauszufinden.«

»Das werde ich! Das Recht ist auf unserer Seite! Es gibt schließlich noch Unterschiede zwischen Blutsverwandten und irgendeiner hergelaufenen Abenteurerin und Erbschleicherin, die –«

Auf dem Tisch stand eine Schale mit Veilchen, die Clerfayt vor zwei Tagen gebracht hatte. Lillian ergriff sie, ohne zu wissen, daß sie es tat, und schüttete sie in das knochige Gesicht. Sie wollte nur eins: diese harte, unerträgliche Stimme zum Schweigen bringen. Die Blumen waren schon welk und hingen im Haar und auf den Schultern der Schwester, als sei sie einem Tümpel entstiegen.

Die Frau wischte sich das Wasser aus den Augen. »Das werden Sie büßen!« zischte sie.

»Ich weiß«, erwiderte Lillian. »Schicken Sie mir die Rechnung für den Coiffeur, für das Kleid sicherlich auch, wahrscheinlich auch für Ihre Schuhe, Ihr Unterzeug, Ihr ferneres Leben und Ihre erschreckte, gußeiserne Seele! Und nun gehen Sie endlich!«

Die Schwester entschwand. Lillian blickte auf die Glasschale, die sie noch in der Hand hielt. Sie hatte nicht gewußt, daß sie zu solchen Gewaltakten fähig sei. Gott sei Dank, daß ich die Schale nicht mitgeworfen habe, dachte sie und begann plötzlich zu lachen und konnte nicht aufhören, und dann kamen die Tränen, und mit den Tränen kam endlich die Erlösung von der Starre.

Der Portier hielt sie in der Halle an. »Eine peinliche Sache, Madame.«

»Was denn noch?«

»Sie haben mich beauftragt, einen Sarg und eine Grabstelle auf dem Friedhof zu bestellen. Die Schwester von Herrn Clerfayt hat sofort bei ihrem Eintreffen auf Kosten der Autofirma ebenfalls einen Sarg bestellt und liefern lassen. Jetzt ist der Ihrige übrig.«

»Können Sie ihn nicht zurückgeben?«

»Der Vertreter der Firma in Nizza erklärt, der Sarg sei eine Spezialbestellung gewesen. Er könnte ihn zurücknehmen, aus Gefälligkeit, aber nicht zum selben Preis.«

Lillian blickte ihn hilflos an. Ein groteskes Bild stand plötzlich vor ihr, – daß sie mit einem leeren Sarg in irgendein Sanatorium im Gebirge zurückfahren würde, während die Schwester Clerfayts die zerstückelten Reste in einem zweiten Sarg in ein Familienbegräbnis entführte.

»Ich habe der Dame vorgeschlagen, Ihren Sarg für Herrn Clerfayt zu nehmen«, sagte der Portier. »Sie wollte es nicht. Die Dame ist sehr strikt. Sie läßt auch ihre Hotelkosten der Autofirma in Rechnung stellen. Volle Pension natürlich, und gestern abend zwei Flaschen Château Lafite 1929. Der beste Wein, den wir haben. Der Vertreter der Sargfirma würde den Sarg zurücknehmen für den halben Preis.«

»Gut«, erwiderte Lillian. »Und machen Sie meine Rechnung fertig. Ich reise heute abend ab.«

»Sehr wohl. Dann ist da noch die Sache mit der Grabstelle. Sie brauchen sie jetzt nicht mehr, aber ich habe sie schon für Sie bezahlt. Es ist schwierig, da heute etwas zu tun. Es ist Samstag. Vor Montag ist niemand im Büro.«

»Sterben samstags und sonntags hier keine Menschen?«

»Doch. Man kauft die Gräber dann am Montag.«

»Schreiben Sie den Preis auf meine Rechnung.«

»Wollen Sie die Grabstelle denn behalten?« fragte der Portier ungläubig.

»Ich weiß es nicht; ich will nicht mehr darüber reden. Schreiben Sie auf, was Sie bezahlt haben. Schreiben Sie alles auf. Aber ich will nichts mehr davon hören! Nichts mehr! Verstehen Sie das nicht?«

»Sehr wohl, Madame.«

Lillian ging in ihr Zimmer zurück. Das Telefon klingelte. Sie nahm es nicht ab. Sie packte den Rest ihrer Sachen zusammen. In ihrer Tasche fand sie das Fahrscheinheft nach Zürich. Sie blickte auf das Datum. Der Zug fuhr am selben Abend.

Das Telefon klingelte wieder. Als es schwieg, packte sie eine panikartige Furcht. Ihr war, als sei mehr gestorben als Clerfayt, – als sei alles gestorben, was sie gekannt habe. Boris auch, dachte sie. Wer wußte, was mit ihm geschehen war? Vielleicht war auch er längst tot, und niemand hatte es ihr sagen können, weil niemand ihre Adresse gewußt hatte oder es ihr sagen wollte.

Sie griff nach dem Telefon, aber sie ließ die Hand wieder sinken. Sie konnte ihn nicht anrufen. Nicht jetzt. Er würde sie nicht verstehen, er würde glauben, daß sie ihn anriefe, weil Clerfayt tot sei. Er würde ihr nie glauben können, daß sie Clerfayt hatte verlassen wollen. Sie wollte es ihm auch niemals sagen.

Sie saß still, bis die Dämmerung grau ins Zimmer kroch. Die Fenster waren offen. Sie hörte das Rascheln der Palmen draußen wie das Geschwätz schadenfroher

Nachbarn. Der Portier hatte ihr gesagt, daß die Schwester Clerfayts mittags abgefahren sei; es war auch für sie Zeit, abzufahren.

Sie stand auf, aber sie zögerte. Sie konnte nicht gehen, bevor sie nicht wußte, ob Boris noch lebte. Es war nicht nötig, ihn selbst anzurufen. Sie konnte das Haus anrufen und nach ihm verlangen, unter irgendeinem Namen; wenn das Mädchen dann ging, um sie anzumelden, wußte sie, daß er noch lebte, und konnte einhängen, bevor er kam.

Sie rief die Nummer an. Es dauerte lange, bis die Telefonistin zurückrief. Es meldete sich niemand. Sie verlangte die Nummer noch einmal, dringend, mit einer Voranmeldung und wartete.

Sie hörte draußen Schritte auf den Kieswegen des Gartens. Das erinnerte sie an den Garten Clerfayts. Eine Welle trostloser Zärtlichkeit überflutete sie. Er hatte ihr das Haus vermacht, ohne daß sie es wußte. Sie wollte es nicht haben. Es würde leerstehen und langsam weiter verwittern mit seinen Stuckornamenten, – wenn nicht Clerfayts Schwester es konfiszierte, gewappnet mit der Doppelmoral einseitiger Gerechtigkeit.

Das Telefon schrillte. Lillian hörte die aufgeregten französischen Stimmen der Telefonistinnen. Sie vergaß alles, was sie sich vorgenommen hatte. »Boris!« rief sie. »Bist du da?«

»Wer ist da?« fragte eine Frauenstimme.

Lillian zögerte eine Sekunde, dann nannte sie ihren Namen. In zwei Stunden würde sie die Riviera verlassen haben, und niemand würde wissen wohin; es wäre lächerlich, nicht noch einmal mit Boris zu sprechen.

»Wer ist da?« wiederholte die Stimme.

Sie nannte noch einmal ihren Namen.

»Wer?«

»Lillian Dunkerque.«

»Herr Wolkow ist nicht hier«, antwortete die Stimme durch das Rauschen und Knacken in der Leitung.

»Wer ist dort? Frau Escher?«

»Nein, Frau Bliss. Frau Escher ist nicht mehr da. Herr Wolkow ist auch nicht mehr hier. Ich bedauere. –«

»Warten Sie!« rief Lillian. »Wo ist er?«

Der Lärm im Telefon schwoll an. »– abgereist«, hörte Lillian.

»Wo ist er?« rief sie.

»Herr Wolkow ist abgereist.«

»Abgereist? Wohin?«

»Das kann ich nicht sagen.«

Lillian verhielt den Atem. »Ist ihm etwas passiert?« fragte sie dann.

»Das weiß ich nicht, Madame. Er ist abgereist. Ich kann Ihnen nichts anderes sagen. Ich bedauere –«

Die Verbindung wurde unterbrochen. Die aufgeregten französischen Telefonistinnen zwitscherten dazwischen. Lillian legte den Hörer auf. Abgereist, – sie wußte, was das in der Codesprache oben bedeutete. Es war die Auskunft, wenn jemand gestorben war. Es konnte auch nichts anderes bedeuten – wohin sollte er schon gereist sein? Selbst seine alte Haushälterin war nicht mehr da.

Sie saß eine Zeitlang ganz still. Endlich stand sie auf und ging hinunter. Sie bezahlte ihre Rechnung und steckte ihr Billett in die Tasche. »Schicken Sie meine Sachen zum Bahnhof«, sagte sie.

»Jetzt schon?« fragte der Portier verwundert. »Sie haben noch fast zwei Stunden. Es ist zu früh.«

»Jetzt«, sagte sie. »Es ist nicht zu früh.«

XXII

Sie saß auf einer Bank vor dem kleinen Bahnhof. Die ersten Lichter brannten im frühen Abend und brachten die kahle Trostlosigkeit des Gebäudes noch mehr zur Geltung. Braungebrannte Touristen schoben sich lärmend an ihr vorbei zu einem Zug nach Marseille.

Ein Amerikaner setzte sich neben sie und begann einen Monolog über die Tatsache, daß man in Europa kein anständiges Steak, ja nicht einmal ein erträgliches Hamburger Steak bekomme. Selbst die Wiener Würstchen seien in Wisconsin besser.

Lillian saß ohne Gedanken da, in einer Erschöpfung, von der sie nicht mehr wußte, ob sie Trauer oder Leere oder Ergebung sei.

Sie sah den Hund, ohne ihn zu erkennen. Das Tier lief im Bogen über den Platz, schnupperte an ein paar Frauen, blieb stehen und stürzte dann auf sie zu. Der Amerikaner sprang auf. »Ein tollwütiger Hund!« rief er. »Polizei! Erschießt ihn!«

Der Schäferhund lief an ihm vorbei und sprang an Lillian hoch. Er warf sie fast von der Bank, er leckte ihre Hände und versuchte, ihr Gesicht zu lecken, er jaulte und heulte und bellte so, daß ein Kreis von erstaunten Menschen sie umstand. »Wolf«, sagte sie ungläubig. »Wolf! Woher kommst du denn?«

Der Hund ließ von ihr ab und schoß auf die Menge zu, die sich sofort teilte. Er lief auf einen Mann los, der rasch herankam, und kehrte dann wieder zu Lillian zurück.

Sie war aufgestanden. »Boris!« sagte sie.

»Wir haben dich also doch noch gefunden«, sagte Wolkow. »Der Portier im Hotel erzählte mir, du wärest bereits am Bahnhof. Es war hohe Zeit, wie es scheint! Wer weiß, wo ich dich später hätte suchen müssen.«

»Du lebst!« flüsterte Lillian. »Ich habe dich angerufen. Jemand sagte mir, du wärest abgereist. Ich habe gedacht –«

»Das war Frau Bliss. Sie ist die neue Haushälterin. Frau Escher hat noch einmal geheiratet.« Wolkow hielt den Hund fest. »Ich habe in der Zeitung gelesen, was passiert ist; deshalb bin ich gekommen. Ich wußte nicht, in welchem Hotel du wohntest, sonst hätte ich telefoniert.«

»Du lebst!« sagte sie noch einmal.

»Und du lebst, Duscha! Alles andere ist unwichtig.«

Sie sah ihn an. Sie verstand sofort, was er meinte, – daß alles andere, aller verwundete Stolz, aller gekränkte Egoismus weggeschwemmt wurde von dieser einen, trostvollen, letzten Tatsache: daß der geliebte Mensch nicht tot war, daß er noch lebte, daß er da war und noch atmete, ganz gleich, wo seine Gefühle waren oder was geschehen war. Boris war nicht aus Schwäche oder Mitleid gekommen; er war aus dieser blitzhaften letzten Erkenntnis gekommen, der einzigen, die ihm übriggeblieben war, der einzigen, die immer am Ende übrigblieb, die alles aufhob und deren man sich nur fast immer zu spät bewußt wurde.

»Ja, Boris«, sagte sie. »Alles andere ist unwichtig.«

Er blickte auf das Gepäck. »Wann fährt dein Zug?«

»In einer Stunde. Laß ihn fahren.«

»Wohin wolltest du?«

»Irgendwohin. Nach Zürich. Es ist gleichgültig, Boris.«

»Dann laß uns hier weggehen. Zieh in ein anderes Hotel. Ich habe in Antibes ein Zimmer reservieren lassen. Im Hotel du Cap. Wir können noch eins dazubekommen. Soll ich das Gepäck dahin schicken lassen?«

Lillian schüttelte den Kopf. »Laß es hier«, sagte sie mit plötzlichem Entschluß. »Der Zug fährt in einer Stunde; Laß uns abfahren. Ich will nicht hier bleiben. Und du mußt zurück.«

»Ich muß nicht zurück«, sagte Wolkow.

Sie sah ihn an. »Bist du geheilt?«

»Nein. Aber ich muß nicht zurück. Ich kann mit dir fahren, wohin du willst. Solange du willst.«

»Aber –«

»Ich habe dich damals verstanden«, sagte Wolkow. »Mein Gott, Duscha, und wie ich verstanden habe, daß du wegwolltest.«

»Warum bist du dann nicht mit mir gegangen?«

Wolkow schwieg. Er wollte sie nicht an das erinnern, was sie gesagt hatte. »Wärest du mit mir gegangen?« fragte er schließlich.

»Nein, Boris«, erwiderte sie. »Das ist wahr. Damals nicht.«

»Du wolltest die Krankheit nicht mitnehmen. Du wolltest ihr entkommen.«

»Ich weiß es nicht mehr. Vielleicht war es so. Es ist so lange her.«

»Willst du wirklich heute noch fahren?«

»Ja.«

»Hast du ein Bett?«

»Ja, Boris.«

»Du siehst aus, als brauchtest du etwas zu essen. Komm in das Café drüben. Ich werde inzwischen sehen, ob ich noch eine Fahrkarte bekomme.«

Sie gingen hinüber. Er bestellte ihr Eier, Schinken und Kaffee. »Ich gehe zurück zum Bahnhof«, sagte er. »Bleib hier. Lauf nicht weg.«

»Ich laufe nicht mehr weg. Warum denkt das jeder?«

Boris lächelte. »Es ist nicht das Schlechteste, wenn man das denkt. Man will dann, daß der andere bleibt.«

Sie sah ihn an. Ihre Lippen zitterten. »Ich will nicht weinen«, sagte sie.

Er blieb am Tisch stehen. »Du bist nur erschöpft. Iß etwas. Ich bin sicher, es ist das erste heute.«

Sie hob den Kopf. »Sehe ich so schlecht aus?«

»Nein, Duscha. Und selbst wenn du müde aussähest, so holen ein paar Stunden Schlaf bei dir immer alles wieder auf. Hast du das vergessen?«

»Ja«, sagte sie. »Ich habe so vieles vergessen. Und manches nicht.«

Sie begann zu essen, aber sie unterbrach sich und nahm ihren Spiegel heraus. Sie betrachtete sich sehr genau, das Gesicht, die Augen, die blauen Schatten. Was hatte der Arzt in Nizza gesagt? Bevor es Sommer wird, und vielleicht früher, wenn Sie so weiterleben. Sommer – hier war es schon Sommer, aber in den Bergen kam er spät. Sie betrachtete das Gesicht noch einmal, dann holte sie Puder und Lippenstift hervor.

Wolkow kam zurück. »Ich habe eine Fahrkarte bekommen. Der Zug ist nicht ausverkauft.«

»Hast du ein Bett?«

»Noch nicht. Aber vielleicht wird eins frei. Ich brauche keines; ich habe den ganzen Weg hierher geschlafen.« Er streichelte den Hund, der bei Lillian sitzen geblieben war. »Du mußt einstweilen in den Packwagen, Wolf, aber wir schmuggeln dich schon wieder heraus.«

»Ich kann ihn in mein Abteil nehmen.«

Boris nickte. »In Frankreich gibt es verständnisvolle Schaffner. In Zürich überlegen wir dann, was du tun willst.«

»Ich will zurück«, sagte Lillian.

»Zurück? Wohin?« fragte Wolkow vorsichtig.

Sie schwieg. »Ich war auf dem Wege zurück«, sagte sie dann. »Du brauchst es nicht zu glauben.«

»Warum soll ich es nicht glauben?«

»Warum solltest du?«

»Ich habe einmal genau dasselbe getan wie du, Duscha. Vor vielen Jahren. Ich bin auch zurückgegangen.«

Lillian zerbröckelte eine Krume Brot auf ihrem Teller. »Es nützt nichts, wenn jemand es einem vorher erklärt, wie?«

»Nichts. Man muß es selbst herausfinden. Man würde sonst immer glauben, das Wichtigste versäumt zu haben. Weißt du schon, wohin du gehen willst von Zürich aus?«

»In irgendein Sanatorium. Im Bella Vista nehmen sie mich sicher nicht wieder.«

»Natürlich nehmen sie dich. Aber weißt du bestimmt, daß du zurückwillst? Du bist jetzt erschöpft und brauchst Ruhe. Das kann sich ändern.«

»Ich will zurück.«

»Clerfayts wegen?«

»Clerfayt hat nichts damit zu tun. Ich wollte schon vorher zurück.«

»Warum?«

»Aus vielen Gründen. Ich weiß sie jetzt nicht mehr. Sie waren so richtig, daß ich sie wieder vergessen habe.«

»Wenn du unten bleiben willst – du brauchst nicht allein zu sein. Ich kann auch bleiben.«

Lillian schüttelte den Kopf. »Nein, Boris. Es ist genug. Ich will zurück. Aber du willst vielleicht noch bleiben? Du warst so lange nicht unten.«

Wolkow lächelte. »Ich kenne das hier schon –«

Sie nickte. »Das habe ich gehört. Ich kenne es jetzt auch.«

In Zürich telefonierte Wolkow mit dem Sanatorium. »Lebt sie noch?« fragte der Dalai Lama mürrisch. »Also gut, meinetwegen kann sie kommen.«

Lillian blieb noch eine Woche in Zürich im Hotel Dolder. Sie lag viel zu Bett. Sie war plötzlich sehr müde. Das Fieber kam jeden Abend und war hoch. Wolkow fragte den Arzt, den er zur Behandlung geholt hatte. »Sie müßte längst im Krankenhaus sein«, erklärte der Professor. »Lassen Sie sie hier.«

»Sie will nicht hier bleiben. Sie will nach oben.«

Der Arzt hob die Schultern. »Wie Sie wollen. Aber nehmen Sie einen Krankenwagen.«

Wolkow versprach es. Er wußte, daß er keinen nehmen würde. Sein Respekt vor dem Leben ging nicht weit genug, um nicht zu wissen, daß zuviel Sorgfalt einen Kranken ebenso töten konnte wie zuwenig. Lillian als Sterbende zu behandeln würde schlimmer sein, als die Fahrt im Auto zu riskieren.

Sie sah ihm heiter entgegen, als er zurückkam. Seit die Krankheit sich stärker gezeigt hatte, war sie heiter geworden, – als ob das vage Schuldgefühl, das sie wegen Clerfayts Tod gespürt hatte, dadurch getilgt worden sei. Der Schmerz um einen andern, dachte sie mit leichter Ironie, wurde erträglicher, wenn man wußte, daß man selbst nicht mehr lange zu leben hatte. Selbst das Gefühl der Rebellion gegen die Krankheit war gewichen seit Clerfayts Tod. Niemand entkam, weder der Kranke noch der Gesunde, das ergab einen paradoxen Ausgleich.

»Armer Boris!« sagte sie. »Was hat dir der Arzt gesagt? Daß ich die Reise nicht überstehen werde?«

»Nichts von alledem.«

»Ich werde sie überstehen. Schon, weil er das Gegenteil prophezeit. Und ich werde noch länger leben.«

Wolkow sah sie überrascht an. »Das ist wahr, Duscha. Ich fühle das auch.«

»Gut. Dann gib mir einen Wodka.«

Sie hielt ihm ihr Glas hin. »Was sind wir doch für Schwindler«, sagte sie nach einer Weile. »Wir mit unseren kleinen Tricks! Aber was sollen wir sonst tun? Wenn man schon Angst hat, kann man auch ebensogut etwas daraus machen. Ein Feuerwerk oder eine Spiegelfechterei oder eine kleine Weisheit, die bald schmilzt.«

Sie fuhren an einem sehr milden, warmen Tag hinauf. Auf der halben Passhöhe kam ihnen in einer Haarnadelkurve ein Wagen entgegen, der hielt, um sie vorbeizulassen. »Hollmann!« rief Lillian. »Das ist doch Hollmann!«

Der Mann in dem anderen Wagen blickte auf. »Lillian! Und Boris! Aber –«

Hinter ihm hupte ein ungeduldiger Italiener, der einen kleinen Fiat fuhr und glaubte, der Rennfahrer Nuvolari zu sein. »Ich parke den Wagen«, rief Hollmann. »Wartet auf mich!«

Er fuhr ein Stück weiter, ließ den Italiener vorbei und kam zu Fuß zurück. »Was ist los, Hollmann?« fragte Lillian. »Wohin fahren denn Sie?«

»Ich habe Ihnen doch erzählt, daß ich gesund bin.«

»Und der Wagen?«

»Geliehen. Es kam mir zu albern vor, im Zug zu fahren. Jetzt, wo ich wieder engagiert worden bin!«

»Engagiert? Von wem?«

»Von unserer alten Firma. Sie haben mich gestern angerufen. Sie brauchen noch jemand –« Hollmann schwieg einen Augenblick. Dann strich er sein Haar zurück. »Torriani haben sie ja schon; jetzt wollen sie es mit mir dazu versuchen. Wenn es gut geht, fahre ich bald die kleineren Rennen mit. Dann die großen. Halten Sie mir die Daumen! Wie schön, daß ich Sie noch gesprochen habe, Lillian!«

Sie sahen ihn noch einmal von einer höheren Kurve aus, als er wie ein blaues Insekt die Straße hinunterfuhr, um die Stelle Clerfayts einzunehmen, so wie Clerfayt die Stelle eines anderen übernommen hatte und ein anderer wieder die Hollmanns einnehmen würde.

Lillian starb sechs Wochen später, an einem weißen Sommermittag, der so still war, daß die Landschaft den Atem anzuhalten schien. Sie starb schnell und überraschend und allein. Boris war für kurze Zeit ins Dorf gegangen. Als er zurückkam, fand er sie tot auf ihrem Bett. Ihr Gesicht war verzerrt; sie war während einer Blutung erstickt, und ihre Hände waren in der Nähe des Halses verkrampft; aber kurze Zeit später glätteten sich ihre Züge, und das Gesicht wurde schöner, als er es seit langem gesehen hatte. Er glaubte auch, daß sie glücklich gewesen sei, soweit man einen Menschen jemals glücklich nennen könne.

Anhang

Chronologie

1921 Frühjahr: Erich Maria Remarque wird Redakteur bei *Echo Continental*, der Werkszeitschrift der Continental-Gummiwerke, Hannover. Autos und Motorsport werden zu einem zentralen Thema seines schriftstellerischen Werkes.

1923 Remarque beginnt die Arbeit an seinem zweiten Roman *Gam*. Einer der Geliebten der gleichnamigen Protagonistin trägt den Namen Clerfayt. Der Roman bleibt zu Lebzeiten des Autors unveröffentlicht.

1924 20. Juni: In der Berliner Illustrierten *Sport im Bild* erscheint die Erzählung *Das Rennen Vanderveldes*. Der gleichnamige Rennfahrer verliebt sich in die Lebedame Lilian Dunquerke und gewinnt sie durch ein außergewöhnliches Manöver beim Grand Prix von Monte Carlo.

1927 ab 25. November: Remarques dritter Roman *Station am Horizont* erscheint in Fortsetzungen in *Sport im Bild*. Der Rennfahrer Kai steht zwischen drei Frauen: Barbara, Maud Philby und der Lebedame Lilian Dunquerke.

1931 27. Mai: Carl Laemmle sen., Chef der Universal Pictures und Produzent der Verfilmung von Remarques *Im Westen nichts Neues*, behauptet in einem Interview, er habe die Filmrechte an Remarques Erzählung »Fate« erworben, in der sich eine junge Frau in ihren Arzt verliebt.

1940 23. Dezember: Remarque beginnt in Los Angeles laut seinem Tagebuch die »Sanatoriumssache«, ein Filmexposé mit dem Titel *Das letzte Leben der Lillian Dunquerke* für seine derzeitige Geliebte Marlene Dietrich. Die tuberkulosekranke Heldin steht zwischen dem Rennfahrer Key Stanton und dem russischen Emigranten Wladimir Orloff. Der Film wird nicht realisiert.

1946 13. Februar: Remarque erklärt seinen Anwälten in New York, dass er das Filmexposé an die Filmproduzenten Lewis und Loew verkaufen will, die auch die Verfilmung des Romans *Arc de Triomphe* produzieren. Er lässt eine Übersetzung ins Englische anfertigen; aus *Das letzte Leben der Lillian Dunquerke* wird *The Other Love*. Die Handlung bleibt unverändert.

15. Oktober: Lewis und Loew gründen die Lexington Productions Ltd. für den Film *The Other Love*, an denen Remarque mit 10 % beteiligt ist. Das Drehbuch von Ladislas Fodor und Harry Brown verändert das Exposé Remarques stark, die weibliche Hauptfigur verliebt sich nun in ihren Arzt. Unter der Regie von André de Toth in den Hauptrollen Barbara Stanwyck (Karen Duncan), Richard Conte (Paul Clemont, Rennfahrer) und David Niven (Dr. Stanton).

1947 27. März: Premiere des Films *The Other Love*.

1951 Die Lexington Productions melden Konkurs an, die Rechte an der Filmhandlung fallen an Remarque zurück.

1958 Winter: Der Chefredakteur der Hamburger Illustrierten *Kristall*, Joachim Pierre Pabst, und der deutsche Schriftsteller Johannes Mario Simmel treffen Remarque in Ascona (Schweiz), um ihn als Autor für die Illustrierte zu gewinnen. Remarque sagt zu und schlägt eine Ausarbeitung des Filmexposés *Das letzte Leben der Lillian Dunquerke* vor.

1959 22. Mai: Remarque liefert aus New York die ersten Kapitel des Textes an *Kristall*. Er trägt den Titel *Geborgtes Leben. Roman einer Liebe* und handelt von dem Rennfahrer Clerfayt und der tuberkulosekranken Lillian Dunquerke, Handlungsort ist Europa im Frühjahr 1949.

Ab Juli: *Geborgtes Leben* erscheint in Fortsetzungen bis Dezember in *Kristall.*

Winter: Nachdem der Roman bereits in Fortsetzungen in verschiedenen europäischen Illustrierten veröffentlicht wurde, erscheint die erste Buchausgabe in der Sowjetunion auf Russisch unter dem Titel *Zhizn' Vzajmy* (Geborgtes Leben).

1960 Remarque überarbeitet den Text grundlegend. Aus *Geborgtes Leben* wird *Der Himmel kennt keine Günstlinge*. Eine erste Ausgabe erscheint in einer Kleinstauflage Ende des Jahres in New York unter dem Titel *Heaven Has No Favorites. Geborgtes Leben. Roman.*

Remarque verkauft die Filmrechte an dem Text an die Columbia Pictures.

1961 Mai: Die erste deutsche Buchausgabe von *Der Himmel kennt keine Günstlinge* erscheint im Verlag Kiepenheuer & Witsch.

1977 Die Columbia Pictures verfilmen den Text unter dem Titel *Bobby Deerfield.* Das Drehbuch von Alvin Sargent verändert den Text stark. Der Film spielt nun in der Gegenwart der 1970er Jahre, aus Clerfayt wird Bobby Deerfield, die Figur Boris Wolkow entfällt ganz.

31. August: Premiere des Films *Bobby Deerfield*; unter der Regie von Sidney Pollack in den Hauptrollen Al Pacino (Bobby Deerfield) und Marthe Keller (Lilian).

Über die Kontakte zwischen Erich Maria Remarque und dem Chefredakteur der Illustrierten *Kristall*, Joachim Pierre Pabst, sowie über den Anlass der Veröffentlichung der ersten Fassung *Geborgtes Leben* hat der deutsche Schriftsteller Johannes Mario Simmel 1994 folgenden Bericht verfasst, der vor allem ein Treffen zwischen Remarque, Pabst und Simmel im Tessin im Winter 1958 behandelt.

Pierre hatte von Springer freie Hand; was Remarque verlangte, das sollte er kriegen – denn vielleicht rettete ein Remarque-Roman doch noch »Kristall«! Remarque war ein grandioser Gastgeber und ein unerhört gebildeter Mensch mit enormem künstlerischen Geschmack und einem Kunstwissen, wie man es ganz selten findet. Und so empfing er uns zunächst in seinem herrlichen Haus und zeigte uns seine neuesten Schätze. Nach dem Abendessen zogen wir los, von einer Bar zur nächsten, denn da wollte Remarque das Geschäftliche besprechen. Wir waren schon etwas betrunken, als wir loszogen. Aber was dann folgte, in dieser Nacht mit Remarque als Reiseführer durch das Paradies aller edlen Cognacs dieser Welt, das kann sich einfach niemand vorstellen. Pierre musste Remarque ein Angebot machen, damit fing es an. Eine Riesensumme für einen Roman in fünfzehn Fortsetzungen. Remarque lehnte ab: Für diesen Betrag setze er sich nicht mal an den Schreibtisch. Pierre erhöhte, Remarque sagte: Zu wenig, und wir zogen in die nächste Bar. Dort erhöhte Pierre wieder, Remarque lehnte wieder ab. Nächste Bar. Das ging tatsächlich die ganze Nacht durch. Irgendwann bin ich dann in irgendeiner Bar oder einem Lokal eingeschlafen, ich konnte einfach nicht mehr (und das hieß damals etwas!) – ich weiß heute noch nicht, wie ich ins Hotel kam und in das Bett, in dem ich dann ungefähr am nächsten Mittag erwachte. Später fand ich Pierre. Er sagte, er könne sich auch nur noch daran erinnern, dass er zuletzt einen Scheck ausgeschrieben habe – mit einer astronomischen Summe! Vor unserer Abfahrt riefen wir Remarque noch einmal an, aber wir trafen ihn nicht mehr.

Was mir so ungeheuren Eindruck machte: Remarque brauchte das Geld nicht, er war reich genug; Pierre hatte freie Hand und wusste, dass Springer weiß Gott! Geld genug hatte. Es war ein Spiel zwischen den beiden. Remarque wollte sehen, wie weit er gehen konnte. Pierre wollte sehen, ob er Remarque nicht doch unter den Tisch trinken und irgendwo stoppen konnte. Im Grund verachteten wir alle drei in jener Nacht aus tiefstem Herzen den Multimillionär Springer, und ich dachte immer und denke noch immer, dass Remarque sich als Rächer aller Autoren sah, die um einen elenden Lohn schreiben mussten für die Verleger, die, wenn die Autoren endlich tot waren, dann aus ihren Schädelschalen Champagner soffen. So etwas, das glaube ich ganz fest, war der Ur-Anlass für dieses irrwitzige Hochsteigern.

Natürlich lieferte Remarque dann nicht; er musste gemahnt und gemahnt und bedroht werden, was ihn nur erheiterte, und dann schrieb er einen Roman, der wirklich hingeschludert war, und womit er noch einmal zum Ausdruck brachte, was er von Verlegern im Allgemeinen und von Springer im Besonderen hielt. Meiner Erinnerung nach schrieb Remarque damals natürlich auch keine fünfzehn Fortsetzungen, denn bei dem Glück, das er hatte, ließ Springer »Kristall« vorher eingehen.

Erstmalig erscheint eine Figur namens Lillian Dunquerke in Remarques Kurzgeschichte *Das Rennen Vanderveldes,* die 1924 in der Berliner Illustrierten *Sport im Bild* erschien. Bereits hier ist die Figur mit dem Thema Autorennen verknüpft und in einen Rennfahrer verliebt.

Erich Maria Remarque
Das Rennen Vanderveldes

Wir waren am Strande gewesen und hatten lange Zeit auf die Brandung gelauscht, die gewaltig murrend wie ein unterirdischer Gott in der Dunkelheit rumorte, bis sie unter dem einsetzenden Nachtwinde langsam in ein rhythmisches Brausen überging. Zwischen den gefiederten Blättern der Palmen hing über uns groß und mächtig der Nachthimmel, aus dem das Licht der Sterne herniederstürzte, als würde es aus einer Schale schwarzen Alabasters in das Meer gegossen, ein selig verschütteter goldener Wein vom Gelage der Unsterblichen. Der Glanz wurde von den Schaumkronen der Wellen aufgefangen und erhellte in einem fahlen Phosphorschein das unruhige Wasser, so daß es schien, als werde er von Himmel und Meer in einem ewigen Wechselspiel hin und wider geworfen.

Nichts geht so ins Blut und macht so aufrührerisch und sehnsüchtig wie Windesrauschen und Meeresbrandung. Still, und jeder mit seinen Gedanken beschäftigt, gingen wir deshalb die Esplanade hinauf bis zum Galle Face, um in der Halle des Hotels noch den Abend zusammenzubleiben.

Es waren wenige Menschen da. Eine englische Familie, die sich aus Reiseführern Notizen machte; ein junges Paar, das eifrig miteinander tuschelte und wohl auf der Hochzeitsreise war; und ein Holländer mit geröteter Glatze, der breit und massig an einem Tische saß und in regelmäßigen Abständen den Dienern sein: »Boy, one Whisky more!« zurief.

Ole Hansen rührte mit dem Löffel in seinem Eiswasser. Er war in der letzten Zeit abends oft melancholisch und erzählte dann sentimentale Geschichten von weißen Fjorden und Morgennebeln über Bergseen. Wir hörten ihm geduldig zu; denn es ist am besten, wenn man sich über schwermütige Dinge, die einen beschäftigen, aussprechen kann – dann vergehen sie am leichtesten. Ole Hansen hatte vor einigen Wochen Nachricht erhalten, daß eine Frau gestorben war, der ein Teil seiner Jugenderinnerungen gehörte – und gerade solche einfachen, längst vergangenen Dinge rühren manchmal seltsam auf, wenn sie einem durch den Zufall wieder über den Weg geworfen werden.

Wir waren recht einsilbig. Da klang in das Summen der Ventilatoren die Stimme des Managers, der zwei Gäste begleitete. Sie mußten mit dem Dampfer gekommen sein, der nachmittags im Hafen eingelaufen war. Man konnte aus den Worten des Managers entnehmen, daß sie von den Perandeya-Gärten zurückkamen.

Der Mann hatte ein verwittertes, pockennarbiges Gesicht, das ganz von den starken, tiefliegenden Augen beherrscht wurde.

Mit geschmeidigen Schritten ging er neben einer Frau, von der man nichts sah als die bezaubernde Bewegung des Nackens, als sie aufblickend mit dem Manne sprach.

Der Mann wandte den Kopf, als er an unserem Tisch vorbeikam; eine breite Narbe lief ihm quer über die Stirn in den linken Augenwinkel. Er reichte der Frau einen Augenblick den Arm; sie lehnte sich fast unmerklich darauf, aber mit einer solchen Hingabe in der Haltung, daß Morton die Diagnose auf junge Ehe stellte.

Ole Hansen schüttelte den Kopf: »Ich glaube nicht. Der Mann war Vandervelde, der vor zwei Jahren den Preis von Nizza gewann. Die Frau begleitet ihn seit einem Jahre; ich sah ihn mit ihr im Coup von Marseille, auf den Tribünen bei Cerda während der Targa Florio und beim Indianapolisrennen; aber ich kenne sie nicht –«

Kinsley sagte: »Es ist Lilian Dunquerke!«

Morton sprang auf. »Das ist unmöglich! Lilian Dunquerke ist nicht für ein Jahr zu halten. Ich kenne d'Astin, auf den sie geschossen hat, als sie ihn mit der Contessa Ricci während des Korsos sah; trotzdem verließ sie ihn drei Wochen später.«

Kinsley winkte Morton, sich zu setzen. »Es ist verständlich, wenn Jugend voreilig urteilt. Du hast recht: Die Dunquerke ist die unbekümmertste und schönste Abenteurerin des Kontinents, und ihre Liaisons sind fast immer von kurzer Dauer. Man kann sie deswegen mit den Begriffen Oberflächlich und Leichtfertig abtun und versuchen, sie durch Spekulation darauf zu gewinnen. Daß das Exempel nicht stimmt, beweisen die vergeblichen Bemühungen des Fürsten Stoll, dem halb Batavia gehört, und der sie sogar heiraten wollte. Man könnte sie auch eine große Suchende nennen, die nie gefunden hat und deshalb immer bald wieder verließ – vielleicht ist sie auch ein Gemisch von beiden.

Doch seit einem Jahre gehört sie Vandervelde. Ihr seid erstaunt, denn er ist nicht besonders geistvoll, nicht besonders reich und nicht besonders interessant; aber nichts hat so sehr seine eigenen Gesetze wie das Blut. Und da ich die näheren Umstände dieser merkwürdigen Treue kenne, will ich sie euch erklären. Habt keine Furcht, es kommt kein psychologisches Traktat. Das wäre stillos an einem so nachdenklichen Abend.

Vor einem Jahre saß Vandervelde in einem Winkel dieser Halle. Er war mit dem Auto noch einmal die Rennstrecke abgefahren, hatte versucht, die Kurven so scharf wie möglich zu nehmen, hatte die Schaltung berechnet und sich Notizen gemacht, um das Training damit abzuschließen. Er sah seine Aufzeichnung durch und war so darin vertieft, sich die Zahlen für den nächsten Tag einzuprägen, daß er nicht bemerkte, wie Lilian Dunquerke vorüberging.

Er kannte sie auch wohl kaum. Doch gleich darauf streifte ein Halbblütiger seinen Stuhl in so sonderbar hastiger Weise, daß er ihn ungeschickt anstieß. Durch die Entschuldigung des andern aus seinen Überlegungen aufgestört, stand Vandervelde auf, um vor dem Hotel noch einen kurzen Abendgang zu machen.

Ein leichter Schrei hemmte seine Schritte. Er sah im undeutlichen Licht eine Frau, die sich gegen einen Mann wehrte. Im Augenblick war er heran und schlug den Mulatten mit einem Uppercut nieder, daß er wie ein Sack zusammenklappte.

Dann verbeugte er sich, ohne im geringsten noch den am Boden gurgelnden Mulatten zu beachten, und sagte: ›Verzeihen Sie, Mylady, daß ich in Ihre Angelegenheiten eingriff, ohne

Ihnen vorher meinen Namen zu nennen und Ihre Erlaubnis einzuholen – darf ich Sie zum Hotel zurückgeleiten oder wünschen Sie eine andere Disposition?‹

Ihr wißt, daß es auf Frauen stets Eindruck macht, wenn man eine ungewöhnliche Situation als selbstverständlich und fast alltäglich beherrscht; denn dem wahrhaften Manne von Welt liegt nichts daran, bei normalen Gelegenheiten als Meister zu gelten. Aber Lilian Dunquerke war dergleichen gewohnt. Sie wollte nach einigen verbindlichen Worten weitergehen, weil es ihren Stolz preßte, von einem Manne angegriffen worden zu sein. Da sah sie den Mulatten hinter Vandervelde von der Erde hochkommen und die Fäuste nach seinem Halse vorschnellen. Sie konnte nicht sprechen, aber ihr jäh entsetzter Blick deutete Vandervelde die Gefahr.

Rasch trat er einen knappen Schritt zur Seite, damit der Körper des Gegners im Vorschießen ihn halb verfehlte und gegen seine Schulter polterte, sagte mit einem schnellen Blick auf die Dunquerke: ›Pardon‹ –, wandte sich und ging mit krampfartig gekrümmten Fingern und so wilden Augen auf den anderen los, daß dieser taumelte, ohne geschlagen zu werden, und in plötzlicher Angst sich drückte und davonlief.

Sei ruhig, Morton, ich weiß, was du einwenden willst; auch diese Sache war nichts so Außergewöhnliches für Lilian Dunquerke, daß sie dadurch so an Vandervelde gefesselt werden konnte, wie sie es ist. Aber es genügte, für den Augenblick ihr Interesse zu erregen und der Anlaß zu werden, daß Vandervelde sie zum Strand begleitete.

Er sah erst jetzt, wen er verteidigt hatte. Das Erregende der vorhergegangenen Situation, das er trotz aller Beherrschung gefühlt hatte – dadurch allein entsteht ja die Spannung, die sie zum elementaren Ereignisse und ihre Bezwingung zu einer solchen Befriedigung macht – vermischte sich mit dem Bewußtsein, durch ein unvorhergesehenes Abenteuer mit einer fremden, schönen Frau allein in der tropischen Nacht zu sein, zu einer magischen Lockung und einem phantastischen Rausch, die ihm eine instinktive Sicherheit gaben, das Erlebnis weiter zu führen und es zu jener Ausdrucksfähigkeit zu steigern, für die Hansen bei einer anderen Gelegenheit das Wort: Blühendes Blut gefunden hat.

In diese Stimmung fiel eine Bemerkung Vanderveldes, daß er beim Rennen am folgenden Tage mitstarte; das reizte die Dunquerke. In der windsausenden Nacht flogen die Worte hin und her, Wünsche und aufregende Deutungen spielten hinein und verquirlten sich mit der anfangs ohne Nachdenken gemachten Äußerung Vanderveldes, so daß sie plötzlich schicksalhaft aufgestellt war und wie ein stummer Vertrag das unausgesprochene Eingeständnis barg: Wenn Vandervelde morgen das Rennen gewann, dann gewann er auch Lilian Dunquerke.

Nach einer unruhigen Nacht steuerte Vandervelde am andern Tage seinen Wagen fest entschlossen zur Waage. Er sah ihn sorgfältig nach, ließ den Motor Probe laufen und packte dann neben sich seinen Hund ein. Wie so viele Leute des Erfolgs, war er abergläubisch wie ein Neger, und er wäre nie in einem Rennen ohne den Hund, den er sehr liebte, neben sich losgefahren.

Vandervelde startete als Zwölfter. In den ersten Runden fiel er zurück, weil er mehrere Reifendefekte hatte. Dann fing er an, aufzuholen und sich nach vorn zu schieben. Bald lag er an neunter Stelle. Der Wagen vor ihm flog aus der Kurve, brach die Kolben und wurde abgeschleppt. Kurz darauf hatte Vandervelde abermals Reifenschaden und mußte zehn Minuten ohne

Luft im rechten Hinterreifen fahren, ehe er das Depot erreichte. Hier wechselte er sofort und faßte Benzin. Dann raste er weiter.

Inzwischen hatten der Amerikaner Allan und der Italiener Martoni das Feld gesprengt und überrundet. Vandervelde gewann nur langsam Raum, obschon er unglaublich fuhr. Da ging er mit Vollgas in die Kurve, rutschte aber fast quer weg und sauste weiter. Doch nun begann er plötzlich mächtig aufzuholen und schob sich allmählich hinter den blauen Wagen Allans. Das Rennen lag zwischen den drei Fahrzeugen. Kurz vor der Tribüne überrundete Vandervelde den Amerikaner unter dem Beifallssturm der Zuschauer. Eine halbe Stunde lag er dicht hinter Martoni. Die letzte Runde kam, und die Spannung war ungeheuer, ob es Vandervelde gelingen würde, auch den Italiener zu schlagen. Lilian Dunquerke war von einer fieberhaften Zuversicht und wartete auf den Ausgang.

Plötzlich klang das Bienensummen eines Motors, wurde stärker, alles stürzte zu den Barrieren, reckte sich, sprang auf die Sitze, ein Wagen brüllte näherkommend, die Zuschauer tobten, Vandervelde raste mit weitem Vorsprung heran.

Ein tausendstimmiger Schrei. Zweihundert Meter vor dem Ziel schlug eine Flamme aus dem Auto, der Vergaser hatte sich entzündet. Mit brennendem Wagen raste Vandervelde in der atemlosen Stille, in der das Publikum erstarrte, aufs Ziel los.

Da geschah etwas Unerwartetes. Anscheinend durch beim hastigen Auffüllen verschüttetes Benzin leckte eine Flammenzunge lang über die Karosserie. Es war nicht sonderlich gefährlich, und Vandervelde hätte bestimmt den Wagen ohne Gefahr noch über das Band bekommen; aber der Hund neben ihm schien durch einige Spritzer versengt zu sein, denn er heulte mit einem Male markerschütternd auf.

Im nächsten Augenblick, den Sieg fast in Händen, fünfzig Meter vor dem Ziel, stoppte Vandervelde, riß den Hund aus dem Wagen und untersuchte ihn, ob ihm etwas zugestoßen sei. Im selben Moment flog der Italiener heran und ging als Erster durchs Ziel.

Vandervelde kümmerte sich um nichts. Er liebkoste seinen Hund und schritt gleichmütig durch die Menge, die ihn mit Fragen bestürmte. Man schüttelte den Kopf über die bizarre Laune, wegen einer Hundeklage den Sieg auszulassen.

Lilian Dunquerke stand bleich vor Vandervelde. Sie fuhren wortlos zum Hotel. Hier verband Vandervelde selbst das Tier, das nur eine unwesentliche Brandwunde hatte. Er richtete sich auf und sagte: ›Es ist belanglos und wird in wenigen Tagen heil sein. Ich hätte weiterfahren können; aber ich wußte ja nicht, ob die Verletzung schlimmer und schmerzhafter war.‹

In dieser Minute hatte Vandervelde Lilian Dunquerke gewonnen. Hätte er gesiegt, so würde sie ihn wahrscheinlich nach kurzer Zeit wieder verlassen haben, wie so viele schon vor ihm. Aber daß der Schmerzensschrei einer Kreatur ihm über seinem Weibbegehren stand, daß er ohne zu überlegen der verbrannten Pfote seines Hundes Lilian Dunquerke opferte, das erschütterte sie so, war so außergewöhnlich neu in ihrem Dasein, gab Vandervelde eine solche Atmosphäre von Menschlichkeit und Über-den-Trieben-Stehen, daß er die schon Aufgegebene nun mit doppelter Gewalt zurückempfing. Ihr saht es selbst, wie sie ihm gehört, an Mortons voreiliger Bemerkung.

Ich bin Skeptiker und weiß nicht, ob Vanderveldes Empfinden impulsiv echt war, oder ob es nicht doch ein verdammt berechneter Trick gewesen ist, der ihm im letzten Augenblick einfiel, um die Dunquerke ganz zu halten. Doch das ist ja letzten

Endes auch gleich; denn die Liebe ist eines der merkwürdigsten Dinge: Wenn man sich auch der Täuschung bedient, um sie zu gewinnen – sie bleibt, selbst wenn es nachher offenbar wird.«

Der Roman *Der Himmel kennt keine Günstlinge* geht zurück auf ein Filmexposé, das Remarque während seines Exils in den USA in den Jahren 1939/40 ursprünglich für seine damalige Geliebte Marlene Dietrich verfasste. Das Exposé *Das letzte Leben der Lillian Dunquerke* über die tuberkulosekranke Lillian Dunquerke und ihre Liebe zu dem Rennfahrer Key Stanton und dem Russen Wladimir Orloff wurde 1946 unter dem Titel *The Other Love* dann nicht mit Marlene Dietrich, sondern mit Barbara Stanwyck, Richard Conte und David Niven in den Hauptrollen und unter der Regie von André de Toth für die Enterprise Productions/United Artists verfilmt; die Premiere fand am 27. März 1947 statt. Bei den Gesprächen zwischen Remarque und dem Chefredakteur der Illustrierten *Kristall* für einen Roman, den Remarque für die Illustrierte verfassen sollte, brachte der Autor dieses alte Exposé ins Gespräch und konzipierte auf dessen Basis den Roman.

Erich Maria Remarque
Das letzte Leben der Lillian Dunquerke

Der Rennfahrer Key Stanton rast mit seinem Wagen über einen tief verschneiten Alpenpaß nach Davos. Er kommt von Monte

Carlo und will ein paar Tage Ski laufen und in der Sonne liegen. Außerdem will er Hollstein besuchen, einen jungen Nachwuchsfahrer seiner Mannschaft, der vor einem halben Jahr lungenkrank geworden ist und im Sanatorium Montana wohnt.

In der Dorfstraße scheuen zwei Pferde vor dem Dröhnen des Motors und reißen einen Schlitten quer über die Straße. Stanton springt heraus, um zu helfen, sie zu halten, aber es gelingt dem Fahrer allein. Stanton entschuldigt sich, er sieht neben dem Fahrer, einem Mann von etwa fünfundvierzig Jahren, eine junge Frau im Schlitten sitzen, die ihn, ohne erschrocken zu sein, mit ihren hellen, fast durchsichtigen Augen ruhig ansieht.

Stanton fährt weiter zum Sanatorium, das hoch über dem Dorf am Südhang der Berge liegt. Er ist überrascht; – er hat eine Art Krankenhaus erwartet und findet eher ein mondänes Hotel. Alles ist vermieden, was an Krankheit erinnern könnte, das gehört zur Behandlung. Die Lungenkranken sind braun gebrannt von der Sonne, sie leben fast wie Gesunde, sie liegen nur bei hohem Fieber und bei schweren Fällen zu Bett –, und sie sind strahlender, lebhafter und interessanter als Gesunde, – das ist der geheimnisvolle und morbide Reiz dieser Krankheit. Das Wissen um die Gefahr erhöht den Drang zum Leben.

Der junge Hollstein erwartet Stanton bereits. Er ist ungeduldig und aufgeregt, bald wieder hinunterzukommen; – aber er soll noch lange oben bleiben. Er weiß das nicht. Abend. Stanton lernt durch ihn die Frau kennen, die nachmittags im Schlitten war. Sie heißt Lillian Dunquerke, und lebt seit zwei Jahren in Davos. Ihr Begleiter ist Wladimir Orloff, ein Russe, der schon seit fünf Jahren oben ist.

Orloff hat ein großes Leben hinter sich. Er spricht nie davon. Der Zusammenbruch und die Krankheit haben ihn tolerant gegen andere und skeptisch gegen sich selbst gemacht. Er lebt ruhig, mit einer geistvollen Resignation, und verbirgt die Wünsche, die ihn quälen, hinter einem undurchdringlichen, heiteren Sarkasmus. Er liebt Lillian Dunquerke, aber seine Liebe zeigt sich hauptsächlich in einer großen Sorge für sie. Er selbst glaubt und weiß, daß er die Berge nicht mehr verlassen kann, er hat auch nicht das Bedürfnis danach. Mit dem Leben unten hat er abgeschlossen. Sein großer Wunsch ist, daß Lillian Dunquerke gesund wird. Er weiß, daß er sie dann verlieren wird, – aber er weiß auch, daß sie leben wird. Das ist seine Tragik und sein Glück.

Lillian Dunquerke lebt in einer unruhevollen Ruhe. Sie fühlt die Sorge und die immer bereite Aufmerksamkeit Orloffs; sie liebt ihn dafür mit einer Mischung aus Zärtlichkeit, Respekt und warmer Zuneigung, – aber manchmal schlägt eine wilde, schwere Sehnsucht in ihr hoch nach heißem, törichtem, sorglosem Leben, nach den purpurnen und schwarzen Fahnen einer sinnlosen Liebe und sinnlosen Verzweiflung, nach all dem, was sie jenseits der Berge glaubt, in der Welt der Städte, der Ebene, der Weite, fern von Ärzten, Thermometern und dem Horchen auf die Atemzüge in der Brust. Dann starrt sie die Berge an, diese unerbittliche Kette von Wächtern am Horizont, und haßt die weiße sonnige Landschaft, deren klare Luft ihren Lungen Leben gibt, aber ihren Wünschen und Träume ein strahlendes Gefängnis ist.

In diese Stimmung hinein platzt Stanton, ein Mensch, dessen Leben nichts als Unbedenklichkeit, Aktion, Abenteuer und Handeln ist. Er bringt den Geruch der Welt von draußen mit sich, jedes Wort ist, ohne daß er es weiß und will, eine Lokkung und eine Verführung. Wenn er von seiner Fahrt durch die flache französische Tiefebene an der Seine und der Loire entlang spricht, so ist das für ihn nichts als die Schilderung einer schnellen, etwas langweiligen Reise, – für die andern aber ist es der heiße Atem des Lebens, der ihnen entgegenweht, – Ebene, breite Flüsse, Februarregen, Vorfrühlingswälder: das gibt es nicht in dieser Landschaft in Eis, Schnee und Sonne, in der sie leben müssen, und deshalb sind es ihnen Symbole des Daseins jenseits der Berge, dieses unbedenklichen Lebens voll vom Rausch der Gesundheit.

Stanton sieht, daß Hollstein hoffnungslos in eine junge Spanierin verliebt ist. Er lacht ihn aus. Liebe ist nichts für Menschen, die ihr Leben bei jedem Rennen aufs Spiel setzen. Sie beschwert. Das Abenteuer ist das einzige. Es ist auch lockender. Liebe macht bürgerlich. Man liebt Motoren, Frauen erhöhen das Lebensgefühl, das ist wunderbar und alles.

Stanton stiftet Unruhe und Verwirrung. Er ist gewöhnt, alles immer aufs Spiel zu setzen, und versteht die Geduld und Sorgfalt nicht, mit der um ein paar Jahre Leben mehr gekämpft wird. Lieber in einem Wirbel zugrunde gehen, als mühsam einige ängstliche Jahre zu retten.

Hollstein wird angesteckt von Stantons Lebenswillen. Er schwankt zwischen Hoffnung, Ungeduld und grenzenloser Niedergeschlagenheit. Sein einziger Gedanke ist, bald wieder hinter einem rasenden Rennmotor zu sitzen. Er strahlt und ist verzweifelt, je nachdem, ob das Thermometer einige Grade mehr oder weniger abends anzeigt.

Eines Abends sitzt Stanton mit Lillian Dunquerke auf der Terrasse vor dem Hotel. Die letzten Skiläufer schwingen wie Kommas über die beglänzten Hänge ins Tal. Von den Eishockeyplätzen dringt Geschrei herauf. Der Himmel ist golden und rot.

Plötzlich orgelt durch die Stille der gedämpfte mächtige Ruf eines Rennmotors. Stanton horcht auf und erkennt sofort seinen Wagen. Er glaubt, daß die Mechaniker der Garage neugierig an der Maschine herumprobieren, und geht hinüber. Im Halbdunkel der Garage sieht er Hollstein im Wagen sitzen. Er hat es nicht mehr ausgehalten. Mit verzweifeltem, hingerissenem Gesicht hockt er hinter dem Steuer und fährt in seiner Phantasie ein Rennen. Erschreckt und verlegen erkennt er Stanton, der schon eine Weile zusieht. Er will aus dem Wagen klettern. Stanton erkennt, in welch einer Krise er ist. »Warum fährst du nicht los?« fragt er.

»Ich kann doch nicht«, murmelt Hollstein. »Der verdammte Arzt –«

»Ach das«, sagt Stanton, »kümmer dich nicht darum. Rennfahrer haben ihre eigenen Gesetze. Hol dir einen Pelz und fahr los.«

Hollstein sieht ihn an, dann leuchtet er auf, rast aus der Garage und kommt angezogen zurück.

»Nimm die Kurven zuerst im dritten Gang«, sagt Stanton, als handle es sich um eine Limousine, »wenn sie vereist sind, in den zweiten.« Er reißt die Türen der Garage auf; Hollstein springt strahlend vor Glück in den Sitz, und brüllend schießt der Wagen hinaus, den Schneeweg entlang, auf den feuerfarbenen Himmel los.

Stanton geht zum Hotel zurück. Lillian Dunquerke steht bestürzt auf der Terrasse. Hollstein ist vor dem Sanatorium vorbeigerast und hat ihr selig zugewinkt. »War das nicht Hollstein?« fragt sie. Stanton nickt. »Haben Sie ihm das erlaubt?« fragt sie weiter. Stanton nickt. Sie blickt ihn an. »Wissen Sie, daß er sich damit den Tod holen kann?«

Stanton lächelt. »Man kann sich den Tod mit allem holen. Aber man holt ihn sich nicht so leicht, wenn man etwas tut, an dem man so hängt, daß man fast verrückt wird, wenn man es nicht kann. Er hört auf den Klang des Motors in der Ferne. »Er nimmt die Kurven richtig –«

Lillian Dunquerke starrt ihn an. »Das ist ein verbrecherischer Leichtsinn –« sagt sie leise.

»Die besten Dinge im Leben sind verbrecherischer Leichtsinn«, erwidert Stanton gleichmütig. »Sonst wäre es ja eine Sache für Professoren und Moralfatzken –«

»Sie wissen nicht, welche Gefahr – –«

»Doch«, sagt Stanton und wendet sich ihr voll zu, »ich weiß es. Aber ich weiß auch, daß der Junge sich verzehrt hat danach, einmal wieder einen Motor in die Hände zu kriegen. Entweder hilft ihm das mehr als alle Liegekuren, – oder aber er ist so krank, daß er doch nicht wieder herunterkommt, und dann ist ihm dieser Abend, allein mit der Maschine und seinem Blut, mehr und größer als ein paar behütete Monate. Das Leben wird nicht mit dem Metermaß gemessen, – sondern nach seiner Intensität. Ich will lieber einen Monat leben wie ein griechischer Gott als zwanzig Jahre wie ein Rentier.«

Lillian Dunquerke schweigt. Sie ist im Innersten aufgerührt. Es ist, als hätte jemand ihre geheimsten Gedanken unter das Licht eines Scheinwerfers gezerrt. Sie spürt etwas von der wilden, fast animalischen Schönheit des Mannes, der vor ihr steht. Er wird für sie plötzlich zur Inkarnation ihrer Wünsche, er ist nicht mehr Stanton, irgendein Mensch oder Abenteuer, sondern die Verkörperung des Lebens selbst, des heißen, verschwenderischen, dunklen und leuchtenden Lebens jenseits der Berge.

Die Sonne ist untergegangen. Der Vollmond steigt rot und groß über die Berge herauf.

»Gehen Sie morgen nacht auf die Bergerhütte?« fragt Stanton. »Vollmondfest und Skirennen mit Fackeln –«

»Ich weiß nicht –« murmelt Lillian Dunquerke.

Orloff kommt. Er bringt ihr ihren Pelz und mahnt sie, hereinzukommen. Sie darf nach Sonnenuntergang nicht im Freien sein. Sie zögert. Aus der Ferne klingt das Röhren des Motors, als jage irgendwo ein Tiger im Dschungel.

»Gehen Sie hinein«, sagt Stanton, »wir können noch lange auf Hollstein warten. Der kommt so rasch nicht wieder, wenn er am Steuer sitzt –«

»Hollstein?« fragt Orloff. Er hört unbewegten Gesichts den Bericht darüber an.

Sie gehen hinein. Lillian Dunquerke ist unruhig. Endlich kommt Hollstein. Er ist völlig verändert. Sein Gesicht ist männlich und hart, die Augen schimmern metallisch, der Druck der letzten Tage ist fort; er ist befreit und glücklich.

»Komm«, sagt Stanton, »jetzt bekommst du den alten Rennfahrertrank, – Rum und Porto. Heute darfst du alles.« Sie trinken.

»Geben Sie mir auch ein Glas«, sagt Lillian Dunquerke.

Am folgenden Nachmittag findet Orloff sie über ihren Koffern. Zum ersten Mal packt sie ihre Abendkleider aus. Er ist besorgt, er hat die Veränderung früher gespürt als sie und versucht, sie zu beruhigen und zu überreden. Sie spürt seine Zärtlichkeit und seine Trauer. »Laß mich«, sagt sie, »einmal. Ich habe so lange getan, was die Ärzte wollten; es ist nicht besser geworden. Laß mich –« Er schweigt. Sie legt die Kleider zurück.

Stanton spürt die Abneigung Orloffs gegen ihn. Er spürt auch die unangreifbare Überlegenheit des Russen, die ihn reizt. Es kommt zu kleinen, verdeckten Zusammenstößen im Laufe des Tages.

Abends spät ist großer, heimlicher Aufbruch vom Sanatorium. Den Kranken ist es eigentlich verboten, spät herauszugehen, – aber das Verbot wird nicht genau genommen, es finden sich immer gefällige und verschwiegene Nachtportiers, die gegen ein Trinkgeld nicht sehen, und Terrassentüren, durch die man ungesehen hinaus und hinein kann. Eine Gruppe von Sanatoriumsgästen sammelt sich um die Schlitten, die abseits warten. Im letzten Augenblick kommt Lillian Dunquerke hinzu. Sie ist allein, ohne Orloff, und steigt zu Hollstein und Stanton ein.

Die Bergerhütte ist hell erleuchtet. Die Berge glitzern im Mondlicht. Eine Zigeunerkapelle spielt. Lillian ist erregt und sehr schön. All dies ist ein unerhörtes Abenteuer für sie. Stanton ist plötzlich fasziniert von ihr. Sie tanzen. »In diesem Kleide würden Sie in Paris Aufsehen erregen«, sagt er. In Paris: – ihre Phantasie entzündet sich. Sie trinkt, sie lacht, sie sprüht, alles ist auf einmal leicht, das Sanatorium ist vergessen, das Leben ist tausend Wimpel und tausend Ufer.

Draußen wird das Feuerwerk abgebrannt. Raketen steigen auf und verlöschen, glitzernde Lichträder stürzen in die Nacht. Stanton holt für Lillian Dunquerke die Zigeuner an den Tisch, jemand singt, dann werden die Fackeln geholt, die Skiläufer machen sich fertig und gleiten in rasender Schußfahrt den Berg hinunter wie Kometen. »Wollen Sie nicht mit?« fragt Lillian Dunquerke Stanton, der im Skianzug ist.

»Nein«, erwidert er. »Nicht mehr.«

Sie fahren in den Schlitten zurück durch die weiße Mondnacht. Dunkel und drohend steigt das Sanatorium vor ihnen auf. Stanton bringt Lillian Dunquerke zu ihrem Zimmer. Er tut nichts von dem, was sie befürchtet. »In einer Woche fahren wir«, sagt er. »Nach Paris, nach Budapest, nach Cannes, – wohin Sie wollen –« Dann geht er.

»Nein«, sagt sie unhörbar hinter ihm her. »Nein, nein – ja.«

Orloff zeigt mit keiner Miene am nächsten Tage, ob er etwas weiß oder nicht. Er ist zärtlich und besorgt, aber undurchdringlich. Lillian Dunquerke möchte sich zu ihm flüchten, sich aussprechen, aber sie wagt es nicht. Ihre Unruhe steigert sich durch Stanton, der plötzlich Feuer gefangen hat und sie stürmisch, mit all der Routine des erfahrenen Frauenkenners belagert.

Das Wetter wird föhnig. Die nassen, schweren Märzwinde bringen Fieber, und die Kranken werden hektisch und nervös. Es ist alljährlich die Zeit der Blutstürze, der Depressionen, der Hoffnungen, der unbedachten Reflexe, der jähen Leidenschaft und der Ruhelosigkeit. Niemand kann schlafen, nachts sammeln sich die Kranken in irgendeinem Zimmer mit Grammophonen, Flaschen, Spielkarten und Zigaretten. Meistens sind sie bei der jungen Spanierin, die mit dunkler, rauher Stimme die traurigen Tangos ihrer Heimat singt. Lillian Dunquerke ist fast immer dabei. Sie ist in einem desparaten Zustand, schwankend und hilflos; sie trinkt, sie ist ein schönes flackerndes Licht, und Stanton läßt sie nicht aus den Augen. Eines Nachts bestürmen sie die andern, und sie singt in dem halbdunklen Raum, um den die endlose Nacht und das Schweigen steht, während die andern wie Schatten in den Sesseln und auf dem Boden kauern, das Lied von den Wolken, die nicht wiederkommen, und dem Schnee, der das Herz begräbt. Es ist wie eine schluchzende Beschwörung des Schicksals, es erinnert sie an die Träume ihrer

Jugend, es ist Angst darin und die Schwermut und Rebellion des Lebens, das nicht untergehen will.

Am Tage vor Stantons Abreise geht Lillian Dunquerke zur Untersuchung zum Arzt. Sie besticht die Schwester, die ihr die Röntgenplatte und den Befund zeigt. Es ist schlechter als vor einem Vierteljahr. Stanton hatte sie am Abend vorher gefragt, ob sie mit ihm kommen wolle. Sie hat sich geweigert. Er ist rabiat und sucht einen Zusammenstoß mit Orloff. Er beleidigt ihn und fordert ihn heraus. Orloff wird plötzlich wieder der, der er vor sechs Jahren war. In einer aufregenden Szene fertigt er Stanton in einer überlegenen Weise ab. Aber er nutzt seinen Sieg nicht aus. Er glaubt, Lillian Dunquerke nicht halten zu können, und schweigt. Er nimmt an, daß sie Stanton liebt; – aber er weiß nicht, daß Stanton sie mitnehmen will. Sie ist abends bei ihm. Er provoziert eine Situation, die ihr den Weg erleichtern soll. Sie verläßt ihn und glaubt sich verlassen. Nachts soll eine Abschiedsfeier bei der Spanierin sein; – aber sie bekommt eine Stunde vorher einen Blutsturz und stirbt. Lillian Dunquerke ist bei ihr. Sie geht zurück in ihr Zimmer. Plötzlich überfällt sie eine panische Angst; überall sieht sie den Tod hocken, in allen Ecken, auf ihrem Bett, hinter ihr. Sie rafft einige Sachen zusammen, nimmt einen Afghanenhund, den Orloff ihr geschenkt hat, am Halsband und stürzt zu Stanton. »Lassen Sie uns fahren – gleich –«

»Gut –« Stanton läßt seinen Koffer stehen. Er erfaßt die Sekunde, nimmt ein paar Decken und Mäntel und hüllt die zitternde Frau in seinen großen Fahrpelz: »Komm, ich bin fertig. Unsere Sachen wird uns schon jemand nachschicken.«

Sie laufen durch den knirschenden Schnee. Die Garage fliegt auf. Stanton packt Lillian Dunquerke in alle Decken und legt die Rücklehne des Sitzes neben dem Steuer zurück. »Schlaf – wenn du aufwachst, sind wir jenseits der Berge –« Der Motor brüllt los, und der Wagen rast in die Nacht, die von tausend Sternen funkelt.

Lillian Dunquerke schläft fast augenblicklich ein, den warmen Körper des Hundes dicht neben sich. Als sie erwacht, ist es früher Morgen. Ein Fluß spiegelt im ersten Licht. Die Bäume sind naß. Die Welt ist ohne Schnee. Sie fahren bereits in der Ebene. Die Bergkette liegt hinter ihnen. Weit und unendlich öffnet sich das blaue Land. Stantons dunkles Gesicht beugt sich über sie. Sie will etwas sagen. Er lächelt. »Ich weiß – du weißt nicht einmal meinen Namen.«

Sie sieht ihn an. »Doch«, erwidert sie langsam aus der Verwirrung des Schlafes, der Entspannung und der Erschütterung heraus – »Leben –«

Stanton nimmt eine Kurve. »Ein schöner Name«, sagt er, »aber warum weinst du? Das Leben ist doch etwas Herrliches –«

»Ja«, erwidert sie – »ja«.

Wälder. Ebene. Städte. Leben. Stanton reißt Lillian Dunquerke in einen Wirbel. Er will jede Erinnerung auslöschen. In Paris kaufen sie Kleider, weil ihre Koffer zurückgelassen sind. Stanton ist wie ein Schuljunge. Er schleppt sie von einem Schneider zum anderen, er überschüttet sie mit Blumen, er nimmt sie in Theater, Oper, Nachtklubs, Gesellschaften, und seine Leidenschaft reißt sie mit. Sie will Orloff schreiben, ihm alles erklären, sie hat ein Schuldgefühl, aber Stanton überrascht sie, zerreißt den angefangenen Brief: »Nie schreiben – was fertig ist, ist fertig, komm –« und sie folgt ihm, sie weiß, ihr Leben ist kurz, und sie stürzt sich in den Taumel. –

Sie erregt Aufsehen. Sie ist in einer faszinierenden Weise anders als andere Frauen. Sie hat keine Zeit; – immer steht das Wissen um das Ende hinter ihr, das gibt ihr einen atemlosen Zauber. Sie ist wie eine steile Flamme unter schwelenden Lichtern. Sie sucht das Leben in den Gesichtern um sie her, sie sucht das Glück, die Sorglosigkeit, den Rausch und die Dankbarkeit dafür, gesund zu sein, in den Menschen, die ihr begegnen. Zu ihrem Erstaunen findet sie nichts davon, – sie findet oberflächliche Genußsucht, kleinliche Sorge, Gleichgültigkeit, Betäubung statt tiefen Lebens, es ist ihr oft, als ob sie allein sehend wäre und alles andere blind. Sie versteht nicht, wie die Menschen dieses unendlich Kostbare und Flüchtige: Leben zubringen, wie sie es achtlos vertun oder mit Nichtigkeiten belasten, wie sie Unwichtiges wichtig nehmen und am Wichtigen vorübergehen, als gäbe es nicht das ewige und eindringliche Memento mori hinter ihnen. Sie erlebt die Farce der Gesellschaft, den Tanz um Geld, Ruhm, Ansehen und Eitelkeit, und sie erkennt bald, daß oben in den Bergen, wo sie glaubte, jenseits des Lebens zu sein, das Leben reiner und tiefer pulsierte als in den trüben Teichen derer, die nicht sehen wollen und nicht erkennen können.

Stanton, für den sie anfangs ein erregendes Abenteuer war, beginnt ihr zu verfallen. Er wehrt sich dagegen; aber das Wissen um die Kürze der Zeit gibt ihr etwas Unangreifbares. Er versucht, sie eifersüchtig zu machen; – sie versteht ihn garnicht. Er spürt, daß etwas in ihr ist, das ihm nicht gehört. Er verliert seine wilde Unbedenklichkeit. Eines Tages kommen die Koffer aus Davos an. Er findet Lillian davor, nachdenklich und traurig. »Woran denkst du?« fragt er.

»An nichts.«

»Warum bist du traurig?«

»Ich bin nicht traurig«, erwidert sie ruhig.

»Denkst du an Orloff –« fragt er.

»Nein –«

Er stürzt davon und trinkt die Nacht durch. Am Morgen kommt er zurück. Aber seine Eifersucht bleibt. Er weiß besser als Lillian, was Orloff für sie ist. Er will sie vergessen machen, obwohl sie glaubt, vergessen zu haben. Sie fahren an die Riviera. Stanton kennt alle Welt; er sieht, wie Männer sich um Lillian drängen, aber er ist nur auf einen Abwesenden eifersüchtig. Lillian will nicht an Orloff denken; sie will bei Stanton bleiben; sie ist fortgegangen und nun will sie dazu stehen.

Cannes. Saint-Tropez. Monte Carlo. Tage ohne Wolken. Stanton ist glücklich; er glaubt, daß Lillian ihn liebt. Eines Nachts spielt er im Sporting-Club ein aufsehenerregendes Spiel. Er läßt nach neunmal Rot alles Geld noch einmal stehen und gewinnt. Alle beglückwünschen ihn, es sei die längste Strähne der Saison gewesen. »Die längste Strähne, die ich je gesehen habe«, sagt jemand, »war sechzehnmal Rot.«

Stanton lacht. »Da hat aber bestimmt niemand mitgehalten.«

»Doch«, erwidert der andere. »Es war die tollste Sache des Jahres. Und ein toller Kerl dazu. So etwas gibt es heute nicht mehr.«

»Wer war das denn?«

»Ein Russe. Orloff. Es war vor sechs Jahren.«

»Wladimir Orloff?« fragt Lillian rasch und atemlos.

»Ja – ich glaube, so hieß er. Er bekam dann später einen Blutsturz. War ein wunderbarer Reiter.«

Stanton wird blaß. Er beherrscht sich, aber als sie später allein sind, gibt es eine furchtbare Eifersuchtsszene. Stanton verliert sich; er ist nicht mehr er selbst und spürt das, er wütet gegen sich selbst, aber er ist hilflos, schließlich springt er in seinen Wagen und rast davon.

Lillian Dunquerke liegt lange wach. Neben ihrem Bett liegt der Hund Orloffs.

Das Training für das große Rennen von Monte Carlo beginnt. Stanton ist Favorit. Tage der Ruhe wechseln mit wilden Ausbrüchen. Lillian sieht hinter der elementaren, hinreißenden Kraft Stantons das Unbeherrschte, Brüchige, oft Kleinliche, und mehr und mehr beginnt sie, Orloffs gebändigte Ruhe, die ihr oft als Kühle erschien, zu verstehen und zu bewundern. Sie sieht, daß er das, was Stanton ist, schon hinter sich hatte, und daß es ihm nicht fehlte, wie sie glaubte. Und sie fängt an zu begreifen, wie großzügig und anders, wieviel weniger egoistisch seine Liebe zu ihr war, – wie sein Verstummen und Schweigen mehr war als Stantons verzweifelte Ausbrüche. Sie glaubt, ihn verloren zu haben, und der Verzicht gibt ihrem Leben neben dem Zauber der kurzen Jugend auch noch die schmerzliche Reife des Wissens und der Resignation. Eines Abends, als Stanton in seiner Eifersucht selbst vor dem Hunde Orloffs nicht haltmacht und nach ihm tritt, fühlt sie plötzlich, daß sie Orloff liebt und daß sie Stanton gebraucht hat, um es zu erkennen. Ein jähes Mitleid überflutet sie mit Stanton, und das Mitleid wird Zärtlichkeit. Die Zärtlichkeit des Abschieds; denn sie weiß jetzt, daß sie ihn verlassen wird, um allein weiterzuleben mit ihrer Erinnerung. Stanton ist glücklich. Er fährt mit ihr herum an die Küste und zeigt ihr den Platz, wo er ein Haus bauen will. Er will sie heiraten, wenn sein Kontrakt abgelaufen ist, er zeigt ihr auf dem leeren Grunde, wo ihre Zimmer sein werden, wo der Kamin stehen wird, an dem sie sitzen werden, in zwei Jahren, in zehn Jahren, in zwanzig Jahren, denn er vergißt immer wieder ihre Krankheit, weil er nicht begreift, daß man gefährlich krank sein kann, ohne im Bett zu liegen. Lillian lächelt zu allem, und sagt zu allem Ja. Sie ist am Tage vorher bei einem Arzt gewesen, zum erstenmal, seit sie heruntergekommen ist, und der hat ihr geraten, nach Davos zu gehen, ins Montana Sanatorium, und zwar sofort. Sie hat auch da gelächelt und ist ruhig und ohne erschrocken zu sein nach Hause gegangen. Sie weiß, daß sie es nicht tun wird. Und sie weiß, daß Stantons Träume Träume bleiben werden, und sie lächelt und nickt und sagt »Ja«. Abends sind sie zusammen. Stanton ist still und glücklich.

Am nächsten Mittag beginnt das Rennen. Lillian Dunquerke ist ohne Furcht. Stanton kann nichts passieren. Er liegt an vorderster Stelle und passiert zweimal die Box, in der sie sitzt. Jedesmal hebt er lachend die Hand. Dann kommt er nicht mehr – der zweite, der dritte, das ganze Feld passiert – Lillian ist immer noch ruhig – bis plötzlich die Nachricht durchkommt, daß der Wagen sich überschlagen hat und Stanton schwer verletzt ist. Sie läuft, um ihn zu sehen, – aber man läßt sie nicht durch. Erst nach einer Stunde erreicht sie ihn. Er liegt im Hospital, sterbend, fast immer bewußtlos. Er hat sein Leben gelebt, wie er es wollte, und er hat sein Ende, wie er es wollte – er bereut es nicht und findet es richtig. »Bereust du, mitgegangen zu sein, nach unten?« fragt er Lillian Dunquerke.

»Nein«, erwidert sie.

»Was wirst du machen?« fragt er.

»Kümmer dich nicht darum, es wird schon gehen; es ist ja nicht mehr lange –«

Stanton lächelt. »Sonderbar, daß ich vor dir sterbe, wie?« Er wird im Tode wieder der, der er anfangs war – alles, was nicht zu ihm paßte, fällt ab. »Geh zurück«, sagt er. Sie schüttelt ihren Kopf. »Man kann nicht viel tun«, sagt er mühsam, »nur einer dem andern das Leben etwas heller machen.«

»Das hast du getan«, erwidert sie, »und dafür liebe ich dich –«

»Du liebst den andern«, sagt er, »aber es war schön, daß du da warst –«

Er stirbt. Lillian geht vollkommen verloren in ihr Hotel zurück. Sie bleibt eine Nacht fast regungslos auf ihrem Bett sitzen. Bei der Beerdigung Stantons läßt man sie nicht zu. Eine Familie ist plötzlich aufgetaucht, breite Brüder und Schwestern, die Stanton, der ihnen ein Leben lang ausgewichen ist, jetzt für sich in Anspruch nehmen und würdig die Angehörigen repräsentieren.

Lillian Dunquerke fühlt sich fremd unter Fremden. Menschen nähern sich ihr mit mehr oder minder verhüllten Absichten; sie weist alle ab. Aber plötzlich packt sie eine namenlose Furcht: daß Orloff auch gestorben ist. Sie ruft im Sanatorium an; sie will ihn nicht sprechen, sie will nur hören, daß er da ist. Man sagt ihr, er sei abgereist. Sie weiß, was das oben im allgemeinen bedeutet; abgereist, um zu sterben. Sie gerät in fürchterliche Aufregung und Angst. Sie will nach oben, es ist ihr alles gleichgültig, was er sagen wird, was er tut, sie will nur wissen, daß er lebt. Sie läuft zum Bahnhof, den Hund, wie eine Mascotte, dicht bei sich. Sie ist zu früh. Der Zug fährt erst in einer Stunde. Sie wartet, und in dieser kurzen und langen Stunde spürt sie, was Orloff ihr ist.

Orloff hat die Nachrichten von Stantons Tod gelesen. Er ist sofort abgereist, um Lillian zu suchen. Er will ihr helfen; daß sie ihn liebt, glaubt er nicht. Im Hotel hört er, daß sie fort ist.

Er weiß nicht, wo er sie suchen soll, und geht verzweifelt zum Bahnhof, um weiterzufahren, er weiß selbst nicht, wohin.

Lillian Dunquerke sitzt auf einer Bank am Bahnhof. Plötzlich reißt sich der Hund los und stürmt aufheulend davon, jemand entgegen. Orloff erkennt den Hund, er springt an ihm hoch, – Lillian ist aufgestanden, und beide sehen sich in atemlosem Erstaunen. Sie laufen aufeinander zu. Menschen, Lärm, Bahnhof sind ihnen gleichgültig, sie haben sich schließlich und zum erstenmal gefunden. Lillian ist reifer geworden durch Stanton; – Orloff hingegen ist wieder der Orloff von früher. Er hat erkannt, daß Sorge und Abgeklärtheit nicht alles sind, die Zeit des Alleinseins hat ihn verwandelt und ihm die Augen geöffnet; er lebt, er liebt, und er ist durch Stanton zu sich selbst gekommen. Beide spüren die Veränderung des anderen, beide verbergen nicht mehr, beide wollen nichts mehr als den andern.

Einer will dem andern sagen, er möge ihm verzeihen, – jeder unterstützt den andern und sagt, er selbst sei schuld. Lillian zittert um Orloff, weil er heruntergekommen ist. »Das ist gleichgültig«, erwidert er, »ich habe erkannt, daß du recht hast. Wir werden reisen. Du sollst alles sehen, was du willst. Alles, was du dir oben erträumt hast. Wohin willst du zuerst –?«

Sie sieht ihn an. »Zurück, nach oben –« Er glaubt es anfangs nicht; aber sie will zurück. Sie hat erkannt, daß das Leben nicht außen ist, sondern innen, – sie hat gelernt, daß oben, im Hochtal, das Leben intensiver, reiner, klarer und voller ist als unten, wo es verschlammt ist unter tausend Belanglosigkeiten. Die Nähe des Todes gibt dem Leben oben eine Kraft und Weite und Güte, einen Heroismus und eine Tragik und ein Überreden, daß sie sich nicht mehr fürchtet und zurückwill, als wolle sie nach Hause.

Sie fahren zurück. Beide erleben eine wunderbare Zeit großer Liebe miteinander. Aber die Kraft Lillians ist erschöpft. Eines Mittags liegen beide im weißen Licht auf den Liegestühlen ihrer Balkone. Zwischen ihnen ist eine dünne Stoffwand, die die Balkone voneinander trennt. Sie können sich nicht sehen, aber sie sprechen untereinander, von ihrem Leben, von ihrem Glück und ihrer Liebe. »Es ist ganz gleich, wie lange es dauert«, sagt Lillian Dunquerke, »ich bin ausgesöhnt mit allem, weil ich dieses noch habe. Ich bin glücklich – ich weiß alles – und ich bin glücklich –«

»Das ist schön«, erwidert Orloff. »Es ist so schön, daß du es noch einmal sagen kannst –«

Er horcht. »Sag es noch einmal –« wiederholt er.

Er horcht wieder. Es kommt keine Antwort.

Ein lautloser Blutsturz hat sie weggenommen.

Nach der Vereinbarung mit dem Chefredakteur Pabst schickte Remarque ab Frühjahr 1959 den Roman sukzessive an *Kristall*. Der erste Brief aus New York vom Mai 1959 beeindruckte Pabst offenbar derart, dass er ihn aufwendig faksimilieren ließ und zusammen mit den ersten Typoskriptseiten als Werbemittel verwendete. Noch heute geistern diese hochwertigen Faksimiles als Originalbriefe Remarques durch den internationalen Autografenhandel.

E. M. Remarque, 320 E 57th street, New York, N. Y.
22. Mai 1959

Lieber Herr Pabst,

ich schicke Ihnen hier die ersten drei Kapitel des Romans. Ich bedauere, daß es länger gedauert hat, als ich erwartete, aber die Arbeit ist unter der Hand über eine mehr skizzenhafte Anlage hinausgewachsen, und Sie bekommen nun einen richtigen, ausgewachsenen Roman. Ich hoffe, daß Sie das freut. Es war für mich bedeutend mehr Arbeit, als ich geglaubt habe. Von jetzt an werden in kurzen Abständen die weiteren Kapitel folgen. Wir haben beschlossen, am 28. Juni nach Porto Ronco zu fliegen, und da wir einen Wagen von hier herüberschicken, könnten wir nach Hamburg kommen, diesen Sommer, da ich ohnehin nach Norddeutschland muß, um meine Schwester zu sehen.

Bitte, entschuldigen Sie die Verzögerung des Buches, aber Sie wissen ja auch, daß man die Phantasie nicht immer kommandieren kann, Sie bekommen dafür ein Buch, von dem ich hoffe, daß es ein Hauptwerk wird.

Mit herzlichen Grüßen Ihnen und Ihrer Frau,
stets Ihr ergebener
Erich Maria Remarque

Ich habe in Porto Ronco noch einen weiteren Stock von Chateau Lafites, Hauts Brions und Cheveaux blancs angelegt, – für die Sommerabende am See. Wir können sie da probieren!

Mit der nächsten Sendung schicke ich Ihnen einige Titelvorschläge, da Sie den vorläufigen: Sturz ins Leben nicht sehr mochten. (ich auch nicht zu sehr)

Der Roman erschien unter dem Titel *Geborgtes Leben. Roman einer Liebe* von Juli bis Dezember 1959 in *Kristall*. Diese Fassung unterscheidet sich erheblich von der schließlich im März 1961 zeitgleich im Verlag Kiepenheuer & Witsch sowie in Übersetzungen veröffentlichten Buchfassung *Der Himmel kennt keine Günstlinge*. Die Fassung *Geborgtes Leben* ist wesentlich kürzer, weist aber keine Unterschiede in der Struktur oder der Handlungsführung zur Buchfassung auf. Remarque überarbeitete und erweiterte demnach die erste Fassung, verzichtete aber weitgehend auf Kürzungen.

Die wenigen Streichungen sind jedoch bemerkenswert. Die Ankunft Clerfayts im Sanatorium in Kapitel I ist in *Geborgtes Leben* noch mit einem Absatz verbunden, in dem Hollmanns Krankengeschichte berichtet wird und zugleich die Erfolge moderner Medizin bezweifelt werden.

Das Sanatorium Montana lag auf einer Anhöhe über dem Dorf. Clerfayt fuhr vorsichtig zwischen Skifahrern, Rodelschlitten und Frauen in bunten Hosen die Serpentinen hinauf. Er wollte seinen Beifahrer Hollmann besuchen, der vor etwas über einem Jahr krank geworden war; er hatte nach der Tausendmeilenfahrt in Italien eine Blutung bekommen, und der Arzt hatte schließlich Tuberkulose festgestellt. Hollmann hatte gelacht; wenn es das gab, so bekam man eine Handvoll Tabletten, eine Anzahl Spritzen und war wieder in Ordnung! Aber die Antibiotika hatten sich nicht als ganz so glorreich und unfehlbar erwiesen, wie man erwartet hatte, besonders nicht bei Menschen, die im Krieg aufgewachsen und nicht gut genährt worden waren. Der Arzt hatte Hollmann schließlich in die Berge geschickt zur altmodischen Behandlung mit Ruhe, reiner Luft und Sonne. Hollmann hatte getobt und sich dann gefügt: aber aus den zwei Monaten, die er bleiben sollte, war nun fast ein Jahr geworden.

Die Szene mit Clerfayt und Lillian in Kapitel III, in der beide erkennen, dass die von ihm erworbenen Orchideen ursprünglich Sargschmuck gewesen sind, ist in *Geborgtes Leben* noch mit einer Erinnerung Clerfayts an seine Flucht aus dem »Gefangenenlager« verknüpft.

Clerfayt stand an der Seitentür, als sie herunterkam. »Was machen denn meine Blumen hier im Schnee?« fragte er.

Sie folgte seinem Blick. Die Blumen waren wieder da, sie lagen ein paar Meter entfernt von ihr im Schnee; auch die Schachtel war da. Lillian starrte sie an. Dann fiel ihr ein, daß sie sie nicht gesehen hatte von oben, weil die weißen Orchideen und die weiße Schachtel auf dem weißen Schnee lagen. »Ihre Blumen«, sagte sie. »Sie haben diese Blumen geschickt?«

»Ja«, erwiderte Clerfayt. »Aber sie scheinen Ihnen nicht zu gefallen.«

»Wo haben Sie sie her?«

Clerfayt sah Lillian überrascht an. »Ich habe sie in einem Blumengeschäft gekauft. Heute mittag. Warum?«

»Diese Blumen, – dieselben Blumen, denselben Zweig habe ich gestern auf den Sarg von Agnes Somerville gelegt. Es sind dieselben Blumen – nicht ähnlich – dieselben!«

»Das ist ja eine makabre Geschichte!« Clerfayt schüttelte den Kopf. »Guter Gott, ich habe es!« sagte er dann plötzlich. »Die Blumen sind in einem Geschäft verkauft worden, das nicht weit vom Krematorium liegt. Das muß es sein! Ein tüchtiger Angestellter des Krematoriums muß sie weitergegeben haben, anstatt sie mit zu verbrennen. Ich habe mich schon gewundert, wie sie in den schäbigen Laden kamen. Wahrscheinlich haben die Kerle das schon öfter gemacht. Praktische Leute, die nichts umkommen lassen. Die Gefahr, daß es entdeckt wird, ist gering. Blumen kennt man nicht wieder. Daß es nur eine einzige dieser Orchideen gab und daß sie außerdem noch zurück zu Ihnen kommen würden, war ein Zufall, der einmal unter zehntausend vorkommt.«

Er nahm ihren Arm und fühlte, daß sie zitterte. »Was wollen wir jetzt tun? Einen Schock bekommen oder über den Geschäftsgeist der Menschheit lachen? Ich denke, wir gehen etwas trinken.«

»Es ist ekelhaft«, flüsterte Lillian.

»Nicht mehr und nicht weniger als vieles andere«, sagte Clerfayt. »Ich mußte einmal, auf der Flucht, die Kleider eines Menschen anziehen, der soeben getötet worden war. Es war absolut notwendig, sonst wäre ich nicht entkommen, und wäre ich nicht entkommen, hätte man mich getötet. Ich weiß heute noch, wie ekelhaft das war. Das Ekelhafteste war, daß die Kleider noch warm waren. Ich hatte erwartet, sie seien kalt; aber der Tote selbst war noch nicht kalt. Ich mußte auch sein Unterzeug anziehen. Es war diese geborgte Wärme von einem Toten, die fast dazu geführt hätte, daß ich nicht weitergekonnt hätte. Zum Glück riß ich mir an einem Messer des Toten die Hand auf; das machte mich wütend, und ich kam durch. Kommen Sie.«

»Die Blumen«, flüsterte Lillian. »Sie können doch nicht hier so liegenbleiben –«

»Doch«, erwiderte Clerfayt. »Die Blumen haben nichts mit Ihnen, nichts mit mir und nichts mehr mit der Toten zu tun. Ich schicke Ihnen morgen neue. Vergessen wir sie! Hier ist der Handschuh.«

Clerfayt öffnete den Schlag des Schlittens. Dabei sah er das Gesicht des Kutschers, dessen Augen ruhig, aber interessiert auf die Orchideen blickten, und er wußte, daß der Mann, sowie er Lillian und ihn zum Palace Hotel gebracht hatte, umkehren und sie auflesen würde. Gott allein wußte, wo sie wieder auftauchen würden!

»Wir sollten nicht soviel Angst haben vor den Toten«, sagte er, als der Schlitten die Serpentinen herunterfuhr.

»Wir sollten vieles nicht«, murmelte Lillian.

Clerfayt sah, daß sie noch immer erregt war. »Ein paar Stunden, nachdem ich die Sachen des Toten angezogen hatte«, sagte er, »lag ich versteckt am Fluß und wartete auf die Nacht. Ich war immer noch voll Ekel; aber plötzlich erinnerte ich mich, daß die Uniformen, die ich früher als Soldat getragen hatte, wahrscheinlich auch von Toten stammten – nach drei Jahren Krieg gab es nicht mehr viele neue –, und dann dachte ich weiter darüber nach, daß wir fast alles, was wir besitzen, von Toten haben – unsere Sprache, unser Wissen, unsere Fähigkeit zum Glück und zur Verzweiflung. Und während ich in der Uniform des Toten wartete, um ins Leben zurückzufliehen, erkannte ich, daß wir alles, wovon wir glauben, es den Tieren vorauszuhaben, unser persönlicheres, vielfältigeres Glück, unser tieferes Wissen, unsere größere Grausamkeit, die Fähigkeit zum Mitleid und sogar unseren Gottesbegriff damit erkauft haben, daß wir das eine wissen, von dem wir annehmen, die Tiere wüßten es nicht: daß wir sterben müssen. Es war eine merkwürdige Nacht. Ich wollte nicht an die Flucht denken, weil mich das kaputtgemacht hätte, – so dachte ich an den Tod, und es wurde ein Trost.«

Er spürte, daß Lillian ihm plötzlich zuhörte. Sie saß vorgebeugt da und sah ihn an.

Der Schlitten hielt vor dem Hotel. Vor dem Eingang lagen Bretter über dem Schnee. Lillian stieg aus. Unter den Sportsleuten, die in schweren Skischuhen und Sweatern umhertrampelten, sah sie fast exotisch aus, als sie schmal und etwas vorgebeugt ihren Mantel auf der Brust zusammenhaltend, in ihren Abendschuhen zwischen ihnen hindurchging.

Clerfayt folgte ihr. Worüber habe ich da nur geredet? Dachte er. Hatte Hollmann nicht gesagt, das Thema sei tabu hier oben? Aber diese junge Frau sprach fast ständig über den Tod. Vielleicht wußte sie nichts anderes. Es schien anzustecken. Immerhin war es etwas anderes als das Telefongespräch, das er vor einer Stunde mit Lydia Morelli aus Rom gehabt hatte. Mit Lydia Morelli, die jeden Trick kannte und keinen vergaß.

»Heute abend«, sagte er zu Lillian, »wollen wir einmal über nichts anderes reden, als über die oberflächlichsten Dinge der Welt.«

Die Dialoge zwischen Wolkow und Lillian in Kapitel XXII kurz vor und nach der Rückkehr in das Sanatorium beinhalten in *Geborgtes Leben* noch eine Reflexion Wolkows über das Altern, die der Figur eine größere Kontur gibt. Lillians abschließende Äußerung, die ebenfalls nicht in die Buchausgabe übernommen wurde, ist eine direkte Reminiszenz an Remarques Beschäftigung mit fernöstlichen Philosophien.

In Zürich telefonierte Wolkow mit dem Sanatorium. »Lebt sie noch?« fragte der Dalai Lama mürrisch. »Also gut, meinetwegen kann sie kommen.«

Lillian blieb noch eine Woche in Zürich. Sie lag viel im Bett. Sie war plötzlich sehr müde. Das Fieber kam jeden Abend. Wolkow fragte den Arzt, den er zur Behandlung geholt hatte. »Es ist ein Wunder, daß sie noch lebt«, erklärte der Professor. »Sie muß sofort ins Krankenhaus. Lassen Sie sie hier.«

»Sie will nicht hierbleiben. Sie will zurück.«

Der Arzt hob die Schultern. »Wie Sie wollen. Aber nehmen Sie einen Krankenwagen.«

Wolkow versprach es. Er wußte, daß er keinen nehmen würde. Sein Respekt vor dem Leben ging nicht weit genug, um nicht zu wissen, daß zu viel Sorgfalt einen Kranken ebenso töten konnte wie zu wenig. Lillian als Sterbende zu behandeln, war schlimmer, als die Fahrt im Auto zu riskieren.

Sie sah ihm heiter entgegen, als er zurückkam. Seit die Krankheit sich stärker gezeigt hatte, war sie heiter geworden, – als ob das vage Schuldgefühl, das sie wegen Clerfayts Tod gespürt hatte, dadurch getilgt worden wäre. »Armer Boris!« sagte sie. »Was hat er dir gesagt? Daß ich die Reise nicht überstehen werde?«

»Nichts von alledem.«

»Ich werde sie überstehen,« sagte Lillian mit leichtem Spott. »Schon, weil er das Gegenteil prophezeit hat. Und ich werde noch sehr lange leben.«

Wolkow sah sie überrascht an. »Das ist wahr, Duscha. Ich fühle das auch.«

Sie nickte. »Ich glaube, man muß die Zeit nicht so wörtlich nehmen, Boris. Ich habe das hier unten gelernt. Wer das ganze Leben hat, achtet es nicht, weil er glaubt, es dauere ewig. Wenn er dann nachher das zusammenzählt, was wirklich Leben war, sind es zusammen vielleicht ein paar Tage oder höchstens ein paar Wochen: Wenn man das gelernt hat, können ein paar Wochen oder ein paar Monate ebensoviel werden wie für andere ein ganzes Leben. Oben weiß man es.«

Wolkow lächelte. »Ich weiß, was du jetzt denkst«, sagte Lillian. »Ich gebrauche wieder einen meiner alten Tricks: sich verbünden mit dem, was man nicht bekämpfen kann.«

Boris lachte. »Ich kannte einmal jemand, der sein ganzes Dasein hindurch voll Lebensangst war. Mit achtzig wurde er plötzlich sehr heiter. Er erklärte das damit, daß er jetzt nur noch für kurze Zeit besorgt zu sein brauche. Da er bereits Arteriosklerose und einen Herzinfarkt habe. Früher sei das anders gewesen. Für zwanzig, dreißig, vierzig Jahre vorauszudenken, habe ihm solche Angstkomplexe gegeben, daß er nichts von seinem Leben gehabt habe.«

»Was für eine traurige Geschichte!«

»Die Geschichte war einmal mein ganzer Halt«, sagte Wolkow. »Es war mir eine Zeitlang unerträglich, zu glauben, daß gesunde Menschen all ihr Dasein auch noch intensiv voll mit Leben packen würden. Es erschien mir so ungerecht.«

»Und hat es dich getröstet?«

»Da, wo es keinen Trost gibt, sucht man ihn, wo man kann. Und findet ihn.«

Lillian lachte. »Was sind wir doch für Schwindler!«

Sie fuhren an einem sehr milden, warmen Tag hinauf. Auf der halben Passhöhe kam ihnen in einer Haarnadelkurve ein Wagen entgegen, der hielt, um sie vorbeizulassen. »Hollmann!« rief Lillian. »Das ist er doch!«

Der Mann in dem anderen Wagen blickte von der Straße auf. »Lillian! Und Boris! Aber –«

Hinter ihm hupte ein ungeduldiger Italiener, der einen kleinen Wagen fuhr und glaubte, der Rennfahrer Nuvolari zu sein. »Ich parke da vorne«, rief Hollmann. »Wartet auf mich!«

Er fuhr ein Stück weiter, ließ den ungeduldigen Italiener vorbei und kam zu Fuß zurück.

»Was ist los, Hollmann?« fragte Lillian. »Wohin fahren Sie denn?«

»Ich habe Ihnen doch erzählt, daß ich gesund bin.«

»Und der Wagen?«

»Geliehen. Es kam mir zu albern vor, im Zug zu fahren. Jetzt, wo ich wieder engagiert worden bin!«

»Engagiert? Von wem?«

»Von unserer alten Firma. Sie haben mich gestern angerufen. Sie brauchen jemand an Stelle von Clerfayt.« Hollmann strich sich das Haar zurück. »Torriani haben sie schon. Jetzt wollen sie es mit mir dazu versuchen. Wenn es gut geht, fahre ich bald die kleineren Rennen mit. Dann die großen. Halten Sie mir die Daumen! Wie schön, daß ich Sie noch gesprochen habe, Lillian!«

Lillian winkte ihm nach. Sie sahen ihn noch einmal von einer höheren Kurve aus, als er wie ein blaues Insekt die Straße hinunterfuhr, um die Stelle Clerfayts einzunehmen, so wie Clerfayt die Stelle eines andern übernommen hatte und ein anderer wieder die Hollmanns einnehmen würde. Lillian blickte in den enzianfarbenen Himmel, vor dem die Tannen standen.

»Woran denkst du?« fragte Wolkow.

»Ich denke daran«, sagte sie langsam, »daß es nichts gibt, was nicht aus sich und seinem Gegenteil besteht, weil es nicht existieren könnte, wenn nicht sein Gegenteil existierte – so wie Licht und Schatten, Wahrheit und Unwahrheit, Illusion und Realität. Eines gehört nicht nur zum andern, sondern eines ist das andere –«

»So wie Leben und Tod?«

»Ja, Boris, so wie Leben und Tod. Ich weiß nicht, wie lange ich daran glauben kann, aber ich möchte, daß es für sehr lange ist.«

Editorische Notiz

Der Text *Der Himmel kennt keine Günstlinge* folgt der deutschen Erstausgabe des Romans: Erich Maria Remarque. *Der Himmel kennt keine Günstlinge. Roman*. Köln, Berlin: Kiepenheuer & Witsch, 1961.

Der Text der ersten Buchausgabe wurde auf Druck- und Satzfehler, Irrtümer etc. durchgesehen, die gegebenenfalls korrigiert wurden. Um den Charakter dieser Fassung als eines historischen Dokumentes zu wahren, wurden die zeitgenössische Interpunktion und Orthografie beibehalten und gegebenenfalls standardisiert. Die Unterteilung in Unterkapitel wurde anhand des publizierten Typoskriptes von Erich Maria Remarque überprüft: Erich Maria Remarque. *Heaven Has No Favorites. Geborgtes Leben*. 1960, Exemplar im Erich Maria Remarque-Friedenszentrum Osnabrück.

Die Edition der im Anhang abgedruckten Texte folgt den im Folgenden genannten Manuskriptfassungen und Drucken. Auch hier wurden die Texte auf Schreib- und Druckfehler durchgesehen, die gegebenenfalls korrigiert wurden. Interpunktion und Orthografie wurden standardisiert, jedoch ebenfalls nicht heutigen Regeln angeglichen.

Der Bericht von Johannes Mario Simmel folgt dem Zitat bei Werner Fuld. »Ein Treffen mit alten Bekannten. Zur Vorgeschichte des Romans ›Der Himmel kennt keine Günstlinge‹«. In *Text + Kritik* (2001), 149: *Erich Maria Remarque*, S. 65–69.

Der Text »Das Rennen Vanderveldes« folgt dem Druck Erich Maria Remarque. »Das Rennen Vanderveldes«. In *Sport im Bild* (Berlin) 30 (1924), 12 (20.06.1924), S. 684 u. 712.

Der Text »Das letzte Leben der Lillian Dunquerke« folgt dem Manuskript im Nachlass Remarques, Remarque Collection, Fales Library, New York University, Sigle 1.163/001.

Der Brief Remarques an Joachim Pierre Pabst vom 22. Mai 1959 folgt dem Exemplar im Erich Maria Remarque-Friedenszentrum Osnabrück, Sigle L-O 36/88.

Der Bericht über Hollmanns Krankengeschichte folgt dem Druck Erich Maria Remarque. »Geborgtes Leben«. In *Kristall* (Hamburg), 1959, Nr. 15, S. 16.

Der Dialog zwischen Clerfayt und Lillian aus Kapitel III folgt dem Druck Erich Maria Remarque. »Geborgtes Leben«. In *Kristall* (Hamburg), 1959, Nr. 16, S. 20.

Der Dialog zwischen Wolkow und Lillian aus Kapitel XXII folgt dem Druck Erich Maria Remarque. »Geborgtes Leben«. In *Kristall* (Hamburg), 1959, Nr. 26, S. 73–75.

Thomas F. Schneider

Vor den Toren des Hades

Zu Erich Maria Remarques Roman *Der Himmel kennt keine Günstlinge*

»Remarques Zauberhügel« betitelte der Star-Kritiker Joachim Kaiser seine Besprechung von Remarques Roman *Der Himmel kennt keine Günstlinge* in der *Süddeutschen Zeitung*.[1] Und mit dieser Anspielung auf Thomas Manns berühmten Roman *Der Zauberberg* (1924) signalisierte er bereits in der Überschrift, was er von Remarques Werk hielt: nämlich zunächst nichts, um dann in eine Lobeshymne auf Remarques schriftstellerische Fähigkeiten umzuschwenken. Marcel Reich-Ranicki war in der *Zeit* da konsequenter und titelte: »Knalleffekte in Todesnähe«.[2] Wohl kaum ein anderer Roman hat bei der internationalen Kritik so viele Irritationen ausgelöst und so heftige Abneigung erfahren wie dieser Text über den Rennfahrer Clerfayt und die tuberkulöse Lillian Dunkerque aus dem Jahr 1961. Zu weit hatte sich der Autor anscheinend von ›seinen‹ Themen Krieg, Emigration, Nationalsozialismus entfernt und den damit verbundenen Erwartungshaltungen an einen typischen Remarque-Roman zu wenig entsprochen. Auch Remarque äußerte sich extrem zwiespältig: Mal bezeichnete er den Roman als ein »Hauptwerk« (gegenüber dem Redakteur des Vorabdrucks),[3] mal nannte er ihn »mein schwächstes Buch« (gegenüber seinem Verleger Reinhold Neven Du Mont).[4] Beide Äußerungen sind extrem adressatenbezogen (Chefredakteur und Verleger) und geben daher keinerlei Auskunft über Remarques tatsächliche Meinung zu seinem Text.

Den letztendlich nahezu durchweg sehr kritischen bis vernichtenden Reaktionen stehen jedoch ein außerordentlicher Erfolg bei seinen weltweiten Lesern gegenüber mit zahlreichen Neuausgaben und Neuübersetzungen bis in die Gegenwart hinein und schließlich Brian Murdochs wohlfundierte, geradezu enthusiastische Bewertung als »Quintessenz« von Remarques gesamtem literarischen Werk.[5]

Die Irritation und Ablehnung, die *Der Himmel kennt keine Günstlinge* erfuhr und die bis heute eine seriöse literaturwissenschaftliche Beschäftigung mit dem Text verhindert hat, sind – neben dem für Remarque auf den ersten Blick ungewöhnlichen Sujet – nicht zuletzt auf die Veröffentlichungsgeschichte des Romans zurückzuführen. Er erschien erstmals von Juli bis Dezember 1959 unter dem Titel *Geborgtes Leben. Roman einer Liebe* in der Hamburger Illustrierten *Kristall.* Es war auch für den deutschen Literaturbetrieb nichts Ungewöhnliches, dass ein Text von Remarque zunächst als Vorabdruck in einem Periodikum erschien. Zumeist waren es seriöse Tageszeitungen gewesen (*Vossische Zeitung*, *Welt am Sonntag*) oder angesehene Illustrierte (*Frankfurter Illustrierte*); aber nun ausgerechnet *Kristall*, das kurz vor der Pleite stand, im eher dem konservativen politischen Spektrum zuzuordnenden Springer-Konzern? Sofort geriet Remarque unter Verdacht, hier einem gewaltigen Irrtum aufgesessen zu sein, sich sozusagen verirrt zu haben, denn zeitgleich mit *Geborgtes Leben* erschienen dort Texte des ehemaligen SS-Obersturmbannführers und Pressechefs des NS-Außenministers Ribbentrop, Paul Carrell (d.i. Paul Karl Schmidt). Der antifaschistische Autor Remarque in einem nazistischen Umfeld? Er dementierte umgehend in der *Frankfurter Rundschau*:

Wahrscheinlich täuschte dieser Herr Schmidt den Verlag, der wohl keine Ahnung von der Vergangenheit dieses Mannes haben kann. [...] Ich habe so etwas nicht angenommen und käme auch nie auf solche Idee. Wenn das stimmt, wäre es mir außerordentlich unangenehm. Ich möchte nicht in zweifelhafte Gesellschaft kommen. Um Gottes willen, ich will doch nicht in meinem Alter plötzlich noch zu den Nazis gehören.[6]

Mitte der 1990er Jahre tauchte eine Erinnerung des deutschen Autors Johannes Mario Simmel über die Umstände der Veröffentlichung in *Kristall* auf (siehe Anhang), die alles das zu bestätigen schien, was zuvor nur vermutet worden war. Simmel berichtete über ein Treffen zwischen Remarque und dem Chefredakteur von *Kristall*, Joachim Pierre Pabst, Ende 1958 im Tessin und stellte den Vertragsabschluss als Rettungsversuch für die defizitäre Illustrierte dar. Remarque habe ein außergewöhnlich hohes Honorar gegen den Konzernchef Axel Springer herausverhandelt, sich damit letztendlich lustig gemacht über die Avancen Springers und alle jene Autoren gewissermaßen entschädigt, die zuvor von Springer ausgebeutet worden waren. Mit dieser Geschichte war zugleich der Text desavouiert und degradiert zu einem Auftragswerk ohne jegliche künstlerische Substanz, allein dem Broterwerb und den Konflikten innerhalb des westdeutschen Literaturbetriebs geschuldet.

Der Verdacht des Auftragswerkes ließ sich zudem nur zu leicht über die Genealogie des Themas stützen. Eine Figur »Lillian Dunquerque« hatte bereits in der Erzählung *Das Rennen Vanderveldes* aus dem Jahr 1924 eine Rolle gespielt, dort ebenfalls als Geliebte eines Rennfahrers.[7] Dann erschien sie, ebenfalls als Geliebte eines Rennfahrer, 1927/28 im Roman *Station am Horizont* und tauchte 20 Jahre später 1947 in der Verfilmung eines Remarque-Stoffes unter dem Titel *The Other Love* auf: Ein Film über die tuberkulöse »Lillian Dunqerque«, die zwischen dem Rennfahrer Stanton und dem russischen Emigranten Orloff schwankt, verfilmt von André de Toth mit Barbara Stanwyck, Richard Conte und David Niven in den Hauptrollen, ein Film, der nie in die deutschen Kinos kam. Die vermeintliche Vorlage für den Film, eine Skizze Remarques mit dem Titel *Das letzte Leben der Lillian Dunquerke*, die er 1939/40 ursprünglich für seine damalige Geliebte Marlene Dietrich verfasste, befindet sich im Nachlass des Autors (siehe Anhang).[8] Offensichtlich sind die Parallelen zwischen der Filmhandlung und dem Geschehen in *Geborgtes Leben* auch über die Namensgleichheit der weiblichen Hauptfigur hinaus. Und tatsächlich spielte das Filmexposé in den Verhandlungen zwischen Remarque und *Kristall* eine entscheidende Rolle. Remarque sagte zu, das Exposé für die Illustrierte in eine »Skizze« umzuarbeiten. Aber ist der endgültige Text *Der Himmel kennt keine Günstlinge* damit zugleich ein Auftragswerk ohne substantielle literarische Ambitionen des Autors?

Unmittelbar nach dem Treffen mit Joachim Pierre Pabst

im Tessin Ende 1958 machte Remarque sich an die Arbeit. Bereits im Mai 1959 konnte er Pabst die ersten Kapitel zuschicken – ein für Remarques normales Arbeitstempo ungewöhnlich kurzer Zeitraum – und lieferte den gesamten Text bis zum Beginn der Veröffentlichung in *Kristall* im Juli des Jahres. Tatsächlich schienen Remarques internationale Verleger keinerlei Kenntnis über den Text gehabt zu haben, denn mit dem Beginn des Drucks in *Kristall* folgten unmittelbar Anfragen der Verleger nach dem Text und nach Übersetzungen. Bereits im August 1959 schloss Remarque einen Vertrag für die Buchausgabe mit seinem bundesdeutschen Verleger Joseph Caspar Witsch, Übersetzungen von *Geborgtes Leben* erschienen in Illustrierten in Schweden, Dänemark und den Niederlanden, die erste Buchausgabe auf Russisch in der Sowjetunion zum Jahresbeginn 1960. Nun vielfach vertraglich an seine internationalen Verleger gebunden, begann Remarque, den Text grundlegend zu überarbeiten.

Aus *Geborgtes Leben* wurde während der folgenden Monate bis Jahresende 1960 *Der Himmel kennt keine Günstlinge*, obwohl Remarque parallel am Roman *Die Nacht von Lissabon*, der deutschen Synchronfassung des Films *On the Beach/Das letzte Ufer*[9] und verschiedenen anderen Projekten arbeitete. Damit war die Geschichte von Clerfayt und Lillian Dunkerque längst keine Auftragsarbeit für eine isolierte Veröffentlichung in einer westdeutschen Illustrierten mehr. Denn Remarque überarbeitete den Text nicht nur, er erweiterte ihn grundlegend, änderte dafür nahezu jeden Satz und vertiefte die zentralen Themen des Textes, indem er Szenen hinzufügte, ausweitete und vor allem die Dialoge schärfte. Die Handlung blieb dabei nahezu ausnahmslos erhalten, denn die Substanz des Textes wird vom Autor über die Dialoge vermittelt. Dementsprechend war Remarque keinesfalls mit der Struktur und dem Thema des Textes unzufrieden, wie es bei einer Auftragsarbeit zu vermuten gewesen wäre, – nicht eine Szene aus *Geborgtes Leben* wurde gestrichen – sondern nur mit der vielleicht doch zu »skizzenhaften Anlage«, die einer Präzisierung bedurfte. Und dies wiederum ist bei allen Romanen Remarques zu beobachten, die vom Autor nach einem Vorabdruck in einem Periodikum grundlegend überarbeitet wurden. Und schließlich widmete Remarque den Text wie andere zuvor seiner Ehefrau Paulette Goddard, die ihn in der englischen Übersetzung lesen konnte – im Falle einer Auftragsarbeit wäre das ein Affront gewesen.

*

Die Themen Automobile und Motorsport sind Konstanten in Remarques gesamtem schriftstellerischem Werk. Bereits mit dem Wechsel zur Hauszeitschrift der Hannoveraner Continental-Werke, *Echo Continental*, im Frühjahr 1921 wurde der 23jährige Autor mit diesen Themen vertraut, musste er doch als Redakteur in zahllosen Artikeln über den Rennsport und die neuesten Entwicklungen im Automobilbau berichten. Remarque entwickelte sich zum Experten, schrieb über das »Klausenpass-Rennen«,[10] die »russische Zuverlässigkeitsfahrt«[11] oder über das »unheilvolle Automobilrennen«.[12] Remarque erkannte, dass mit der zunehmenden Mobilität das Auto von Interesse für einen Großteil der Bevölkerung werden würde, und konzentrierte sich auf praktische Tipps und Hilfeleistungen wie Anleitungen zum Reifen- oder Ölwechsel, die er in kleine Erzählungen verpackte. Remarque füllte mit *Echo Continental* eine Marktlücke in der Zeitschriftenlandschaft der frühen Weimarer Republik und schuf sich so ein Sprungbrett in die Metropole Berlin. Dort, bei *Sport im Bild*, behandelte er weiter in Essays und kurzen Prosaskizzen wie »Kleiner Auto-Roman«[13] oder eben »Das Rennen Vanderveldes« die Themen Autos und Motorsport. Der Protagonist seines dritten Romans *Station am* Horizont, der 1927/28 zuerst in *Sport im Bild* erschien,[14] ist der Rennfahrer Kai. Auch nach dem Erfolg mit *Im Westen nichts Neues* 1928/29 und nach der Aufgabe der primär journalistischen Tätigkeit blieben die Themen präsent. Die *Drei Kameraden* führen eine Autowerkstatt und verdienen ein Zubrot mit dem Betrieb eines Rennwagens namens »Karl«, im Film *The Other Love* geht es um den Rennfahrer Key Stanton, und mit Clerfayt in *Der Himmel kennt keine Günstlinge* steht ein Rennfahrer im Zentrum der Handlung. Remarque blieb also dem Thema über vier Jahrzehnte treu.

Autos und Rennsport stehen bei Remarque nicht nur für Mobilität und Abenteuer, sondern für Modernität und letztlich die Versöhnung des modernen Individuums mit der technischen Entwicklung. Autos sind rational geplante Maschinen, Ausdruck und Sinnbild von Fortschritt und Entwicklung und damit ein Muster für die Ästhetik der modernen Welt.[15] Sie stehen nicht im Gegensatz zur Natur oder zum Menschen, sondern symbolisieren mit ihrer Funktionalität, die zugleich Schönheit ist, die Befreiung des Einzelnen von Zwängen und Unfreiheit. Der Rennfahrer ist schließlich das Symbol dieser konstruktiv und positiv gedachten Moderne: Er beherrscht die Maschine und wird in der emotionalen Anspannung des Wettbewerbs selbst Teil von ihr. Mensch und Motor verschmelzen, werden zu einer Einheit, von Remarque eindringlich geschildert in der nächtlichen Fahrt Otto Kösters von Berlin an die Ostseeküste im Roman *Drei Kameraden*.[16] In der emotionalen Anspannung des Rennens überschreitet der Rennfahrer die Grenzen der menschlichen Existenz, wächst über sich hinaus und entgrenzt sich.

Zugleich aber sind Automobilrennen bei Remarque eine zutiefst sinnlose Tätigkeit ohne jeglichen gesellschaftlichen Nutzen. Sie führen im Kreis, stets nur von »Brescia nach Brescia«,[17] und Rennfahrer sind dabei permanent vom Tode bedroht, sie riskieren ihr Leben für eine letztlich sinnlose Tätigkeit und fordern das »Schicksal« damit umso stärker heraus, Rennfahrer versuchen, den Tod, der unausweichlich am Ende der menschlichen Existenz steht, für den Moment des Rennens zu überwinden. Autorennen sind letztlich für Remarque ein Symbol der menschlichen Existenz: im tiefsten Grunde ohne eigenen Sinn, ohne ersichtlichen Fortschritt und von der Herausforderung und Unabänderlichkeit des Todes geprägt. Remarque beschreibt Autorennen als eine philosophische Tätigkeit.

Auch Krankheiten, und insbesondere zu seinen Lebzeiten tödliche Krankheiten wie Tuberkulose oder Krebs, sind für Remarque letztlich Symbole menschlicher Existenz. Seine Texte sind gespickt mit Patienten und Ärzten: Pat Hollmann in *Drei Kameraden*, der Chirurg Ravic in *Arc de Triomphe* und *Schatten im Paradies*, der Arzt Lebenthal in *Der Funke Leben*, Kate Hegström in *Arc de Triomphe*, Helen Baumann in *Die Nacht von Lissabon* und schließlich Lillian Dunkerque in *Der Himmel kennt keine Günstlinge.* Arzt und tödlich erkrankter Patient sind zwei Seiten einer Medaille; der Arzt als Sinnbild des menschlichen Versuchs, den Tod in der Krankheit zu besiegen, die an Sisyphus gemahnende Tätigkeit, die auf Fortschritt und Entwicklung, auf rationalen Prinzipien und Erkenntnis fußenden Bemühungen, die Krankheit und damit den Tod zu besiegen, und der Patient als Sinnbild der Unausweichlichkeit des Endes, das auf der allein menschlichen Erkenntnis beruht, dem Tod trotz aller Bemühungen nicht entkommen zu können.[18] Und als Quintessenz dieser Überzeugung von Remarque lauten die letzten Zeilen des letzten Romans *Schatten im Paradies:*

> Alles, was übrigblieb, war manchmal ein Abend voll Schwermut, […] die jeder Mensch fühlt, weil alles vergeht und er das einzige Tier ist, das es weiß, und der ebenso weiß, daß das ein Trost ist, obschon es ihn nicht versteht.[19]

Im Roman *Der Himmel kennt keine Günstlinge* führte der Autor Erich Maria Remarque nun diesen beiden Konstanten seines schriftstellerischen Werkes in einem Text zusammen, der auf den ersten Blick die Liebe zwischen zwei Menschen zum Thema hat, aber ausdrücklich kein »Liebesroman« ist, denn der Untertitel der ersten Fassung *Geborgtes Leben* lautete »Roman einer Liebe«.

*

Es ist Frühjahr 1949. Der Zweite Weltkrieg ist in Europa seit vier Jahren beendet, der Kontinent erholt sich, und die vermeintlich nutzlosen zivilisatorischen Tätigkeiten wie Autorennen und Couturiers funktionieren wieder. Die Schrecken des Krieges sind bereits verkaufsfördernd geworden, wie Remarque gleich zu Beginn des Textes am jungen Schweizer Tankwart und seiner Namensgleichheit mit der NS-Größe Hermann Göring verdeutlicht. Die beiden Protagonisten Clerfayt und Lillian Dunkerque sind jedoch mehrfach vom Krieg gezeichnet.

Clerfayt stammt aus Elsass-Lothringen, hat aber keine Heimat, wie sich am Ende des Romans herausstellt. Er war im Krieg in einem »Gefangenlager« der Nationalsozialisten inhaftiert, von dem man die »Berge sehen konnte«, also vermutlich das Konzentrationslager Dachau, aber die Gründe für seine Inhaftierung, ob politisch oder ›rassisch‹ motiviert, werden nicht genannt, ebenso die Umstände seiner Flucht und seiner Existenz während des Krieges. Clerfayt spricht nicht über seine Vergangenheit, obwohl sie stets präsent ist, er ist Rennfahrer, weil er nichts anderes gelernt hat, aber er weiß, dass er langsam zu alt für diesen Beruf wird. Somit hat Clerfayt auch keine Nationalität, er ist ein Opfer des Krieges, der ihn zu einem Heimatlosen gemacht hat. Und es ist kaum zu bezweifeln, dass Remarque wusste, dass Clerfayt der Name eines österreichischen Generals war, der sich in den Türkenkriegen ausgezeichnet hatte und nach dem in Wien eine Straße benannt ist.[20]

Lillian Dunkerque ist »Belgierin mit russischer Mutter«, die nach der deutschen Besetzung Belgiens mit ihrer gutsituierten Familie nach Paris floh und dort den Krieg über im

Untergrund versteckt lebte. Die Eltern starben unter nicht genannten Umständen, lediglich ein Onkel in Paris ist ihr als familiäre Heimat geblieben. Eine unmittelbare Folge des Krieges ist ihre Erkrankung, die Tuberkulose eine Folge der Mangelernährung im Versteck, Lillian kennt nur den Krieg und die Krankheit, die sie mit Kriegsende in das Schweizer Sanatorium brachte, wo Clerfayt sie kennenlernt. Der Roman *Der Himmel kennt keine Günstlinge* ist nach der Biografie der beiden Protagonisten zwar ein Nachkriegsroman, dessen Handlung aber im Krieg begründet ist. Der Krieg wird nicht geschildert und nicht diskutiert, in der Buchfassung noch weniger als in der ersten Fassung *Geborgtes Leben* (siehe Anhang), aber er ist als Folie stets präsent. *Der Himmel kennt keine Günstlinge* berichtet über die Folgen des Krieges für die Überlebenden.

Die Handlung des Textes ist – gelinde gesagt – überschaubar: Der alternde Rennfahrer Clerfayt besucht seinen jungen Kollegen, der sich in einem Schweizer Sanatorium – vermutlich in Davos – von einer Tuberkulose erholt. Dort lernt Clerfayt die ebenfalls an Tuberkulose erkrankte, kaum zwanzigjährige Lillian Dunkerque kennen, die die Gelegenheit wahrnimmt und mit Clerfayt das Sanatorium verlässt. Beide verbringen gemeinsam einige Wochen im Tessin, in Paris und auf Sizilien, wo Clerfayt an der »Targa Florio« teilnimmt.[21] Clerfayt verlässt Sizilien, und Lillian kehrt über Rom und Venedig zurück nach Paris, wo sie sich wiedertreffen. Clerfayt reist erneut nach Italien zum »Mille Miglia«-Rennen, das Lillian aus Paris verfolgt. Beide kommen in Monte Carlo wieder zusammen, wo Clerfayt am Grand Prix teilnimmt. Clerfayt stirbt durch einen Rennunfall, und Lillian kehrt ins Sanatorium zurück, wo auch sie wenig später stirbt.[22]

Aus dieser Handlung heraus entsteht mit Ausnahme der Rennschilderungen keinerlei Dramatik, es ist kein Konflikt zu lösen, kein Problem zu klären. Der Fortgang der Handlung orientiert sich ausschließlich am Verhältnis der beiden Protagonisten zueinander, an der wechselnden Distanz und Nähe der beiden Figuren.

Das Leben dieser Personen ist nahezu von keinen wirtschaftlichen Schwierigkeiten gekennzeichnet, ein gravierender Unterschied zu allen anderen Texten Remarques, in denen die ökonomische Lage der Figuren stets mit der politischen Situation korreliert, sei es auf der Flucht, in der Emigration, im Krieg oder im Konzentrationslager. Dieses Konstrukt erlaubt es Remarque in *Der Himmel kennt keine Günstlinge*, die Figuren in einer Welt zu situieren, die vom Überfluss und zugleich von Ziellosigkeit gekennzeichnet ist. Die Schauplätze sind mondän, die Betätigungen losgelöst von jeglichem Zweck, konzentriert neben Clerfayts Rennfahrerdasein in Lillians Fixierung auf die Kleider des – seinerzeit weltberühmten – Couturiers Balenciaga.[23] Clerfayt und Lillian könnten sorglos glücklich sein, sich ihrer Liebe versichern, aber genau dies tun sie nicht.

Remarque wählt diese Handlung an genau diesen Schauplätzen, die ihm – weitgehend falsch verstanden – in der Rezeption scharfe Kritik im Hinblick auf eine vermeintliche Dekadenz einbrachte, um den Kontrast zum eigentlichen Thema des Textes umso schärfer zu konturieren: Seine Figuren sind auf verschiedene Art und Weise dem Tod ausgeliefert, und all ihr Handeln und Streben zielt auf die Überwindung dieser Auslieferung und tiefen Ohnmacht. Wie stets bei Texten Remarques ist dabei die Erzählhaltung von entscheidender Bedeutung. Remarque wählt einen klassischen personalen Erzähler, der aber keineswegs allwissend ist. Streng alternierend wechselt der Erzähler von Unterkapitel zu Unterkapitel die Perspektive und die Introspektion von Clerfayt zu Lillian. Nur einmal, im Moment der größten Nähe der beiden Figuren in Kapitel X, kennt und beschreibt der Erzähler die Innenwelt beider Figuren gleichzeitig. Zu Beginn lässt Remarque den Leser noch glauben, es sei ein Roman über Clerfayt, aus dessen Perspektive geschildert, aber bereits zu Beginn von Kapitel II rückt unmerklich Lillian in den Fokus, um dort bis zur Abreise aus dem Sanatorium in Kapitel VII nahezu durchgehend zu stehen. Diese Perspektivierung wiederholt sich zum Ende des Romans, bedingt durch Clerfayts Tod, den der Leser aus seiner Perspektive geschildert bekommt.

Überaus präzise in der Anlage und in der Durchführung gelingt es Remarque, einen nahezu unmerklichen stetigen Wechsel der Perspektivierung vorzunehmen, um den Leser am Ende allein zu lassen. Im Gegensatz zu Clerfayts Tod erfährt er von Lillians Tod durch einen neuen, personalen Erzähler, der erstmals im Text der Figur Boris Wolkow zugeordnet ist. Ein neuer Berichterstatter berichtet und stellt Vermutungen über Lillians Tod und ihre Gefühle an. Glaubte der Leser bis zu diesem Zeitpunkt, der Erzähler würde ihm alle Details der Gefühlswelt der beiden Protagonisten zuverlässig übermitteln, so muss er sich am Ende getäuscht sehen. Die Perspektivierung ist unvollkommen, auch dieser Gewissheit suggerierende Berichterstatter kennt nicht die letzten Geheimnisse. Jeder stirbt für sich allein.

In mehrfacher Hinsicht ist Remarques Konstruktion symbolisch. Die Handlung des Textes ist so weit zurückgenommen und ohne tatsächliche Konflikte, dass sie ihm die Freiheit gibt, in symbolischen Szenenarrangements die philosophischen Thesen literarisch zu bewältigen. Und auf der Ebene der Erzählhaltung konterkariert er das Bestreben der Figuren, diese philosophischen Thesen zu überprüfen. Es gibt ein Streben nach Erkenntnis, aber es gibt – auch in der Literatur – keine Erkenntnis, weil sie von der Allmacht des Autors mit einem simplen erzählerischen Kniff dem Leser verweigert wird. Wer auf allgemeingültige Antworten auf die großen Fragen der Menschheit gehofft hatte, muss sich am Ende enttäuscht sehen.

Brian Murdoch hat zuerst den Zusammenhang zwischen dem Roman *Der Himmel kennt keine Günstlinge* und dem Mythos von Orpheus und Eurydike erkannt und beschrieben.[24] Der Mythos wird im Gespräch zwischen Clerfayt und Levalli in Kapitel XII direkt adressiert:

»Man hat nicht oft Gelegenheit dazu. Vor den Toren des Hades. Ich will Sie nicht weiter fragen. Es ist genug, um die Phantasie blühen zu lassen. In dem grauen Zwielicht der Hoffnungslosigkeit, dem nur Orpheus entrann. Aber selbst er mußte den Preis zahlen: doppelte Einsamkeit – so paradox das auch klingt – weil er eine Frau aus dem Hades zurückholen wollte. Sind Sie bereit, zu zahlen, Clerfayt?«

Clerfayt lächelte. »Ich bin abergläubisch. Antworten auf solche Fragen gebe ich nicht kurz vor einem Rennen.« (S. 210)

Und Remarque macht den Bezug zum Mythos überdeutlich mit dem Neologismus »acherontischer Lärm« für die Beschreibung der Durchfahrt durch den Gotthard-Tunnel in Kapitel VII. Clerfayt und Lillian überqueren den Acheron, den Grenzfluss zwischen der Unterwelt des Hades, der Toten, und der Welt der Lebenden. Clerfayt hat Lillian aus der Vorhölle des nach strengen Regeln funktionierenden Gefängnisses der lebenden Toten, aus dem Sanatorium befreit. Und der Regisseur der Verfilmung des Romans mit Al Pacino und Marthe Keller in den Hauptrollen, Sydney Pollack, wird diese Tunneldurchfahrt 1977 in *Bobby Deerfield* als grandiose Szene der Fahrt ins Licht inszenieren.[25] Entgegen dem Mythos dreht sich Clerfayt aber nicht um und kann Eurydike somit tatsächlich aus dem Totenreich entführen. Das Glück wäre greifbar; doch Orpheus' Umwendung erfolgt viel später mit dem abstrusen Wunsch, Lillian Sicherheit zu geben, indem Clerfayt als Autohändler in der tiefsten französischen Provinz, in Toulouse, ein Auskommen finden will. Immer schon war dieses (klein)bürgerliche Ideal der Sicherheit in seinem Denken, kenntlich am Kauf des Hauses an der französischen Riviera; er glaubte, damit die Vergänglichkeit überlisten zu können, die unkontrollierbare Bewegung im Stillstand einzufrieren und zu bewahren, und er muss damit scheitern, wie der Soldat Ernst Graeber im Roman *Zeit zu leben und Zeit zu sterben* damit scheitert, für sich und seine Frau mitten im Zweiten Weltkrieg eine »Insel der Hoffnung« zu schaffen: Clerfayt verliert nicht nur Lillians Zuneigung, sondern wie Graeber sein eigenes Leben.

Da Lillian und nicht Clerfayt die zentrale Figur der Erzählung ist, dient Clerfayt hier wie in vielem anderen nur als Spiegel. Durch seine Vorstellungen von Zukunft und letztlich durch seinen Tod und die urplötzlich auftauchende Schwester Clerfayts gelingt es Lillian, ihren eigenen Tod als untrennbaren Teil des Lebens, ihres Lebens zu akzeptieren. Alle ihre Versuche, ihm zu entgehen, ihn zu überspielen, mussten letztlich scheitern wie Clerfayts Zukunftspläne und Geborgenheitsfantasien. Nur Boris Wolkow, über dessen Gefühle der Leser jedoch im gesamten Roman nichts erfährt, ist frei von diesen Ansprüchen, und er ist es daher auch, zu dem Lillian zum Sterben zurückkehrt. In der ersten Fassung erklärt der Autor Remarque diese Erkenntnis Lillians noch explizit (siehe Anhang), um sie in der zweiten Fassung vollständig zu streichen. Lillians Erkenntnis soll auch die des Lesers sein:

»Ich denke daran«, sagte sie langsam, »daß es nichts gibt, was nicht aus sich und seinem Gegenteil besteht, weil es nicht existieren könnte, wenn nicht sein Gegenteil existierte – so wie Licht und Schatten, Wahrheit und Unwahrheit, Illusion und Realität. Eines gehört nicht nur zum andern, sondern eines ist das andere –«

»So wie Leben und Tod?«

»Ja, Boris, so wie Leben und Tod. Ich weiß nicht, wie lange ich daran glauben kann, aber ich möchte, daß es für sehr lange ist.«[26]

Die erzählerische Variante, den Tod des Protagonisten durch einen neuen Erzähler berichten zu lassen, wählte Remarque bereits in *Im Westen nichts Neues*:

Er war vornübergesunken und lag wie schlafend an der Erde. Als man ihn umdrehte, sah man, daß er sich nicht lange gequält haben konnte; – sein Gesicht hatte einen so gefaßten Ausdruck, als wäre er beinahe zufrieden damit, daß es so gekommen war.[27]

In *Der Himmel kennt keine Günstlinge* kehrt er zu diesem Verfahren zurück, gefiltert durch die Perspektive Boris Wolkows. Der Autor Erich Maria Remarque schließt damit auch einen Kreis in seinem schriftstellerischen Werk. Er hat den »Funken Leben«, der in allen seinen Romanen eine zentrale Rolle spielt, nun definiert und formuliert. Die Akzeptanz des Todes als unabänderlich und als Teil des eigenen Lebens. Die Figuren in *Der Himmel kennt keine Günstlinge* sind Opfer der zeitgeschichtlichen Umstände, ohne dass die Schrecken des Krieges und der Barbarei sie übermannt hätten. Sie sind Personen ohne Heimat und Nationalität, »displaced persons« im wahrsten Sinne des Wortes und weit über die persönliche, individuelle Entwurzelung hinaus. Aber sie erkennen einen Weg, die sowohl historisch verursachte, als auch als Konstante menschlicher Existenz immerwährende Entwurzelung zu überwinden. Zumindest Lillian ruht am Ende des Textes in sich selbst. Sie hat den »Funken Leben« erkannt, der handlungsanleitend sein kann, wie es der gleichnamige Roman verdeutlicht hatte; denn der Himmel kennt wirklich keine Günstlinge. Insofern ist der Roman dieses Namens tatsächlich die Quintessenz des Denkens des Autors Erich Maria Remarque: philosophisch tiefgründig und zugleich literarisch leicht an einer spielerischen Oberfläche. Oder wie Lillian es über die Funktion von Kleidung denkt:

Als die ersten Kleider kamen, hängte Lillian sie nicht in den Schrank. Sie hängte sie um sich herum ins Zimmer. Eines, aus Samt, hing über dem Bett, das silberne dicht daneben, so daß sie sie anfassen konnte, wenn sie aus dem Schlaf auffuhr, herausgefallen aus alten Schreckträumen, allein, mit einem erstickten Schrei fallend, fallend aus endlosem Dunkel in endloses Dunkel – sie konnte dann ihren Arm ausstrecken und die Kleider anfassen, und sie waren wie silberne und samtene Seile, an denen sie sich zurückziehen konnte aus dem gestaltlosen Grauen, zurück in Wände, Zeit, Beziehung, Raum und Leben. (S. 171)

Und der Erzähler fügt wenig später hinzu:

Nur eine Frau konnte wissen, dachte sie, wieviel Trost in einem Nichts von einem Hut liegen konnte.

Anmerkungen

1 Joachim Kaiser. »Remarques Zauberhügel«. In *Süddeutsche Zeitung* (München), 03.06.1961.

2 Marcel Reich-Ranicki. »Knalleffekte in Todesnähe. Erich Maria Remarque – von ›Im Westen nichts Neues‹ zu ›Der Himmel kennt keine Günstlinge‹«. In *Die Zeit* (Hamburg), 06.10.1961.

3 Im Brief Erich Maria Remarque in New York an Joachim Pierre Pabst in Hamburg, 22.05.1959. Erich Maria Remarque-Friedenszentrum Osnabrück, Sigle L-O 36/88.

4 Im Brief Erich Maria Remarque in Rom an Reinhold Neven Du Mont in Köln, 27.05.1968. Erich Maria Remarque-Friedenszentrum Osnabrück, Konvolut Kiepenheuer & Witsch, Sigle KIWI 539.

5 »The philosophy of a life based upon personal decisions by the isolated individual might be summed up in the words of Oscar Wilde, who noted in 1891 in his essay ›The Soul of Man Under Socialism‹ the shift from the older injunction to ›know thyself‹ to that of ›be thyself‹. They are not, of course, mutually exclusive. Remarque uses these themes throughout his works, and *Der Himmel kennt keine Günstlinge* might serve as a summary of Remarque's work as a whole.« Brian Murdoch. *The Novels of Erich Maria Remarque. Sparks of Life*. Rochester/NY, Woodbridge: Camden House, 2006, S. 196.

6 Zum gesamten Vorgang siehe Volkmar Hoffmann. »›Kristall‹ – nicht ganz kristallklar. Remarque in zweifelhafte Gesellschaft gebracht. Vier Redakteure revoltierten«. In *Frankfurter Rundschau*, 02.08.1959.

7 Erich Maria Remarque. »Das Rennen Vanderveldes«. In *Sport im Bild* (Berlin) 30 (1924), 12 (20.06.1924), S. 684 u. 712.

8 Die Skizze wurde ins Englische übersetzt, leicht überarbeitet und erhielt als Exposé den Titel *The Other Love*. Es ist publiziert als *Die andere Liebe* in Erich Maria Remarque. *Herbstfahrt eines Phantasten. Erzählungen und Essays*. Herausgegeben und mit einem Nachwort von Thomas F. Schneider. Köln: Kiepenheuer & Witsch, 2001 (KiWi 652), S. 132–147.

9 Siehe Olivia Pfeiffer. *Erich Maria Remarques Tätigkeit als Autor von Synchronfassungen in den späten 1950er und frühen 1960er Jahren*. Osnabrück: Universität [Master-Arbeit], 2018.

10 [Erich Maria Remarque]. »Klausenpass-Rennen«. In *Echo Continental* (Hannover) 11 (1923), 8 (August), S. 109.

11 [Erich Maria Remarque]. »Die russische Zuverlässigkeitsfahrt«. In *Echo Continental* (Hannover) 11 (1923), 11/12 (November/Dezember), S. 149.

12 R. [d.i. Erich Maria Remarque]. »Das unheilvolle Automobilrennen«. In *Berliner Lokal-Anzeiger*, 12.07.1926.

13 Erich Maria Remarque. »Kleiner Auto-Roman«. In *Sport im Bild* (Berlin) 32 (1926), 11 (28.05.1926), S. 470–471.

14 Erich Maria Remarque. »Station am Horizont. Roman«. In *Sport im Bild* (Berlin) 33 (1927), 24 (25.11.1927) – 34 (1928), 4 (17.02.1928).

15 Siehe dazu Rolf Parr. »Tacho. km/h. Kurve. Unfall. Körper. Erich Maria Remarques journalistische und kunstliterarische Autofahrten«. In Thomas F. Schneider (Hg.). *Erich Maria Remarque. Leben, Werk und weltweite Wirkung*. Osnabrück: Universitätsverlag Rasch, 1998 (Schriften des Erich Maria Remarque-Archivs 12), S. 69–90.

16 Erich Maria Remarque. *Drei Kameraden. Roman*. In der Fassung der deutschsprachigen Erstausgabe mit Anhang und einem Nachwort herausgegeben von Thomas F. Schneider. Köln: Kiepenheuer & Witsch, 2014 (KiWi 1366), S. 278–281. Zuvor geschildert in der Erzählung: Erich Maria Remarque. »Josefs Moment«. In *Sport im Bild* (Berlin) 33 (1927), 23 (11.11.1927), S. 1366–1368.

17 Tilman Westphalen hat sich intensiv diesem Aspekt gewidmet: Tilman Westphalen. »Von Brescia nach Brescia«. In Erich Maria Remarque. *Der Himmel kennt keine Günstlinge. Roman.* Mit einem Nachwort von Tilman Westphalen. Köln: Kiepenheuer & Witsch, 1998 (KiWi 490), S. 319–336.

18 Siehe dazu Nikolaos Blachos. *Die Darstellung von Krankheit in den Romanen von Erich Maria Remarque.* Köln: Universität [Diss.], 2002.

19 Erich Maria Remarque. *Schatten im Paradies (New York Intermezzo). Roman.* In der Originalfassung mit Anhang und einem Nachwort herausgegeben von Thomas F. Schneider. Köln: Kiepenheuer & Witsch, 2018 (KiWi 1634), S. 667–668.

20 François Sébastian Charles Joseph de Croix Graf von Clerfait und von Carbonne (1733–1798). Die »Clerfaytgasse« befindet sich im XVII. Wiener Bezirk.

21 Mit der »Targa Florio«, den »Mille Miglia« und dem Grand Prix von Monte Carlo schildert Remarque ausschließlich traditionelle Straßenrennen und keine Rennstrecken. Zumindest den Grand Prix hat Remarque auch selbst besucht.

22 Der Text spielt demnach von Mitte Februar bis Mitte Juli 1949. Die Rennen fanden im Rennkalender 1949 am 21. März (»Targa Florio«), 24. April (»Mille Miglia«) und 5. Juni (Grand Prix) statt, »sechs Wochen später« stirbt Lillian Dunkerque. Vgl. *Revue Automobile* (Paris), 24.10.1948, S. 3–4; Exemplar mit Anstreichungen im Nachlass Remarques an der New York University, Fales Library, Remarque-Collection, R-C 1.157/002.

23 Cristóbal Balenciaga (1895–1972), Gründer des gleichnamigen, zuerst Pariser Modeunternehmens, war Remarque persönlich bekannt und tritt im Text in Kapitel VIII selbst auf.

24 Brian Murdoch. *The Novels of Erich Maria Remarque. Sparks of Life.* Rochester/NY, Woodbridge: Camden House, 2006, S. 212–218.

25 Zum Film siehe Saskia Fares. »Filmanalyse Bobby Deerfield«. In Thomas F. Schneider (Hg.). *Erich Maria Remarque und der*

Film. Göttingen: V&R unipress, 2012 (Erich Maria Remarque Jahrbuch/Yearbook 22), S. 51–95. Der Film löste Ende der 1970er Jahre eine kleine Renaissance des Romans aus, wobei einige Neuausgaben unter dem irreführenden Titel des Films, *Bobby Deerfield*, veröffentlicht wurden.

26 Erich Maria Remarque. »Geborgtes Leben«. In *Kristall* (Hamburg), 1959, Nr. 26, S. 75.

27 Erich Maria Remarque. *Im Westen nichts Neues*. In der Fassung der Erstausgabe mit Anhang und einem Nachwort herausgegeben von Thomas F. Schneider. Köln: Kiepenheuer & Witsch, 2014 (KiWi 1368), S. 259.

Weiterführende Literatur

Eine ausführliche Bibliografie der Sekundärliteratur zu Buch und Film *Der Himmel kennt keine Günstlinge* findet sich in: *Remarque-Forschung 1930–2010. Ein bibliographischer Bericht*. Hg. v. Claudia Glunz, Thomas F. Schneider. Göttingen: V&R unipress, 2010 (Erich Maria Remarque Jahrbuch/Yearbook 20).

Saskia Fares. »Filmanalyse *Bobby Deerfield*«. In Thomas F. Schneider (Hg.). *Erich Maria Remarque und der Film*. Göttingen: V&R unipress, 2012 (Erich Maria Remarque Jahrbuch/Yearbook 22), S. 51–95.

Nanda Fischer. »The Eternal Player of ›From Bescia to Brescia‹. E.M. Remarque's Novels on Car Racing«. In *Aethlon: The Journal of Sport Literature* 17 (2000), S. 117–126.

Werner Fuld. »Ein Treffen mit alten Bekannten. Zur Vorgeschichte des Romans ›Der Himmel kennt keine Günstlinge‹«. In *Text + Kritik* (2001), 149: *Erich Maria Remarque*, S. 65–68.

Brian Murdoch. *The Novels of Erich Maria Remarque. Sparks of Life*. Rochester/NY, Woodbridge: Camden House, 2006.

Wilhelm von Sternburg. *»Als wäre alles das letzte Mal«. Erich Maria Remarque. Eine Biographie*. Köln: Kiepenheuer & Witsch, 1998.

Tilman Westphalen. »Nachwort. Von Brescia nach Brescia«. In Erich Maria Remarque. *Der Himmel kennt keine Günstlinge. Roman*. Mit einem Nachwort von Tilman Westphalen. Köln: Kiepenheuer & Witsch, 1990 (KiWi 210), S. 319–334.

Tilman Westphalen. »Von Brescia nach Brescia«. In Erich Maria Remarque. *Der Himmel kennt keine Günstlinge. Roman.* Mit einem Nachwort von Tilman Westphalen. Köln: Kiepenheuer & Witsch, 1998 (KiWi 490), S. 319–336.

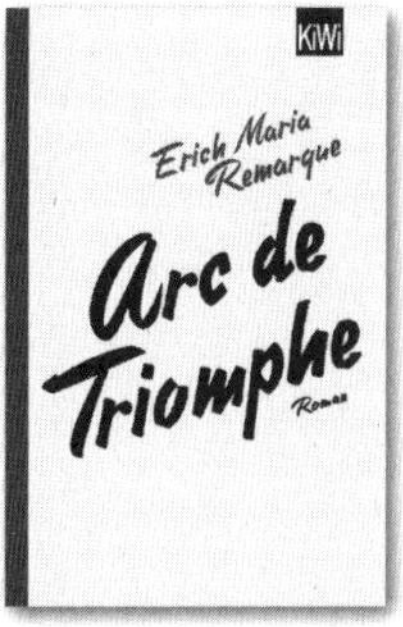
KiWi
Erich Maria Remarque
Arc de Triomphe
Roman

KiWi
Erich Maria Remarque
Das gelobte Land
Roman

KiWi
Erich Maria Remarque
Der Weg zurück
Roman

KiWi
Erich Maria Remarque
Drei Kameraden
Roman

KiWi
Erich Maria Remarque
Der Feind
Erzählungen

KiWi
Erich Maria Remarque
Im Westen nichts Neues
Roman

KiWi
Erich Maria Remarque
Im Westen nichts Neues
Roman
Herausgegeben und mit Materialien versehen von Thomas F. Schneider